TANGSONG
SHICI
YANJIU
LUNCONG

唐宋诗词研究论丛

叶帮义◎著

安徽师范大学出版社
ANHUI NORMAL UNIVERSITY PRESS
· 芜湖 ·

责任编辑：胡志恒
责任校对：房国贵
装帧设计：丁奕奕
责任印制：桑国磊

图书在版编目（CIP）数据

唐宋诗词研究论丛 / 叶帮义著 .—芜湖：安徽师范大学出版社，2020.11（2021.6重印）
ISBN 978-7-5676-4735-0

I. ①唐… II. ①叶… III. ①唐诗—诗歌研究 ②宋词—诗词研究 IV. ①I207.2

中国版本图书馆 CIP 数据核字（2020）第 192414 号

唐宋诗词研究论丛

叶帮义 ◎ 著

出版发行：安徽师范大学出版社
　　　　　芜湖市九华南路 189 号安徽师范大学花津校区　　邮政编码：241002
网　　　址：http://www.ahnupress.com/
发 行 部：0553-3883578　5910327　5910310（传真）　E-mail：asdcbsfxb@126.com
印　　　刷：苏州市古得堡数码印刷有限公司
版　　　次：2020 年 11 月第 1 版
印　　　次：2021 年 6 月第 2 次印刷
规　　　格：700 mm × 1000 mm　1/16
印　　　张：17.75
字　　　数：290 千字
书　　　号：ISBN 978-7-5676-4735-0
定　　　价：54.00 元

目　录

元白"小碎篇章"与"花间"词风

一、有关"元和诗体"与"小碎篇章"

关于"元和诗体"及其与元稹、白居易诗歌的关系，向来有不少说法①，元白本人皆曾论及，尤以元稹《上令狐相公诗启》一文（作于元和十四年）最为详备，兹引录如下：

> 稹自御史府谪官，于今十余年矣，闲诞无事，遂专力于诗章。日益月滋，有诗向千余首。其间感物寓意，可备矇瞽之讽者有之，词直气粗，罪尤是惧，固不敢陈露于人。唯杯酒光景间，屡为小碎篇章，以自吟畅。然以为律体卑下，格力不扬，苟无姿态，则陷流俗。常欲得思深语近，韵律调新，属对无差，而风情宛然，而病未能也。江湖间多新进小生，不知天下文有宗主，妄相仿效，而又从而失之，遂至于支离褊浅之词，皆目为元和诗体。稹与同门生白居易友善，居易雅能为诗，就中爱驱驾文字，穷极声韵，或为千言，或为五百言律诗，以相投寄。小生自审不能以过之，往往戏排旧韵，别创新词，名为次韵相酬，盖欲以难相挑耳。江湖间为诗者，复相仿效，力或不足，则至于颠倒语言，重复首尾，韵同意等，不异前篇，亦自谓为元和诗体。而司文者考变雅之由，往往归咎于稹。

此后，元稹在《白氏长庆集序》（作于长庆四年）中亦曾提到"元和诗

---

① 陈寅恪：《元白诗笺证稿》，上海古籍出版社1978年版，第335—339页。

体"。从这些话可以看出，"元和诗体"可分两类：其一为次韵相酬的长篇排律（如白氏《代书诗一百韵寄微之》、元氏《酬乐天东南行一百韵》等）；其二为"小碎篇章"。同时，从上面的话也可看出，"元和诗体"在当时并非美称。这些诗并非元白诗的重点，亦非元白自许之作，但在当时颇为流俗所称道，对当时诗坛影响极大，甚至激起一部分正统士大夫对元白其人其诗的强烈反对。其后的杜牧本人不乏同类诗作，却借李戡之口，斥之为"纤艳不逞，非庄士雅人，多为其所破坏。流于民间，疏于屏壁，子父女母，交口教授。淫言媟语，冬寒夏热，入人肌骨，不可除去，吾无位，不得用法治之。"（《樊川文集》卷九《李府君墓志铭》）相对说来，元白长篇排律似非一般人所爱好，也难于为流俗所接受，杜牧诸人所诋者大多针对元白"小碎篇章"而言。这类诗作，就其创作背景来看，多作于杯酒光景间，不是严肃之作，与传统诗教不同，"既无六义，皆出一时"（元稹《进诗状》）；就其艺术风格来看，则具有以下三个方面的特征：

其一为"风情宛然"，即元稹自谓"为乐天自勘诗集，因思顷年城南醉归，马上递唱艳曲，十余里不绝……"中的"艳曲"。白居易亦在《与元九书》（元和十年十二月在江州作）中提及"游城南时，与足下（元稹）马上相戏，因各诵新艳小律，不杂他篇"。所谓"艳曲"与"新艳小律"当为"小碎篇章"的主体。元稹在《叙诗寄乐天》（元和十年到通州以后作）中自言其诗分为十种，其中有五七言艳诗。白居易早年将其诗歌分为四类（讽谕、闲适、感伤、杂律），晚年仅分为格诗、律诗两种，并未列出"艳诗"，但白氏在苏州南禅院《白氏文集记》中说集中"寓兴放言，缘情绮语者，亦往往有之"，又在洛阳香山寺《白氏洛中集记》中说"愿以今生世俗文字之业，狂言绮语之过，转为将来世世赞佛乘之因、转法轮之缘也"。所谓"缘情绮语"或"狂言绮语"者，亦指艳体一类①。

其二为"韵律调新，属对无差"。元白"小碎篇章"用律体写成，可供吟唱。

---

① 元稹在《白氏文集序》中说白诗"五字、七字、百言而下长于情"，与"小碎篇章"之称正相似。白居易有《一字至七字诗》："诗。绮美，瑰奇。明月夜，落花时。能助欢笑，亦伤别离。调清金石怨，吟苦鬼神惊……"或可视为此类诗作的自评。

其三为篇幅短小，不同于逞才使学的长篇排律。

元白"小碎篇章"，作于杯酒光景间，与二人早年冶游生活有关。中年以后，元白"且作花间共醉人"（元稹《酬白乐天杏花园》），亦不乏"小碎篇章"的创作。元稹晚年作《见人咏韩舍人新律诗因有戏赠》。所谓"新律诗"，韵律"轻新便妓唱"，内容多写"花态繁于绮，闺情软似绵"，实即"小碎篇章"。观作者对韩诗把玩不已，可见其晚年于此兴亦不浅。白居易在《忆梦得》诗中慨叹"年长风情少"，实则不然。观其诗《题峡中石上》《罗敷水》可知他至老仍风情不减，其笔下自然不乏"风情宛然"的小诗。元稹死后，白居易与刘禹锡相唱和，诸如《浪淘沙词》《杨柳枝词》《竹枝词》《忆江南》等山歌小调，皆与"小碎篇章"相近，亦可视为同体。从元白到刘白，"小碎篇章"的创作贯串白居易一生，并不局限于元和一朝，虽然这一概念是由元稹在元和年间提出来的[①]。

"诗到元和体变新"（白居易《余思未尽加为六韵重寄微之》）。元白"小碎篇章"作为"元和诗体"之一种，与传统诗风大为不同，而与晚唐五代兴起的"花间"词风暗通消息。要探讨二者的关系，首先要论及元白"小碎篇章"的词化特征。唯有明乎此，二者之间具有某种联系才成为可能。

二、元白"小碎篇章"的词化特征

诗的词化与中晚唐绮艳诗风的兴盛有关。元白之前，韦应物、孟郊、权德舆已有艳诗创作，暗示着曾经被盛唐诗人屏弃的齐梁诗风即将复苏，元白敏锐地感受到了这个文学新变的气息，在理论与实践上都远较前此诸人更为有意识地倡导艳诗。他们以此唱和，不以为嫌。元稹在作品分类中明确地提出"艳体"名目，表明他们确实是有意识地创作艳体。他们的创作有一种绮艳化的倾向。且不说二人集中自写风怀、代写闺（宫）怨之作，甚至写景状物之作也有绮艳气息。如果说元白笔下的江南山水写得秀美动人，尚不失江

[①] 元稹早在元和十年（或稍前）即有诗《小碎》，提出了类似的概念："小碎篇章取次书，等闲题柱意何如？诸郎到处应相问，留取三行代鲤鱼。"白居易的"小曲新词""长洲曲新辞"大概也属于这一类作品。

南山水之本色，写到号称帝王之基、山河之固的关中风光时，也有妩媚之姿，那就是诗人特有的审美情趣的反映，进一步说明了绮艳诗风的自觉追求者当始于元白二人。以艳诗为主体的元白"小碎篇章"成为诗的词化这一历史进程的起点，不为无因。下文试对此加以具体论述。

风情宛然。刘熙载在《艺概·词曲概》中谓词自"晚唐、五代惟趋婉丽"。早期伶工词固是如此，即使后来士大夫所作歌词，亦尚婉媚。词体婉媚风格的形成与其多写男女艳情有关，所以宋末元初著名词论家沈义父在《乐府指迷》中指出："为情赋曲者，尤宜宛转回互。"元白"小碎篇章"中颇多"风情宛然"之作。这类作品一部分是作于早年冶游之际的艳诗，一部分是作于晚年宴游之际吟咏日常生活情思的准艳体诗。以风情入诗，表明诗歌题材从关注社会重大事件转为醉心男女情爱，愈来愈细小的趋势，也表明诗人努力从直面人生现实转到体验人物内心世界，愈来愈深微的倾向，这正是形成词体婉媚的根本原因。白居易早年"曾将诗句结风流"，在长安有赠妓人阿软绝句曰："渌水红莲一朵开，千花百草无颜色。"元稹早年与莺莺相恋，"结托萧娘只在诗"（《赠别杨员外巨源》）。他的《古艳诗二首》即《会真记》中所谓"立缀《春词》二首"。另如《莺莺诗》《赠双文》皆为莺莺而作。诸诗写莺莺娇美情态，可谓风流妩媚，婉转多姿。元白怀念早年情事，每每形诸笔端，旖旎近情。元稹《春晓》诗几可视为《会真诗》的张本："半欲天明半未明，醉闻花气睡闻莺。狂儿撼起钟声动，二十年前晓寺情。"白居易有《板桥路》诗怀人忆旧："梁苑城西二十里，一渠春水柳千条。若为此路今重过，十五年前旧板桥。曾共玉颜桥上别，不知消息到今朝。"二诗当有具体情事在，但并不写出，而是隐约其辞，恍惚其意，只在今昔感慨中寄寓一己之幽情暗恨，委婉不已。除了早年与晚年的自道风情之作，元白还有不少绮怨诗，或为宫女诉说幽怨，或代民女倾诉相思，皆着重刻画人物的深曲心意，不言愁而愁情自见。此外，白居易晚年还作了不少民间风情诗，如《竹枝词》亦绮艳动人。刘禹锡在《竹枝词序》中说《竹枝词》"含思宛转，有淇澳之艳"，白居易亦在《郡楼夜宴留客》中说"艳听竹枝曲，香传莲子杯"。由此可见一斑。

以风情入诗，不仅导致题材的细小化，也导致意象的纤柔化。"小碎篇章"所抒之情趋于深微，诉诸意象，自不能借助雄奇阔大之物来表现。元白诗写人多言及歌舞丽人，咏物多及花柳，写景常道风月，尤以咏花柳之诗最具词体气息。《旧唐书·元稹传》谓其"工为诗，善状咏风态物色"。高彦休《阙史》亦谓"乐天长于情，无一春无咏花之什"。元白"小碎篇章"不乏"批风抹月"之作，即使咏物，也充满"花柳情思"，深契词家体例。沈义父说："作词与诗不同，纵是花卉之类，亦须略用情意，或要入闺房之意……或只直咏花卉，而不着些艳语，又不似词家体例，所以为难。"（《乐府指迷》）元白咏物诗用微物表深情，正体现出词体特有的婉媚风格。在白居易的笔下，木兰花、山石榴、辛夷花、亚枝花、梨花、蔷薇皆逗人艳思，至于他的《思妇眉》："春风摇荡自东来，折尽樱桃绽尽梅。唯余思妇愁眉结，无限春风吹不开。"似写人，又似咏物，以纤巧之辞写闺妇春怨，亦风情摇曳。元稹在《酬复言长庆四年元日郡斋感怀见寄》诗中道："椒花丽句闲重检。"诚然，元诗中亦多"花当西施面"（《独游》）、"柳眼梅心渐欲春"（《寄浙西李大夫四首》其一）、"春入枝条柳眼低"（《寄乐天》）等句法绮丽、语涉艳情之作。这些咏物诗，因其意象纤柔情感委婉，大体具备了风情诗一样的词化特征。

律调谐婉。词体婉丽之美固然与其多写风情（或近于风情）有关，也与它的声律有关。词是合乐的，所以歌词须能适应歌唱的需要，语言必须圆润流丽。词之初起，多付女子歌唱，不宜高亢激越，尤宜低转回环，方有婉转之妙。元白"小碎篇章"不仅设色明丽，而且声调悠扬，向以"流丽曲尽"著称。这与元白二人喜唱能唱、深谙歌法有关。毛奇龄谓白居易"善歌，每识歌法"（《西河全集·诗话》卷二），并谓其以调与词分二端，亦属歌法。元稹在《乐府解题序》（作于元和十二年）中区别"由乐以定词"与"选调以配乐"，实为达乐之见。元稹自谓"能唱犯声歌""含词待残拍"（《元和五年予官不了罚俸西归三月六日至陕府与吴十一兄端公崔二十二院长思怆曩游因投五十韵》），所以他的诗"清楚音谐律"（白居易《江楼夜吟元九律诗成三十韵》）。据白居易诗题《闻歌者唱微之诗》可知元诗已为歌者所唱。白居易新乐府固然是"非求宫律高，不务文字奇"（《寄唐生》），但也"体顺而肆，可以播于乐章歌曲也"（《新乐府序》），即使是其长诗也多为人传唱。宣宗吊白居易诗曰："童子解吟长恨曲，胡儿能唱琵琶篇。"元白"小碎篇章"全为律体，与词体不尽相同，但由于二人深谙歌法，兼之诗律与乐律相通，写来正如元稹所谓"歌词妙宛转"（《寄吴士矩端公五十韵》），所以《新唐书·元稹传》谓元白"名相埒，天下传讽，号'元和诗体'，往往播乐府"。这跟元白二人注重加强诗体协律性有关。其一是吸取新声。白居易有不少小诗或采用洛下新声，或采用江南新词，都可以说是这类可歌的新声。在选择新声中，诗人颇重择调，不仅要声与情谐，亦要诗与调合，故所选之调多为怨调，这又与词体哀婉之美相合。白居易诗中"分明曲里愁云雨，似道萧萧郎不归"（《听弹湘妃怨》）、"吴娘暮雨潇潇曲，自别江南久不闻"。所谓"潇潇曲"，即从江南新词而来。①他的《竹枝词》采用巴楚民歌的曲调写成，被《唐宋诗醇》评为"声韵悠扬，最合竹枝之体。"按白氏本人说，《竹枝词》是"巴童巫女竹枝歌，懊恼何人怨咽多。"（《听竹枝赠李侍御》）。另外，白居易所作《杨柳枝词》为洛下新声，亦属"怨调"。②这些哀调新声与盛唐意气风发的诗作相比，格调迥异，与以哀为美的词作却气息相通。其二，这类诗作于杯酒之间，常用来付诸筵席之间的歌妓演唱。元稹《重赠》诗曰："休遣玲珑唱我诗，我诗多是别君词。"诗下自注："乐人商玲珑能歌，歌予数十诗。"离别相思之作多属怨调，适于女声歌唱。白居易亦在《醉戏诸妓》诗中自道："席上争飞使君酒，歌中多唱舍人诗。"他早年赠妓阿软之作，"昔教红袖佳人唱"，晚年所作的《杨柳枝词》多由侍妾樊素歌唱。以女音来传达苦调深情，亦合词体。刘克庄《翁应星乐府序》："长短句当使雪儿、啭春莺辈可歌，方是本色。"可见词之演唱颇重女音。其三，白居易"小碎篇章"中还有不少律诗，不为齐言体所限，为抒情的需要，采用杂言的方式，兼具繁复与婉转之美，与后来的词可视为同体，如《花非花》、《忆江南词》（三首）。③刘禹锡《忆江南》词自注："和乐天春词，依《忆江南》曲拍为句。"白居易《忆江南词》亦依曲拍为句，作者在诗下自注："此

---

① 白居易《寄殷协律》诗自注："江南《吴二娘曲》言：暮雨潇潇郎不归。"在《听弹湘妃怨》诗下自注："江南新词有云：暮雨萧萧郎不归。"

② 白居易《杨柳枝二十韵》于"乐童翻怨调，才子与妍词"句下自注："洛下新声也。"

③ 杨慎在《词品》中说《花非花》"盖其自度之曲，因情生文者也"，见唐圭璋编《词话丛编》，中华书局1986年版，第427页。

曲亦名《谢秋娘》，每首五句。"依曲拍为句，正是后来词家之常例。白居易集中不乏此类词（诗）作。现存元稹集中没有词，但据清人马调元《重刻元氏长庆集凡例》中说："今遍索他书，增入诗词二十。"似乎元稹生前有词作，惜乎不传。①凡此皆足以说明元白"小碎篇章"在声律上能被之管弦、播诸乐府，所以王灼在《碧鸡漫志》（卷一）中说："唐时古意亦未全丧。竹枝、浪淘沙、抛球乐、杨柳枝，乃诗中绝句，而定为歌曲，故李太白清平调词三章皆绝句，元白诸诗亦为知音者协律作歌。"元白一向主张诗歌"韵协则言顺，言顺则声易入"（白居易《与元九书》），其"小碎篇章"词章音韵，听可动人，颇具词体语言圆润、声情悠扬的美感。

篇幅短小。词的体制，长句须婉曲，小令尤宜如此，因其小巧而宛转，一转一深，曲尽人情。词体这种柔婉风格的形成与小令成熟较早有关。慢词兴盛，虽可以铺叙景物，直抒胸臆，时显余韵不足，柳永词即有此弊。后来秦观以小令句法入慢词，使慢词具婉转之妙，乃成婉约正宗。②可见小令这一独特体制，于词体特定风格的形成功莫大焉。元白"小碎篇章"全为律诗，尤多绝句，小巧宛转，既适于歌唱，又含蓄蕴藉，宛如"花间"小令。这一点在后文有详述，兹略。

以上论述归结为一点就是元白"小碎篇章"在美学风格上具有"婉丽"的特点，深得词家风调。与元白同时的韩、刘诸人，不乏新艳小诗，其后的李贺、杜牧、李商隐诸人更多绮艳之作，沿着"婉丽"之途进一步推动了诗的词化进程，一直到李商隐才最终完成这一转变。③考察这一历程，我们不能不承认元白（尤其是白居易）以其"小碎篇章"开创了它的先河。

三、元白"小碎篇章"对"花间"词的影响

元白"小碎篇章"较之同时或稍前写过词并有词留传至今的韦应物、王建、张籍诸人之诗固然在相当程度上体现了词化的痕迹，但与其后的李贺、

① 现存《元稹集》外集卷七（续补一）有《樱桃花》："樱桃花，一枝两枝千万朵，花砖曾立摘花人，窣破罗裙红似火。"似词，然词调中不传。

② 杨海明：《唐宋词论稿》，浙江古籍出版社1988年版，第148—163页。

③ 刘学锴：《李商隐诗歌研究》，安徽大学出版社1998年版，第93—111页。

杜牧、温庭筠、李商隐等人的绮艳诗作相比，它的词化特征不够突出。但李商隐诗主要对艺术上完全成熟的唐宋婉约词有影响，与花间词有隔阂。"花间"词是文人的早期作品，与后来的婉约正宗相比，《花间集》中有不少"花间"别调。元白"小碎篇章"处于诗的词化早期，对这部分"花间"别调不无影响。就其要者，有以下三端可述：

律绝风神。"花间"词全为小令，夏承焘分析唐五代文人之所以专工小令不多作长调，其原因有二："（一）小令和近体诗形式相近，唐代以五七言诗协乐，初步解放为长短句，文人容易接受。（二）唐代科举及八韵诗，讲究声律对偶，民间小令入文人手中，也变成格律词。他们不肯抛弃熟练的近体诗技巧来试作生疏的长调，所以在文人笔下先定型下来的是小令而不是长调。"（《唐宋词叙说》）[1]作为早期的文人词，用小令来作，既合词体小巧婉转之美，又切近体诗协乐之妙，寓律绝风神于小令词中。《花间集》有不少杂言小令，亦不乏齐言小令。齐言体多为律绝（绝句尤多）。这类作品不仅在句式上近于（律）绝，在风神情蕴方面亦神似。[2]张炎在《词源》（卷下）中说："词之难于令曲，如诗之难于绝句。"这是因为小令要写得像绝句那样风神情蕴正自悠长，方为胜场。要达到这种胜境，早期词人自然借助熟悉的绝句作法来作词。元白"小碎篇章"多为（律）绝，常写风情，自然成为他们取法的对象。白居易《杨柳枝词》《浪淘沙词》《竹枝词》《杨枝词》皆为绝句，莫不含思宛转，风流蕴藉。《花间集》中颇多同调之作，亦多为绝句。即以温庭筠而言，其《杨柳枝》八首全为七言四句体，或借柳言情，或咏柳本身，均体小思深，韵味隽永，颇得白居易《杨柳枝词》风神。汤显祖评曰："《杨柳枝》唐自刘禹锡、白乐天而下，凡数十首。然惟咏史咏物，比讽隐含，方能各极其妙……此中三五卒章，直堪方驾刘白。"他如牛峤《柳枝》更多取意白氏《杨柳枝词》之处。值得指出的是，词人抒写风情，若过于直露，不免落入淫秽，尤要学习绝句蕴藉之致。

---

① 《夏承焘集》（第八册），浙江古籍出版社、浙江教育出版社1997年版，第85—86页。

② 从句式来看，《花间集》中有很多的七言四句的齐言体，几为绝句。有的不过带有和声而已，如皇甫松《采莲子》（二首）有"采棹""年少"和声，孙光宪《竹枝》有"竹枝""女儿"和声。而顾敻的《杨柳枝》主体仍为绝句，只不过在每句后面加一个三言句而已。阎选《八拍蛮》（二首）亦为绝句体。

白居易《春词》被《唐宋诗醇》评为"艳体妙于蕴藉"。他的《杨柳枝词》于咏柳之中，寓取风情，清人翁方纲在《石洲诗话》（卷二）中评其"当为《杨柳枝词》本色"。小令词人于此窥得绝句风神，以之入词，亦不限于《杨柳枝词》一体，但都写得"风致翩翩"（《唐宋诗醇》中评白居易《杨柳枝词》语）。至于牛峤《梦江南》（其二）"不是鸟中偏爱尔，为缘交颈睡南塘，全胜薄情郎"，句式上明显仿照元稹七绝《菊花》诗中"不是花中偏爱菊，此花开后更无花"二句，一咏鸟，一咏花，皆咏物而不滞于物，正合绝句体裁。

民歌格调。文人作词，本是受民间小令影响，继而以近体诗的作法才开始的。中唐文人词固是如此，刚刚定型不久的花间词仍不失民间格调。虽然欧阳炯在《花间集序》中声称"南国婵娟，休唱莲舟之引"，实则《花间集》中有很多类似"莲舟之引"的民歌式的作品。从绝句到《竹枝》《杨柳枝》，再到长短句的发展，元白走的是民间文学的路线。[①]其"小碎篇章"颇具民歌格调，予"花间"词人不少启示。这种民歌格调主要体现在两个方面：其一为采用民间曲调。不少词调出于民间乐曲，如《竹枝词》《潇湘神》等皆是。白居易的《竹枝词》（四首）亦是学习民歌曲调写成的。清人张历友在《师友诗传录》中说："《柳枝词》始于白香山《杨柳枝》一曲，盖本六朝之《折杨柳》歌辞也。其声情之㤗利轻隽，与《竹枝》大同小异，与七绝微分，亦歌谣之一体也。"这四首歌词清新悠婉，富有民歌色彩。《花间集》中同类作品颇多。陆游《跋〈金奁集〉》谓飞卿《南歌子》："语意工妙，可追配刘梦得《竹枝》，信一时杰作也。"温词《南歌子》距刘诗不远，与白诗亦无间矣。其他词人同题作品更是如此。其二为取材较为广泛。《花间集》中有不少咏风土人情的词作，带有鲜明的江南民歌情调，这也符合词体作为南方文学的特色。元白一生居住南国既久，其诗或写巴楚风物，或写吴越风光，莫不风情旖旎，"小碎篇章"中就有不少这样的作品。白居易诗中化用江南新词之句："吴娘暮雨潇潇曲，自别江南久不闻"，被清人王士禛评为："极是佳语"（《香祖笔记》卷十五"近似"条），这对花间词人有不少启示。皇甫松《梦江南》（其二）写江南梅熟之日："夜船吹笛雨潇潇，人语驿边桥"，

[①]白居易《竹枝词》（其四）："江畔谁人唱竹枝，前声断咽后声迟。怪来调苦缘词苦，多是通州司马诗。"似谓元稹通州时亦仿作《竹枝词》，惜乎集中不存。

与韦庄《菩萨蛮》（其二）写江南风光："春水碧于天，画船听雨眠。炉边人似月，皓腕凝霜雪"，皆融秀色于碧水之中，风情如绘，清丽动人而不浓艳，与白诗意境神似，皆得民歌格调。温庭筠《梦江南》（二首）虽低徊欲绝，情调与此亦相仿佛。白居易《采莲曲》《池上》结合江南采莲风俗写采莲女子神情，意境秀美，对《花间集》中不少缘题而赋的采莲曲亦有启迪。温庭筠《荷叶杯》（三首）、皇甫松《采莲子》（二首）、顾敻的《荷叶杯》（九首），抒情淋漓真率，可视为词中采莲曲。

清疏风格。"词为艳科"，这在《花间集》中已经成型，但作为早期文人词的结集，并未全部被其笼罩。温庭筠词固是丽辞密藻，但有以丽密胜者，有以清雅胜者，韦庄更是在温词之外，另辟新境，运密入疏，寓浓于淡，"似直而纡，似达而郁，最为词中胜境"（陈廷焯《白雨斋词话》卷一）。韦词这种风格与其诗风相似，而韦诗颇受白诗影响。韦诗风格总体上清朗疏淡，与白诗风格同属一派。他的词亦朴素平直，善于抒情，很近白诗一路。元白"小碎篇章"大多写得清新明快，语淡情深，这与民歌格调有关，也与其吟咏的内容与抒发的感情有关。这些小诗大多写日常生活中琐细的感触，诸如友朋交接、情人相思，题材既小，不易于向外部世界扩展，转而深入内心世界瞬息万变的复杂情绪，用浅切之辞表达微婉之情。韦庄词承此而来。他的《女冠子》写旧日情事，语浅情深，颇似元稹《春晓》、白居易《板桥路》诸诗。他的《菩萨蛮》（其四）："遇酒且呵呵，人生能几何"，并非徒以丽句擅长，情调颇似元白杯酒之际的留连光景之作，虽非为艳情所发，而其情感细腻真切，不无相通。《天仙子》（其五）："柳暗魏王堤，此时心转迷"，遣辞造境皆从白诗《魏王堤》而来："花寒懒发鸟慵啼，信马闲行到日西。何处未春先有思，柳条无力魏王堤"，语虽浅切，情韵不减，寓迷乱春心于弱柳纤条之中，仍得词体婉美。韦庄在花间词人中另辟新境，影响了不少词人，皇甫松、薛昭蕴、张泌、牛希济、和凝、顾敻等人的词或与韦词相同，或介乎温韦之间。孙光宪是继温韦之后的一大词家，风格疏朗沉咽、婉约清丽处神似韦庄。晚唐五代诗受白诗影响极大。以近体诗的作法来作词的不少花间词人，其作品一如韦词，亦或多或少地受到白诗影响。至于李珣《南乡子》（十首），皆志风土，"均以浅语写景，而极生动可爱，不下刘禹锡巴渝竹枝,亦《花间集》中之新境也"(《栩庄漫记》)。诸作风格清疏,与韦词同开"花间"新境。如果说,韦庄及其同派词人将文人词与民间词的抒情传统结合起来,又推动文人词的新变,那么元白"小碎篇章"在其中所起的先导与示范作用,其功不小。

以上所论"花间"异调,体现出早期文人词的特点,但它风格婉美,仍属词体。元白"小碎篇章"作为早期词化之诗,与早期的文人词之间暗通消息,在文学史上不无意义。虽然,元稹在《唐故工部员外郎杜君墓系铭并序》(作于元和八年)中批判南朝宋齐之间,"文章以风容、色泽、放旷、精清为高,盖吟写性灵、流连光景之文也",至于梁陈,"淫艳刻饰、佻巧小碎之词剧"。白居易在《与元九书》中批判过六朝浮华文学,"率不过嘲风雪、弄花草而已","六义尽去",实则元白"小碎篇章"与六朝"小碎之词"相似,也是六义全无,止于歌咏性灵(虽然二者在格调上有别)。[①]元稹自许:"那知我年少,深解酒中事"(《元和五年予官不了罚俸西归三月六日至陕府与吴十一兄端公崔二十二院长思怆曩游因投五十韵》)、"予时最年少,专务酒中职"(《寄吴士矩》),并谓其小诗作于杯酒光景之间。白居易早年亦是如此,晚年在《醉吟先生传》中又说"自适于杯觞讽吟之间",其"小碎篇章"也都是自适之词。这与词在初期的创作背景相同。《花间集序》曰:"庶使西园英哲,用资羽盖之欢。"词之用,初在赋情,在赠妓,在应歌,在遣兴娱宾。元白"小碎篇章"也正是为了满足这种需要而在杯酒之间创作出来的,并与"花间"词风一前一后,体现出文体流变的趋势。这种文体流变更深刻的时代背景则是士人精神、心理在中晚唐以后的转变。

四、"诗到元和体变新"的历史意义

元白创作"小碎篇章",婉美之风,异于传统诗美,与后世"诗庄词媚"的观念正合,推动了文人诗的词化进程,也促进了文人词的成熟,这正是这类诗歌作为"元和诗体"的新变的价值所在。这种历史贡献的完成,与元白

① 这种现象在花间词人牛希济、孙光宪等人身上也存在。见刘尊明《唐五代词的文化观照》,台北文津出版社1994年版,第466页。

二人独特的才子气质有关。元稹在《酬乐天余思未尽加为六韵》诗中"众推贾谊为才子，帝喜相如作侍臣"句下自注"乐天先有《秦中吟》及《百节判》，皆为书肆市贾题其卷曰：白才子文章"。白居易亦在《元公墓志铭》中谓元稹"在翰林时，穆宗前后索诗数百篇，命左右讽咏，宫中呼为元才子"。此处所言"才子"，多就文章而言，即涉诗笔，亦限讽谕之作，而非其妍词丽篇。但当时元白号称"才子"，更多的在于后者而非前者，虽然元白谓"时之所重，仆之所轻"（《与元九书》）。元稹好友杨巨源称之为"风流才子多春思"（《崔娘诗》）。白居易在《刘白唱和集解》中说："江南士女语才子者，多云元白。"正因其"吟咏情性，播扬名声"所致。后世言元白才子风调，亦多就此而言。①这种才子风调，在思想、作风上主要表现为一种疏于名教、耽于声色的通脱之性与狂放之气，正如元稹自道："不以礼数检"（《答姨兄胡灵之见寄五十韵·序》）。这种风气与当时世风不无关系。李肇在《国史补》（卷下）中说："长安风俗，自贞元侈于游宴。"杜牧《感怀诗》曰："至于贞元末，风流恣绮靡。"元稹在《寄隐者》诗中说："今人夸富贵，肉食与妖姬"，白居易也在《买花》诗中指出当时"一丛深色花，十户中人赋"的社会现象。这种风流绮靡之风不仅盛于上层社会，也遍及士林。元白生当其时，自不能免，甚者以一种欣赏的态度沉醉其中。这种世风影响于文坛，自然是绮艳诗风的兴起。元和之际，元白二人既以净臣自任，共同倡导新乐府，关注民生疾苦，同时以才子自居，创作了不少艳曲，风流自赏，吟咏不绝。二人在新乐府等讽谕诗作中，对新声胡乐之兴盛颇多诋斥之辞，对琴音旧曲之沦亡颇致感慨之意，实际上对琵琶新声颇为称道，其歌行中有关音节徐疾、音韵抑扬之处，多极意经营，受新声影响不小。元稹《琵琶歌》、白居易《琵琶行》不但写出音调，而且写出"音色"，工力悉敌，小诗中尤多音韵协调之作。二人在新乐府等讽谕诗作中，对妇女问题反映颇

---

① 唐人范摅《云溪友议》（卷上）"巫咏滩"条载：秭归县繁知一闻白乐天将过巫山，先于神女祠粉壁大署之曰："苏州刺史今才子，行到巫山必有诗。为报高唐神女道，速排云雨候清词。"可见时人视白氏为才子多因其清词。《花间集序》中亦谓"不无清绝之词，用助妖娆之态。"元白"小碎篇章"似之。后人对元白或襃或贬，多在于此。清人贺贻孙《诗筏》卷上："长庆诸篇，如白乐天《长恨歌》《琵琶行》、元微之《连昌宫词》诸作，才调风致，自是才人之冠。"

多，对妇女不幸多表同情，同时，他们在杯酒之间，仍对歌舞场面、绮罗人物有着浓厚的赏玩意兴。白居易虽在《酬元九对新栽竹有怀见寄》诗中说："不爱杨柳枝，春来软无力"，二人也确曾以松竹共勉互励，集中仍不乏充满花柳情思的作品。即以言情而论，元白"小碎篇章"既有冶游的风情诗，也有深情不已的寄内、悼亡诗。这些看似矛盾，在元白思想与创作中，却互补共存，充分体现出他们崇尚性灵、性情通达的才子作风，虽不免有世俗气息，与正统名教相左，却与词人之心相合。宋人张端义在《贵耳集》中谓"词本管弦冶荡之音"，可见词的产生离不开管弦冶荡的环境。元白二人共同过着"花时同醉破春愁，醉折花枝当酒筹"（白居易《同李十一醉忆元九》）的生活，于杯酒之间写出管弦冶荡的"小碎篇章"，自属必然。元白之后的绮艳派诗人气质大抵如是，故能进一步推动诗之词化的历史进程。李商隐在《献相国京兆公启》中宣称："人禀五行之秀，备七情之动，必有咏叹，以通性灵"，韩偓也在《香奁集序》中说："不能忘情，天所赋也"，与白居易在《不能忘情吟》中所标举的"予非圣达，不能忘情，又不至于不及情者"相通，可谓异代知音。他们虽有不少重要的政治抒情诗，绮艳诗歌亦多，体现出的是与元白相通的不以圣贤自命、唯以才子自居的通脱自在的才子风调。正是这种与传统士人精神相异的才子气质，使他们推动诗之词化的历史进程。从这一点来看，元白的"小碎篇章"新变的历史意义似不仅在于它启"花间"词风，推动文体流变，更在于它深刻地反映了封建社会后期（从中晚唐开始）士人精神、气质、心理的巨大变化。假如我们把目光投到晚唐五代以外，将视野投到"小碎篇章"之外，其新变的意义将看得更为明显。

宋初词坛继承的是韦庄、冯延巳等人开创的词风，变伶工之词为士大夫之词。元白"小碎篇章"中一部分描写士大夫日常生活的作品对此亦有影响。欧阳修任西京留守推官时自号"达老"，晚年自号"醉翁"，皆有希冀乐天之意。苏轼在诗中也说："我甚似乐天，但无素与蛮"（《送程懿叔》）、"定似香山老居士，世缘终浅道根深"（《入侍迩英》）。宋初词人多慕乐天，其词风颇受乐天情怀影响，使得宋初诗风乃至词风皆与白诗不无关联。晏殊词富贵中见闲雅，欧阳修词沉郁中露清旷，苏轼一再在词中表达闲适之情与隐逸情趣。同期词坛的柳永词更多的是受元白"元和诗体"中风情宛然的长篇巨韵的影响。虽然柳永与晏欧词迥异，一者取径元白风情，一者效法元白闲情，但二者在词中表达士人仕进中的倦怠、失意之情，不以进取为务的倾向却是相同的，这更表明了元白以迄晏欧柳苏，文人心态已由开放逐渐内敛。词在这个文人心态嬗变的历史背景中，又受着管弦激荡之音的刺激而勃兴起来，亦属时代使然。从风情到闲情，从"小碎篇章"到长篇巨制，元白的"元和诗体"正是中晚唐文学流变与封建社会后期士人精神转变的先声，治文学史、思想史者于此不可不多加致意焉。

原载《安徽师范大学学报》（人文社会科学版）2001年第2期

"向着词的意境与词藻移动"

——中晚唐诗歌的一种重要走向①

　　中晚唐诗歌在盛唐之后有多种走向，有一种方向用闻一多的话来讲，就是"向着词的意境与词藻移动"（《唐诗杂论·贾岛》）②。对这种诗歌走向，古代学者曾经做过一定的梳理。如清人田同之《西圃词说》（诗词风气相循）谓："诗词风气，正自相循。贞观、开元之诗，多尚淡远，大历元和后，温、李、韦、杜渐入《香奁》，遂启词端。《金荃》《兰畹》之词，概崇芳艳。"而描述得较为充分的要算明人许学夷的《诗源辩体》③，如卷二六："李贺乐府五、七言，调婉而词艳"，"李贺乐府七言，声调婉媚，亦诗余之渐"；卷三十："（李）商隐七言古，声调婉媚，太半入诗余矣"，"（温）庭筠七言古，声调婉媚，尽入诗余"；卷三二："（韩偓）上源于李商隐、温庭筠七言古，诗余之变止此。"较之田同之，许氏论及的作家更多，因而更明确地理出以李贺——李商隐、温庭筠——韩偓为主要标志的"渐入诗余"的一条线索。但许氏在考察的时候，着眼点似在于声调，体式似限于七古。实际上，这种"渐入诗余"的现象在艺术上有着多方面的表现（不止是声调等少数几个方面）；就体裁而论，亦不限于七古，近体诗同样也与词多有接近之处。此外，许氏论及的作家仍有许多重要遗漏，至少中唐还得包括元稹、白居易等人。总之，作为一种诗歌走向，"渐入诗余"的现象体现在众多作家、不同体裁的创作中，并具有多方面的艺术表现。

---

　　① 本文系与余恕诚师合著。

　　② 近年来学界有人将这种状况称为诗的"词化"，似不够准确。因为词在当时仅具雏形，仍然是以民间多样化的形态与文人诗共存。这种状况只能说是诗歌在当时各种社会因素作用之下沿着自身发展逻辑在演进中出现的现象。

　　③ 许著在清代刊刻较少，其中论及诗体与词体关系的文字颇多，可惜《词话丛编》甚至新出的《历代词话》《历代词话续编》都未有采录，有关研究著作亦罕有述及。

一、题材偏向绮艳

宋人尹觉在《题坦庵词》中说："吟咏性情，莫工于词。"清人李东琪亦谓："诗媚词庄，其体原别。"（王又华《古今词论》引）词的这种特征与其题材的绮艳化密切相关，而中晚唐诗向词的方向移动，就是伴随着绮艳题材的复兴而出现的。盛唐诗歌虽偶见对艳情的描写，但其时诗歌的主体风格与词体距离尚远。中唐以后的诗歌则开始"走进更为细腻的官能感受和情感彩色的捕捉追求中"（李泽厚《美的历程·韵外之致》），绮艳题材的复兴即是其突出表现。

李贺是唐代诗人中较早和较多地写作艳诗并产生重要影响的作家。杜牧在《李贺集序》中描述李贺诗风，曾提及"时花美女，不足为其色也"，虽然这只是李贺诗中的一种作风，并不能代表其全部作品，但正是这种诗风开启了中晚唐诗歌的绮艳作风。李贺集中写闺阁、宴集而带有脂粉气息、充满感官刺激的作品约有70首，约占其存诗总量的三分之一，如《大堤曲》《苏小小墓》《洛姝真珠》《宫娃歌》《恼公》《将进酒》《美人梳头歌》等，都以绮艳著称，其中有些描写对后来的词都有一定的影响。如《宫娃歌》："彩鸾帘额著霜痕。"欧阳修《虞美人》将其变化为"风动金鸾额"。又如《苏小小墓》："风为裳，水为佩。"姜夔《念奴娇》袭用其字面："三十六陂人未到，水佩风裳无数。"这些都是对女性的描写，带有脂粉气。至于《将进酒》"琉璃钟，琥珀浓，小槽酒滴真珠红"，则通过歌舞宴集等场面、氛围的塑造，创造一种五彩缤纷的世界，充满感官刺激，而这种描写亦曾多次出现在词中。如苏轼《浣溪沙》："小槽春酒冻真珠。"秦观《江城子》："小槽春酒滴珠红，莫匆匆，满金钟。"都对李贺诗有所借鉴。

李贺开启的这种绮艳诗风，直接影响了晚唐温庭筠、李商隐的创作。温庭筠诗最主要的两类：一是乐府，一是近体，而乐府诗更具有特色。明代曾益编集《温飞卿诗集》，第一卷收诗26首、第二卷收诗27首，皆为乐府；第三卷前三篇：《春晓曲》《猎骑（曲）》《西洲曲》，是与前两类风格完全一致的乐府诗。可能为求各卷篇数大体匀称，而置于第三卷开头。以上56首乐府诗，除《公无渡河》等9首外，其余所写内容皆不外爱情、妇女、宴会、歌舞、游乐、花柳之类，色彩浓丽，作风与李贺诗非常接近，这与他本人的词风也很接近，如温诗《江南曲》："连娟眉绕山，依约腰如杵"；这种描写即出现在温词《南歌子》中："倭堕低梳髻，连娟细扫眉。"又如《咏春幡》："玉钗风不定，香步独徘徊。"而温词《菩萨蛮》也有类似的描写："双鬓隔香红，玉钗头上风。"至于温诗《春晓曲》则因"柔艳近情，词而非诗矣"（沈际飞《草堂诗余正集》卷一），甚至被采入诗余。即使是其以主要笔墨写边塞的《遐水谣》《塞寒行》，其末尾亦落到闺中的思念，这种写法正为《花间集》一些写边塞的词所承袭。

李商隐诗有少量风格逼肖长吉体，但多数变化较大，特别是他的无题诗哀感顽艳，最具创造性。这些无题诗有些可能有寄托，但至少表面看来不离风情，说它是爱情诗亦无不可。就抒情性而言，这些诗较之李贺等人的诗大大增强，对于侧重表现内心中深曲情感的一些词人，影响尤深，乃至多被后世词人化用，如其《无题》中写少女"十五泣春风，背面秋千下"，被晏几道变化为"无处说相思，背面秋千下"（《生查子》），又曾被贺铸《迎春乐》化用为"明月待欢来，久背面、秋千下"。除了无题诗，李商隐另有其他形式的绮艳之作，也有近词的特点，如《代赠》之代言闺愁，亦与词的风味类似："总把春山扫眉黛，不知供得几多愁。"宋代晏殊在《清平乐》中化用为："总把千山眉黛扫，未抵别愁多少。"石延年也在《燕归梁·春愁》中加以化用："春山总把、深匀翠黛，千叠在眉头。不知供得几多愁。"

李商隐的无题诗直接影响了稍后韩偓等人的创作。冯浩《玉溪生诗集笺注》评义山《有感》（非关宋玉有微辞）时说："《香奁》寄恨，仿佛《无题》，皆《楚辞》之苗裔也。"这是把韩偓的香奁诗和李商隐的无题诗都当作有寄托之作，实则未必。倒是韩偓《香奁集》自序说得明确："其间以绮丽得意者，亦数百篇，往往在士大夫口，或乐工配入声律。粉墙椒壁，斜行小字，窃咏者不可胜纪。"严羽据此论定韩偓《香奁集》之诗"皆裾裙脂粉之语"（《沧浪诗话·诗体》）。宋人张侃则谓："偓之诗淫靡类词家语。前辈或取其句，或剪其字，杂于词中，欧阳文忠尝转其语而用之，意尤新。"

（《拙轩集》卷五《拣词跋》）实际上不仅欧词"转其语而用之"①，周邦彦等人也曾用过，如《六丑·蔷薇谢后作》中"夜来风雨、葬楚宫倾国"，即化用其诗句："夜来风雨葬西施。"（《落花》）至于女词人李清照词中更多变化韩诗的句子，如其《点绛唇》："蹴罢秋千，起来慵整纤纤手。露浓花瘦，薄汗轻衣透。见客入来，袜划金钗溜。和羞走。倚门回首，却把青梅嗅。"即胎息于韩偓《偶见》："秋千打困解罗裙，指点醍醐索一尊。见客入来和笑走，手搓梅子映中门。"另，李清照《如梦令》："昨夜雨疏风骤，浓睡不消残酒。试问卷帘人，却道海棠依旧。知否？知否？应是绿肥红瘦。"则胎息于韩偓《懒起》："昨夜三更雨，今朝一阵寒。海棠花在否，侧卧卷帘看。"无论是对少女形象的描写还是对闺中女子心事的抒写，韩诗都对易安词有着直接的影响，从中也可看出韩诗与词之间的联系。韩偓《香奁集》中的诗被后代各种词集收作词的达十一首之多②，更能说明韩诗与词之间的联系。

不仅是李贺、温庭筠、李商隐、韩偓一系，诗歌的取材与作风近词，元稹、白居易也有许多类似作品。元白自称的"小碎篇章"（见元稹《上令狐相公诗启》），有相当部分作品属于艳情诗，所谓"缘情绮语者，亦往往有之"（白居易《苏州南禅院白氏文集记》）。这些作品篇幅短小，风情宛然，与词的距离很接近。如元稹《古艳诗二首》其一："春来频到宋家东，垂袖开怀待好风。莺藏柳暗无人语，惟有墙花满树红。"其二："深院无人草树光，娇莺不语趁阴藏。等闲弄水浮花片，流出门前赚阮郎。"这种以宋玉自许、以阮郎自命的口吻与后来的词人十分接近。白居易《采莲曲》："菱叶萦波荷飏风，荷花深处小船通。逢郎欲语低头笑，碧玉搔头落水中。"写的是采莲女子，属于传统题材，但在白诗中，爱情场面的描写取代了此前诗歌中出现的劳动场面，这与皇甫松在词中的描写很相似："船动湖光滟滟秋，贪看年少信船流。无端隔水抛莲子，遥被人知半日羞。"（《采莲子》）

---

① 如欧阳修《踏莎行》："栏干敲遍不应人，分明帘下闻裁剪"，出自韩偓《倚醉》："分明窗下闻裁剪，敲遍阑干唤不应。"又如欧词《玉楼春》"画时横接媚霞长"之句，与韩偓《席上有赠》"小雁斜侵眉柳去，媚霞横接眼波来"也有着渊源。

② 曾昭岷等编：《全唐五代词》，中华书局1999年版，第1057—1062页。

晚唐的杜牧曾借李戡之口，把元白的绮艳之作斥为"纤艳不逞，非庄士雅人，多为其所破坏"（《李戡墓志铭》）。实际上他本人不乏同类诗作，所以刘克庄在《后村诗话·后集》卷二）中反讥："（杜）牧风情不浅，如《杜秋娘》《张好好》诸篇'青楼薄倖'之句，街吏平安之报，未知去元、白几何？"杜牧的好友张祜也在《读池州杜员外杜秋娘诗》中说："年少多情杜牧之，风流仍作杜秋诗。"只不过，杜牧风情之作简练含蓄，较少具体描绘，格调稍高于元白，但他的生活作风和一些抒情小诗，与后来的词家更接近，他的那些风流韵事成为词中常用的典故。他本人在后代词作中甚至以才子词客的形象出现。如其《遣怀》诗："十年一觉扬州梦，赢得青楼薄倖名。"晏几道"天教命薄，青楼占得声名恶"（《醉落魄》）、秦观"孅酒为花，十载因谁淹留"（《梦扬州》）、贺铸"回首扬州，猖狂十载，依然一梦归来"（《雨中花慢》），用的就是有关杜牧诗歌创作和风流韵事的典故。杜牧那些风情宛然的词句，词人们更是频频化用，如《赠别》诗中"春风十里扬州路"的描写，就被秦观《八六子》化用为"春风十里柔情"，姜夔《扬州慢》词则用"春风十里"，指经过昔日繁华而今变为废墟的扬州大街，构成今昔对比的效果。

清人丁仪《诗学渊源》卷八曰："（韦庄）诗典雅绮丽，风致嫣然。"就韦诗的渊源而言，其嫣然绮丽的一面颇有元白诗的作风，有些诗歌表面上着色并不浓丽，也能引发艳情的联想，韦庄《中渡晚眺》："魏王堤畔草如烟。"一如白居易《魏王堤》："何处未春先有思，柳条无力魏王堤。"在隐约其辞的景物之中，似乎有某种情事存在，近于花间情词，所以韦庄又把它写进《菩萨蛮》词中："柳暗魏王堤，此时心转迷。"韦庄诗在风流中不无豪放之致，与元白相比显得较为典雅，而与杜牧写艳情又不乏风骨的作风很相似。如韦诗《南邻公子》："醉凭马鬃扶不起，更邀红袖出门迎。"这首作品中所塑造的公子形象，颇有杜诗豪放风流的特点，似与杜牧《寄杜子》"且教红袖醉来扶……豁得平生俊气无"存在着一定的渊源。而这种公子形象也一再出现在韦词中，如《浣溪沙》："满身兰麝醉如泥"；《天仙子》："深夜归来长酩酊，扶入流苏犹未醒。"至于韦庄《菩萨蛮》："满楼红袖招。"也塑造了这种公子形象，与杜牧《南陵道中》中的描写神似："正是客心孤迥处，谁家红袖凭江楼。"

　　从中唐到晚唐，诗歌中不仅写闺阁和男女之情的作品增多，且脂粉香泽之气也渗透到了咏物写景、赠答送别等题材，这也是诗与词接近的表现。沈义父《乐府指迷》曰："作词与诗不同，纵是花卉之类，亦须略用情意，或要入闺房之意……如只直咏花卉，而不着些艳语，又不似词家体例，所以为难。"中晚唐诗人，不仅李贺、李商隐温庭筠等人的作品如此，就连元稹、白居易咏物写景的作品，也充满"花柳情思"。在白居易的笔下，木兰花、山石榴、辛夷花、亚枝花、梨花、蔷薇皆逗人艳思，如《思妇眉》："春风摇荡自东来，折尽樱桃绽尽梅。唯余思妇愁眉结，无限春风吹不开。"似写人又似咏物，以纤巧之辞写闺妇春怨，亦风情摇曳。元稹诗中亦多"花当西施面"（《独游》）、"柳眼梅心渐欲春"（《寄浙西李大夫四首》其一）、"春入枝条柳眼低"（《寄乐天》）等句法绮丽、语涉艳情之作。如果说元白笔下的江南山水写得秀美动人，尚不失江南山水之本色，而杜牧写僧舍、温庭筠写田园也有这种绮艳的气息，那就只能说是诗人特有的审美情趣的反映。如杜牧《偶游石盎僧舍》："梅颗暖眠醅，风绪和无力。凫浴涨汪汪，雏娇村幂幂。"温庭筠《和友人溪居别业》："屏上楼台陈后主，镜中金翠李夫人。"《经李处士杜城别业》："不闲云雨梦，犹欲过高唐。"皆萦绕着绮情艳思。

二、境界偏向朦胧迷离

　　词与诗在境界上颇有差异。诗境较显而词境朦胧，这与词所抒发的情感差异有关，也与其抒情方式有关。就词所抒发的感情来说，它多抒发人物（特别是女子）内心隐约幽微的主观情绪；就其抒情特点来说，它多用婉曲含蓄的、委婉曲折的表现手法。伴随着绮艳题材的兴起，中晚唐诗歌开始集中对人物心理特别是女性心理加以刻画，诗歌的境界由此显得幽微隐约、朦胧迷离；同时这些诗多用借景抒情、含蓄蕴藉的抒情方式，有的还比兴言情，使感情表达得更为曲折隐约。正是由于这些因素，中晚唐诗在境界上显示出与词有相近的地方。

　　当然，中晚唐诗境界的朦胧化有一个发展变化、逐步深化的过程。刘永济《词论》卷二《缘起》曰："大抵诗歌自张、王、元、白以明博深切相尚，遂蹈显露之失。温、李承之，不得不变而微婉。而微婉者，小令之所宜也。"温、李诗歌的确较元、白诗歌要微婉得多；但元、白诗也未必尽"蹈显露之失"，至少他们的小碎篇章，或因篇幅有限，或不愿把情事交代得过于明白，在下笔时往往略去具体情节，故不失境界朦胧。如元稹《春晓》："半欲天明半未明，醉闻花气睡闻莺。狌儿撼起钟声动，二十年前晓寺情。"白居易《板桥路》："梁苑城西二十里，一渠春水柳千条。若为此路今重过，十五年前旧板桥。曾共玉颜桥上别，不知消息到今朝。"这两首诗能让人分明感受到有某种情事的存在，但并不言出，而是创作出一种幽约寂静之境，让人怀想，即显得有点隐约迷离。当然元、白的风情小诗由于大多有具体情事，写实性较强，兼之语意浅切，这种朦胧的特点尚不鲜明。

　　与元、白等人言情带有某种情事的影子而不作具体交代不同的是，李贺、温庭筠的诗歌则喜欢用浓重的色彩刻画外在环境、创造氛围，而情感常常隐藏在背后。元、白等人的作品虽然含蓄，仍不乏明朗。而温李的乐府诗主要是一种环境或氛围的描写，兼之语脉不显，句与句之间联系不明确，情思和境界就显得更不易把握了。如李贺《贵公子夜阑曲》："袅袅沉水烟，乌啼夜阑景。曲沼芙蓉波，腰围白玉冷。"很有氛围感，又自有境界。与元、白诗多与自己的艳游生活经历有关不同，李贺与温庭筠的乐府诗因为受到原题的制约，较少直接写自己的情感生活，所以它们更容易摆脱具体情事的束缚，也更容易将描写的重点放在环境和氛围上，并以此来暗示人物的情绪，在境界上也就显得更为迷蒙些，越来越接近词境。如温庭筠《瑶瑟怨》："冰簟银床梦不成，碧天如水夜云轻。雁声远过潇湘去，十二楼中月自明。"并未着重表现人物的具体心理活动、思想感情，而是通过景物的描写、组合，渲染一种和主人公相思别离之怨和谐统一的氛围和环境，整个画面的色调皆融入轻柔朦胧的月色之中，诗中人物的思想感情给人的也只是一个朦胧的印象，故有人说这首诗"作词境论，亦五代冯、韦之先河也"（俞陛云《诗境浅说续编》）。

　　承李贺而下，李商隐的无题诗一类作品，更具创造性地发展了比兴象征手法。他的无题诗往往让人感到，在爱情的吟咏中渗透了以爱情体验为中心的多方面人生感受，乃至似乎可以呈现出抒情主人公心灵中复杂变幻的情感状态，与深情要眇的词更为接近。如《代赠》（其一）："芭蕉不展丁香结，同向春风各自愁。"把芭蕉不展、丁香犹结的景象放在春风的背景中，具有写实成分；但诗的内涵并不是单纯的写景，虽然作者点明了愁，题目似乎也暗示了这种"愁"与爱情相思有关，但究竟愁在何处，其实并未点醒；更重要的是，把芭蕉与丁香等外在的物象和愁结不展的心象融合在一起，成了一种带象征性的愁思裹结的形象。李璟《摊破浣溪沙》："青鸟不传云外信，丁香空结雨中愁"、贺铸《石州引》："欲知方寸，共有几许清愁？芭蕉不展丁香结"，均从李诗化出。再如《无题》："相见时难别亦难，东风无力百花残。"东风无力、百花凋残的景象，可能是暮春的实景；但第二句接着上句而来，按照阅读的惯性，读者感到后句也是离别时那种难舍难分心情的写照，甚至给人以天地间一片凋零的象征之感，这种超出了一般离别场面的描写，也超出了一般的爱情体验，创造出缠绵悱恻的深婉意境。冯延巳 "别离若向百花时，东风弹泪有谁知"（《忆江南》）、陈克"帘外落花飞不得，东风无气力"（《谒金内》）等词句均从此化出，也都显得情思蕴藉。

深受李商隐赏识的韩偓，风格亦与义山诗相似。如其《深院》："深院下帘人昼寝，红蔷薇架碧芭蕉。"一如李商隐《日射》："回廊四合掩寂寞，碧鹦鹉对红蔷薇。"从深细幽微的境界和通过环境来反衬人物情绪的方式来看，与李商隐一脉相承。又如他的《已凉》："碧阑干外绣帘垂，猩色屏风画折枝。八尺龙须方锦褥，已凉天气未寒时。"不言闺情而闺情自见，表达得十分婉约，颇具词体风味。另如他的"楼阁朦胧烟雨中"（《夜深》）、"细雨轻寒花落时"《绕廊》）、"正是落花寒食夜，夜深无伴倚南楼"（《寒食夜》）、"云薄月昏寒食夜，隔帘微雨杏花香"（《寒食夜有寄》）等词句，情思蕴藉，境界迷离，也与词的境界神似。

中晚唐幽隐的诗境不仅出现在绮艳题材的诗中，也出现在那些吟咏日常生活情思的抒情小诗甚至悼亡、怀古等类诗中。元、白"小碎篇章"中除了部分是艳情诗，还有一些闲适诗描写日常生活的情思，境界也幽细深微。如白居易《宴散》："笙歌归院落，灯火下楼台"、《偶作》："阑珊花落后，寂寞酒醒时"。写客散酒醒后的寂寥之境，而这也是词中常常出现的境界，如张先《宴春台》："放笙歌、灯火下楼台。"黄庭坚《南乡子》："寂寞酒醒人散后。"又如白居易《花非花》："来如春梦不多时，去似朝云无觅处。"那种如梦的境界，给人的感觉很朦胧。这种境界也是词所常爱表现的，如晏殊《玉楼春》："长于春梦几多时，散似秋云无觅处。"晏几道《蝶恋花》："春梦秋云，聚散真容易。"欧阳修《御街行》："来如春梦不多时，去似朝云无觅。"朱敦儒《西江月》："世事短如春梦，人情薄似秋云。"都受过白诗的启发。温庭筠《碧涧驿晓思》写的是羁旅行役："香灯伴残梦，楚国在天涯。月落子规歇，满庭山杏花。"意境和风格都接近于他的《菩萨蛮》："花落子规啼，绿窗残梦迷。"另如温诗《宿城南亡友别墅》："还似昔年残梦里，透帘斜月独闻莺。"虽是悼念亡友之词，也与他在《菩萨蛮》词中创造的境界相似："灯在月胧明，觉来闻晓莺。"韦庄《台城》本为怀古之作，作者将草长莺飞的美景写进江雨霏霏的背景中，一片迷离，宛如梦境，亦似词境。

三、意象偏向阴柔

闻一多说中晚唐一些诗人"向着词的意境与词藻移动"。其所谓"词藻"，在诗中主要通过化为意象发挥其构筑意境的功能。绮艳诗有其特有的意象群，与盛唐"高山""长河""强弓""铁骑"等阳刚型的意象不同，中晚唐一些诗则围绕着香阁美人、风花雪月等，构成阴柔型的意象群。陈廷焯《云韶集》卷一曰："飞卿词绮语撩人，开五代风气。"绮语即时花、美女、红烛、粉泪一类意象，这也是词在意象上的特点。温词固然是"绮语撩人"，但中晚唐诗歌也有不少绮语，体现了中晚唐诗歌与词在意象方面有着一致的追求。《旧唐书·元稹传》谓其"工为诗，善状咏风态物色"。五代高彦休《阙史》亦谓"乐天长于情，无一春无咏花之什"。唐人赵璘《因话录》卷三也指出："李贺作乐府，多属意花草蜂蝶之间。"晚唐小李杜的创作亦复如是，宋人张戒《岁寒堂诗话》卷上对此有所责难："李义山诗只知有金玉龙凤，杜牧之诗只知有绮罗脂粉，李长吉诗只知有花草蜂蝶，而不知世间一切皆诗也。"一切意象皆可入，就诗的创作来说或许的确如此，但对于词来说，它为了创造出不同于诗歌的美感，在意象上颇有自己的选择，那就是偏爱花草蜂蝶、金玉龙凤这些意象，这样既有利于与词的绮艳题材相适应，又有利于表现词的那种幽约的意境之美。中晚唐诗歌在意象上与词的相似也是基于这些原因而出现的。大致说来，这些意象与词是相近的，表现为：

一是香艳。这种特点多体现在那些与女性有关的意象上。或是描写女性自身（包括体态、服饰等），或是描写女性的生活环境，总之离不开女性。如李贺《兰香神女庙》："团鬟分珠窠，浓眉笼小唇。"《恼公》："晓奁妆秀靥，夜帐减香筒。"周邦彦《琐窗寒》："小唇秀靥今在否。"其中的意象就是从李贺的诗中借用的。李商隐《偶题》（二首其一）："水纹簟上琥珀枕，傍有堕钗双翠翘。"欧阳修《临江仙》："水精双枕、傍有堕钗横。"直接来自李商隐诗。温庭筠《过华清宫二十二韵》："卷衣轻鬟懒，窥镜澹蛾羞。"贺铸《唤春愁》："试作小妆窥晚镜，淡蛾羞。"即变化温诗而出。这些意象都与女子有关，自然具有香艳的特点，因而入词颇为本色。

二是纤柔。诗人常取自然界和生活中那些小巧柔弱的景物构成此特色。清人贺裳《载酒园诗话又编》曰："义山之诗，妙于纤细"，并举《晚晴》为例："并添高阁迥，微注小窗明。"这一联不仅诗人的感觉纤细，而且斜阳微注、小窗微明，也是细微之景。有些诗人在描写这类纤细意象时，还常与女性联系，增添意象的女性化色彩。李贺《三月过行宫》："渠水红繁拥御墙，风娇叶小学娥妆。""风娇叶小"本就给人纤巧之感，再用"学娥妆"的拟人方式来描写，更增添了脂粉气，因而很像是词中的意象，晏几道词《蝶恋花》即以此入词："小叶风娇，尚学娥妆浅。"杜牧《齐安郡后池绝句》："尽日无人看微雨，鸳鸯相对浴红衣。"一个"浴"字将鸳鸯拟人化，"鸳鸯相对"又给人爱情的联想，意象因而带上了性爱的气息，宋人廖世美《好事近》直接化用小杜成句："鸳鸯相对浴红衣。短棹弄长笛。"之所以能入词，就是因为这些意象纤柔秀美，符合词的特色。

三是幽微。这类意象往往取之于自然，但并非单纯用来写景，有时用来表现隐约的心绪，具有一定的比兴意味，是一种心灵化的意象，很有些词的味道。如李贺《石城晓》："帐前轻絮鹅毛起，欲说春心无所似。"李商隐《日日》："几时心绪浑无事，得及游丝百尺长。"韩偓《长信宫》："平生心绪无人识，一只金梭万丈丝。"写那种难以琢磨的心绪，而以游丝来作比，十分贴切。词往往也借助这类意象，来描写那种难以捕捉的心绪或难以言说的心情，如冯延巳《蝶恋花》："穿帘海燕双飞去。满眼游丝兼落絮。"晏殊《诉衷情》："此情拚作，千尺游丝，惹住朝云。"所取意象即与李贺、李商隐相像。在李商隐的笔下，细雨像梦一样飘忽不定："一春梦雨常飘瓦。"（《重过圣女祠》）这可以让人联想到人之内心那些无端而来、无端而去的情绪，贺铸词"长廊碧瓦，梦雨时飘洒"，即从义山诗继承而来。

意象的阴柔化在词藻上往往是很精美、清丽的。随着绮艳诗风的兴起，清词丽句成为中晚唐诗歌追求的对象。沈义父《乐府指迷》："要求字面，当看温飞卿、李长吉、李商隐及唐人诸家诗句中字面好而不俗者，采摘用之。"张炎《词源》卷下："贺方回、吴梦窗皆善于炼字面，多于温庭筠、李长吉诗中来。"这种"好而不俗"的字面多为"清词丽句"。李商隐《辛未七夕》："由来碧落银河畔，可要金风玉露时。"其中"金风玉露"就是清词丽句，颇为后来词家所喜用，如欧阳修《玉楼春》："红莲绿荾亦芳菲，不奈金风兼玉露。"秦观《鹊桥仙》：金风玉露一相逢。"都吸收了义山诗的字面。沈际飞评温庭筠《春晓曲》"油壁车轻金犊肥，流苏帐晓春鸡早"二句："歌行丽对也……然自是天成一段词，著诗不得。"（《草堂诗余正集》卷一）说它是"歌行丽对"，也正是看出了这种清丽词句的特色。杜牧《长安送友人游湖南》："山密夕阳多，人稀芳草远"，将夕阳与芳草组合起来，互相映衬，倍见清丽，这也是词中常见的意象组合，如张泌《河传》："夕阳芳草，千里万里。"冯延巳《临江仙》："夕阳千里连芳草。"当即袭取杜牧的诗。

与意象的精美相伴随的是构思的精巧化。词要表达的是幽约的心绪、幽寂的心境，选择意象时固然要选择那些细小精美之物。同样，在刻画、组合这些意象时，也多出以巧思妙喻，充分体现出词在艺术上讲究刻画的特点，而中晚唐诗在这些方面也透露了靠近词的消息。魏庆之《诗人玉屑》卷十六："晚唐诗小巧，无风骚气味。"吴可《藏海诗话》："晚唐诗失之太巧，只务外华而气弱格卑，流为词体。"这些虽是从批评的角度来立论的，但道出了中晚唐诗歌构思上的特点。相对于盛唐诗歌来说，中晚唐诗歌的这种构思颇具词的气息。温庭筠《惜春词》："百舌问花花不语。"问花出以巧设，再加上"花不语"的反衬，颇能传达人物内心难以言说的情绪，故后来的词人多加仿效，如韦庄《归国遥》："问花花不语。"欧词《蝶恋花》："泪眼问花花不语。"大概都从中受到了启发。另如李贺《南园》："可怜日暮嫣香落，嫁与春风不用媒。"韩偓《寄恨》："死恨物情难会处，莲花不肯嫁春风。"把花落设想为嫁与东风，奇丽精巧。李煜（一作苏轼）《南歌子》："莫翻红袖过帘栊，怕被杨花勾引、嫁东风。"张先《一丛花》："不如桃杏，犹解嫁东风。"都与李贺、韩偓的诗有一定的渊源。

四、情调偏向感伤

　　盛唐诗歌笔力雄壮、气象浑厚，即使写悲愤之事，也有不平之气，具有力度。中唐以后，这种诗歌气象逐渐消失，代之而起的是感伤的情调。元白诗歌尽管主导方面对生活是执著的，有热情有期待，但其"小碎篇章"已时常流露伤感，用他自己的话来讲就是："苦调吟还出，深情咽不传。"（白居易《夜闻筝中弹潇湘送神曲感旧》）。白居易甚至在自己的诗中还专门列出了"感伤"一类。李贺的诗歌亦多"天若有情天亦老"（《金铜仙人辞汉歌》）之类的深情苦调。沈亚之《送李胶秀才诗序》："余故友李贺，善择南北朝乐府故词，其所赋尤多怨郁凄艳之巧。"可见李贺的诗在艳丽的外衣下，往往蕴藏着感伤的内容。到了"山雨欲来风满楼"的晚唐，由于时代不可挽回地走到了"只是近黄昏"的阶段，这种感伤更是发展为整个诗坛的基调。即使是风调较为爽朗的杜牧，其诗也是"含思悲凄流情感慨，抑扬顿挫之节，尤其所长"（胡震亨《唐音癸签》卷八《评汇》四引徐献忠语）。杜牧诗中就有以《惜春》《赠别》等为题目的作品，情感都比较低沉。李商隐的诗歌较之杜牧更多感伤气息。他赠杜牧诗云："刻意伤春复伤别，人间唯有杜司勋。"（《杜司勋》）冯浩《玉溪生诗集笺注》于此笺注曰："义山本自伤春伤别，乃弥有感于司勋也"，"推重樊川，正自作声价"，所言极是。伤春伤别本是词的主调，小李、杜等人却在诗中弹奏起来。义山之感伤有时表现为一种对昔日美丽爱情的无限追忆，有时表现为对锦瑟华年的欣赏流连。其诗《暮秋独游曲江》曰："荷叶生时春恨生，荷叶枯时秋恨成"，朱彝尊评："已似花间。"此处所谓"似花间"，包含感伤情调的相似。其中的春恨或许跟爱情有关，秋恨兼有年华流逝之悲。义山"虚负凌云万丈才，一生襟抱未曾开"（崔珏《哭李商隐》），故不免如此；"报国危曾捋虎须"（《安贫》）、"天鉴衷肠竟不违"（《天鉴》）的韩偓也有类似的感喟："光景旋消惆怅在，一生赢得是凄凉。"（《五更》）集中像《伤春》《惜春》《春恨》这样的诗题，不胜枚举。韦庄《长安旧里》诗亦云："满目墙匡春草深，伤时伤事更伤心。"这些作家差不多都有一种抹不掉的感伤心理。这种感伤的具体内涵并不一样，有的是时代没落或亡国之感，有的是身世之悲，有的是失恋之痛，但往往是综合的，无端而来，低回凄迷。这种情感的无端，有时极似词的情调。词中像冯延巳的"为问新愁、何事年年有"（《鹊踏枝》）、李煜的"剪不断，理还乱"（《乌夜啼》），即有李商隐等人诗中那种伤感来得无端而且纷乱的况味。晚唐诗的词藻和意象都很美，但在美丽中包含着感伤，它以丽语写悲哀，也与词十分接近。如杜牧诗《寄扬州韩绰判官》："青山隐隐水迢迢，秋尽江南草木凋。二十四桥明月夜，玉人何处教吹箫？"《题元处士高亭》："何人教我吹长笛？与倚春风弄月明。"这些都是写给友人的思念之作，但境界都比较优美而情调不无感伤，后来晏几道在《南乡子》词中加以化用："新月又如眉。长笛谁教月下吹。"此外还有贺铸的《太平时》："秋尽江南叶未凋，晚云高。青山隐隐水迢迢，接亭皋。　二十四桥明月夜，弭兰桡。玉人何处教吹箫？可怜宵。"姜夔的《扬州慢》："二十四桥仍在，波心荡、冷月无声。"这些诗词前后相承，不仅在词语意境上，而且在以丽语写悲哀方面，也非常接近。

五、诗歌绮艳化的趋势与规模

以上我们以中晚唐时期几位有代表性的诗人为例，考察了中晚唐诗歌在题材、意象、境界、情调上与词接近，也就是绮艳化的具体体现。应当指出，这种走向绮艳不是偶然的，而是其时诗歌发展中的一种必然趋势。它发生发展的时间长，而且波及的面也大。唐代中叶以后，商品经济发展，统治阶级普遍奢靡，城市成为游乐之所，社会上淫风蔓延，这是艳诗产生的生活基础。同时唐诗主情，按照自身的运动规律不可避免地要出现一次以表现男女情爱为中心的高潮。中晚唐白居易、杜牧、李商隐、温庭筠等人，固然思想比较开放，作风比较浪漫，而年辈长于他们的大历诗人韦应物、贞元诗人权德舆也有不少绮艳之作。如此众多的诗人创作男女情爱之作，说明绮艳一派在大历、元和时期，虽未得到最佳的气候与土壤，但显然已在积聚力量，为温、李等人导夫先路了。这种文学发展的内在动力，恰遇晚唐世风的推动，于是诗歌走向绮艳化；而从另一侧面看，词的发展，也与此背景息息相关，因此二者在词藻和意境上接近，就成了很自然的事。

就中唐而言，元、白以外，韩派诗人甚至包括韩愈本人也有绮艳之作，元稹即谓韩诗："花态繁于绮，闺情软似绵。"（《见人咏韩舍人新律诗因有戏赠》）①这在整个韩诗中并不多，但毕竟存在，如《落花》："无端又被春风误。"就曾被贺铸《踏莎行》"当年不肯嫁春风，无端却被春风误"化用过。孟郊、卢仝，也有诗句常被后来的词人化用。林庚《中国文学简史》指出孟郊"春芳役双眼，春色柔四支"（《古别离》）等作品，"开始了强调感官的彩绘的笔触"②，这也是孟诗近词的地方。卢仝《有所思》："相思一夜梅花发，忽到窗前疑是君。"词语和情调都与词接近，贺铸《小梅花》"一夜梅花忽开，疑是君"、王沂孙《高阳台》"相思一夜窗前梦"，即加以化用。此外，与韩、白并列而具有独立风格的张籍、王建及刘禹锡等人的诗作，也在一些诗中出现近词的意境和词藻。郑振铎《插图本中国文学史》将张籍、李贺、王建等人独立出来，认为"他们是复兴了宫体的艳诗，而更加上了窈渺之情思的"，并指出"他们开辟了别一条大道，给李商隐、温庭筠他们走"③。清人毛先舒也曾在《诗辩坻》卷三中指出："王建歌行，才思佻浅，便开花间一派，不待温、李诸公也。"又云："文昌（张籍）'洛阳城里见秋风'一首，命意政近填词。"宋人蔡梦弼还由中唐上溯到齐梁，说："上自齐梁诸公，下至刘梦得辈，往往以绮丽风花累其正气，其过在于理不胜而词有余也。"（《杜工部草堂诗话》卷一）明代后期，思想开放，杨慎则引了刘禹

---

① 任半塘认为此题中的韩舍人乃韩琮，见《唐声诗》（上），上海古籍出版社1982年版，第528页。

② 林庚：《中国文学简史》，北京大学出版社1995年版，第266页。

③ 郑振铎：《插图本中国文学史》（一），花山文艺出版社1998年版，第341页。

锡的大量诗句，谓其"宛有六朝风致，尤可喜也"（《升庵诗话》卷十二）。无论是批评还是赞扬，都表明刘诗有绮艳的作风。刘诗固然如此，而一向被认诗风简古淡泊的柳宗元，集中也有少数旖旎之作，如《酬曹侍御过象县见寄》："破额山前碧玉流，骚人遥驻木兰舟。春风无限潇湘意，欲采蘋花不自由。"感伤的情调、精美的意象、迷离的情思，颇有些词的味道，叶梦得词"谁采蘋花寄取，但怅望兰舟容与"（《贺新郎》）即本此而来。

中唐以诗风绮艳出名的还有施肩吾、张祜等人。许学夷《诗源辩体》卷二十九："施肩吾七言绝见《万首唐人绝句》，凡一百五十余首，中有艳词三十余篇。语多新巧，能道人意中事，较微之艳诗远为胜之。"清人余成教《石园诗话》（卷二）曾列举其许多诗句，谓其"皆善于言情，哀艳宛转"。张祜，"元和中作宫体小诗，辞曲艳发"（皮日休《论白居易荐徐凝屈张祜》），这些宫体诗一如元、白的"小碎篇章"，"声唱流美，颇谐音调"（徐献忠《唐诗品》）。

晚唐与中唐相比，诗风艳丽的诗人更多。温庭筠的好友段成式《折杨柳七首》（其中三首《文苑英华》作王贞白诗），皆托柳起兴，抒发宫怨闺情、离别相思。况周颐《蕙风词话》卷二指出段诗《折杨柳》"公子骅骝往何处？绿阴堪系紫游缰"二句意境"入词绝佳"，并谓："晚唐人诗集中往往而有，盖词学浸昌，其机郁勃，弗可遏矣。"晚唐继承李商隐无题诗者除韩偓外，还有唐彦谦、吴融等人。《唐才子传》谓唐彦谦："初师温庭筠，调度逼似，伤多纤丽之词"；《唐诗纪事》则言其为诗"慕玉溪，得其清峭感怆"。如其《小院》："小院无人夜，烟斜月转明。清宵易惆怅，不必有离情。"境界和情调都有近词之处。《唐才子传》谓吴融"为诗靡丽有余，而雅重不足"，《诗薮》则谓其诗与韩偓俱属"香奁脂粉"。吴氏《情》诗："依依脉脉两如何，细似轻丝渺似波。月不长圆花易落，一生惆怅为伊多。"这首诗"思路颇细，兼有情致"（贺裳《载酒园诗话又编》），与词的情调亦相仿佛。即使是那些主体风格与温、李相去较远的诗人，如陆龟蒙、杜荀鹤、罗隐等，也有近词的作品。陆龟蒙《和袭美春夕酒醒》："觉后不知明月上，满身花影倩人扶。"即清丽近词，宋人晁补之《一丛花·赵德麟送洞庭春色》把它变化为："金盏倒挥，满身花影，红袖竞来扶。"杜荀鹤《春宫怨》："风暖鸟声碎，日高花影重。"①景物秀美，感觉纤细，以花影零乱、鸟声零碎的春景衬托离别时纷乱愁怨的心绪，明人钟惺谓其"开诗余思路"（《诗归》），秦观《千秋岁》词中"花影乱，莺声碎"的描写即由此变化而来，李石《长相思》、袁去华《菩萨蛮》则使用其中的成句"日高花影重"。罗隐《牡丹花》："若教解语应倾国，任是无情亦动人"，以艳语咏物，亦近于词的作风。

　　中晚唐人编选诗歌选本也很能反映当时人对绮艳诗风的认同。令狐楚在元和后期编选的《御览诗》，大量选录了有关闺情、宫怨及以冶游为题材的"妍艳短章"，许学夷即谓这部诗选中"多纤艳语"（《诗源辩体》卷三十六）。晚唐韦庄编《又玄集》，入选者多为清词丽句。五代后蜀韦縠编《才调集》，选了很多中晚唐的艳体诗，其中晚唐韦庄、温庭筠、李商隐、杜牧等绮艳派诗人的作品入选最多，编者推崇它们："韵高而桂魄争光，词丽而春色斗美"（《才调集序》），一如《花间集序》对其所选词作的赞扬："镂玉雕琼，拟化工而迥巧；裁花剪叶，夺春艳以争鲜。"这些选本反映的是一时倾向，而与此相对，黄滔在《答陈磻隐论诗书》中指出："咸通、乾符之际，斯道隙明，郑、卫之声鼎沸，号之曰'今体才调歌诗'。"吴融在《禅月集序》中感叹中晚唐的诗歌创作，"至于李长吉以降，皆以刻削峭拔、飞动文采为第一流，而下笔不在洞房蛾眉、神仙诡怪之间，则掷之不顾。"②黄滔、吴融二人在理论上抱的是批评态度，与其实际创作不尽相合，但从他们的批评中亦可以看出绮艳化，即"向着词的意境与词藻移动"，确实是当时具有泛滥性的一股潮流。

原载《东方丛刊》2008年第1期

---

　　① 欧阳修《六一诗话》说是周朴之句，似非。《又玄集》《才调集》均作陆诗，当以作陆诗为是。

　　② 吴融诗歌风格接近韩偓，由上引《情》诗可见。这里因为是给诗僧贯休的诗集作序，不免站在近于贯休的立场上来批评世俗诗歌的风尚。

昭质堂本《樊川文集》考论

　　《樊川文集》常见的版本有四库本、四部丛刊影印明翻宋刊本、景苏园影印日本枫山官库藏宋刊本。20世纪70年代末，上海古籍出版社以四部丛刊影印明刊本为底本，参校景苏园影印宋刊本等，点校出版了《樊川文集》，成为目前的通行本。近几年又有学者关注到朝鲜刻本《樊川文集夹注》，但这个本子仅有诗歌（且无别集部分），虽对通行本《樊川文集》有参考价值，却仍有欠缺。笔者翻阅昭质堂刻本《樊川文集》之后，发现其中不仅有诗，而且有文，这对通行本《樊川文集》更有全面的参考价值。但这个本子属于善本，全国收藏的地方不多，故很少有人关注（《唐集叙录》《唐诗大辞典》《中国文学家大辞典·唐五代卷》《隋唐五代文学史料学》等书均未著录），特加以评介，希望对学界研究杜牧诗文和整理《樊川文集》有所参考价值。

　　昭质堂本《樊川文集》二十二卷，包括本集二十卷、外集一卷，别集一卷。每半页九行，行二十二字，白口，四周单边。有明人张巽申（洁修）序跋、郑郏（復止）的评语。据张序可知，该本刊于崇祯壬午（1642年）。

一、昭质堂本《樊川文集》的体例

　　昭质堂本《樊川文集》在体例上与通行本相比，既有一致的地方，也有自己的特点。就一致的地方而言，二者都是二十二卷，包括本集二十卷、外集一卷，别集一卷；本集前三卷为诗赋部分，其余为文，外集和别集均为诗歌。但昭质堂本在作品的具体编排上有自己的特色，即注重体裁的划分。这种体裁的划分不仅体现在对本集中诗文的区分上，尤其表现在诗文内部也注重体裁的细分（如本集和外集、别集中的诗歌均按照体裁重新编排顺序）。

观其凡例和目录可知。

《凡例·本意》曰："本集裴延翰编二十卷，今仍其旧，但类次多紊，略加次序，各标体制，未敢去取。"《凡例·分体》曰："本集诗体混列，未便观览。今五七言、古今体，分别类从，庶不淆乱。外集及别集亦如之。"

又《樊川文集目录》：

卷一（包括赋三首，诗十五首，均为五古）

卷二（诗三十一首，均为五古）

卷三（诗五十九首，包括七古、五律、五排）

卷四（诗七十六首，包括七律、五绝、六言诗）

卷五（诗八十八首，均为七绝）

卷六（杂著五首）

卷七（杂著七首）

卷八（序四首、记六首）

卷九（书七首）

卷十（书九首）

卷十一（表九首，状十四首）

卷十二（启十三首）

卷十三（制廿首）

卷十四（制廿二首）

卷十五（制廿七首）

卷十六（制廿九首）

卷十七（祭文七首、行状二首）

卷十八（志铭三首）

卷十九（志铭四首）

卷二十（志铭八首）

外集（诗九十三首）

别集（诗五十二首）

虽然通行本基本上是按照体裁来编排的，但不及昭质堂本在体裁上区分更为细致。如通行本《樊川文集》本集中的诗歌部分，只是大致区分为古体诗和律诗，而昭质堂本不仅将古体诗分为五古、七古，也把律诗分为五律、七律、排律、五绝、七绝诸体。这种分体，自然使得同一作品在卷中的位置不同于通行本，彼此相关的作品（如组诗、同时之作）也因为体裁不同而被分置各卷之中，有些作品的题目甚至因此被改动，如《送国棋王逢》和《重送绝句》因为是送别同一个人，在通行本中一并列于本集卷二，这应该是裴延翰原编的顺序（杜牧集中常把同类之作并列，现存许多樊川集也是这种编排体例）；而在昭质堂本中前首作为七律列于卷四，后首作为七绝列于卷五，因为后首未与《送国棋王逢》前后相继，担心读者不明作品中的人事，故改题为《重送国棋王逢》。又如《和野人殷潜之筹笔驿十四韵》和《重题绝句一首》，因为后首诗中的重题之地即前诗中的筹笔驿，在通行本中一并列于本集卷四，这也应该是裴延翰原编的顺序；而在昭质堂本中前者作为五古列于卷二，后者作为五绝被列于卷四，因为后者未与《和野人殷潜之筹笔驿十四韵》前后相继，担心读者不明作品中的地点，故改题为《重题筹笔驿》。这种重排，固然有利于读者从体裁上对杜牧的作品有更深入的了解，但也可能对裴延翰本的旧貌有一定的改动。还有些诗歌在本集、外集、别集的位置与通行本不同。如《入茶山下题水口草市绝句》在通行本中列于本集卷三，而在昭质堂本中却列于外集；而《送张判官归兼谒鄂州大夫》在通行本中属于外集，而在昭质堂本中却列于本集卷二；《书怀寄卢州》在通行本中属于外集，而在昭质堂本中却列于本集卷三。另外，在收录的诗歌数量方面，昭质堂本也有与通行本不同的地方。如本集收诗数量在通行本中为258首，而昭质堂为269首；外集收诗数量在通行本中为124首，而昭质堂本为93首；别集收诗数量在通行本中为60首，而昭质堂本为52首。这可能是昭质主人依据的版本不同所致，但也不能排除有昭质主人自己的取舍。凡此皆说明凡例所谓"今仍其旧"，其实只是卷数未动，其他方面则可能多有改动。

二、对昭质主人（昭质堂的主人）的初步考察

该本凡例署名为"昭质主人"，又版心有"昭质堂"的字样。但昭质堂

是什么时候的？昭质主人是谁？书中并未加以说明，查阅《中国古籍版刻辞典》《室名别号索引》《明人室名别称字号索引》《清人室名别称字号索引》诸书，亦不见收录。笔者在此根据书中提供的一些信息，做一初步探讨。

首先是书中张巽申为该本所作的序。为便于考察，现移录于下（括号内打问号的字，因为原文属于手写体，不易辨认，故存疑）：

序郑复止评樊川集

颂其诗，读其书，不知其人可乎？子舆所言，开千古尚友。人生而克知其人，而诗书不为陈牍，颂读不为咿唔，怨先在焉，呼之或出。善颂读者，当作是观。嗟乎，人固难知，知人亦不易也。不知其人而思之拊髀，失之戈臂，掩卷但有生不同时之叹。即文在兹，而作者之神情与述者之向往，漠焉河汉安所取？嘐嘐然曰："古之人，古之人，而颂之读之，侈经生穷年累世之勤劬哉！"予友復止氏，东里世家，西昆灵裔，文褚奕奕，经笥便便，自舞象侍尊先公太初先生坛坫，气猛吞牛，才雄吐凤，翔千仞而鸷八极。是父是子，并登作者之堂。復止趋庭有间，垂帷屈首，殚力搜邺架之奇，上下数千载，赤文绿字诸灵秘，几几乎追神脉望，与古俱化。生平欣赏，独神往杜牧之其人。岁辛巳，与予同业方山别墅，不固我，出所丹铅《樊川集》，指授往复，若穆然见牧之于诗书。牧之以樊川传久矣，樊川以復止传，又宁有既乎！予椎鲁无文，即日对樊川，希少有领略。自分于復止，得髓得肤，见地迥别，乃復止于樊川以独有会也。樊川在当时，感愤风云，依光日月，清华之业，鹊起蝉联，斯亦无所不得志。顾津津思以著述寿樊川，若将并一时禽鱼花鸟，长留飞跃之趣以不朽。嗟乎，牧之而直为一禽鱼一花鸟，津津徵灵不律哉！今其集具在，若赋若诗若论著，流连沉痛，练达周详，颂之读之，樊川在焉。夫将遇之旦暮。昔贤谓李杜文章，光焰万丈，作者罕俪，辄进樊川而伯仲之，谓小杜得其雄健。予始不信，乃今知之已。反覆《罪言》《兵论》，飒飒乎竦，荃宰之神为下，葛茝之听竟究，功归于听者，而言者之罪至今。夫言有当于用，何渠必收言者之利！实事不言，而言事不实，此则樊川之所痛心，未始引以分咎也。读《樊川集》

者，作如是观，復止以为然否？昔晁补之策安南兵事，亦援樊川前著，肆为《罪言》。两贤异代，志一道同，闭门造车，出门合轨，后有作者，弗可及已。乃予不敏，若于復止，有以观其深也。丙子之役，復止挈马兔，走燕云，凭吊淋漓，多得诸庐头盾鼻。已復闻天骄犯顺，忧在至尊，则尝走当事，借筹分肉食之谋，几几乎《罪言》哉！当事者用以窥左足，戎丑为喙駮，则言之者无罪，顾不自列于功人也。牧之、补之，与我復止，鼎峙千秋矣。復止之嗜樊川，自具手眼，直会樊川苦心，并欲使知人者互出其手眼，于颂读之外，缮而寿诸梓，且欲寿其尊公《太初遗稿》，并行于世。猗嗟乎，东里家学，源濬而流为长，又安所纪极？补之为宋闻人，著述表表，前无作者。其父君成，起家新城令，博伟俊辨，苏长公与之游，不知其人；会补之以史馆都文誉，而后君成之文学赖以声施，长公以为有其实而无其名者之报。余于復止乔梓亦云。復止《樊川集》行，不固我，属之枝骈。夫金钟大镛，自应悬之东序，顾进击瓮扣缶者，而与之鼓吹休明，谓不知量何？虽然，予之知復止，未始非復止之知樊川也。余更怵然于东里代起之有家学。予于七书三篋，未见一班，映雪瞻云，此际不禁怊怅也。崇祯壬午禊日同邑社弟张巽申洁修题。

从上面所录的张序，特别是序中"出所丹铅《樊川集》""缮而寿诸梓""復止《樊川集》行"诸语来看，郑氏不仅收藏有《樊川文集》，而且刊印过《樊川文集》。不过郑氏印行的《樊川文集》是否就是昭质堂本，或者昭质堂主人就是郑氏，序中并未明言，但这种可能是有的。

其次，我们从书中的凡例和评语来进一步推测，昭质堂主人可能就是郑氏。昭质堂本在张序后有署名"昭质主人"的凡例数则，"评骘"一则曰："切要则片言不易，尚华则繁词堪厌，是以但为质言，不溢骈词。记室评诗，彦和论文，意有在矣。"可见书中有昭质主人的评语。可是张巽申的序已称该书为"郑復止评樊川集"，而且该书本集卷一、卷二十一外集中均用黑体字标有"**明　兰陵郑郏復止甫评**"的字样。而该书在出现郑氏评语的地方，都未注明哪些评语是郑郏（復止）的，哪些属于昭质主人的。这很难说是昭质主人的疏忽所致，更大的可能则是昭质主人与郑郏（復止）是同一人，所以他用不着在出现评语的地方，作出昭质主人与自己的区分。当然，这些仅是笔者目前从本子中找到的这些线索作出的初步推测，尚无直接的证据说明昭质（堂）主人就是郑郏。

从评语中我们仅仅知道郑郏字復止，明代兰陵（今常州武进）人，与作序的张巽申（洁修）是"同邑社"。另据张序可知其在崇祯丙子（1636年）前后曾在军中任职。至于郑氏其他生平事迹，需要从其他的途径查考。前引张序提到郑郏的父亲为郑太初，查《四库全书传记资料索引》中知有明人郑振先字太初，常州武进人①，而常州府武进县在历史上一度被称作"兰陵"，这既与张序中提到的郑郏父亲"太初先生"相合，也与书中郑郏所署的籍贯（古称）切合，我们初步推断此郑振先（太初）与郑郏当为父子关系。另据光绪时所编的《武进阳湖县志》卷21《人物·宦绩》知郑振先有子郑鄤，又据《明人传记资料索引》知，郑鄤字谦止，号峚阳②。从上引张序和评语主人的署名，我们已经知道郑郏字復止，亦为兰陵人。无论从名还是字来看，二人都是相关的——就二人的名来说，都与古郑国的地名有关，切合其郑姓；且部首相同，又表明彼此辈分相同；就二人的字来说，都带"止"字，且"谦""復"都与《周易》六十四卦有关。这说明郑郏（復止）与郑鄤（谦止）应是兄弟辈分，可以进一步确定郑太初、郑郏之间的父子关系。郑郏因为不登进士，也未做官，所以《武进阳湖县志》卷21《人物·宦绩》郑振先小传中未提及郑郏，而郑鄤为天启二年进士，曾官庶吉士，故得以提及。郑郏在《明史》和方志中均未见记载，《中国人名大辞典》《历代人物年里碑传综表》《古今人物别名索引》《中国文学家大辞典》《明清进士题名碑录索引》《八十九种明代传记综合引得》《明人传记资料索引》《清人传记资料索引》亦未见收录，故其事迹颇难查考，我们仅能根据其兄郑鄤提供的一些文献对其事迹有所了解。郑鄤现存《峚阳草堂文集》16卷（民国21年活字

---

① 《江南通志》载其字明初，误；《浙江通志》引《嘉兴县志》载其字太初，武进人；《礼部志稿》亦有类似记载。

② 《御批历代通鉴辑览》载："郑鄤字峚阳。"误。《御选明诗》载："郑鄤字谦止。"《通雅》亦载："渊明诗：'乃在峚山阳。'郑鄤取以为号。"

本），卷14《亡考象斋府君行状》曰："府君（按，指郑父振先）遂弃诸孤逝矣。诸孤五人，鄤不孝，居长。"并提到继母"吴安人生弟鄩，鄩与诸子无二"。又同卷《亡姒吴安人行状》中有类似的记载："府君有七男四长：鄤……次郏…次鄩，聘江都教谕……次郿……"这说明郑鄤与郑鄩为同父异母的兄弟，其中郑鄤为兄，郑鄩为弟。

郑振先、郑鄤父子身处明代中后期党争激烈、外患频仍的时期，在仕途上颇受挫折（郑振先、郑鄤父子事迹，《东林列传》均有记载）。万历年间，郑振先上书《直发古今第一权奸疏》，措辞严厉，矛头直指当权者，并由此被贬官，最终闲居老家至死；郑鄤陷入党争更深，天启年间曾被列入黑名单《东林点将录》中，崇祯时竟以疑狱磔死（参抱阳生《甲申朝事小纪》四编卷九"郑谦止始末"）。这种时代和家庭背景，对郑鄤的心理刺激很大，这在《樊川文集》中郑鄤所作的一些评语里面亦能找到一些痕迹，如其评《李甘诗》："小人陷害君子，唯有'党'字可惑君听。古之清流受祸必惨，深堪叹息。"虽是为"古之清流"而发，但也是目睹明代党争特别是身处明季党争的环境中的有感之言，特别是郑振先、郑鄤父子亦以清流自居，深深卷入党争的家庭背景，更使得郑鄤读杜牧的《李甘诗》有特殊的感受。又郑振先、郑鄤家族出于元明两代受到朝廷旌表的金华府浦江县"义门郑氏"，所以家族中的儒学思想比较浓厚，而在明代中后期的儒学主要体现为心学，郑鄤本人在狱中作《坚阳草堂说书》授其子，皆提倡心学。

这种家学渊源和时代哲学，在郑鄤为杜牧诗文所作的评语中也能得到印证，如评《长安送友人游湖南》"相舍嚣谤中，吾过何由鲜"二句："道言。"评《新转南曹未叙朝散初秋暑退出守吴兴书此篇以自见志》"且免材为累"句："静者之言。"评《投知己书》："温和而介，不作牢骚语，类有道者言。"又如评《上周相公书》："大儒未有不知兵，如阳明先生不愧此语。今膺督抚之任者，宜诵此。"阳明先生正是明代中期著名的哲学家，其所提倡的心学思想影响士林很深，郑氏家族亦不能免。实际上，连"昭质堂"的堂名也带有这种心学色彩。又郑鄤工诗擅文，亦爱戏曲，曾著有《论语笔解》《禹贡注》《宋三大臣汇志》二十一卷、《坚阳草堂说书》七卷、《考定苏文忠公年谱》一卷，又曾评点《宋丞相韩忠献公家传》十二卷，可见郑氏为诗书之家。在父、兄的影响下，在这样一种家庭环境中，郑邠刊行和评点《樊川文集》也就在情理之中了。

三、昭质本的文献价值

昭质堂本《樊川文集》的文献价值首先就在于，它提供了许多与通行本不同的文字，可供校勘之用。胡可先《点校本〈樊川文集〉酌议》（收入其专著《杜牧研究丛稿》，以下简称胡著）曾据台湾商务印书馆影印文渊阁四库本加以对照，指出通行本《樊川文集》在点校上存在一定的问题。这些问题，一方面与点校者本身的误读有关，另一方面与其参校的本子不多也有关。实际上，胡可先未看到昭质堂本，所以在指出点校本《樊川文集》的同时，也出现了一些失误。本文结合二家的校勘，撮录一些异文，以供参考。这些异文有的与四库本同，可以进一步证明通行本的讹误；有的则与四库本、通行本均不同，在文字上更有胜义。

通行本卷五《罪言》："不一世，晋大，常佣役诸侯。"库本"晋大"作"晋文"。按，昭质堂本亦作"晋文"，"文"字当是。

卷六《书处州韩吏部孔子庙碑阴》："天不生夫子于中国，中国当何如？曰不夷狄如也。"库本作"天不生夫子于春秋，后世当何如？曰不春秋如也。"又同文："彼夷狄者，为夷狄之俗，一定而不易，若不生夫子，是知其不夷狄如也。"库本作"处后世者，弑父弑君，奚啻倍于春秋，若不生夫子，是知其必不春秋如也。"按，此处库本将"夷狄"改作"春秋"，是为了不触犯清统治者的忌讳而擅自改动的文字，并无版本上的依据，因此这段文字参校价值不大。昭质堂此处文字与通行本同，可见通行本不误，库本则是妄改。

卷七《唐故太子少师奇章郡开国公赠太尉牛公墓志铭》："休充于公为曾祖。"库本"休充"作"休克"。按，昭质堂本亦作"休克"，"克"字是。

卷八《唐故岐阳公主墓志铭》："杀牛羊大为数百人俱具。"库本"大"作"犬"。按，昭质堂本"大"亦作"犬"，"犬"字是。

卷十四《祭城隍神祈雨第二文》："公庭昼日，不闻人声。"库本"昼日"

作"尽日"。按，昭质堂本亦作"尽日"，"尽"字是。

卷十四《吏部尚书崔公行状》："曾祖某，皇任醴泉县令。祖某，皇任太子中允赠右散骑常侍。父某，皇任检校吏部郎中兼御史中丞袁州刺史赠太师。"库本作："曾祖综，皇任醴泉县令。祖浩（胡著排印成"诰"，误），皇任太子中允赠右散骑常侍。父倕，皇任检校吏部郎中兼御史中丞袁州刺史赠太师。"胡著此处曰："异文颇多，俟考。"按，昭质堂本此处文字与库本同，正可供胡著俟考。

又同文："幕府陪吏之属。"库本"陪吏"作"部吏"。按，昭质堂本此句为："幕府及部吏之属。""部吏"是。

文渊阁四库本《樊川文集》，仅有文而无诗歌部分①，所以胡可先在利用四库本对校通行本时受客观条件的限制，虽曾利用杜牧手迹、《唐人选唐诗》等，参校通行本的诗歌部分，但不足之处还是在所难免，而昭质堂本与朝鲜夹注本在诗歌方面颇有一些文字上的异同，今列出以供胡著和通行本参考。

通行本卷一《张好好诗》："一声雏凤呼。"胡著引杜牧手迹作"离凤"。按，昭质堂本与朝鲜夹注本均作"离凤"，作"离凤"是。通行本将"离凤"改作"雏凤"，实因"離""雏"二字形近而误。

卷二《街西长句》："游骑偶同人斗酒，名园相倚杏交花。"胡著参校《才调集》，认为"偶同"应作"偶逢"，"游骑同人斗酒，似不可通。"按，昭质堂本仍作"偶同"，不误。所谓"偶同"，并非是"游骑同人斗酒"，而是人之间的斗酒，"游骑"一词实际上是代指骑马的人，句意为"骑马一同出游，互相斗酒"。

卷三《赠李秀才是上公孙子》。按，这个诗题不通，昭质堂本"是"作"呈"，是。通行本与胡著均未校。

卷四《为人题赠二首》："我乏青云称。"胡著参校《才调集》"青云"作"凌云"。按，昭质堂本亦作"凌云"，可参。又同诗："月落珠帘卷。"胡著参校《才调集》"月落"作"日落"，昭质堂本亦作"日落"，可参。又同诗：

---

① 文渊阁四库本《樊川文集》只有17卷，乃将20卷中诗歌部分和外集、别集等专门辑录诗歌的部分去掉，仅存赋和文，且文也有一篇缺失；但这些内容在文津阁四库本《樊川文集》中均存在。胡著亦未利用文津阁四库本《樊川文集》。

"筠笼语翠襟。"胡著参校《才调集》"襟"作"禽",昭质堂本亦作"禽",可参。

外集《奉和仆射相公春泽稍愆圣君轸虑嘉雪忽降品汇昭俗即事书成四韵》,按,题目中的"即事书成"疑有误,昭质堂本与朝鲜本"成"均作"怀",可参。通行本与胡著均未校。

以上主要是结合通行本的点校与胡可先的补校而列出的一些异文,实际上,昭质堂本《樊川文集》还有许多异文有参考价值,本文在此只是列举一二,希望能引起学界对该本的重视。

除了以上列举的异文外,该本还有郑鄤的评语具有较高的参考价值。据张序可知,郑復止喜欢藏书,且对樊川文集别有会心。特别是张氏身处明季,遭逢"丙子之役""天骄犯顺"等重大事变,对现实非常关注,因而在阅读杜牧诗文时,常常能结合其时代形势发表感慨。如:

> 评《晚晴赋》"冠剑大臣,国有急难,庭立而议"数句:"有深讽。"
>
> 评《故洛阳城有感》"锢党岂能留汉鼎,清谈空解识胡儿"二句:"感慨淋漓。"
>
> 评《灞陵骆处士墓志铭》:"善刀而藏,处衰世之良法。"
>
> 评《荐韩义启》:"年来蝗旱,炊粒如珠,儒流支生无策,御史固救饥寒官。不自求而为知友求,足深古处。"
>
> 评《朱载言除循州刺史……制》:"于守令谆谆告诫,想见爱民切至。今日所宜申命。"

所谓"年来""今日""衰世"等评语,都离不开明季这一特定的历史背景;而从"深讽""感慨"等用语中,我们不仅能看出郑氏的时代背景,也能由此深刻领会杜牧诗文有着强烈的现实针对性。

除了注重杜牧诗文的现实性、政治性外,郑氏对杜牧诗文的风格多样性也很注意加以点评,体现出相当的艺术感受力,如对两篇赋的独特风格有这样的评论:

> 纯用议论,深其寄托,殆渊明所云抑流宕之邪心,谅有助于讽谏

欤？（评《阿房宫赋》）

祻期高旷，古今第一流。（评《望故园赋》）

又如评文，也很注意揭示不同作品的独特风格：

指陈慷慨，激切恻然，忠爱深于痛哭，非若贾生空堕一副急泪。
（评《罪言》）

至论，非奇论。（评《论相》）

指画详明，伏波聚米时也。（评《上司徒李相公论用兵书》）

顿放曲折，若云烟自为卷舒。（评《上昭义刘司徒书》）

文情层叠而清遥，春浪秋云殆其似之。（评《上宣州高大夫书》）

筹时苦心，苌弘血迸纸矣。（评《上李太尉论北边事启》）

事亦怪诞堪志。（评《进士龚轺墓志铭》）

词无矜夸，意归风雅。（评《自撰墓铭》）

又如评诗，对杜诗风格的多样性亦颇留意：

娟妍之致，和笔墨流出。（评《张好好诗》）

气豪而语壮。（评《和野人殷潜之题筹笔驿十四韵》）

媚丽而情至，应是风流第一。（评《为人题赠》其二）

明月万山，方是美人境界，不落寻常俗艳。（评《有寄》）

怅恨无极。（评《泊秦淮》）

清响裂云。（评《寄扬州韩绰判官》）

低徊百倍。（评《金谷园》）

在揭示杜牧诗文风格多样性的同时，郑氏特别注意到杜牧诗歌在写景艺术上
的多样性，如：

评《题池州弄水亭》："如石间水响，天然清亮。"

评《赠宣州元处士》："清朴。"

评《春末题池州弄水亭》："闲适。"

评《题扬州禅智寺》："盈盈澹致。"

评《忆齐安郡》："冲寂自妍。"

评《朱坡》："烟景迷离，足萦怀抱。"

评《题宣州开元寺水阁》："意境幽折。"

评《齐安郡中偶题》（其二）："萧疏。"

此外，对杜牧诗文的源流亦能结合具体作品，有深刻的抉发，如评诗《昔事文皇帝》："杜少陵于感事诗独有讽刺之妙，樊川亦复不减。"评诗《题桐叶》："妙处直逼高岑。"又如评《幽将录》一文："用折、用变处，神似龙门。"评《黄州刺史谢上表》："以文通之芳荑，发敬舆之剀挚。"另如评《偶游石盎僧舍》"风绪和无力"句："五字绝妙，真词料。"这些评语都不失为郑氏的心得，有其精当之处，可惜的是早年出版的《唐诗汇评》和近来出版的《杜牧研究资料汇编》均未收录，这是一种遗憾，故笔者在此移录较多，以供学界同仁借鉴。

原载《文献》2008年第1期

百年苏诗研究述评①

以作家姓氏冠于"诗"字前，组成专门术语，在中国诗歌史上除"陶诗""李（白）诗""杜诗""韩诗"外，苏轼也获此殊荣，正昭示其诗歌创作的独特性与典范意义。尽管受到宋诗研究起伏不定和苏轼本人思想复杂、评价不一等因素的影响，20世纪的苏诗研究经历了一个曲折的过程，但研究对象的重要性和独特性，也足以使人们在曲折中推进了苏诗研究，并使苏诗研究成为20世纪宋诗研究的重镇。

一

"五四"以后，陈衍作为晚清"同光体"的健将和诗论家，在传统诗学圈内仍受到尊崇。他在《石遗室诗话》中谓"东坡七言古，中间全用对句排篡到底，本于老杜"，在《石遗室诗话续编》中，赞扬苏诗"工和韵""善用典"。他晚年编选评点的《宋诗精华录》选苏诗88首，是宋代诗人中入选作品最多的一位。他在评析苏诗时指出苏轼"七古多似昌黎而收处常不逮"，"短篇五古，非坡公所长，清脆而已"，"东坡五七古，遇端庄题目，不能用禅语诙谐语者，则以对偶排篡出之"。作者并不因推崇宋诗或偏爱苏诗而尽说好话，体现出一种求实的学术态度，故其研究成果至今仍为人称引。

20世纪二三十年代的文学史著作在谈到苏诗时，多概括地谈其总体特色

---

① 本文系与余恕诚师合著。

和在宋诗发展中的地位①。吕思勉在《宋代文学》"宋代之诗"章中论及苏诗时说："北宋之世，擅诗名者，无如坡公。荆公之格高，而坡公之才大，殆可谓之双绝。然为后人所宗法，则坡公尤胜于荆公也。"在论及江西诗派时又说："苏黄诗派，确能牢笼一代，而为宋诗之特色。"柯敦伯《宋文学史》谓苏诗"各体皆工，七古尤擅长，唯五律差逊"。胡云翼在《宋诗研究》中将苏与欧、王、黄列为北宋诗坛的四大权威，并指出："没有欧阳修，绝不能廓清西昆体的残余势力；没有苏轼，绝不能造成宋诗的新生命……开辟宋诗的新园地，不让她永远依附唐人篱下。这便是苏轼唯一值得讴歌的伟大处所。"苏诗由于它的独创性在宋代即被称为"东坡体"。梁昆在《宋诗派别论》中也有"东坡派"之说，作者认为："东坡之主诗盟，不专宗某一古人，乃兼重才气，任个性自由发展，决不加以限制，又不决以体裁不同而相互攻驳，故苏派诸人各具面目。"书中还分析东坡诗派有"一长四短"："一长"曰"解放诗格"；"四短"曰"以文为诗""议论""好尽""粗率"。

这一时期发表的苏轼研究论文，在苏诗风格、渊源、分期等方面论述较为具体细致。张尊五《东坡文学》（《国专月刊》1937年5月）详细评述了苏轼诗词的风格特色、渊源、流派及影响。赵宗湘《苏诗臆说》（《国专月刊》1936年12月）认为苏轼的风格是"豪放奔肆，婉约清丽兼而有之"，其中"东坡受李杜之影响较深，韩刘之关系为浅，此外陶渊明韦苏州王右丞诸家，予东坡之助力亦大"。严恩纹《东坡诗渊源之商榷》（《文史杂志》1945年第1期）认为苏诗渊源于韩愈、刘禹锡、李白、白居易、杜牧。张尊五《东坡文学》认为苏诗的来历以陶李及佛经（华严维摩圆觉之经）为显著，并将苏轼与李白作了比较。关于分期，严恩纹《东坡诗分期之检讨》一文（《责善半月刊》第2卷1-2期合刊，齐鲁大学民国30年4月）将苏诗创作过程分为少、壮、暮三期。但这些论述多为申述前人之见，新见不多。

本期真正能在苏诗研究中体现出新的精神、提出新见解的要算梁启超、

———————

① 尽管宋诗在新文化运动的冲击下地位有所下降，但苏诗仍为学界重视，甚至连那些对宋诗颇为轻视的文学史也对苏诗有很高的评价，如李维《诗史》认为苏轼乃"韩文公后，一人而已"，"才思横溢，如泻东海之水"。稍后出版的陆侃如、冯沅君合著的《中国诗史》干脆将宋诗从中国诗史中抹去，但著者在论及苏词时仍然承认："苏轼是中国文学史上最有天才的作者之一，他的文、诗、词以至书法，无不佳妙。"

胡适等。苏诗、宋诗研究并非他们的学术重点，但他们以首开风气的学术气度，在苏诗研究中实不乏前人所未道者。梁启超在《中国韵文里头所表现的情感》一文（原刊1922年2月15日、4月15日《改造》第4卷第6、8号）中论及苏轼的浪漫作品。他说："苏东坡也是胸次高旷的人，但他的文学不含神秘性，纯浪漫的作品较少"，又指出："他作诗时候所处的境界，恰好是最浪漫的；他便将那一刹那间的实感写出来，不觉便成浪漫派中上乘作品。"以"浪漫"来论苏诗境界，正体现出新文化运动特有的艺术理想；同时指出这种"浪漫"并不纯粹，不含神秘性，是有实感的，又与当时的平民文学精神相吻合，在某种意义上也与胡适从白话文学的角度肯定苏诗（及宋诗）声气相通。胡适在《国语文学史》（北京文化书社1927年）中论及"北宋诗"时指出："宋诗到苏、黄一派，方才大成"，"苏黄诗的好处并不在那不调的音节，也不在那偏僻的用典。他们的好处正在于'做诗如说话'，因为要做到'做诗如说话'，故不拘守向来的音调格律"，认为苏诗的好处在于用"极平常的物事做出好诗"。同样用"以文为诗"来评价宋诗与苏诗，胡适使人们从一个新的角度来审视苏诗与宋诗，也使得其原有的一部分好处得以被发现（虽然这种发现也忽视了历来被认可的苏诗好处）。此论虽主要是出于文学革命和推进白话文运动的需要，但他将传统命题加以现代性的转换，获得了巨大的社会反响，也使苏诗研究的局面得以开拓。40年代出版的刘大杰《中国文学发展史》对苏轼其人其诗也有生动的评价：苏轼"在政治上受了种种挫折，但他善于解脱。因此他虽是热情，而不流于狂放；他虽爱自由高蹈，而不趋于厌世避世"，"在他的全部作品里，充满了胸怀开朗、诙谐幽默的乐观主义精神和生活的真实感"，"苏轼在诗上较高的成就，是七言长篇……波澜壮阔，变化多端，真如行云流水一般地舒卷自如，确是李白以后很少见到的"。仅从"自由""乐观""幽默"等用词来看，也不难感受到这番论述深受新文化运动精神的影响，同时又避免了胡适等人的偏颇。朱自清《经典常谈》中肯定"宋诗散文化，到苏轼而极"，又赞扬苏轼"将禅理大量的放进诗里，开了一个新境界。他的诗气象洪阔，铺叙宛转，又长于譬喻，真到用笔如舌的地步"，也能见出这种特点。

二

50年代后期，苏诗研究与宋诗研究一道受到冷落，这主要是因为包括苏诗在内的宋诗（陆游诗属例外）在当时被认为是脱离现实、脱离人民的，根据人民性、现实性的批评标准，很难得到正面的评价，故少有学者对其深入研究。只是由于苏轼本身是一个政治人物，他的政治思想成为研究和讨论的热点，肯定者有之，否定或批判者更有之。顺及对苏诗的研究侧重在苏轼的政治诗，以便从中考察其是否具有政治意义和人民性，乃至判断苏轼政治态度保守与否的重要依据（这种局面甚至延续到了80年代初）。由于这种争论多半是围绕苏轼政治态度与苏轼政治诗来展开的，故其研究普遍存在重思想、轻艺术的倾向，而不再像之前那样去集中探讨其风格、体裁等艺术特色；而且由于苏轼政治思想的复杂性使对苏轼的政治评价产生了不断的争论，苏轼其人其诗很难像此前那样得到积极评价与正面肯定。随着"文革"时期有关苏轼其人政治评价的标准更趋苛严，苏轼其人更是全面受到否定，其诗（特别是政治诗）则成为否定他的重要材料。

王季思在《文学研究》（1957年第4期）上发表《苏轼试论》一文，对苏轼作出了全面而较高的评价，说苏轼有"比较一贯的政治态度"，并特地称赞了苏轼的人格精神与文学成就。程千帆在《光明日报》（1957年5月19日）上发表的《苏诗札记》谈到苏轼的"反抗精神"，并予以高度评价。文章将苏诗大体分为两类，认为反映民生疾苦和时政得失的诗篇，在苏诗中并不是在质量上最高，数量上最多的，在内容方面最突出的另一类诗"在极广阔的范围内反映了诗人对于生活的无限热爱，他对于束缚个性的环境的抗拒，他在任何困难的时候都不丧失的乐观主义精神。"这两篇肯定苏轼的文章很快就招致非议。乔象钟在《光明日报》（1958年10月26日）上撰文批驳程千帆，认为程氏强调苏轼的反抗精神，是要人们以反抗精神来反对社会主义事业。黄昌前在《对王季思先生的〈苏轼试论〉的几点意见》中，认为对苏轼那样只强调作品的艺术技巧、不顾作品思想性的，不能给予过高评价，还认为苏轼的政治态度是反动的，苏轼与人民的距离是很大的（《文学研究》

1958年第4期）。艾治平在《全面地历史地评价苏轼》一文（《理论与实践》1958年6月号）中，折中王、黄的观点（但艾文尚未否认苏轼对中国文学的发展有巨大贡献）。当然，60年代也有学者对苏轼的政治思想进行了较为客观的评价，如杨运泰《苏轼思想简论》（《新建设》1962年第7期）、谢继善《苏轼的政治思想和苏诗的艺术成就》（《江汉学报》1962年第3期）。

陈迩冬的《苏轼诗选》（人民文学出版社1957年12月）和钱锺书的《宋诗选注》（人民文学出版社1958年9月）也是诞生在这种学术气氛中的两部著作，虽为普及读物，仍有相当高的学术价值，当然也不可避免地带有特定的时代烙印，如钱著选苏轼诗数量不及陆游诗，显然是受当时学术风气影响。不过，这两部著作之所以显得重要，主要还是在于其不为风气所束缚，能用选本这一传统研究方式对苏诗、宋诗加以研究，特别是以其对具体作品的艺术分析而受后人重视，钱著在这方面成就更为突出，如他对苏诗比喻艺术的评析细致入微，倍受学界好评。程千帆在其与缪琨合作选注的《宋诗选》（上海古典文学出版社1957年5月）的引言中也肯定了苏轼在诗歌上有其独特的成就，并以积极浪漫主义精神来评价苏诗。此外，马赫《略论苏轼的诗》（《文学遗产》1957年增刊第5辑）分析了苏诗浪漫主义、现实主义高度结合的艺术风格和代表了宋诗特征的表现手法。这种对苏诗的肯定与细致的艺术分析之所以还能产生，一方面是学术惯性作用的产物，另一方面是由于50年代末的学术气氛虽深受"左"的政治干扰，但严肃的学术研究尚有一席之地。60年代初也是学术环境相对宽松的时候。

能代表当时对苏诗研究的总体水平的要算是60年代初由人民文学出版社出版的两种《中国文学史》：一者由中国社会科学院文研所编写，一者由游国恩等高校专家编写。这两部史著对苏轼有专章论述。在论及苏诗时均指出，政治诗在数量上和质量上都不足以代表苏诗的基本面貌和成就，认为苏诗中数量最多、艺术上最有特色、对后人影响最大的是那些抒发个人情怀和歌咏自然景物的诗篇。这种具体分析而不一味批判的方法有利于当时正面肯定苏诗。与新中国成立前的有关文学史著作相比，这两部文学史对苏诗的艺术特色更为关注，虽还是从"以议论为诗"、"以才学为诗"、富有理趣等方面加以探讨，但分析较精细，如文研所《中国文学史》中提及苏诗有个特点在于："作为诗人，他对事物的诗意的感受有时并不比他的观察和思考更敏锐和更深刻。他的不少诗，可以写得动荡流走，不落平板，但诗的形象往往不够鲜明和饱满，而以一种理趣见胜。"亦褒亦贬，极具分寸，不失为一种的评。在当时特定的政治气氛与学术环境中，苏诗研究能取得上述成就也算难得了。

"文革"期间，为了配合政治上的"批林批孔"运动，在文学史中贯穿"儒法斗争"的线索，苏轼便作为反对王安石变法的儒家代表人物受到严厉的批判。署名罗思鼎的《从王安石变法看儒法论战的演变》一文（《红旗》1974年第2期）将"投机派""两面派"的帽子扣在苏轼头上。在同一杂志上，梁效又给其加上"顽固派"的恶名。从"儒法斗争"的角度来批判苏轼，是此前苏诗研究中过于注重思想分析做法的恶性发展。

"文革"后，苏诗研究与宋诗研究共同面临着拨乱反正、重新评价的任务，苏诗研究较之宋诗研究更面临着一个如何对苏轼其人进行政治评价的任务。因为，不对苏轼其人在政治上进行重新评价，其作品（特别是诗）也很难得到肯定性的研究。这种重评苏轼的工作始于70年代末并延续到80年代初。许多学者反驳了"四人帮"御用文人所谓苏轼为"顽固派""两面派"的说法，也更客观地讨论了苏轼的政治态度及其政治诗。王水照的《评苏轼的政治态度和政治诗》（《文学评论》1978年第3期）是"文革"后第一篇为苏轼辩诬正名的文章，全面地分析了苏轼对新法态度转变的原因，并指出苏轼的许多政治诗与新法无关，"这些诗篇表明苏轼的政治视野比较广阔，敢于揭露社会矛盾和政治弊病，反映了下层人民的一些苦难生活"。与王水照从重评苏轼政治态度进而肯定其政治诗不同的是，朱靖华《论苏轼政治思想的发展》一文（《历史研究》1978年第8期）重在用苏轼的政治诗（文）来重评苏轼的政治思想。文章认为，苏轼"改革的主张是一贯的，不论在王安石变法前后以及'元祐更化'等各个历史时期，他基本上坚持了自己的改革理想"。这两篇文章虽侧重点不同，均认为苏轼其人对王安石变法态度有所变化，可见苏轼并非"顽固派"。与王、朱观点稍有不同的是曾枣庄的《论苏轼政治主张的一致性》（《文学评论丛刊》1979年第3辑）。该文认为苏轼政治立场一直不变，但这种政治立场并非保守，而是一种具有改良色彩的革新思想（另参作者《论苏轼的政治革新主张》，《社会科学研究》1980年第2期）。这同样是对有关苏轼"顽固"之说的反驳。顾易生《苏轼的政治态度及有关作品》（《文艺论丛》第5辑，上海文艺出版社1978年11月）认为不能因为肯定王安石新法而贬斥苏轼，苏、王二人尽管在政治态度方面有相对对立的地方，但各有其进步性和缺失，均可视为爱国的改革派。邱俊鹏《苏轼政治思想管见》（《四川大学学报》1979年第4期）认为苏、王"所操之术各异"，由此形成了他们在改革着眼点和方法上的不同。这一时期类似的文章还有马积高《试论苏轼的政治态度和文学成就》（《湖南师大学报》1978年第3期）、刘乃昌《试谈有关苏轼评价的几个问题》（《开封师院学报》1979年第2期）、朱大成《苏轼思想初探》（《沈阳师院学报》1979年1-2期）、匡扶《苏轼的政治思想和他对待人民的态度》（《甘肃师大学报》1979年第4期）、王伯英《论苏轼的政治态度》（《学习与探索》1981年第2期）。不过，这些思想研究主要地还是将苏轼作为政治家来看，而与苏轼作为一个文学家的本来面目尚有一定的距离，因而在苏诗研究方面并不着力。

"文革"后也有部分学者在重评苏轼时侧重对苏轼进行文学研究。这种文学研究一方面是探讨苏轼的文艺思想，另一方面是研讨其文学作品。徐中玉在《社会科学战线》《文学遗产》《学术月刊》《中华文史论丛》等刊物上先后发表论文对苏轼文艺思想进行专题研究，后来结集成为专著《论苏轼的创作经验》（华东师大出版社1981年）。尽管该著有关苏轼文艺思想的论述不尽是对苏诗而发，但由于苏轼文艺观贯穿于他的诗、词、文乃至书、画等诸多方面而具有共通性，故对苏诗研究也是一种推进。80年代初还有其他学者撰文对此进行探讨，如顾易生《苏轼的文艺思想》（《文学遗产》1980年第2期）、黄海章《略谈苏轼的文学主张》（《光明日报》1980年6月22日）、李壮鹰《略谈苏轼的创作理论》（《浙江师范学院学报》1981年第1期）、刘乃昌《苏轼的文艺观》（《文史哲》1981年第3期）、刘禹昌《苏轼创作艺术论述略》（《武汉大学学报》1982年第6期），稍后陶文鹏《苏轼论文艺风格》（《文艺论丛》第19辑，上海文艺出版社1984年）及程千帆、莫砺锋《苏轼的风格论》（《成都大学学报》1986年第1期）专门探讨了苏轼的风格论。继徐著之后，80年代又出版了两部这方面的专著：刘国珺《苏轼文艺理论研究》（南开大学出版社1984年）、黄鸣奋《苏轼的文艺心理观》（海峡文艺出版社1987年版），将苏轼的文艺思想研究推向深入；颜中其《苏轼论文艺》（北京出版社1985年版）、曾枣庄《三苏文艺思想》（四川文艺出版社1986年版）等著作也在选注苏轼文（诗）论的同时对苏轼的文艺思想有所论述①。部分学者则开始具体研究苏轼的文学作品（包括苏诗），这就比研究苏轼文学观似更能恢复其作为文学家的历史地位。因为，苏轼在历史上之所以重要，主要是以文学成就其地位的，其文学成就的取得固然在于他有深刻的文艺见解，更在于他有丰富的创作（其诗流传下来的达两千七百首，在宋代仅次于陆游、杨万里等少数几个诗人）。王水照《苏轼》、曾枣庄《苏轼评传》是80年代初出版的两部传记，均用了一定篇幅来分析苏诗的艺术风格、题材内容，并对苏诗艺术成就作了较高评价。不过，他们肯定苏诗艺术成就的理论依据不免有所局限。王著指出"苏诗总的艺术特色是自然奔放，挥洒自如，这一风格具有宋代诗歌的时代特点"，并以是否遵循诗歌形象思维的规律力求对苏诗作出全面评价。"是否遵循形象思维的规律"是当时学界探讨乃至批评宋诗的重要理论依据，虽然王著依此理论仍对苏诗作了肯定，但其具体见解仍不免有所束缚。曾著篇幅超过王著，但其"全部注意力几乎放在为苏轼翻案上"，故对苏轼文学成就的分析并不充分，论及苏诗时是从现实主义精神与浪漫主义风格相结合的角度作出肯定，认为苏轼并不像其他的宋人一样不懂诗要用形象思维。本期发表的有关苏诗研究论文，如刘乃昌《论苏轼同情人民的诗篇》（《北京师大学报》1979年第3期）、王孟白《关于苏轼的文学评价问题》（《北方论丛》1981年第2期）、胡国瑞《苏诗内容的评价》（《武汉大学学报》1982年第6期）等，在评价、肯定苏诗时，侧重其政治诗，评价其思想意义的标准仍是"人民性""现实性"等具有浓厚政治色彩的理论。这些论述的积极意义主要在于完成了苏诗研究领域中拨乱反正的任务，而其认识充其量是恢复到了五六十年代的水平。

---

① 关于苏轼的文论研究，可参程国赋《二十世纪苏轼文论研究》，《暨南学报》1999年第3期。

三

80年代以后，随着政治气候的好转与学术观念的变化，宋诗逐渐受到学界重视，宋诗研究开始呈现出繁荣的局面。苏诗研究也取得了很大的进展，其成就甚至超过了前两个时期，这既与宋诗研究之繁荣状况有关，也与八九十年代对宋代文化的重视相关。苏轼研究由此呈现出从政治评价向文学评价、文化评价转型的态势，苏诗研究就是在这种学术转型中得以推进①。

关于苏诗的艺术特色，有学者从前人有关苏诗、宋诗的评论出发加以引申。赵仁珪《苏轼诗的议论》[《北京师范大学学报》（社会科学版）1983年第5期]、《苏轼诗的才气》[《北京师范大学学报》（社会科学版）1985年第6期]；王洪《苏轼"以才学为诗"论》《苏轼"以文为诗"论》《简论苏轼的"以文字为诗"》（分见《江西社会科学》1989年第5期、1990年第4期、1991年第5期）等文就是从"以议论为诗""以才学为诗"等方面加以探讨。这些论述并不依"是否遵循形象思维的艺术规律"这一理论而贬低苏诗的艺术成就，而是对苏诗"以议论为诗""以文为诗"诸风开辟宋诗新风的贡献给予肯定。吴枝培《苏轼的文艺创新精神》（《南京大学学报》1988年第1期）也从文艺创新的角度肯定了苏轼"以文为诗"的成就。苏诗无论是以才

① 八九十年代出版了不少苏轼、苏诗研究专著，是新时期苏诗研究取得重要成就的明证。就笔者所知，这类著作有：刘乃昌《苏轼文学论集》（齐鲁书社1982年）、刘国珺《苏轼文艺理论研究》（南开大学出版社1984年）、谢桃坊《苏轼诗研究》（巴蜀书社1987年）、黄鸣奋《苏轼的文艺心理观》（海峡文艺出版社1987年）、刘尚荣《苏轼著作版本论丛》（巴蜀书社1988年）、曾枣庄《苏轼评传》（四川人民出版社1981年）、朱靖华《苏轼新论》（齐鲁书社1983年）、《苏轼新评》（中国文学出版社1993年）、王世德《苏轼文艺美学思想研究》（重庆出版社1994年）、王洪《苏轼诗歌研究》（朝华出版社1993）、《苏东坡研究》（广西师大出版社1998年）、杨胜宽《苏轼人格研究》（四川大学出版社1994年）、王水照的《苏轼》（上海古籍出版社1981年）、《苏轼研究》（河北教育出版社1999年）、王友胜《苏轼研究史稿》（岳麓书社2000年）等专著以及由苏轼研究学会编的《东坡诗论丛》（四川人民出版社1983年）、《东坡研究论丛》（四川文艺出版社1986年）、《论苏轼岭南诗及其他》（广东人民出版社1986年）、《纪念苏轼贬儋八百九十周年学术讨论集》（四川大学出版社1991年）等重要论文集。此外，陶文鹏新著《苏轼诗词艺术论》虽由上海古籍出版社出版于2001年，但书中所收多是作者20世纪八九十年代撰写的论文，故陶著也可算是新时期以来重要的苏轼研究专著。

学为诗还是以议论为诗，都是为了加强作家的主体精神。刘熙载说"苏诗长于趣"，又说："唐诗以情韵气格胜，宋苏、黄皆以意胜。"（《艺概》卷二《诗概》）所论与此正通。吴枝培《言虽鄙浅，自有深趣》（《南京大学学报》1984 年第 1 期）、王洪《苏轼哲理诗之我见》（《成都大学学报》1986 年第 1 期）以苏轼理趣诗、哲理诗为例，探讨了苏诗尚理趣的特色。兰翠《论苏轼诗歌的理趣》（《烟台大学学报》1993 年第 2 期）则分析了苏轼写景咏物诗、生活抒怀诗以及论诗、书、画诗作中的理趣；郑荣基《苏轼文艺理论批评和创作思想的核心》（《中南民族学院学报》1994 年第 4 期）更认为"理"为苏轼文艺批评和创作思想的核心，并从重理、知理、达理三个层面进行了论述。张尹玄在《苏轼诗歌感喟人生的哲理特征》（《文史哲》1997 年第 3 期）探讨了苏轼诗歌中感喟人生哲理一类作品所具有的理趣。马德富《苏诗以意胜》（《文学评论》1989 年第 2 期）认为苏诗的特点是"知性元的强化，意的强化，由此而突破唐诗的结构模式，导致情景交融的和谐的消减和情理互渗平衡的倾斜。苏诗的艺术成就与艺术特征根源在于此，而失误也由于此"。

　　苏诗以意胜、尚理趣是否意味着苏诗缺乏抒情性？自宋以来，颇不乏苏诗短于言情的批评。马德富《苏诗的情感及其传达特征》（《宋代文化研究》第 4 辑，四川大学出版社 1994 年 10 月）认为"苏诗的情感，除了吊古伤今、怀人思乡，以及山水吟咏中所表现的深挚婉曲偏于含蓄以外，还有相当的诗歌表现出一种豪纵不羁、激烈奔放的情感。可以说这些作品更为典型地体现出苏诗抒情的个性特征"。文章还分析了前人批评苏诗短于言情的原因在于：论者的心目中横亘着唐诗的范式，缺乏发展眼光，对宋人尤其是苏轼所开拓和创造的新的抒情达意方式不能理解和接受。以唐诗为参照研究苏诗艺术特色，指出其变化唐人之处及其成败得失，这种分析虽然多从前人有关论述引申而来，但较前人的认识更辩证、更科学。它将作家研究与文学史研究结合起来，既突破了以往孤立的作家研究方式，也超越了此前有关文学史论述，显示出学术观念经过合理调整后学术发展的新景象。陶文鹏《论苏轼诗塑造人物形象的艺术》（《文学遗产》1994 年第 1 期）专门研究苏诗在塑造人物形象方面的艺术成就，实际上是探讨苏诗的叙事性特征，这也是对苏诗艺术研究的开拓。传统诗论认为诗"言志""缘情"，很少有人论及叙事（这与中国古代少叙事诗的创作传统有关），论及宋诗多半是论其喜欢议论说理的特点，更难得及叙事。陶文以苏诗为例，探讨其叙事性特征及其在塑造人物形象方面的成就，并未沿袭前人有关议论说理及今人有关形象思维的争论，而是独辟新的视野，使苏诗艺术特征得到新的认识。

求奇尚新、善用比喻、喜欢讽刺、幽默诙谐也是苏诗艺术的重要特色。莫砺锋文《诗以奇趣为宗》认为奇趣是苏诗的艺术个性（见莫著《推陈出新的宋诗》，辽宁古籍出版社1995年）。费君清《略谈苏轼艺术精神中的"反常合道"》（《杭州大学学报》1989年第3期）更认为"反常合道"的奇趣不仅表现在苏诗上，而且贯穿在其全部创作中。白敦仁《论东坡诗的"新"与"妙"》（《成都大学学报》1987年第2期）考察了苏诗在题材、立意、构思、用事方面的创新之处，同时分析了苏诗之"妙"在各个方面的表现。作者认为，苏诗"新"与"妙"的取得，与诗人"身与物化""自然涌现"及其思维的创造性分不开——所论也颇能见出苏诗的奇趣。关于苏轼的比喻艺术，钱锺书《宋诗选注》曾有精彩分析。80年代，张三夕撰文《论苏轼诗中的空间感》（《文学遗产》1982年第2期）继续就此加以探讨。文章认为，"苏诗在比喻上取得成功的内在因素之一就在于他独特的空间感"。文章还总结出："大凡写出气象阔大、雄奇豪放的风貌的诗人，都要在不同程度上从不同的角度去缩小空间距离、打破空间界限。"这种由小见大的论述是对苏诗艺术的重要发现。熊大权《苏轼诗博喻浅说》、高蹈《浅论苏轼诗文中运用比喻的特色》（分见《南昌大学学报》1985年第2期、1986年第3期）也就苏诗的比喻艺术作了探讨。关于苏诗的讽刺艺术，李博《苏诗讽刺艺术及其渊源管窥》（《河南大学学报》1986年第2期）联系苏诗讽刺对象以及他对这些对象的不同态度，从中探讨其艺术风格，分析了苏诗讽刺手法之多和运用之巧，还把苏诗讽刺艺术的渊源追溯到庄子那里。李瑞芬《论东坡诗歌的讽刺艺术》（《东岳论丛》2000年第4期）指出用事讽刺是苏诗重要的讽刺手法，大量运用比喻讽刺尤为其最大特色，运用反语、对比进行讽刺也较常用。侯孝琼《盛衰阅过君应笑》（《中国韵文学刊》1994年第1期）分析了苏诗中讽刺性与自嘲性两种幽默；刘尊明《论苏轼的人生幽默及其文化内涵》（《湖北大学学报》1994年第4期）不仅归纳了东坡的政治幽默、社交幽默、自我幽默三种幽默类型及其特征，还探讨了东坡人生幽默的成因及其发展轨迹，挖掘了东坡人生幽默的深层内蕴及文化意义。庆振轩《东坡幽默诙谐性格论》（《兰州大学学报》1995年第3期）进而探讨了苏轼诙谐幽默的个性，认为这一性格使他以独特的目光去审视人生，走上艺术化的心理旅程。另，夏汉宁有文讨论苏诗的色彩表现艺术（见《文艺理论家》1991年第1期）。

关于苏诗的艺术渊源，在新中国成立前和成立后均有人论及。80年代，谢桃坊有专文论此，认为苏轼"受到了北宋诗歌革新运动浪潮影响，而走着欧阳修学李诗和韩诗的道路"，并指出苏轼能够转易多师，从自己的意识气质和审美趣味出发，于传统的基础上突破和创新，形成个性鲜明的"东坡体"（《苏轼诗歌的艺术渊源》，《西南师大学报》1987年第1期）。探讨苏诗的艺术渊源直接关系到苏诗与唐诗的关系（宋诗研究中也十分重视宋诗与唐诗的关系）。莫砺锋文《论苏黄对唐诗的态度》（《文学评论》1994年第2期）对此作了专题研究。文章认为苏黄均重视唐诗，认为"在如何与唐诗争胜这一点上，两人间存在着深刻的分歧"，"苏轼怀着与唐人争胜的心态审视诗歌史时，他的目光就自然而然地越过李杜这座唐诗巅峰而追溯至先唐时代，最终停留在陶渊明身上"，苏黄"对唐诗既有继承，又有发展的正确态度，是他们最终建成宋诗独特风貌的重要原因"。此外，还有不少人专文探讨苏轼与李白、杜甫（如张浩逊《苏轼和李白》《苏轼和杜甫》，分见《辽宁师大学报》1997年第4期、《杜甫研究学刊》1998年第1期）、韩愈（如陈新璋《从接受美学看苏轼对韩愈诗歌的评价》，《华南师大学报》1992年第2期）、刘禹锡（如卞孝萱《刘禹锡和苏轼》，《中国古典文学论丛》第3辑，人民文学出版社1985年）之间的诗歌联系。

与苏诗渊源相对应的是苏诗的影响。这方面的论述也一直不断，谢桃坊在其专著《苏轼诗研究》中更有专章论述，有关文学史也都提到。不过，这些论述大多还是泛泛而论。九十年代有学者开始进行这方面的专题研究。王利器《苏东坡与小说戏曲》（见《国际宋代文化研讨会论文集》，四川大学出版社1991年10月）从苏轼与后代俗文学的关系入手考察苏轼的影响，颇具启发意义。胡传志《"苏学盛于北"的历史考察》（《文学遗产》1998年第5

期）堪称苏轼影响史研究方面的优秀之作。"苏学盛于北"这一命题早在清代就被人提起，该文亦非专门谈苏诗对金源文学的影响，但作者对这一传统命题作了细致的考察，苏诗的影响研究是其中重要的内容。

关于苏诗的创作分期与主导风格的研究一度引起学界的争论，这种争论实际上是对苏诗艺术特征的进一步探讨。关于苏诗的分期研究，学界长期以来流行以"乌台诗案"为界的两分法或分早、中、晚三期，均不免笼统。王水照在《论苏轼创作的阶段》（《社会科学战线》1984年第1期）中认为："与其按自然年序把他的创作分为早、中、晚三期，不如按其生活经历分称初入仕宦及两次'在朝—外任—贬居'，而分为七段。"但谢桃坊不同意王水照的划分方法，他在《苏诗分期评议》一文中主张按艺术风格的进展将苏诗分为六个时期，并认为此六期以"乌台诗案"为界可分为前后两期。后期"逐渐出现衰退的趋势，在追求新的平淡风格的同时还经常保持固有的风格和本色，但已失去了嬉笑怒骂的特点，锋芒大大收敛，而作品的现实性也大大减弱。"二人分期的标准与结论看似不同，实则相通。正如曾枣庄所言，"两篇文章在具体论述时，都是从各个时期的政治斗争到苏轼的特殊经历、思想变化来论述其作品内容及其艺术风格的演变的，他们的实际论述比他们的理论概括要全面得多。"曾氏并结合时代特点和苏轼经历，全面衡量其诗歌的思想内容和艺术风格，将其分为四期（《〈苏诗分期评议〉的评议》，与谢文同见《论苏轼的岭南诗及其他》，广东人民出版社1986年版）。此外，还有人主张分三期、五期。如王士博《苏轼诗论》（《吉林大学学报》1981年第1期）主张分五期，即早期、杭密徐湖期、黄汝期、元祐期、晚期。孙民《对仕宦人生的深刻反省——谈苏轼诗歌风格发展的三个阶段》[《沈阳师范学院学报》（社会科学版）1985年第2期]根据苏轼的仕宦人生将苏诗风格的发展分为三个阶段：1069年新法施行以前为一阶段；从新法施行起到1079年初贬黄州为第二阶段；1079年以后为第三阶段。90年代方然对此又有新说。他在《苏轼诗歌创作的分期问题新探》（《四川大学学报》1997年第3期）文中主张分二期，但否定了苏诗以"乌台诗案"为界的分法，认为苏轼诗歌创作前期的终结和后期的开端的标志，是《题西林壁》的创作。不同意见的存在表明苏轼诗歌创作的丰富性与复杂性。不过，苏诗分期的不同意见并不存在此是彼非的问题，大多能自成其说，争论的意义除了有助于对苏诗艺术特色的总体把握，也在于引发学者们对不同时期的苏诗作细致的研究。关于苏诗各阶段特点的评析，以全国苏轼研究学会在苏轼生活过的不同地区召开的历次学术讨论会为标志，每次会议都引发一些侧重讨论苏轼该地区诗歌的论文，其中对苏轼贬谪期间作品的研究尤为深入。50年代以迄80年代初，学界较多地关注苏轼作于早年、与政治联系密切的诗作，相对忽视苏轼后期的贬谪之作。80年代以来，有关苏轼在黄州、岭南的诗作受到学界的广泛关注，其中对苏轼岭南时的"和陶诗"的探讨成为苏诗研究中的一大热点。苏轼有120多首和陶诗，其和陶不始于岭南期间，但其谪居岭海时"遍和陶诗"是文学史上一个独特的现象，学界对此作了较为集中的研究。谢桃坊在《苏诗分期评议》中从人民性角度出发对苏轼"和陶诗"评价较低，但八九十年代以来，学者对此渐有积极评价。朱靖华《论苏轼的〈和陶诗〉及其评价问题》较早地探讨了苏轼好陶诗的原因及其"和陶诗"的思想内容。王水照《论苏轼创作的发展阶段》也肯定了苏轼"和陶诗"的意义，认为"它是苏诗艺术风格转变的确切标志，是探讨其晚年风格的有力线索"，苏轼的"和陶诗"所表现的美学趣尚，"影响到苏轼岭南时期的整个创作"。张宏生《苏东坡的和陶诗》[《徐州师范学院学报》（哲学社会科学版）1984年第1期]、林冠群《试论苏轼和陶诗》（《海南大学学报》1984年第1期）、熊莘耕《苏轼和陶诗初探》（《常德师专学报》1985年第1期）、易朝志《论苏轼和陶诗的创作心态及旨趣》[《华东师范大学学报》（哲学社会科学版）1993年第5期]、萧庆伟《论苏轼的和陶诗》（《中国韵文学刊》2000年第2期），也是这方面的专题论文。

苏诗分期直接牵涉到苏诗的风格研究。前人对苏诗风格的多样化早有认识，那么，苏诗究竟以何为主导风格呢？这也引起本期不少学者的讨论。50年代，陈迩冬、钱锺书分主"清雄"说与"豪放"说。80年代，王水照、谢桃坊在讨论苏诗分期问题时论及苏诗有两种风格：豪放与平淡。他们都认为豪放为苏诗主导风格，但王氏并不认为这两种风格互相对立，也不作优劣之分；而谢氏更多地强调二者的差异乃至对立，并对苏诗中"平淡"之作颇致微词。实际上，苏诗是宋诗平淡美的代表，平淡是宋代诗人普遍向往的美学风格，即使将"平淡"作为苏诗主导风格也未尝不可。当然，苏诗之平淡，有异于一般宋诗之平淡而具有苏诗特有的清新豪放的因素，这正说明苏诗中豪放与平淡的因素是可以并存的。此外，吴深《简论苏轼的旷达胸怀和艺术风格》（《文艺论丛》第22辑，上海文艺出版社1985年）分析了苏轼旷达胸怀在其诗词中的艺术表现，实是揭示了苏诗的另一种风格。90年代以来，学界不再局限于苏诗"豪放""平淡"之争，努力作融通之论，另立新说。朱靖华《论苏轼诗风主流"高风绝尘"》（《文学遗产》1993年第5期）认为，"高风绝尘是苏轼诗风的主流，是苏轼诗歌创作的最高审美艺术"，"高风绝尘是指高风亮节和超越世俗尘土羁绊的审美精神和追求韵致，它与隐士的避世哲学判然有别"，"苏轼把它当做超越盛唐诗歌的一个新起点"。莫砺锋《论苏轼在北宋诗坛上的代表性》（《中国诗学》第四辑，南京大学出版社1995年）则将苏诗风格与梅尧臣的平淡、欧阳修的晓畅、苏舜钦的雄放、王安石的精工、黄庭坚的生新、陈师道的简朴加以比较，指出苏诗实现了历时性与共时性的超越，堪为宋诗成就最杰出的代表，这实际上是揭示了苏诗风格的多样性与独特性。

在宏观探索苏诗主导风格的同时，学界还分体裁、题材对苏诗风格进行专门研究（分期的风格研究前文已述）。刘乃昌在《苏轼评传》（见《中国历代著名文学家评传》，山东教育出版社1984年版）将苏诗分为政治诗、讽喻诗、景物诗、理趣诗、和陶诗等五大类，概括了各类诗作的特征。有关苏轼的政治诗、理趣诗、和陶诗的研究已如前述。值得关注的是，题画诗、山水诗作为苏轼在诗歌创作领域取得较大成就的题材，本期也成为苏诗研究的热点。关于题画诗，陶文鹏不仅结合苏轼有关言论和相关题画诗分析其"诗画异同说"，还专文探讨了其题画诗的思想价值和艺术成就；张忠权《苏轼的题画诗》（《四川师院学报》1984年第2期）分析了苏轼题画诗的三个特点，并揭示了苏轼题画诗与其政治遭遇的关系；林从龙、范炯《略论苏轼题画诗》（《江海学刊》1985年第1期）也分析了苏轼题画诗的诸多特色，其中"既有画镜，又有诗味"是其最重要的特色。周义敢《苏轼的题画诗》（见《东坡诗论丛》，四川人民出版社1983年）、汤炳能《论苏轼题画诗的丰富想象》《学术论坛》1987年第2期）、吴枝培《读苏轼的题画诗》（《古代文学理论研究丛刊》第9辑，上海古籍出版社1984年）也对苏轼题画诗的思想、艺术作了探讨。总起来讲，学界认为苏轼题画诗在宋代题画作品中是最杰出的。关于山水诗，曹济平《试论苏轼的山水诗》（《文艺论丛》第13辑，上海文艺出版社1981年）描述了苏轼不同时期的山水诗作，颇能见出苏轼山水诗风的多样性。陶文鹏不仅专文研究了苏轼的自然诗观，还撰写一系列论文分别论述苏轼诗中的自然山水动态美、山水诗的谐趣奇趣和理趣、山水诗的水墨写意画情趣（陶文均收入其专著《苏轼诗词艺术论》）。冷成金《从苏轼的山水诗看自然诗化的走向及其意义》（《中国人民大学学报》1990年第4期）认为苏轼不再"把抒写山水自然当做消解悲剧意识的手段，而是借此实现自我和现实的超越"；章尚正《苏轼的自然审美观与山水文学创作》（《江淮论坛》1992年第2期）认为苏轼"把山水文学创作的审美创造作为山水自然审美的指归"；葛晓音《苏轼诗文中的理趣——兼论苏轼推重陶、王、韦、柳的原因》（《学术月刊》1995年第4期）虽非专门探讨苏轼山水诗的论文，但其指出苏轼以富有理趣的诗歌发展了山水诗派的旨趣，这就将对苏轼山水诗的探讨与苏诗尚理趣的艺术特点联系起来。这些均代表了90年代学界对苏轼山水诗所做的新探讨。苏轼七古最鲜明地体现出苏诗艺术风格，这是古今许多学者的共识。王锡九在其专著《宋代的七言古诗·北宋卷》（天津人民出版社1993年）中专章论述了苏轼"百态争新"的七古，大体上能反映80年代以来学界对苏轼七古的研究水准。李贵《苏轼七律的自我意识》（《江西社会科学》1999年第6期）从自我意识的高扬这一特色入手考察了苏轼在七律史上的地位。这些论述均是对苏轼艺术风格的深化。

80年代后期以来，学界对宋代文化在中国文化史上的地位有了较深的认识，宋诗作为宋代文化的载体，也备受学界关注；苏轼作为一个文艺全才，更是宋代文化的杰出代表，人们对苏轼所创造的文化世界曾有"苏海"之称（参王水照《走近"苏海"》，《文学评论》1999年第3期），他自然成为宋代文化研究的重镇，苏诗也进一步作为宋诗及宋代文化的代表而受到学人的关注，苏诗在这种文化评价中获得了新的观照（苏轼不再被当作单纯的文学家或政治家来研究），不少论文由苏诗的文学研究转入苏诗的综合考察，涉及苏轼的文化人格、人生境界、生存意识、创作心态、审美意趣、美学追求等诸多方面，苏轼儒、道、释融合的思想特征及其对艺术创作的影响成为议论的热点。

王向锋《论苏轼的美学思想》（《文艺理论研究》1985年第4期）从物与意、形与神、文与质等对立统一的范畴入手，概括了苏轼的美学思想。江裕斌《论苏轼的审美理想》（《文学评论》1987年第4期）认为苏轼提出了"寓意于物而不留意于物""游于物之内而不游于物之外"的超功利的审美理想。文章还考察了苏轼的"虚静"观及其推崇创作主体精神等美学观念。凌南申《论苏轼的美学思想》（《文史哲》1987年第5期）也指出：苏轼对审美享受的看法表现在两个方面："适意""寓意于物而不留意于物"；同时苏轼强调艺术美与自然的统一、"意"与自然的统一。林继中《论苏轼审美理想的实现》（《天府新论》1990年第6期》）认为苏轼将古淡与闲适提到美学的高度来认识，提出"绚烂之极归于平淡"这一合乎北宋文化目的的审美理想，从而妥善地处理了"俗"与"雅"之间的关系，使"致用"与"务本"的宋学精神有了美的载体。孟二冬、丁放《试论苏轼的美学追求》（《国学研究》第2卷，北京大学出版社1994年版）考察了苏轼"天工与清新"的美学原则、主张神似、追求"远韵"以及晚年追求枯澹与简古的美学趣味。徐季子《苏轼的诗论》（《文艺理论研究》1995年第6期）探讨了苏轼"诗以奇趣为宗""寄至味于淡泊""诗画本一家，天工与清新""欲令诗语妙，无厌空且静"等论诗意见，所揭示者亦属他的诗歌美学思想。文师华《论苏轼的诗歌美学思想》（《南昌大学学报》1997年第2期）则从"诗须要有为而作"、主张传神、崇尚"天工与清新"等方面探讨了苏轼关于诗歌美学的见解。马茂军《论苏轼的文人品格与诗风》（《学术研究》1997年第9期）认为苏轼"立足儒学、通达庄禅的人生态度，萧散简远的美学追求，为中国封建社会后期文学和美学树立了典范意义"。杨存昌、隋文慧《苏轼：中国古典文艺美学的一个典型》（《东岳论丛》1998年第4期）分析了苏轼美学思想的和谐特色，认为苏轼美学在中国乃至中西美学发展史上具有里程碑的意义。这些论述颇能见出苏轼美学思想的丰富性与代表性。有些学者则考察了苏诗某些具体美学命题，如黄鸣奋《苏轼的尚静思想》（《晋阳学刊》1985年第4期）、阮国华《苏轼对意境论的贡献》（《天津社会科学》1987年第6期）、章楚藩《苏轼的"意境"论及其"意境"诗》[《杭州师范学院学报》（社会科学版）1993年第4期]、耿琴《苏轼"行云流水"说》（《烟台大学学报》1994年第4期）、王文龙《试论苏轼关于诗歌鉴赏的理论与实践》（《文学遗产》1996年第5期）、熊莘耕和周先慎的《苏轼的传神论》（分见《古代文学理论研究丛刊》第10辑、《中国典籍与文化》1999年第3期）等。王世德《苏轼文艺美学思想研究》系统总结了苏轼文艺美学思想，将这一研究课题推向深入。儒、道、佛三家思想的融合与发展是苏轼美学思想的重要特征，有些学者对其美学思想与三家思想（特别是佛、道思想）的关系进行了考察。如杨存昌《论苏轼以道为主的美学思想》（《齐鲁学刊》1996年第4期）认为苏轼审美和艺术理想似以道家为主导，周少华《苏轼的"虚""静""明"观》（《学术月刊》1996年第9期）则具体论述了庄子"心斋"思想对苏轼后期思想的影响。张维《试论苏轼的美学思想与道学的联系》（《社会科学研究》1994年第4期）也对老庄之学与苏轼美学思想之间的关系作了具体论述，认为苏轼"把修道同艺术创作有机结合起来，把道的观念和道的原则贯穿到他的创作中，使得作品具有灵气，更具美感。"关于苏轼与禅的关系的研究，刘石颇为着力。他在《佛禅思想与苏轼的文学理论》（《天府新论》1989年第2期）、《苏轼与佛教三辨》（《北京师大学报》1990年第3期）、《苏轼创作中与佛禅有关的几个问题》（《贵州社会科学》1992年第3期）等文中，较为全面地考察了苏轼思想、创作与佛教的关系。夏露《苏轼事佛简论》（《江汉论坛》1983年第9期）总结了苏轼学佛的三个阶段，李庆皋《苏轼思想"大杂烩"论辨》（《辽宁师大学报》1987年第3期）也认为苏轼与佛教的关系随着时间的推移有所变化。黄宝华《禅宗与苏轼》（《上海师大学报》1989年第4期）分析了禅宗对苏轼人生哲学与艺术哲学的影响：前者表现为形成了"入世而又超然"的人生态度；后者表现为形成了活处参理、议论风生、平中见奇等创作特色。张弛《阅世走人间，观身卧云岭——论苏轼倾心向佛》（《社会科学辑刊》1992年第2期）认为"禅宗意识成了苏轼后期文学作品的一个主旋律，引禅入诗是他文学创作的一大特色"。刘焕阳《苏轼心态探微》（《泰安师专学报》1992年第3期）认为苏轼"入世与出世的矛盾对立所形成的心态分裂，在禅的智慧中获得了统一和整合。"高林广《浅论禅宗美学对苏轼艺术创作的影响》（《内蒙古师大学报》1993年第1期）考察了禅宗美学反理性的思维特点、超功利的审美态度、"见象而离相"的审美方式对苏轼创作的风格、意境所产生的影响。陈晓芬《佛教思想与苏轼的创作理论》（《文艺理论研究》1992年第6期）认为"佛教思想以它涉及宇宙构成的宏观内容，以超脱常俗的认识方式和思维特征，在一定程度上与创作的某些规律更能沟通"。作者还有文比较苏轼与柳宗元崇佛的心理（见《社会科学战线》1995年第2期）。高树海则分析了佛禅人生观与苏轼生命历程的审美化之间的关系（见《齐鲁学刊》1994年第3期）。孙昌武《苏轼与佛教》（《文学遗产》1994年第5期）具体论述了苏轼与云门宗、华严宗佛教人物及其教派特点的关系，并将苏轼与佛教诸僧的关系整理为简单明了的表格。

早在20世纪初，苏轼的人格就得到一些学者的好评。王国维对宋诗评价并不高，其对苏轼的肯定侧重于人格评判。在《文学小言》中，他将苏轼与屈原、陶渊明、杜甫并列为中国诗史上的四大诗人，对苏轼等人的伟大人格倍加推崇。30年代，林语堂在《苏东坡传》（张振玉译本）中也称苏轼是一个"具有伟大人格的伟大人物"。不过，这些评论在新中国成立前并不多见，新中国成立后一段时间更为少见。80年代以后，有关苏轼思想研究的热点逐渐从考察他的政治态度转向探询他的人生态度及文化人格。李泽厚首开风气。他在《美的历程》一书（文物出版社1981年）中专门论及苏轼在美学思想史上的意义，认为苏轼是地主士大夫进取与退隐矛盾心情最早的鲜明人格化身，他把"中、晚唐开其端的进取与退隐的矛盾双重心理发展到一个新的质变点"，并指出：苏轼诗中所要表达的"退隐"心绪"已不只是对政治的退避，而是一种对社会的退避……是对整个人生、世上的纷纷扰扰究竟有何目的和意义这个根本问题的怀疑、厌倦和企求解脱与舍弃。"虽然这种看法过分强调了苏轼诗（文）中的退避思想，忽视其退隐思想隐藏着对世事的关注和对人生的热爱之情，但他对苏轼在美学史上的意义的阐发直接启发学者们对苏轼的文化意义及人格魅力的追询。谢桃坊《略论苏轼的意义》（《社会科学研究》1986年第1期）立论与李泽厚不同，认为苏轼作品中所表现的审美理想具有复杂性，有时甚至呈现出非常矛盾的现象。王水照的《苏轼的人生思考与文化性格》（《文学遗产》1989年第5期）总结了苏轼人生道路上的两条基线：一是儒家的淑世精神，一是人生苦难意识和虚幻意识，特别是后一点在中国文人的人生思想史上具有划时代的意义。但作者也不完全赞同李泽厚的观点，认为苏轼在这种人生体验中没有发展到对整个人生的厌恶和伤感，其落脚点也不是从前人的"政治退避"变为"对社会的退避"。文章指出"苏轼对人生价值的多元取向直接导致他文化性格的多样化"，并以"狂、放、谐、适"来概括其文化内涵。较之李著，王文对苏轼的文化意义论述得更为透彻通达，不过，二者的研究方法与学术观念是一脉相承的。此外，刘朝谦《沉醉人生与艺术之美》（《四川大学学报》1989 年第 2 期）认为苏轼的美酒沉醉集中反映了他的人生观和文学艺术的审美情趣：对异化人生作情感的批判，忘却现实生活重重的苦难，在沉醉中返观清真本我，获得心灵的至乐。刘扬忠也有文从饮酒的角度谈苏轼的文化性格（见《湖北大学学报》1994 年第 3 期）。张惠民《论苏轼文化人格的独立性》（《汕头大学学报》1989 年第 3 期）认为东坡文化人格以三教相辅相成的文化整体结构作为基础，并形成了一种充满自主自觉的独立精神。作者在《苏轼论文艺创造的自由境界》（《汕头大学学报》1989 年第 4 期）文中进一步对苏轼文艺创造的自由境界的自觉追求和理论表述加以分析，并探讨其与当代思想的联结。张毅在《清旷之美——苏轼的创作个性、文化品格及审美取向》（《文艺理论研究》1992 年第 4 期）、《苏轼朱熹文化人格比较》（《文学遗产》1995 年第 4 期）等文中就苏轼文化人格的内涵作了更具体的分析：前文认为苏轼创作中体现的清旷品格，是援佛道入儒的时代精神的体现，所要成就的是一种虚静高洁和淡泊雅逸的人格；后文认为苏轼的人格风貌是苏轼之所以为苏轼的根本所在，他的创作不过是这一根本的外在表现形式。张仲谋《论苏轼的人格风貌与魅力》［《扬州师院学报》（社会科学版）1994 年第 2 期］探讨了苏轼人格构成的四个主要因素：正直率真的个性、挥洒不羁的才气、健康开朗的幽默感、旷达自适的人生态度。马银华《论苏轼的人生哲学与文学创作》（《烟台师院学报》1997 年第 3 期）认为苏轼形成了以自我为中心、以外部条件的具备与否为辅助性前提的可隐可仕、无适而不可的实用主义自然人生哲学，文章对其形成的轨迹及其对创作的影响作了具体的分析。90 年代还出版了杨胜宽的《苏轼人格研究》，更是对苏轼的人格内涵与文化意义作了系统的论述。此外，王水照《苏辛退居时期的心态平议》（《文学遗产》1991 年第 2期）及邱俊鹏《苏轼少年时期思想探微》（《文学遗产》2000 年第 1 期）等文也对少年、退居时期的苏轼思想、心态做了分析；唐玲玲《寄我无穷境——苏轼贬儋期间的生命体验》（《文学遗产》1996年第4期）则专门探讨苏轼晚年贬儋期间作品所蕴含的文化意义与人生启迪，对此期苏诗中的自由精神境界着力加以阐发①。

苏轼的人格魅力与文化意义具有很大的代表性，这已成为学界在90年代的普遍认识。张海鸥《试论苏轼的文化"原型"意义》（《烟台师院学报》1990年第1期）认为苏轼的存在凝聚着传统文化的"原型"意义：溯其源，他是许多文化原型的重新组合；观其流，他又是被后世文人奉为楷模的文化伟人原型。韩经太在《心灵现实的艺术透视》（现代出版社1990年版）通过研究苏轼的心态以考察苏轼的文化典型意义，认为"苏轼的超旷达观，是一个执著于现实人生者的超旷达观，其立身处世的心理准则，主要还是体现着儒家的精神"，并认为苏轼"集儒家之人生意趣与佛老思维理性于一体的心理结构，之所以具有典型意义，正是因为他实际上体现了中国传统文化精神之演化的大势所趋"。彭宇《寻求超越的苦痛灵魂——苏轼》（《齐齐哈尔师院学报》1990年第6期）从苏轼理想的冲突入手，分析他的解脱之路，并将其归结到兼融三教的思想。常为群《论苏轼的人生态度及儒道释的交融》（《南京师大学报》1992年第3期）则着重分析了苏轼人生态度与三家思想交融的基本点。李春青《略论中国古代诗人的人格类型》（《学术月刊》1995年第3期）认为士人文学家在救世与自救方式上的差异，形成了四种有

---

① 这种分期论述苏轼的思想、心态的论文还有很多，如牛振民《浅谈苏轼早期的诗歌创作》（《宁夏教育学院学报》1989年第1期）、阎笑非《试论苏轼早期人生思想的发展及其在诗歌中的表现》（《北方论丛》1986年第2期）与《试论苏轼黄州时期的思想及有关作品》（《北方论丛》1989年第5期）、冷成金《论苏轼黄州时期的思想与实践》（《中国人民大学学报》1991年第4期）与《苏轼岭海时期的思想与实践》（《中国人民大学学报》1993年第2期）、张晶《试论苏轼贬谪时期的思想与创作》（《中州学刊》1990年第6期）、吴惠娟《试论苏轼二度守杭的心态变化》（《北方论丛》1992年第6期）、梅大圣《苏轼黄州时期的生活方式及社会意义》（《汕头大学学报》1993年第1期）、杨应彬《苏轼在岭南的社会和文学活动》（《学术研究》1984年第6期）、李越深《苏轼岭海时期的心态模式》（《北方论丛》1989年第4期）、陈祖美《苏轼谪儋时期的心态与文风》（《江海学刊》1991年第6期）、蒲友俊《超越困境：苏轼在海南》（《四川师大学报》1992年2期）、朱靖华《评苏轼岭海时期的人生反思》（《新东方》1996年第6期）、覃召文《佛之梦魇与禅之忧伤——岭南时期苏轼的佛禅情结》（《文史知识》1996年第6期）。

代表性的人格类型，苏轼代表的是那些力求将救世与自救和谐统一起来的士人。王建平《苏轼性格的文化阐释》（《河南社会科学》1997 年第 6 期）认为苏轼性格特征的形成过程，就是中国的传统文化从儒学到理学的发展过程，他乐观进取、旷达超脱的性格，体现了儒、道、释精神的高度统一。这些论述在某种意义上仍是对五六十年代以迄"文革"时期从政治上批判苏轼的学术风气的一种反拨，但由于采用文化观照这种多元视角（包括美学、哲学、文化心理、文化人格等多方面内容），较之一般翻案之作更全面肯定苏轼的历史地位，也较纯粹的恢复苏轼文学家面貌更富有时代气息，因而这种研究方法能为许多学者所采纳，即使是向以立论平实著称的文学史著作也受此影响。吴组缃、沈天佑《宋元文学史稿》（北京大学出版社 1989 年）谓苏轼"具有超脱世俗的洒脱态度与旷达的襟怀""对于生活，他一贯保持着一种热爱的、无所不适的态度和生气蓬勃、庄严而又诙谐的乐观精神""苏轼的思想比一般同时代的文人开阔"。90 年代出版的不少中国文学史、程千帆的《两宋文学史》、许总的《宋诗史》也从文化学的角度对苏轼其人其诗加以肯定。南师大主编的《宋代文学史》对苏轼题画诗、山水诗、和陶诗、酬唱诗等富有宋代人文精神的作品均作了中肯的评价，袁行霈主编的《中国文学史》专门论及苏诗中体现出的乐观旷达精神。这些无疑是对八九十年代相关研究成果的总结，也是新时期以来学术观念调整的反映。在有关苏轼文化学研究中，苏诗研究常常是重要的组成部分，因而随着有关苏轼研究的进展，也随着宋诗及宋代文化研究的兴盛，苏诗研究取得了并将继续取得新的成就。

本期苏诗研究的基础大为加强。20 世纪前八十年，学界无人对苏轼诗集作进一步的整理，直到 80 年代初期由孔凡礼点校《苏轼诗集》的出版，这一工作才得以起步。它以清人王文诰的《苏文忠公诗编注集成总案》（该书巴蜀书社 1985 年有影印本）为底本，参考多种版本和文献加以校勘、辑佚，基本上适应了当时的学术需要，推进了新时期的苏诗研究。不过，这仅是对前人著作进行整理，真正由今人加以整理的文献要算 90 年代出版的《全宋诗》

对苏诗的整理①。二十年来，有关苏轼年谱的编撰也为苏诗研究提供了很好的文献参考资料。80年代上海古籍出版社出版了由王水照编辑的《宋人所撰三苏年谱汇刊》，其中包括整理本两种：何抡《眉阳三苏先生年谱》、施宿《东坡先生年谱》，影印本有王宗稷《东坡先生年谱》、傅藻《东坡先生系年录》等。90年代中华书局出版了孔凡礼积二十余年之力撰著的《苏轼年谱》，考订较前人大为详细精密，为苏诗研究提供了重要的基础文献。此外，由四川大学中文系唐宋文学研究室编的《苏轼资料汇编》（中华书局1994年）、由曾枣庄主编的《苏诗汇评》（四川文艺出版社2000年），汇辑了前人对苏诗的评论，极具资料参考价值。值得一提的是，20世纪末出版的王友胜专著《苏诗研究史稿》将宋元明清有关苏诗研究的重要人物及其著作作了系统的清理，实际上也是苏诗研究的基础性工作，同样有助于苏诗研究的文献建设。本期还出版了不少有关苏轼、苏诗的普及性读物，为苏诗研究奠定了良好的群众基础，扩大了苏轼及其诗歌的当代影响。这种普及工作主要是通过选本与传记等著作来完成。新中国成立前的苏诗选本只有一种（严既澄《苏轼诗》，商务印书馆1933年"万有文库"本），新中国成立后特别是80年代以来苏诗选本大量出现，除陈迩冬的《苏轼诗选》外，还有刘乃昌的《苏轼选集》（齐鲁书社1980年）、吴鹭山、夏承焘等《苏轼诗选注》（百花文艺出版社1982年）、王水照的《苏轼选集》（上海古籍出版社1984年）、曹慕樊、徐永年主编的《东坡选集》（四川人民出版社1987年）、徐中玉的《苏东坡文集导读》（巴蜀书社1990年）、范会俊、朱逸辉的《苏轼海南诗文选注》（北京师大出版社1990年）、曾枣庄的《三苏选集》（黑龙江人民出版社1993年）。诸选本中苏诗均占了很大的分量。80年代出版的苏轼传记除了王水照、曾枣庄的著作外，还有颜中其的《苏东坡》（黑龙江人民出版社1981年）、陈华昌的《苏东坡》（中华书局1985年）、王兆彤与郭向群合著的《苏轼》（江苏古

---

① 由孔凡礼点校的《苏轼文集》（中华书局1986年）、王文龙《东坡诗话全编笺评》（西南师大出版社1996年）以及由曾枣庄等学者分别整理的《嘉祐集》《栾城集》《斜川集》《淮海集》、《张耒集》等三苏及其后代、苏门文集的出版，对苏诗研究也不无参考价值。王友胜曾撰文（见《文学遗产》2000年第2期）指出，清人冯应榴的《苏文忠公诗合注》在许多方面成就高于王文诰的《苏文忠公诗编注集成》。令人欣喜的是，2001年冯著以《苏轼诗集合注》之名由上海古籍出版社出版（黄任轲、朱怀春点校），这有功于新世纪的苏诗研究。

籍出版社 1989 年），90 年代又出版了洪亮《放逐与回归》（百花洲文艺出版社 1993 年）、钟来茵《苏东坡三部曲》（文汇出版社 1999 年）、王水照与崔铭合著的《苏轼传》（天津人民出版社 2000 年），大都在描述苏轼生平时用了相当的篇幅分析苏诗。

　　然而，倘若将已有的研究成果与苏诗独特的艺术风格、巨大的艺术价值、深远的历史影响与深厚的文化内涵相比，仍然是不大相称的；已有的苏轼研究成果或许不失为丰富，但真正的苏诗研究成果并不多，这与苏轼作为宋代最优秀的诗人和中国诗歌史上为数不多的大诗人的地位相比也是不大相称的。这就要求我们对苏诗研究的基础建设及理论探讨均须作出更大的努力。即以文献基础一端而论，我们还缺乏一部比较完善的由今人著作的苏轼诗集校注本。不过，苏诗研究真正的缺憾在于对苏诗本身所作的艺术研究不够。美学的、文化学的研究，是一种综合的、整体的、价值的研究，进入 90年代的苏轼研究明显地带着融文体分野、超越文学本位的特点，这是 10 年中苏轼文学文本研究与 80 年代相比反见薄弱的主要原因。这种风气的转变固然有拓展学术空间、增殖学术意义的作用，但在文学本位研究与文化价值阐释两界间如何做到周延融洽，真正两全其美、相得益彰，理解的历史与存在的历史如何契合符应，都还需作更深入的思考。

原载《安徽师范大学学报》（人文社会科学版）2003 年第 2 期

20世纪的黄庭坚诗歌研究

　　黄庭坚算不上宋代最有成就的诗人，但可以称得上最有特色的诗人。尽管20世纪对黄庭坚的评价像宋诗一样毁誉不一，但学界在争论中仍推进了黄庭坚研究，并取得了相当的成就。考虑到江西诗派的研究多涉及黄庭坚，故本文将其相关研究成果一并述评。

一

　　20世纪初的宋诗研究是由"同光体"诗人宗宋诗揭开序幕的。"同光体"诗人所宗的宋诗，实际上就是黄庭坚和江西诗派的诗歌。这批诗人"大半瓣香黄、陈，而出入于宛陵、荆公"（《石遗室诗话》卷十九），其中"沈乙庵言诗，夙喜山谷"（《石遗室诗话》卷十）。沈氏在其《海日楼题跋》（卷一）中关于黄山谷诸集的跋文，原原本本，如数家珍。陈三立则于光绪二十六年影印了宋刊本《山谷诗注》。陈衍虽自称"双井、后山，尤所不喜"（《石遗室诗话续编》卷三），但他也承认"其工处不可没"。陈衍论诗力反"浅俗"，与山谷诗论之追求"不俗"正合；他又倡"学人之言与诗人之言合"，标举"清而有味，寒而有神，瘦而有筋力"的风格境界，或归结为"清苍幽峭"与"生涩奥衍"（《石遗室诗话》卷三），这些也与山谷诗论有渊源；而且在继承中有发展，如他提出"诗贵风骨，然亦要有色泽，但非寻常脂粉耳；亦要有雕刻，但非寻常斧凿耳"（《石遗室诗话》卷二十三），就是对江西诗派片面追求枯瘠生涩的补救之论。江西诗派宗法杜诗，陈衍对此也有很好的论述："后山七律结联多用涩语对仗，则学杜甫而得其皮者"（《石遗室诗话》卷十九），"后山学杜，其精者突过山谷，然粗涩者往往不类诗语"（《重刻晚翠轩诗叙》）；相比之下，黄庭坚"脱胎于杜"而能"自辟门庭"。此外，梁启超对王安石与黄庭坚、江西诗派的关系也发表了很好的见解："荆公之诗，实导西江派之先河，而开有宋一代之风气……（荆公）一种瘦硬雄直之气，为欧梅所未有"，"山谷为江西派之祖，其特色在拗硬深窈生气远出，然此体实开自荆公，山谷则尽其所长而光大之耳，祖山谷者必当以荆公为祖之所自出。以此言之，则虽谓荆公开宋诗一代风气，亦不必过"（《饮冰室合集》专集之二十七《王荆公》）。

二三十年代的文学史研究对黄庭坚的研究有所推进。尽管黄庭坚的地位因新文化运动的兴起而有所下降，但文学史家仍肯定了他在文学史中的地位。即使是胡适，也在《国语文学史》中给予其一定的地位，只是他肯定包括黄庭坚诗在内的宋诗是从白话文学的角度出发的，黄庭坚那些"做诗如说话"的诗作受到他的青睐，而那些讲究学问、风格瘦硬之作自然不在他的肯定之列。另如李维《诗史》谓："诗至山谷、后山，宋诗一大变局也"；龙榆生《中国韵文史》也肯定了"'江西诗派'之名，所以能垂诸久远者，皆黄陈之力也"（第十七章）、"世言宋诗，大抵以元祐诸贤为矩则；其脱离唐诗面目，而自成体格者，亦极其致于苏黄二家"（第十八章）。当然对山谷诗的不足之处也多有批评，如龙著谓其"五七言古体，亦以生新瘦硬擅场，足医浮滑庸滥之病。惟好奇过甚，末流不免险怪枯槁，面目可憎耳"（第十七章），岑仲勉《宋代文学》认为金人王若虚所评"山谷之诗，有奇而无妙"（《滹南遗老集》卷三十九）一语最为切合山谷诗之利弊，钱基博《中国文学史》（第五编《近古文学》）也批评黄庭坚"毕生功力，尽于下语；炼句而未能炼意，语新而意伤木；用事而或艰用笔，事融而笔未浑；所以势峻而或仄，笔老而不到"。黄庭坚与苏轼及江西派诗人的比较是本期文学史研究的重要内容，这种比较有利于揭示各自的艺术特色、创作得失及其影响地位。如岑仲勉谓曾几诗"风骨高骞，而含蓄深远。昔人称其介乎豫章、剑南之间，盖有山谷之清新，而能变其生硬者"；柯敦伯《宋文学史》不仅指出"黄诗原出杜甫，尤于甫之瑰奇绝俗处，具体而微"，而且指出"其格调之得于（苏）轼者，亦颇有迹象可寻"，"苏诗以豪荡纵横极其驰骋之大观，黄诗亦往往有不可控抑之处。若夫劲直沉着，则其所以表异于苏者，而其太过处则失之生疏"。钱基博《中国文学史》云："苏轼以旷见真，以坦为激，以透为警；庭坚则以清为奥，以生出新，以涩作健；而'以故为新，以俗为雅'，其说实本苏轼而别出蹊径。苏近于欧，黄则似梅。苏轼以韦学陶，以白学杜，而间参以韩孟；庭坚以谢化孟，以韩学杜，而亦或用韦白"，"至于黄庭坚、陈师道，欲为'不好'者也；枯其笔，僻其句，而趣不足以发奥，气不能以运辞。然庭坚危仄之中，自有驱迈；而师道瘦硬以外，别无兴会。庭坚尚致力二谢而得其隽致，师道则一味韩黄而益为瘦硬……庭坚欲为'不好'而尚能'好'者也，师道欲为'不好'而不讨'好'者也"。

　　胡云翼《宋诗研究》与梁昆《宋诗派别论》是本期两部颇有"宋诗史"意味的宋诗研究专著，对黄庭坚的诗歌渊源与理论、艺术特色与成就进行了较系统的论述。前者将黄庭坚列为"北宋诗坛的四大权威"之一，从渊源、锻炼、特色、诗论等方面对山谷诗进行了分析：关于山谷诗的渊源，作者认为有陶渊明、杜甫和韩愈三家。关于山谷诗的特色，作者认为生涩瘦硬、奇僻拗拙是其最大特色，而绝句是其代表作，因其"能够脱下古典的衣裳，也不用拗捩的字句，成功清新活跃的抒情小诗"[①]。黄庭坚作为江西诗派的始祖人物在梁著中也得到了详细的论述。关于山谷诗的艺术渊源，作者认为"杜甫诗为山谷所宗主，陶潜、韩愈、李白三人皆山谷所推尊，苏轼、韩维、李常、孙觉、谢师厚五人皆山谷所亲炙，而西昆体王安石皆山谷所得力，黄庶则山谷之父也，山谷可为集宋诗大成者矣！惟晚唐诗体为山谷所卑弃也"——这可以算是本期除游国恩《论山谷诗之渊源》一文外关于山谷诗渊源的最全面的论述了（游文后收入《游国恩学术论文集》，中华书局1989年版）。关于山谷诗的艺术特征，作者从模拟、拗律、用事、好奇、尚硬、律古并重、辞意并重等七个方面进行了分析，指出"寡味、不自然、沿袭乃山谷诗之三病，开拓诗境、奇峭则是其诗之二长"。作者还对黄庭坚及江西诗派"夺胎""换骨"的理论作出了明确的区分："不易其意而造其语者，《诗宪》所谓'意同语异'，即换辞不换意也。规模其意而形容之者，《诗宪》所谓'因人之意触类而长之'，是换意不换格也。后之人因山谷言欠明确，竟误视夺胎换骨为一事，混曰夺胎换骨法，失其实矣"。他在前人基础上将"换骨""夺胎"分别概括为"换辞不换意"与"换意

① 胡云翼：《宋诗研究》，商务印书馆1930年版，第86—93页。

不换格"，显得言简意赅，明白醒目。

　　40年代的黄庭坚研究以钱锺书、朱自清、缪钺等人的论述较精。钱锺书《谈艺录》谓山谷诗"以故为新"的特点："就现成典故比喻字面上，更生新意；将错而遽认真，坐实以为凿空"。书中还有不少文字论述方回、王若虚、明七子、袁枚、桐城派等人对黄庭坚及江西诗派的看法，初步勾勒了黄庭坚、江西诗派的研究历程，或可视为山谷诗接受史研究的先导。朱自清《经典常谈》认为黄庭坚是宋代"第一个有意的讲究诗的技巧的人……他作诗着重锻炼，着重句律……他不但讲究句律，并且讲究运用经史以至奇书异闻，来增富他的诗。这些都是杜甫传统的发扬光大……黄还是继续将诗散文化，但组织得更经济些；他还是在创造那阔大的气象，但要使它更富厚些。他所求的是新变……他不但创新，还主张点化陈腐以为新……他不但能够以故为新，并且能够以俗为雅……他的成就尤其在七言律上；组织固然更精密，音调也谐中有拗，使每个字都斩绝的站在纸面上，不至于随口滑过去"，并指出"他研究历代诗的利病，将作诗的规矩得失，指示给后学，教他们知道路子，自己会创造、发展到变化不测的地步。所以能够独开一派"①。缪钺《论宋诗》一文开篇就描述了宋诗的发展过程，认为"元祐以后，诗人迭起，不出苏黄二家。而黄之畦径风格，尤为显异，最足以表宋诗之特色，尽宋诗之变态"，"其后学之者众，衍为江西诗派，南渡诗人，多受沾溉，虽以陆游之杰出，仍与江西诗派有相当渊源"，"故论宋诗者不得不以江西派为主流，而以黄庭坚为宗匠矣"②。这些论述贯串着鲜明的文学史意识，而这种文学史意识既无早期白话文学史的功利观念，又对一度流行的文学史进化观有所批判，所论较此前的文学史著作要精致得多。

――――――――

　　① 朱自清在《诗言志辨》中对黄庭坚诗也有精细的分析："宋诗自黄庭坚以来，有意的求新求变求奇。他指出'以俗为雅，以故为新'的法门，说是'举一纲而张万目'，并且说这是'诗人之奇'。又倡所谓夺胎换骨法……这又是以故为新的节目。黄氏开示了这种法门，给后学无穷方便；大家都照他指出的路子，'穷力追新'，这就成了江西诗派。"他在《诗多义举例》文中对黄庭坚《登快阁》所作分析亦极为人称道，如其分析该诗首句用"生子痴，了官事"一典有四个意思："一是自嘲，自己本不能了公事；二是自许，也想大量些，学那江海之流，成其深广，不愿沾滞在公事上；三是自放，不愿了公事，想回家与'白鸥'同处；四是自快，了公事而登快阁，更觉出阁之为快了。"

　　② 见缪钺《诗词散论》，上海古籍出版社1982年版，第35—36页。

二

　　1949年后相当长的一段时间内，学术界研究古典文学普遍强调作家的政治态度、作品的思想性（特别是人民性），宋诗在这种学术氛围中受到了很大的冷落，黄庭坚和江西诗派作为宋诗的代表人物，其政治态度、论诗主张、诗歌创作，更是受到非议（70年代末，山谷诗作为味同嚼蜡的宋诗代表也受到不少非议）。关于政治态度，朱东润《黄庭坚的政治态度及其论诗主张》（《中华文史论丛》第3辑，中华书局1963年版）虽然肯定了黄氏早年诗中的政治倾向有对人民的同情，但他本人对新政措施不满，站到了旧党一边，其诗对于政治方面的重视是不够的，"即使他在诗中表现了对于人民的一定的同情，也大大地损害了他的作品的价值"，认为黄庭坚所表现出来的是小地主阶级的落后意识。刘大杰《黄庭坚的诗论》（《文学评论》1964年第1期）也认为"黄庭坚的政治态度基本上属于旧党……在当日统治阶级内部矛盾极其尖锐的政治生活中，逐步形成他那种明哲保身的消极思想"。关于山谷诗论，朱文认为黄庭坚主张以理为主，而且他对于理的认识，"主要着重在作文的关键布置上"，并谓黄庭坚所说的"点铁成金""夺胎换骨"的理论，"其实只是一种语调的模仿，对于诗境的开拓，并没有多大的意义"。刘大杰《黄庭坚的诗论》认为黄氏《书王知载〈朐山杂咏〉后》中关于"诗者人之情性也"的一段话是他关于诗歌方面的原则性理论，批评他反对诗歌对政治的讪谤和讥弹，"不但表现了封建文人的软弱性格，更重要的是表现了他在文学上轻视思想内容、逃避现实、回避政治和漠视文学的社会作用的观点"，并认为"黄庭坚的尊杜学杜，并没有继承、发展杜诗的这方面的优良传统，他只是倾注全力，从杜诗的形式技巧中，寻求经验和规律，创立他的诗歌理论"，"黄庭坚论文，有时也提到了理，但他所讲的理，并不全是指的内容……黄庭坚的文学思想，是重在形式的一面，而不是重在思想内容的一面。"作者认为在黄庭坚所讲方法中，影响深远而为江西派诗人所奉为不传之秘的，是点铁成金、夺胎换骨之说，并就此批评他"片面强调以学问为诗，强调字字有来处，强调模拟古人，这不但在理论上散布不良影响，阻碍诗歌正确发展的方向，而他自己的作品，也表现出内容贫乏以及堆砌典故成语和生硬晦涩的弊病"。基于对黄庭坚政治态度和文艺思想的这种认识，黄庭坚的创作受到形式主义或反现实主义的责难自是不免了。朱东润就认为"在表现手法方面，黄庭坚是有形式主义的倾向"，刘大杰也认为山谷诗"很少反映社会现实"，形成了不良的倾向。林家平、陆元庆、裴自强《为江西诗派一辩》（《文汇报》1961 年 8 月 23 日）虽对当时学界一笔抹杀以黄庭坚为代表的江西诗派的看法提出批评，肯定了江西派诗人一些关于诗歌艺术的见解，但仍然认为："江西诗派基本上是个形式主义的诗派"，"在诗歌创作实践中犯了相当严重的形式主义倾向"，它的创作实践"严重地脱离了当时政治斗争"。当时的"文学史"也都持这种批评性意见，如中国社科院文研所编写的《中国文学史》（人民文学出版社 1962 年版）认为黄庭坚《答洪驹父书》中"无一字无来处""点铁成金"之说，是江西诗派最重要的纲领，并认为这是"以形式主义来反对形式主义的错误道路"，游国恩等主编的《中国文学史》（人民文学出版社 1963 年版）也认为"他们摆脱了西昆体的形式主义，又走上了新的形式主义道路"，山谷诗"虽能屏除陈言滥调，形成一种以生新瘦硬为其特征的风格，但仍无法掩盖他生活内容的空虚和脱离现实的倾向。"郭绍虞《中国文学批评史》（上海新文艺出版社 1955 年版）也批评黄诗"是文学上的反现实主义"。

这一段时间内对黄庭坚诗评价较高、分析较中肯的要算潘伯鹰选注的《黄庭坚诗选》（上海古典文学出版社 1957 年版）。在这本书的长篇序言中，作者全面考察了黄庭坚的政治态度、思想渊源、文学思想与艺术特征。关于政治态度，作者认为黄庭坚"一切见解和努力的方向却是独立的"，"正由于他出身于士大夫阶级，他有知识分子的正义感；也正由于他在政治上不入于党派之中，他能客观地正确地批判当时政局的得失"。这是对黄庭坚政治态度的赞扬，与当时的批判性意见截然不同。作者还进而分析了黄庭坚的思想基础："指导了他的思想的，自然是中国传统的儒家学说……但是影响了他的思想，从而修正了扩大了原来的儒家思想的，还有他的禅学。他接受了禅学，使他原来的思想起了过滤和升华的作用，形成了他自己受用的一种思想，既非纯粹儒家，也非纯粹禅学。"这样全面论述作家的思想在当时是难得的，较诸一味分析作家政治态度的作法要全面、客观得多，特别是其所揭示的黄庭坚与禅学的关系，更成为今后黄庭坚研究的一个热点。在分析具体作品时，作者还指出黄庭坚的诗中有这样一种理论境界，即"他从经史中，从老庄书中，尤其是佛典中学到了一些素朴的辩证法逻辑，因之他对一切问题的看法，多能从矛盾的关系中得到一种更深的和更全面的见解"①。前言概括了山谷诗的四大艺术特点，在当时也是最为精细的：一是他全部诗创作中自始至终的一贯性，二是章法的谨严细密，三是写景的真实性，四是句法的烹炼，并认为山谷诗"大体上是精金美玉"，不乏"超绝之处"。书中对具体作品的分析也极精细，尤重分析山谷诗之章法、句法、用韵、用典等，深化了对山谷诗艺术特征的认识。

与潘著不同的是，钱锺书《宋诗选注》对山谷诗及诗论多持批评意见，如其批评黄诗的议论迂腐，"给人的印象是生硬晦涩，语言不够透明，仿佛冬天的玻璃窗蒙上一层水汽、冻成一片冰花"。作者还对黄庭坚诗论提出了批评，认为在黄庭坚许多关于诗文的议论里，"无一字无来处""点铁成金"之说，"最起影响，最足以解释他自己的风格，也算得江西诗派的纲领"。联系到作者在该书"序言"中批评"把末流当作本源的风气仿佛是宋代诗人里的流行性感冒"，还提出了著名的"六不选"原则，可以见出作者对黄庭坚诗及其诗论的不满。这些批评虽不免受到当时学术风气的影响，其中亦不乏中肯之见。不过，书中更具价值的是作家小传中对江西派诗人所作的具体分析，其中有不少是关于山谷诗与派中人物创作异同的生动揭示。如其论黄诗《新喻道中寄元明》时指出这是他"比较朴质轻快的诗，后来曾几等就每每学黄庭坚这一体"，评陈师道"情感和心思都比黄庭坚深刻，可惜表达得很勉强，往往格格不吐……只要陈师道不是一味把成语古句东拆西补或过分把字句简缩的时候，他可以写出极朴挚的诗"，洪炎"虽然没有摆脱'山谷集'的圈套，还不至于像鹦哥学舌，颇能够说自己的话而口齿清楚"，吕本中诗"始终没摆脱黄庭坚和陈师道的影响，却还清醒轻松，不像一般江西派的艰涩"，曾几"风格比吕本中的还要轻快，尤其是一部分近体诗，活泼不费力，已经做了杨万里的先声"。尽管《宋诗选注》只选了黄庭坚四首诗，但从黄庭坚及江西诗派诗人小传的精心结撰来看，作者仍对黄庭坚及江西诗派自身

① 《次韵子实题少章寄寂斋》注释一，见潘伯鹰《黄庭坚诗选》，古典文学出版社1957年版，第39页。

特点、演变过程及其在宋诗中的作用均有精深的认识。如果说《黄庭坚诗选》更多地肯定山谷诗的长处，《宋诗选注》则更多的是对山谷诗（及江西派诗）短处的揭示，二者合而观之，庶几得山谷诗之真相与利弊。这足以启迪后学对黄庭坚及江西诗派这种影响大、争论多的研究对象，不能一味肯定，也不能全盘否定，应作全面、辩证的研究。

值得一提的是，傅璇琮编撰的《古典文学研究资料汇编·黄庭坚和江西诗派卷》成于1963年，到1978年8月才由中华书局出版，也是本期黄庭坚和江西诗派研究的重要成果，为80年代以来的黄庭坚和江西诗派研究提供了基本资料，不少学者就曾利用过本书（如莫砺锋《江西诗派研究》、龚鹏程《江西诗社宗派研究》、郑永晓《黄庭坚年谱新编》均参考过本书）。

三

80年代以来，随着学术环境的改善与学术空气的活跃，随着整个宋代文学研究的逐步繁荣与稳定推进，黄庭坚研究也获得长足的发展，特别是对黄庭坚的思想人格、诗歌理论和黄诗的内容题材及艺术特征等，学界均有不同于前期的评价。20年间，不仅发表了大量论文与多部论著[①]，还形成了一支以莫砺锋、

---

① 本期出版了不少关于黄庭坚的专著。年谱方面有郑永晓《黄庭坚年谱新编》（社会科学文献出版社1997年），传记方面有张秉权《黄山谷的交游与作品》（香港中文大学出版社1978年）、刘北汜的《山谷》（江西人民出版社1981年）以及周义敢《苏门四学士·黄庭坚》（上海古籍出版社1983年）、胡敦伦《江西诗派领袖黄庭坚》（江西人民出版社1986年）、邓子勉《黄庭坚全传》（长春出版社1999年），评传则有黄宝华的《黄庭坚评传》（南京大学出版社1998年）及程千帆、莫砺锋的《黄庭坚评传》（载《中国历代著名文学家评传》，山东教育出版社1984年）。黄庭坚的诗选则有陈永正的《黄庭坚诗选》（三联书店香港分店1980年）及《黄庭坚诗选注》（上海古籍出版社1985年）、刘逸生《黄庭坚诗选》（广东人民出版社1984年）、朱安群等译注的《黄庭坚诗选译》（巴蜀书社1991年）、黄宝华的《黄庭坚选集》（上海古籍出版社1991年）。研究专著有吴晟《黄庭坚诗歌创作论》（江西人民出版社1998年）、陶文鹏的《黄庭坚》（春风文艺出版1999年）。有关江西诗派的著作也不少，大多涉及黄庭坚：选本有陈永正《江西派诗选注》（中山大学出版社1985年）、胡守仁《江西诗派作品选》（江西人民出版社1992年）、钱志熙《活法为诗——江西诗派精品赏析》（吉林文史出版社1997年），研究专著则有莫砺锋的《江西诗派研究》（齐鲁书社1986年）。台湾地区学者也有两部研究江西诗派的专著：龚鹏程《江西诗社宗派研究》（台北文史哲出版社1983年）、杨苍岚《宋代江西诗派研究》（台南唯一书局1985年）。

周裕锴、钱志熙、黄宝华、祝振玉、张晶、吴晟、郑永晓、杨庆存等为主要力量的研究队伍，他们是这一时期黄庭坚与江西诗派研究的主力。

黄庭坚研究中争议最大、非议也最多的是黄庭坚的政治态度与诗歌理论。80年代以前，学界认为他论诗回避政治、注重技巧，是形式主义诗论。80年代以后学界对此提出了不同看法。彭会资《黄庭坚在广西——兼论黄庭坚的政治态度》（《学术论坛》1981年第3期）否定了以往视黄庭坚为反对变法的保守派的看法，莫砺锋《关于江西派诗人的政治态度》（《南京大学学报》1985年第1期）也肯定了包括黄庭坚在内的江西派大多数诗人的政治态度。尽管这种翻案为重新评价黄庭坚的思想与创作做了必要的舆论准备，但黄庭坚究竟不是政治家，政治态度保守与否的争论对山谷诗的研究没有太多的联系，因而学界更多地关注与黄氏创作更有关联的思想文化研究。随着文化学研究方法的兴起和引入，黄庭坚的思想研究从政治思想转向他与禅宗、理学关系的考察。黄宝华《论黄庭坚儒、佛、道合一的思想特色》（《复旦学报》1982年第6期）是新中国成立以来第一篇黄庭坚思想的专论。作者指出：诗人以儒为本，对佛、道有所吸收，有所改造，三者圆融形成了他独特的人生观与处世哲学，这种思想也制约着他的文艺思想。这与潘伯鹰《黄庭坚诗选》中有关论述颇为接近，只是潘著没有黄文论列之详。周义敢《黄庭坚思想发展初探》（《安徽大学学报》1986年第1期）、涂又光《论黄庭坚作品的哲学基础》（《江西师大学报》1986年第2期）也都分析了黄庭坚融合儒、道、佛的思想特色。相比之下，黄庭坚与禅宗的关系更受学界关注[①]。此前，王季思《打诨、参禅与江西派诗》[②]，及潘伯鹰《黄庭坚诗选》均曾论及，本期更多这方面的专题论文。钱志熙《黄庭坚与禅宗》（《文学遗产》1986年第1期）分析了黄庭坚思想中所受禅学的影响："一是借鉴禅宗顿悟真如的方式来进行心灵修养；二是融合佛禅平等观及庄子齐物论的思想来培养自己，对待人生力求超然物外，对待社会力求公平无二、万物一家。"祝振玉《黄庭坚禅学源流述略》（《文史知识》1988年第4期）认为"黄庭坚禅学

---

① 有关黄庭坚与儒学关系的研究专文，仅见钱志熙《黄庭坚与北宋儒学》，《原学》第1辑，中国广播电视出版社1994年版。

② 原载《之江文会》，1948年1月；后收入《玉轮轩曲论》，中华书局1980年版。

的实质与方向，应该就是将禅家的学说，改造成供自己受用的精神思想养料，造就一种随缘任运的处世态度，来对待人生的出处穷通、行藏用舍"。孙昌武《黄庭坚的诗与禅》（《社会科学战线》1995年第2期）、白政民《黄庭坚的禅家思想及禅宗对其诗歌的影响》（《人文杂志》1997年第7期）也都分析了黄庭坚思想中的禅学因素。马积高《江西诗派与理学》（《文学遗产》1987年第2期）则考察了以黄庭坚为首的江西诗派与理学的关系。作者认为，江西诗派在南宋得以繁衍的原因，尤在于黄庭坚对诗歌的根本看法同理学家的看法比较接近；从根本上说，他们对诗的看法都是当时政治形势的反映，"江西派的诗，特别是黄庭坚、陈师道这些江西派大师的诗，实际上是文化专制主义的重压下被扭曲了的花朵"。这实际上已涉及黄庭坚等人与党争的关系了。钱志熙《黄庭坚与新旧党争》（《温州师专学报》1986年第2期）就对此进行了专题研究。钱文虽然主要也是考察黄庭坚对新法的批评和对党争的态度，但黄氏在党争中的独立人格和他熙丰间诗歌对现实的关注得到了肯定。田道《黄庭坚处世态度及其对创作的影响》（《九江师专学报》1992年第4期）也涉及此课题。作者指出黄庭坚一生基本上处在北宋新旧党争的政治漩涡之中，这使他形成了一种"外和内刚"的处世哲学，这种处世哲学使其性格表现出多元的复杂性。从研究黄庭坚的政治态度到对他与禅学、理学、党争的关系进行专题研究，不仅深化了黄庭坚的思想研究，还使黄庭坚研究获得了广阔的文化视野，黄庭坚诗歌的某些特点由此可以得到合理的解释（如黄庭坚诗较少涉及政治就与他受党争、理学、禅学思想的影响有关），这在某种程度上也推动了黄诗的思想、艺术研究。

对黄庭坚诗论的研究也表现出类似的由重评到逐步深入的发展过程①。尽管到80年代初，复旦大学中文系古典文学教研室《中国文学批评史》（上海古籍出版社1981年版）、敏泽《中国文学理论批评史》（人民文学出版社1981年版）仍然批评黄氏诗论为形式主义，但更多的学者并不赞同这种看

---

① 1985年为纪念黄庭坚诞生946周年，在江西修水召开了黄庭坚学术讨论会，吴调公、莫砺锋、黄宝华、周裕锴、刘乃昌、杨庆存等学者，均认为对山谷诗论应全面考察，对"脱胎换骨"、反对讪谤怒骂等提法要具体分析。这些论文后来结集为《黄庭坚研究论文集》（江西省文学艺术研究所编，江西人民出版社1989年版），在当时起到了为黄庭坚诗论"平反"的作用。本文中所举论文有不少被收入该论文集中。

法。以往视黄庭坚诗论为形式主义诗论的主要依据是他提出的"夺胎换骨""点铁成金"的理论。这一理论是黄氏诗论的重要内容，也是以黄庭坚为首的江西诗派诗歌的一大特征。本期学者就是通过这一理论的重新探讨来对黄氏诗论进行重新评价的。莫砺锋《黄庭坚"夺胎换骨"辨》（《中国社会科学》1983 年第 5 期）是最早肯定这一理论的积极意义的论文。作者认为黄氏此说是在有宋承唐的历史条件下，为了充分利用前人丰厚的文学遗产而采取的或师承前人之辞或师承前人之意的一种方法，目的是为求在诗歌创作领域里"以故为新"，这种方法尽管不无流弊，但基本上起到了"以故为新"的作用。刘云《黄庭坚艺术成就新探》（《争鸣》1987 年第 7 期）也认为"点铁成金""夺胎换骨"的理论是一种出新的探索，是对学习和继承古代文学遗产的一种积极主张。杨庆存《黄庭坚"点铁成金"、"夺胎换骨"说新论》（《齐鲁学刊》1992 年第 1 期）甚至认为此说的价值和意义绝不止于诗歌创作的求新，更重要的是，它揭橥了古代文学创作中的一条艺术规律。周裕锴《宋代诗学通论》（巴蜀书社 1997 年版）还借用西方现代诗歌批评"语境"和"互文"的概念以及原型批评理论来阐释"点铁成金"和"夺胎换骨"的价值。当然，学界既看到这一理论的积极性，也不忘指出其不足，如曾子鲁《"夺胎换骨"与"点铁成金"刍议》（《江西师大学报》1986 年第 2 期）、陆海明《重评黄庭坚"点铁成金"说及其他》（《辽宁师大学报》1986 年第 1 期）、张福勋《于袭故中创新——"夺胎换骨"辨说》（《中国人民大学学报》1995 年第 1 期）、陈定玉《黄庭坚"夺胎换骨"法议》（《文艺理论研究》1997 年第 5 期）等文①。在讨论中，有学者发现了山谷诗论的矛盾性。如孙乃修《黄庭坚诗论再探讨》（《文学遗产》1986 年第 3 期）认为黄庭坚对诗有一个根本看法，即诗本于"人之情性"，同时强调向古人学习，与这种理论性格相适应，他提出来的"点铁成金""夺胎换骨"之说带有局限性与软弱性；这种理论上的合理性与局限性、追求创新的主观要求与保守的思想观念构成

---

①　有学者甚至对"夺胎换骨"是否为黄氏诗论提出质疑（参李贤臣《黄庭坚"夺胎换骨"辨正》，《河南大学学报》1985 年第 5 期；祝振玉《"夺胎换骨"说质疑》，《上海师大学报》1987 年第 1 期），也有学者区分了"换骨""夺胎"的本义（参吴观澜《"换骨"、"夺胎"二法本义辨识》，《中山大学学报》1988 年第 1 期）。

黄氏诗论本身的矛盾性。赵仁珪《宋诗纵横》（中华书局1994年版）也指出黄庭坚的诗论不免陷入矛盾境地：他一方面景仰前代的伟大成就，强调必须师法和吸取前人的创作经验和创作成就；一方面又认识到"随人作计终后人"，想压倒前人，超越前人，于是以故为新——力求将这二者统一起来的理论就成了他诗论的主要纲领。也有不少学者在讨论中认识到"夺胎换骨"等理论并非山谷诗论的全部或核心，为此他们对山谷诗论的精神实质和体系进行了讨论，而不再局限于对"夺胎换骨"等理论做翻案文章。黄宝华《试论黄庭坚革新诗风的主张》（《徐州师院学报》1983年第1期）反对将"点铁成金""夺胎换骨"视为黄氏全部诗论的做法，认为黄庭坚是继承北宋诗文革新的传统而进行创新的，这种创新就是"不俗"，"不俗"是黄庭坚乃至以后的江西诗派的理论和创作的基本立足点。白敦仁《论黄庭坚诗》（《成都大学学报》1986年第1期）也认为"点铁成金""夺胎换骨"只是山谷在诗歌语言方面的个别具体经验，而"脱俗"才是江西派的纲领性意见。吴调公《黄庭坚诗论再评价》（《社会科学战线》1984年第4期）则认为"拗峭"是黄庭坚人格的外化，也是其诗论的基本倾向，表现为"苦思之境和风趣之境的结合"。朱惠国《论黄庭坚的创新意识及其文学史意义》（《宁波师院学报》1993年第3期）认为黄庭坚的创作理论是一个有机整体，他由古法入、从古法出的思想，是他全部文艺创作思想中的一个环节，"黄庭坚对古人也采取了一种法其可法、弃其当弃的正确态度"。陶文鹏《黄庭坚》认为黄氏诗歌理论的精华是创作论，而其创作论的纲领就是强调"不俗"与"独创"。尽管学界对黄庭坚诗学有无体系有不同看法，但这不妨碍学界在探讨黄氏诗论的精神实质的同时，对黄氏诗说进行全面系统的研究。邱俊鹏《黄庭坚评论浅议》指出"黄庭坚有关诗歌性质的作用以及强调诗歌内容的论述，是他全部诗论中不可分割的重要部分"，他评价前代和同时代诗人的作品时，往往是内容和艺术并重（四川大学学报丛刊第15辑《古典文学论丛》，1982年10月）。程自信《黄庭坚文艺思想探微》（《文艺论丛》第15辑，上海文艺出版社1982年版）概括了黄氏文艺思想的四个特征：讲究形式而不唯形式是求；提倡学古而不泥古；循法而不死守法度；重神似和韵味。周义敢《苏门四学士·黄庭坚》从文与道、诗歌与政治、创作与学问的关系及诗歌的写作方法等方面概括了山谷诗论的主要内容。陈其相既在《为黄庭坚辨白》中探讨了黄氏创作理论的核心（立足于创新、立足于"自我一家"），又在《"论诗时要指南"——山谷论诗歌创作》中多方面概括了山谷诗论的主要见解①。王达津《黄庭坚的诗歌理论和诗》（《河池师专学报》1994年第2期）论述了黄氏诗歌和作诗讲究立意、无意为诗而意已至、讲求佳句、无一字无来处、讲求句法、字法、夺胎换骨、以故为新、以俗为雅、以物为人、讲究"打诨"等诸多方面内涵，认为黄氏的理论和创作充满了创新精神和创新实践。在全面探讨的基础上，90年代更有学者尝试对黄庭坚的诗学体系问题加以探讨。吴晟《黄庭坚诗学观论纲》（《江西教育学院学报》1993年第4期）认为"黄庭坚构建了比较完整而系统的宋代诗学体系"，涉及诗歌的本质、内容与形式的关系、传达方式、道德修养、篇章结构、字法句法、用典格律、学诗门径、步骤、境界等。罗龙炎《黄庭坚的诗歌创作论》（《江西社会科学》1995年第11期）分析了山谷诗歌创作论系统的基本结构：治诗之本与治诗之法（前者即养性绝俗，后者包括师法、新变、归真三个阶段）。凌佐义《黄庭坚诗学体系论》（《九江师专学报》1997年第4期）从本体论、诗人论、作法论、风格论与鉴赏论等五个层面梳理了黄庭坚的诗学体系。钱志熙《黄庭坚的诗学理论》（《文史知识》1999年第10期）认为修养论、创作论、风格论、功用论基本上囊括了黄氏的全部诗论。在《论黄庭坚的"情性说"》文中，作者指出具有浓厚传统色彩的"情性说"，是构成其诗学体系的基础（《中国典籍与文化论丛》第6辑，中华书局2000年版）。他还在《论黄庭坚诗学实践的基本课题》中提出"诗学实践课题"的概念，认为黄庭坚诗学实践的重要特点是面对诗史、自觉地寻找诗歌发展史中的课题，这种自觉的课题意识使黄庭坚能够于中唐以降各派诗学取其所长并矫正其偏差，达到了新的融合，使诗歌发展史复归本位（《漳州师院学报》1997年第1期）。不少论文在探讨黄氏文艺思想、诗论的同时考察其诗歌创作的成就。刘乃昌、杨庆存《黄山谷的文艺思想和诗歌艺术》（《齐鲁学刊》1981年第6期）认为"山谷的创作特别是他的诗歌是体现了他的文艺主张的，这也是山谷诗所以形成独立的艺术个性，从而使山谷在诗坛上居然独树一帜的重要原

①分见《长沙水电师院学报》1986年第1期、1990年第4期。

因"。薛祥生《论黄庭坚的诗论及其创作》（《山东师大学报》1986年第2期）也结合黄氏诗论探讨其作品的现实性与创造精神。钱志熙《论黄庭坚的兴寄观及黄诗的兴寄精神》（《文学遗产》1993年第5期）认为黄庭坚主张诗写"人之性情"是肯定诗歌的艺术本质，其提倡"义理"修养而又标举"兴寄高远"、平淡有韵，是将传统的兴寄表现观与重道尚理的时代要求相统一，解决了现实创作的理论问题。肖庆伟《山谷诗论与其诗歌创作》（《漳州师院学报》1993年第1期）、张承凤《极风雅之变，尽比兴之体——评黄庭坚的诗歌理论与创作》（《社会科学研究》1999年第4期）等文则将山谷的诗与诗论加以对照，认为山谷诗大多实践了其诗歌理论，也有少量诗作与其诗论相背离，这就要求我们不能仅仅抓住其诗论对其创作进行评价，以偏概全。不难看出，这些讨论不断深入，简单孤立的评价让位给理论与创作、历史与现实纵横审视基础上的切实定位，其意义不仅在于使黄庭坚诗论的积极意义得到了确认，更在于促使人们对黄庭坚整个诗论进行新的评估，给客观评价黄诗的艺术价值和文学地位以很大启发。

　　讨论黄庭坚的诗歌创作首先涉及黄诗思想内容的评价问题（亦即黄诗有无现实性的问题）。"文革"前的论著大多否认黄诗具有现实性。80年代前期，有学者对黄诗的现实性进行了多方面的深入开掘，并对黄诗的思想内容作出新的评价。匡扶《山谷诗思想内容新探》（《甘肃师大学报》1980年第4期）、胡守仁《试论黄山谷诗》（《江西师院学报》1981年第2期）、孙文葵《论黄庭坚诗歌中的民主性精华》（《河北师大学报》1982年第3期）、陈维国《重新评价黄庭坚的诗歌创作》（《重庆师院学报》1986年第2期）等文均肯定了山谷诗中的现实性内容，凌佐义《黄庭坚诗歌思想价值的论辨》（《九江师专学报》1985年第3期）更对黄诗的现实性内容作了全面的总结概括。这些为山谷诗思想内容所做的翻案文章，在当时固然不无积极意义，但究其实质仍未脱"政治标准第一"的影响。随着思想的解放，不少学者不主张用是否直接反映现实和同情人民疾苦来作为评判黄诗价值的标准，开始以较新的观点和价值尺度衡量山谷诗的思想意义。王士博《黄庭坚诗评议》（《光明日报》1985年1月29日）指出：黄诗的价值在于"把时代的折光聚焦于他的抒情主人公形象上，比同期其他诗人更敏锐地反映了那个可悲的历史时期"。白敦仁《论黄山谷诗》指出：山谷的思想和性格与他所处的时代的矛盾是深刻的，现实的冲突引起了内心的冲突，山谷诗深刻而细致地描写了这种冲突，从而曲折地反映了现实，具有一定的典型意义和认识意义。丁夏《论山谷诗》（《清华大学学报》1987 年第 1 期）也认为"山谷诗中同样蕴含着社会的风云，只不过它是通过对庭坚心灵深处感情波澜的刻划和对友朋人生遭遇的感叹折射出来的"。吴晟《黄庭坚诗歌立意考察》（《晋阳学刊》1995 年第 3 期）归纳了黄诗立意的三个取向：格韵高远，以人格意识为内核；深曲顿挫，以畏祸心理为指向；生新奇警，以创变精神为驱力。诸文提出黄庭坚诗歌聚焦于自我人格形象，价值在高雅脱俗的精神追求，并通过冲突心理来折射现实，反映中下层知识分子的生活状况和精神面貌，这种认识更符合宋诗创作的时代特征和内在品格。宋诗不乏现实性、政治性、人民性的内容，甚至在许多方面比唐诗有所增强，但封建士大夫人格精神、生活意趣性的内容更为丰富，也更为重要。正如孙文葵文所指出的那样：具有人民性的诗歌"在黄庭坚诗歌总量中毕竟是少数，而且一般来讲，这类诗歌的艺术性不强"，因此 80 年代中期以后，有关山谷诗内容的讨论大多着意阐发其禅趣、谐趣等，有关山谷诗的题材研究也将重点放到那些最具宋代人文精神和最能体现山谷诗风的作品上，山谷题画、咏画等题材的作品由此得到了专题论述。有关山谷诗中禅趣的论述主要见诸前举探讨山谷思想与禅的关系的论文中，如钱志熙《黄庭坚与禅宗》认为禅学对黄诗意境与写作特点均有影响，其中"禅学对黄诗境界最积极的影响还是它使黄诗普遍地带有一种禅悟式的理趣"。山谷诗极富谐趣，此前未有专文论述，本期则有凌佐义论及。凌文《论山谷诗的谐趣》（《九江师专学报》1991 年第 4 期）对山谷诗的谐趣美作了四个方面的论述：调侃友人，嘲讽世俗，自我嘲谑，与物玩笑。凌文《山谷诗的理趣》（《九江师专学报》1992 年第 4 期）指出山谷诗的理趣深入人生体验的诸多方面，认为山谷的理趣诗境中蕴理、理在象中，得形象生动之美；议论精警，得思致深刻之美；理中有情、感慨深沉，得情韵悠长之美。这一时期的学者在研究山谷诗的题材内容时都注意到了山谷诗中写得最出色、有个性的是那些着重表现自我的人格和情操的抒情诗。莫砺锋在《江西诗派研究》一书中将黄诗按题材内容的不同划分为三个部分，其中第三部分的诗代表了黄诗的主流（包括思亲怀友、感时抒怀、对羁旅行役和生活遭遇的描绘，以及一部分题咏书画和轩亭等建筑物的诗）。刘靖渊《描摹个体人生的画卷——论山谷诗的题材取向》（《长沙水电师院学报》1995 年第 1 期）也认为山谷诗在题材上表现出强烈的关注个体人生的倾向，这一关注焦点既不同于唐诗亦有别于黄氏之前宋诗诸家，其形成是社会环境、时代思潮、诗人的身世经历等多方面因素共同作用的结果。陶文鹏《黄庭坚》也有类似见解，并指出这类诗又包括不同题材的作品。山谷的题画诗也正是这类题材的一个代表，颇受学界的关注，出现了不少这方面的专题论文，如凌佐义《论黄庭坚的题画诗》《九江师专学报》（1986 年第 4 期）、祝振玉《黄庭坚题画诗略论》（《上海师大学报》1988 年第 1 期）、傅秋爽《试论黄庭坚题画诗的艺术特色》（《河北学刊》1986 年第 3 期）、钟圣生《黄山谷与他的题画诗》（《江西师大学报》1994 年第 1 期）。

黄庭坚的诗歌特色鲜明，杨万里《诚斋诗话》称之为"山谷诗体"，严羽《沧浪诗话》称之为"山谷体"。新中国成立后仅有朱东润对山谷体有较多的肯定："黄庭坚的成就，远远超过孟郊、卢全，正因为他的工力较深，门户较宽，所以生涩而不逼仄，粗犷而不险怪，在北宋后期，能够在王、苏以外，自为一大家"。80 年代以来学界对于黄诗的艺术特色多有发明，除在探讨山谷思想、诗论中涉及外，还出现了不少专门探讨山谷诗风、诗艺的文章或相关论著，涉及章法、句法、下字、用韵、体式、风格等不同层面，代表了学界对其艺术特征（特别是其艺术独创性）的基本认识。匡扶《从山谷诗的艺术特点谈到"江西诗派"》（《文史哲》1981 年第 5 期）归纳了山谷在诗歌创作的主张和方法：发展拗句和拗律的体制；变俗为雅，以故为新的主张；强调"无一字无来处"；造语好奇尚硬，力避柔词滥调。刘乃昌、杨庆存《黄山谷的文艺思想和诗歌艺术》从四个方面概括了山谷诗艺独创性的具体表现：富有思致机趣，耐人寻味；长于点化锻造，下语奇警，引人惊异；语言色泽洗净铅华，独标隽旨；诗风瘦硬峭拔兼有老朴沉雄、浏亮芊绵的特色。莫砺锋在《江西诗派研究》中将黄氏在诗歌艺术上的独创性概括为三点：层次分明，转折陡急；句法烹炼，音节拗峭；语言生新，洗尽铅华。费秉勋《黄庭坚诗艺发微》（《文学遗产》1987 年第 3 期）则从力度感的追求、奇崛深折的结构美、高度发挥虚笔的艺术效能、熔铸中的艺术发酵等方面概括了山谷诗的艺术特征。黄宝华在《黄庭坚选集·前言》中认为山谷诗既有奇的一面，又有崇尚自然的一面，其总体风格表现为：奇崛奥峭常与朴拙本色结合在一起；奇峭与自然清新结合在一起。他在《黄庭坚评传》中指出"奇"为山谷诗的主导风格，同时也力求从黄氏诗学观的矛盾中把握其风格的多样统一。赵仁珪《宋诗纵横》认为黄诗在艺术上的特色主要表现为三方面：求深务奇，追求一种戛戛独造、生新瘦硬的意境和情韵；将"点铁成金""换骨夺胎"等手法运用到创作中，堪称以学问为诗的典型；喜以诙谐口吻入诗。吴晟《试论黄庭坚体》（《南昌大学学报》1995年第2期）则将其概括为三个方面：亦庄亦谐，娱己娱人；布局平匀，层层转折；拗峭硬拙，生新奇活。在多样的艺术特征中，山谷诗又以何者为主呢？不少学者以"瘦硬"来概括。成复旺在《皮毛剥落尽，唯有真实在——试论黄庭坚的审美理想》（《九江师专学报》1984年第4期）中指出，以老于技艺者的手段反映老于世故者的思想，追求奇峭瘦硬、苍劲老道是黄庭坚的艺术理想。洪柏昭《论山谷诗的瘦硬》（《江西师大学报》1986年第2期）从四个方面概括了山谷诗这一风格特征：命意的新奇；谋篇的避熟；声律的拗拙；字句的生新。周裕锴《论黄庭坚诗歌的艺术特征》一文，从意象、修辞、结构、声律四个方面分析了黄诗瘦硬风格的具体内涵，指出黄诗艺术风格的基本特征是求生避熟，求雅避俗，求奇避常，求健避弱，同时看到黄诗随着内容和诗体的不同，还呈现机理之趣、含蓄之韵、清淡之色、沉雄之气、浏亮之风等多种特征（《四川大学学报丛刊》第28辑《研究生论文选刊》）。陶文鹏《黄庭坚》也认为黄诗整体上呈现出生新瘦硬的个性特征，具体表现在七个方面：深于比兴寄托；富有思致理趣，发人深省；写景精妙；意象新奇；构思新颖工妙，章法多层次转折；句法熟练，音节拗峭；对偶炼字奇特不凡。还有学者考察了禅学对山谷诗风的影响。孙昌武《黄庭坚的诗与禅》指出"黄庭坚及其一派人特别习染于禅门的言句技巧，并在诗创作上多所借鉴"。胡遂《中国佛学与文学》（岳麓书社1998年版）分析了佛禅思想于"山谷体"的形成及其艺术特色的影响。

也有学者从美学的角度、结合黄庭坚的美学思想对山谷诗的艺术个性作了新的探讨，对山谷诗的美学特征进行了不俗、求奇、尚韵、阴柔、平淡等多样性的概括。黄宝华《试论黄庭坚革新诗风的主张》认为黄诗最大特色是"不俗"，其艺术表现是刻意求新，力矫俗格，力避平、熟、软、滥，追求格高韵胜。白敦仁《论黄庭坚诗》认为山谷诗奇崛、奥峭、瘦硬、生新的风格，正是这种"脱俗"精神在艺术上的表现，与其兀傲、狷介的思想内容正相适应。申家仁《试论黄庭坚审美理想的核心——绝俗》（《九江师专学报》1985年第3期）则认为黄庭坚审美理想的核心——绝俗，是追求一种超迈古今、不同凡响的美，一种格高韵胜、奇思杰构的美，一种标新立异和具有审美个性特征的美。朱仁夫《黄庭坚美学追求初探》（《中国文学研究》1988年第4期）认为黄庭坚形成了一种偏于阴柔的美学思想：注重个人人格的自我完善，形式上表现为静观内省的抒情方式，艺术上追求清淡瘦劲、老成博雅，以体现鄙弃流俗、孤高傲世的精神，并谓这种美学观受了佛老思想的影响。其所揭示者与"脱俗"大体接近。孙文葵《黄庭坚诗歌艺术风格浅谈》（《河北师大学报》1984年1月）重点论述黄诗"奇"的艺术个性：比喻新奇、用韵新奇、章句新奇、炼字新奇。陈俊山《"山谷体"漫论》（《江西师大学报》1986年第2期）也有类似概括：句法奇、章法奇、用事奇。张晶《因难以见巧：黄庭坚的诗美追求》（《辽宁师大学报》1988年第5期）则指出黄庭坚追求的是一种奇崛而又浑然的诗美境界。凌佐义《黄庭坚"韵"说初探》（《中国韵文学刊》1993年总第7期）认为"韵"是黄庭坚对于诗词书画的最高审美追求，其内涵包括"超尘出俗的风神""作品的余味""生动传神"以及"结构的和谐美"等诸多方面。程杰《宋诗平淡美的理论和实践》（《南京师大学报》1995年第4期）认为黄庭坚美学理想之终极在于平淡。朱惠国《论黄庭坚的创作理想及其渊源》（《江西社会科学》1994年第11期）也认为黄庭坚的美学趣味和创作追求，"是一种淡泊、自然、大巧若拙的风格特征。"此外，王守国《八节滩头上水船：山谷诗美学特征论略》（《成都大学学报》1987年第3期）总结山谷诗的美学特征为：诗境的生新美；诗语的峭拔美；诗韵的兀拗美；诗构的复合美。吴晟《黄庭坚诗审美特征深层结构透视》（《江西社会科学》1990年第4期）、《黄庭坚诗歌审美二理机制描述》（《争鸣》1991年第5期）从创作主体的独特审美感受与审美心理机制方面来揭示黄庭坚诗美形成的内因。

还有学者分别就山谷诗的章法、句法、修辞或分体裁、分期论述山谷诗的艺术特点，显示了该课题的进一步展开和深入。陈永正《略论黄庭坚的诗法》（《九江师专学报》1984年第5期）、叶华《试言山谷诗章句之美》（《安徽大学学报》1987年第4期）、王德明《黄庭坚的诗歌句法理论》（《东方丛刊》2000年第3期）等文，论述山谷诗法理论及其创作实践，程效、曾子鲁则有专文分别论述了山谷诗在用典、用比方面的艺术成就（分见《争鸣》1987年第5期、《成都大学学报》1986年第1期）。在山谷诗各类体裁中，七律最能体现他求新求变的精神，龙震球《黄山谷七律初探》（《零陵师专学报》1987年第2期）、胡守仁《论山谷七律》（《江西师大学报》1986年第2期）、梅俊道《黄庭坚七律的新变》（《江西社会科学》1995年第11期）诸文对此加以探讨。凌佐义《黄庭坚绝句的艺术方法论》（《九江师专学报》1995年第3期）、《黄庭坚绝句风格散论》（《江西社会科学》1995年第1期）二文则对山谷绝句艺术特点作了专门研究。如果说分体裁研究是横向研究，分期研究便是纵向研究，更有助于清晰地描述作家创作的全过程及其独特风格形成的历程。现存山谷诗共二千余首，以往多以绍圣为界，将山谷诗分为前、后两期（周义敢《苏门四学士·黄庭坚》亦持此说）。钱志熙、莫砺锋在划分山谷诗创作阶段时，对此提出了不同看法。钱文《黄庭坚诗分期初论》（《温州师院学报》1989年第4期）将其分为四个时期：早年（熙宁末至元丰初）、成熟期（元丰时期）、发展变化时期（馆阁时期）、绍圣以后。莫文《论黄庭坚诗歌创作的三个阶段》（《文学遗产》1995年第3期）将其分为三个阶段：元丰八年以前；元丰八年到元祐八年；绍圣以后。二文对黄氏不同时期的创作题材、风格均有论述，对于晚期（绍圣以后）诗风观点尤为一致（平淡自然）。钱文还揭示其晚期诗作"更长于理，更深于情"的特色；莫文着重论述了黄庭坚体在元祐以前便已形成的观点。梅俊道《黄庭坚后期诗作平淡简放的艺术追求》（《中国韵文学刊》1997年第1期）在探讨黄诗的另一种风格时讨论了他的后期诗作。

要揭示山谷诗歌的艺术特征，还离不开与苏轼、王安石及江西派中诸人的比较（这些作家有时也被视为宋诗的代表作家），通过比较，山谷诗的独特意义进一步凸显出来。关于苏、黄诗的比较，有二人诗论的比较，如周裕锴《苏轼黄庭坚诗歌理论之比较》（《文学评论》1983年第4期）、丁放、孟二冬《试论苏轼和黄庭坚的诗学理论》（《安徽教育学院学报》1991年第3期）、莫砺锋《论苏黄对唐诗的态度》（《文学评论》1994年第2期）；有二人诗格、诗风之比较，如王守国、余良朋《两峰对峙、双水分流——苏东坡、黄山谷诗格异同之我见》（《中州学刊》1986年第5期）、韩经太《苏、黄诗比较论》（《社会科学战线》1993年第5期），有比较二人诗风的文化成因，如周裕锴《文字禅与宋代诗学》（高等教育出版社1998年版）中对苏黄诗歌意象与其禅悦倾向的关系的考察。关于王安石诗与山谷诗的比较，则有傅义《王安石开江西诗派的先声》（《江西社会科学》1987年第1期）、刘乃昌《试论山谷诗与王安石》（《文史哲》1988年第2期）二文论及，可视为世纪初梁启超所论"荆公之诗，实导西江派之先河"在20世纪80年代的回响；其他还有黄庭坚与唐代诗人（特别是杜甫）、江西派其他诗人（特别是二陈）、中兴诗人的比较；而这些比较往往涉及山谷诗的渊源与影响，不仅深化了对山谷诗艺术特征的认识，也加深了对山谷诗的历史地位的理解。

对黄诗艺术成就与地位的评价，实际上是对山谷诗艺术特征的历史评价。山谷诗作为宋诗的代表，在中国诗史上占有重要地位，这差不多成了本期大多数学者的共识。这种共识在某种程度上是推动本期山谷诗研究的重要因素。朱安群《黄庭坚是宋诗风范的主要体现者》（《江西师范大学学报》1986年第2期）从当时社会政治与时代心理、学术思想、审美情趣等三方面探讨了黄氏所代表的宋诗的发展趋向，从题材、思致、意象、题旨四个方面探讨了山谷诗所体现的宋诗"取材广而命意新"的特征，从体式、章法结构、语句、音律等四个方面探讨了山谷诗所体现的宋诗艺术形式特征。莫幼群《诗歌的自为时代——从黄庭坚看宋诗的走向》（《学术界》1991年第3期）从山谷诗与自然的分离、以法为诗、对语言潜能的探讨等三个方面探求了宋诗走向自为的时代特征。许总《黄庭坚诗影响成因论》（《文学遗产》1991年第4期）认为黄诗"既体现了自欧阳修、苏轼以来的宋诗本质精神的一脉传承，又形成一套严格的法则和规范的程序，从而在有法可循的意义上保持着经久不衰的吸引力与生命力"。查清华《黄庭坚与严羽的人格意识》

（《江西师大学报》1992 年第 4 期）比较二人诗学中的人格意识，指出他们都表现出了艺术家的卓越人格，相比之下，黄庭坚的变唐风立宋调是一种时代使命的自觉，较之严羽的变宋调立唐风意义更为积极。曾力《从黄庭坚诗看宋诗"以才学为诗"特点》（《成都大学学报》1994 年第 3 期）从用典、用律、用字三个方面分析了黄氏"以才学为诗"的特点，并指出宋人中将这一特点推向极致的是黄庭坚。郭鹏《黄庭坚与"以文为诗"》（《中国文化研究》1999 年春之卷）考察了黄氏对宋人"以文为诗"的修正，实际上也是对他确立宋诗特色之功的确认。

综观 80 年代以来的黄庭坚研究，无论是思想研究还是创作研究，多有鲜明的艺术分析色彩，在某种程度上它比同期的苏轼研究更带有回归文学本位的意味。不过，就山谷诗的本体研究而言，似乎还多是从前人有关宋诗、山谷诗及江西派诗的评论引申而来，真正有创见的并不多。今后山谷诗的本体研究固然还要在宋诗研究、江西派诗研究的基础上加以推进，也应注意黄庭坚研究与宋诗研究、江西派研究有所区别。黄庭坚在古代乃至现代受到非议，除了自身原因外，也与宋诗在后世的命运和人们对江西后学的不满有关。以往因黄庭坚政治态度的相对保守而对其诗歌创作大加贬词固然不妥，而将江西后学奉为秘诀的"点铁成金"等理论的缺陷全部算到黄庭坚的头上亦属不当。这些情况实际上是由于对山谷诗本体研究不够深入导致的。因此今后要在回归文学本位基础上加强山谷诗的本体研究。此外，山谷诗研究的基础也应加强。本期出版了郑永晓《黄庭坚年谱新编》，多方钩稽，慎重考订，力求准确勾勒谱主的一生，有益学界不少。但终 20 世纪，没有一部山谷诗集、全集的点校本或校注本，这在很大程度上也制约着山谷诗本体研究的深入开展。相信在新的世纪里，包括苏、黄诗集在内的宋诗别集的整理，对山谷诗乃至整个宋诗研究将起着巨大的推动作用。

原载《中国韵文学刊》2004 年第 1 期

20世纪的陆游和杨万里诗歌研究

陆游和杨万里是宋代诗人中存诗最多的两位，也是南宋成就最大的诗人。他们与范成大、尤袤合称南宋"中兴诗人"，但尤袤声名早已冷落，范成大也不及陆、杨之受后人关注。在20世纪的宋诗研究中，陆诗尤其以其强烈的思想性鼓舞着人民的斗志，而杨诗以其鲜明独特的艺术性吸引人们的注意力。就是在这样的情况下，陆、杨诗歌研究得以展开并取得了相当可观的成绩。下面试分新中国成立前、新中国成立后30年、新时期以来三个阶段加以论述。

一

陆游作为爱国诗人，在世纪初就受到世人重视。清末民初，梁启超、柳亚子对陆诗的思想性评价很高。梁氏虽不以诗人著称，但诗学造诣精深。他是一个政治活动家，在甲午之战以后，民族危机日深，他"报国惟忧或后时"，很能体会陆游的精神，其《读陆放翁集》（光绪二十五年，1900年）云：

> 诗界千年靡靡风，兵魂销尽国魂空。集中什九从军乐，亘古男儿一放翁。
> 辜负胸中十万兵，百无聊赖以诗鸣。谁怜爱国千行泪，说到胡尘意不平。
> 叹老嗟卑却未曾，转因贫病气崚增。英雄学道当如此，笑尔儒冠怨杜陵。
> 朝朝起作桐江钓，昔昔梦随辽海尘。恨煞南朝道学盛，缚将奇士作诗人。
>
> （《饮冰室合集》卷45"下"，中华书局1936年版）

这四首诗都有注，第一首注云："中国诗家，无不言从军苦者，惟放翁则慕为国殇，至老不衰。"第二首注云："放翁集中，胡尘等字凡数十见，盖南渡之音也。"这些话都颇有见于陆游诗的特点。柳亚子《王述庵论诗绝句诋諆放翁感而赋此》（1907年）："放翁爱国岂寻常？一记南园目论狂。倘使平原能灭虏，禅文九锡亦何妨！"也是从爱国精神的角度肯定陆游。此外，对宋诗评价很低的王国维也在《题友人三十小像》诗中（1899年）说："差喜平生同一癖，宵深爱诵剑南诗。"可见当时陆游受世人喜爱之程度！王氏自己的诗平易流畅，命题宽泛，七律对仗好用比喻，也和陆游相似（参钱锺书《谈艺录》论近人诗部分）。

同光之际，诗坛作者，多标宋诗，放翁诚斋亦多嗣响。陈衍作为同光体诗人的代表，对陆杨诗艺的分析颇多独到之见。他在《石遗室诗话》（卷十六）中说："宋诗人工于七言绝句，而能不袭用唐人旧调者，以放翁、诚斋、后村为最。大略浅意深一层说，直意曲一层说，正意反一层、侧一层说。诚斋又能俗语说得雅，粗语说得细，盖从少陵、香山、玉川、皮、陆诸家中一部分脱化而出也。"他还以折衣襟为例说："他人诗只一折，不过一曲折而已；诚斋则至少两曲折。他人一折向左，再折又向左，诚斋则一折向左，再折向左，三折总而向右矣"（黄曾樾编《陈石遗先生谈艺录》，中华书局1931年版）。此论颇近于他在《宋诗精华录》（卷三）中称许"语未了便转，诚斋秘诀"。这实际上是对其"活法"艺术的揭示。与梁、章重在称道陆游诗爱国思想不同，陈衍更重视对陆诗艺术的品评，特别是对其各种体裁（题材）的风格及艺术渊源有精细的分析。他在《放翁诗选叙》中指出："放翁、诚斋皆学香山，与宛陵同源。世于香山第赏其讽谕诸作，未知其闲适者之尤工；于放翁、诚斋第赏其七言近体之工似香山，未知其古体常合香山、宛陵以为工，而放翁才思较足耳。"（《石遗室文集三集》）在《石遗室诗话》（卷二十七）中又说："放翁七言近体，工妙宏肆，可称观止。古诗亦有极工者，盖荟萃众长以为长也"，甚至称道"剑南七绝，宋人中最占上峰，此首（指《剑门道中遇微雨》）又其最上峰者，直摩唐贤之垒"（卷二十七）。在《宋诗精华录》（卷三）中又谓："剑南最工七言律、七言绝句，略分三种：雄健者不空，隽异者不涩，新颖者不纤。古体诗次之，五言律又次之。"他还为此摘录其七律对句，认为陆游"七言律断句，美不胜收"。此外，陈衍在《石遗室诗话》（卷14）中历数古人写景名句，以为"代数人，人数语"，而在宋代则以陆游为最善写景之一人，书中摘录了不少陆游写景名句以资赏玩。

新文化运动时期，胡适从白话诗的角度对陆、杨诗也作出了积极评价。他在《历史的文学观念论》一文中对陆游的白话体诗十分赞赏，称道"放翁之七律七绝多白话体"，"常以白话作律诗"，以为他那个时代是白话诗的光荣历史传统之一，并在《建设的文学革命论》中进一步指出这是"不知不觉的自然出产品，并非是有意的主张"。在《国语文学史》中，胡适称道"宋诗的好处全在做诗如说话"，并说"诗到南宋，方才把北宋诗'做诗如说话'的趋势，完全表现出来，故南宋的诗可以算是白话诗的中兴，南宋前半的大家，陆游、范成大、杨万里，都可以称作白话诗人"。书中还结合陆游有关诗论，肯定了陆游"做诗只是真率，只是自然，只是运用平常经验与平常话语"。又称范成大与杨万里都是"天然界的诗人"，"他们最爱天然界的美，最能描写天然界的真美"；相比之下，"杨万里的诗更注重天然的美"，因此他不仅被视为"白话诗人"，[①]还享有"自然派诗人"之称。

三四十年代，朱自清、钱锺书对陆、杨诗的研究较为深入。朱自清在《爱国诗》（1943年）文中指出陆诗的爱国思想是以社稷和民族为重，而非仅忠于赵家一姓，认为"过去的诗人里，也许只有他才配称为爱国诗人"。这是在特定时代对陆诗思想性的高度评价。他在《经典常谈》中不仅肯定"陆游是个爱君爱国的诗人"，而且对其诗艺有中肯的分析，指出陆诗有两种：一种是感激豪宕、沉郁深婉之作；一种是流连光景、清新刻露之作。"他作诗也重真率，轻藻绘，所谓'文章本天成，妙手偶得之'。"书中对杨诗的艺术分析更为深入："常常变格调。写景最工，新鲜活泼的譬喻，层见叠出，

---

① 杨万里作为白话诗人的意义被发现与确立，影响所及，连陈衍也在《宋诗精华录》（卷三）中说："作白话诗，当学诚斋"。陈子展《中国文学史讲话》（北新出版社1933年版）、梁昆《宋诗派别论》（商务印书馆1938年版）、刘经庵《中国纯文学史纲》（东方出版社1996年版）等文学史著作也都称杨为"白话诗人"。胡怀琛《中国古代的白话诗人》（《学灯》1924年10月4日）也视其为"白话诗人"。徐珂《历代白话诗选》录其作品七十余首，居全书之冠（着眼点在于其"俗"）。

而且不碎不僻，能从大处下手。写人的情意，也能铺叙纤悉，曲尽其妙，所谓'笔端有口，句中有眼'。他作诗只是自然流出，可是一句一转，一转一意，所以只觉得熟，不觉得滑。不过就全诗而论，范围究竟狭窄些。"钱锺书《谈艺录》善于在多方面对比中将陆杨二家诗的特征揭示无遗。一是二者写景艺术的不同，尤其深入地分析了诚斋诗描写景物的特点："以入画之景作画，宜诗之事赋诗，如铺锦增华，事半而功则倍，虽然非拓境宇、启山林手也。诚斋放翁正当此轩轾之。人所曾言，我善言之，放翁之与古为新也；人所未言，我能言之，诚斋之化生为熟也。放翁善写景，而诚斋擅写生。放翁如画图之工笔；诚斋则如摄影之快镜，兔起鹘落，鸢飞鱼跃，稍纵即逝而及其未逝，转瞬即改而当其未改，眼明手快（捷），踪矢蹑风，此诚斋之所独也。"二是比较二家对晚唐诗的不同态度：陆游"鄙夷晚唐，乃违心作高论耳"，并谓"南宋诗流之不墨守江西派者，莫不濡染晚唐"，"放翁五七律写景叙事之工细圆匀者，与中晚唐人如香山、浪仙、飞卿、表圣、武功、玄英格调皆极相似，又不特近丁卯而已"。"杨、陆两诗豪尚规橅晚唐，刘后村、陈无咎、林润叟、戴石屏辈无论矣。诚斋肯说学晚唐，放翁时时作乔坐衙态，诃斥晚唐，此又二人心术口业之异也。"三是比较二者与理学的关系，认为杨万里是南宋诗人中"于道学差有分者"，陆游则对理学实无所得，其"持身立说，皆不堪与此"，并指出"放翁高明之性，不耐沉潜，故作诗工于写景叙事"，"殆夺于外象，而颇阙内景乎"。像这样从艺术特色、艺术渊源、文化背景等诸多方面来揭示杨、陆诗歌特征，不仅在当时是少见的，也启迪后学在相关课题作进一步的研究（参下文有关80年代以来的陆杨诗歌评述）。更为重要的是在陆诗因思想性强而备受好评的时代背景下，钱氏对陆诗的思想与艺术也提出了不少批评意见，颇见其学识与勇气。他不仅指出《瓯北诗话》中溢美、偏袒陆游之论"多有未谛处"，还在自谓"放翁诗余所喜诵"的同时指出陆游诗"有二痴事：好誉儿，好说梦。儿实庸材，梦太得意，已令人生倦矣。复有二官腔：好谈匡救之略、心性之学；一则矜诞无当，一则酸腐可厌……放翁爱国诗中功名之念，胜于君国之恩，铺张排场，危事而易言之。"虽然书中也称道"放翁比偶组运之妙，冠冕两宋"，对其艺术缺陷（如多文为富、轻滑粗率）更不乏指摘："放翁多文为富，而意境实鲜变化。

古来大家，心思句法，复出重见，无如渠之多者"，有些作品"似先组织对仗，然后拆补完篇，遂失检点。虽以其才大思巧，善于泯迹藏拙，而凑填之痕，每不可掩。往往八句之中，啼笑杂遝，两联之内，典实丛叠，于首击尾应，尺接寸附之旨，相去殊远。文气不接，字面相犯"，"其制题之宽泛因袭，千篇一律，正以非如此不能随处安插佳联耳。诗中议论，亦复同病。""放翁自作诗，正不免轻滑之病；其于古今诗家，仿作称道最多者，偏为古质之梅宛陵……其于宛陵之步趋壤画，无微不至，庶几知异量之美者矣，抑自病其诗之流易工秀，而欲取宛陵之深心淡貌为对症之药耶。"①

陆、杨作为南宋最重要的诗人，自然是20世纪前半叶文学史家们关注的对象，各种文学通史及宋代文学断代史均对其作了论述，有的还不乏精彩见解，如钱基博《中国文学史》论陆游与山谷之异同："庭坚之诗，遒宕而务为危仄，而游之诗，则遒宕而出以圆润……以清新为琢炼，此游与庭坚之所同。以生拗出遒宕，盖庭坚与游之所异。"（第五编《近古文学》下）刘大杰《中国文学发展史》对诚斋诗的特色颇有的评：一是有幽默诙谐的风趣，二是以俚语白话入诗，形成通俗明畅的诗体。作者认为"中国诗歌中，最缺少这种幽默和诙谐……诚斋虽是一个规规矩矩的儒者，但在诗中，却时时充满着诙谐与幽默，有时虽也有流于说理的弊病，但许多确写得很自然很有趣味"，"（他）大胆地用口语入诗，通俗而不野，平浅而不滑"，有些作品"在日常生活和目前景物中找寻诗料，把那一刹那的情感表现出来，富于风趣"，"并且在诗的背后，都蕴藏着一点幽默与诙谐，读者都能深深地体会"，"逢人说笑，寻事开心，这一种态度，使得杨诚斋的诗，浓厚地呈现出一种新的手法与情调"。

二

新中国成立后三十年间，陆游不仅作为爱国诗人（甚至人民诗人），而

---

① 《谈艺录》增订本（中华书局1984年版）中仍有不少论陆、杨诗歌的文字，如谓"放翁一时兴到，越世高谈，不独说诗""放翁谈兵，气粗言语大，偶一触绪取快，不失为豪情壮概"。

且被视为现实主义诗人，受到学术界的高度重视，陆游研究在基础研究与理论分析上均有很大的收获。除了相关的论文外，更有许多陆游年谱、传记、选本以及研究性专著，使得陆游研究成为整个宋代文学研究的一大亮点，这在当时的宋诗研究中是绝无仅有的。

首先，陆诗中的爱国主义思想得到进一步的重视，与此相联系，陆诗中的人民性倾向、人道主义性质，也为学界关注。张国光《爱国诗人陆放翁和他的诗》（《新建设》1955年第1期）认为："从放翁一生的斗争生活中，可以看出：他是一个有宏大抱负的政治活动家，是一个有爱国主义思想感情的民族战士，同时，他的生活因接近人民，并对人民予以深刻的同情，才使他的诗歌具有了丰富的人民性。"程千帆《陆游及其创作》（《文学研究》1957年第1期）称："在诗人六十多年的创作生活中，对于国家命运的无限关怀，像一道不竭的流泉，从头到尾贯注在他的诗篇里"，"爱国主义给予了陆游以强大的力量，使之成为一个永垂不朽的伟大作家。"在《陆游的思想基础》一文中，朱东润说："陆游的作品里，充满了爱国主义思想和人道主义精神"（《光明日报》1959年7月19日第270期《文学遗产》）。喻朝刚《陆游的生平、思想及其创作》认为："陆游诗中的爱国主义在历史上也增加了新的内容，具有自己的特点。他继承了屈原和杜甫的传统，又在一定程度上超出了他们的成就。"具体体现在对国家观念的理解、鲜明的战斗性、经历了一个历史的发展过程及具有热情的乐观主义精神和积极的浪漫主义色彩等四个方面（《文学论文集》第2集，吉林人民出版社1959年版）。李易在《陆游诗选》（人民文学出版社1957年版）"前言"中说："陆游诗的最突出的特点就是'多豪丽语，言征伐恢复事'，反映了南宋一代我国人民坚决反抗侵略的意志和要求。"作者认为，陆游"继承了屈原那种反抗误国的权臣、至死不悔的伟大精神，同时也继承了杜甫那种盼望朝廷克服地方割据势力，并揭露当时种种弊政的严正立场。陆游从前辈诗人的篇章中汲取了滋养和力量，从而在爱国主义的长流中激起了一个雄伟的汹涌澎湃的浪头……在他身上，对于祖国的热烈的爱和对于人民的深厚感情原是相一致的"。钱锺书在《宋诗选注》（人民文学出版社1958年版）中将陆游与宋代其他爱国诗人相比，指出陆游"不但写爱国、忧国的情绪，并且声明救国、卫国的胆量和决心"，

"爱国情绪饱和在陆游的整个生命里，洋溢在他的全部作品里，他看到一幅画马，碰见几朵鲜花，听了一声雁唳，喝几杯酒，写几行草书，都会惹起报国仇、雪国耻的心事，血液沸腾起来，而且这股热潮冲出了他的白天清醒生活的边界，还泛滥到他的梦境里去。这也是在旁人的诗集里找不到的"。齐治平《陆游传论》（上海古典文学出版社 1956 年版）也指出"陆游对中国文学的杰出贡献，便是反映了那时代背景，社会人心的爱国主义诗篇"，"一个真正爱祖国的诗人，也必然同时是一个爱人民的诗人，陆游就是一个典型的例子，他的诗不但具有强烈的爱国主义精神，也具有高度的人民性"。

其次，陆诗的艺术分析主要集中在创作道路及创作分期的探讨上，这一方面是基于陆诗与时代的紧密联系以及陆诗的现实主义创作特征的认识，另一方面也是与当时陆游的基础研究取得很大的成就有关。年谱方面有欧小牧的《陆游年谱》（人民文学出版社 1958 年版）、于北山的《陆游年谱》（中华书局上海编辑所 1961 年版）[①]，传记方面有齐治平《陆游传论》（上海古典文学出版社 1956 年版，上海古籍出版社 1978 年版）、《陆游》（中华书局上海编辑所 1961 年版）、朱东润《陆游传》（中华书局上海编辑所 1960 年版，上海古籍出版社 1979 年版）、欧小牧《爱国诗人陆游》（中华书局 1961 年版），特别是有关陆游的传记类著作对陆诗的分期研究更为具体、深入。关于陆游诗歌创作的分期，赵翼《瓯北诗话》早、中、晚的"三分法"向来为研究者普遍接受，程千帆《陆游及其创作》、朱东润《陆游研究·陆游作品的分期》（中华书局 1961 年版）虽各期起讫不一，但均持三期说。程文认为：陆游"早年的诗，显示了一个青年作者的才华，也显示了一般青年作者所容易产生的片面追求技巧的偏向"，"40 岁到 46 岁左右，则是他和江西派由离而合，再由合而离的一个时期"，"66 岁以后的作品，虽然仍然在一定程度上保持着中期的豪壮风格，但在退居生活的各方面，却成了他最习见的诗题，因此风格上更趋于闲适淡泊。"朱著认为陆诗第一阶段自少时至乾通六年（1170）陆游 46 岁到达夔州的前夕为止，约 30 年；第二阶段自到达夔州至淳熙十六

---

① 欧谱草创于 1942 年，历时十余年，详尽地考述了陆游光辉的一生，尤详于入蜀八年的事迹；于谱后出转精，资料搜罗几近详备，行年考论亦较确凿，且简约其谱文，而详密其注文，纲目了然，互为条贯，又在谱后附录有关资料及各家评论，颇具参考价值。

年（1189）陆游65岁被劾罢官为止，约19年；第三阶段自65岁罢归山阴至嘉定二年（1209）陆游85岁逝世为止，约20年（又见《中国历代著名文学家评传·陆游评传》，山东教育出版社1984年版）。齐治平《陆游传论》亦分陆游为初、中、晚三期：早期是他的创作的发轫，由于他自己的努力和良师的指点，在诗歌创作上所迈出的第一步是正确的；中期指他入蜀以后诗格一变，获得了丰富而有意义的生活，开阔了眼界与心胸，因而使他的诗歌阃中肆外，壁垒一新；晚期指其出蜀东归以后，创作上题材、表现方法、风格都有变化，但其晚年诗除了田园、闲适外，还有爱国复仇的一面。欧著《爱国诗人陆游》重点放在对陆游三期创作的描述上：1152—1189年为第一期，是陆游少年至中年时期的创作，主要是留居西蜀及"起知严州"阶段的诗歌创作；1190—1201年为第二期，老年时代的前期，主要是奉祠家居时期的诗歌创作；1201—1210为第三期，老年的后期，主要是家居的诗歌创作。"第一时期，大体向李白、苏轼学习，没有脱离模仿阶段，浪漫主义倾向比较浓厚。西蜀的繁荣富庶的生活，雄壮美丽的山水，人民对抗战反攻的高昂情绪，对古代民族英雄的向往，是诗歌的主要内容。在这时期的末尾，他由模仿向独创过渡。第二时期，在政治上他已被长期放逐，居住故乡农村，开始接近农民。在诗歌方面，有了自己独立风格，由浪漫转入写实，大量吸取农民语汇，辞句通俗易解是它的特色。大力描写故乡山水风俗、江南农民生活及所创造的物质文化生活，是这期诗歌的主要内容；另外有一些是回忆山南、西蜀的生活，对沦陷了的中原故土以及汉唐大一统局面的向往，把处在长期相持阶段的人民日常生活及心理活动作了全面的表现。第三时期……主要是向北宋诗人梅尧臣学习，由工丽趋于淡雅，以白描见长，把诗歌艺术继续推进一步。歌颂北伐，梦想收复祖国故土、解放中原同胞、百折不回的愿望和要求、对于最后胜利的殷切的盼望，成为这期诗歌的主要内容；其次是封建经济解体，在土地集中、通货膨胀下农民所身受的痛苦，在诗歌里也得到相应的表现。贯彻这三个时期的是强烈的爱国主义，万死不辞地为祖国献身的斗争精神，以及对人民创造力量的无限信心，对敌人、汉奸卖国集团的深刻仇恨，始终进行着的不可调和的斗争……他的诗歌，成为南宋时代的百科全书，爱国志士的斗争史诗……他的诗歌也影响了后代许多有爱国思想的诗人，成为'剑南派'。"

新中国成立前的陆诗艺术研究以风格描述为主，本期不乏这方面的论述并将其与分体研究（以及渊源探索）结合起来，各种陆诗选本于此较为着力，特别对陆诗的现实主义创作特征较为重视。如李易在《陆游诗选》"前言"中对陆诗风格作了总体的概括，认为"杨万里评陆诗曰：'敷腴'。方回评之曰：'豪荡丰腴'。'腴'确是陆诗风格的重要特色。这和陆诗中所表现的生活情感之'丰'，原是一致的"，"陆诗的语言特点是简练自然，'明白如话'，所谓'言简意深，一语胜人十百'……出语自然老洁，他人数言不能了者，只用一二语了之"，"他运用了平易流畅富有散文化特征的语言，而把这种语言的诗意的美，锻炼到最强度，发挥到最高度。许多日日常遇之事，处处常见之景，一经他的描写和歌咏，无不呈现出新鲜的独特的味道，而又无不为人们所共喻共赏。这就是诗人陆游在艺术方面留给后代的宝贵遗产。"钱锺书在《宋诗选注》中则区分了陆诗中两种风格不同的作品："一方面是悲愤激昂，要为国家报仇雪耻，恢复丧失的疆土，解放沦陷的人民；一方面是闲适细腻，咀嚼出日常生活的深永的滋味，熨贴出当前景物的曲折的情状。"齐治平《陆游传论》则从语言、韵律、对仗、描写四方面对陆诗艺术作了细致分析。陆游诗诸体皆备，不论古体诗，还是律诗、绝句，都取得了很大的成就。对陆游诗歌风格作精细分体研究的，以朱东润用力最勤，收获较多。其《陆游研究》中收录多篇文章分论陆游的古、近体诗[①]。《陆游的古体诗》一文重点分析了陆游的七古，指出陆游七古转韵的很多，"显得更流荡、更生动，一字一句在纸面上跳跃起来"；而且陆游古体诗转韵通常是 16

---

① 朱东润以《陆游传》《陆游选集》《陆游研究》三书涵盖其陆游研究的主体成果，既各有侧重，又互相连属。朱氏另有《陆游诗的转变》（作于 1959 年）、《陆游的创作道路》（作于 1960 年）二文（后收入《中国文学论集》，中华书局 1983 年版），就陆游的诗歌创作道路作出了详尽论述。前文认为，在炼字炼句方面，陆游是从江西诗派学而有得的，但他那种充满爱国主义的精神，发扬旺盛的斗争意志，认识现实，把握现实而又充分反映现实的诗篇，则在入川以后才能完成他自己特有的风格；后文则着重探讨陆游的师承关系，除了曾几一路以外，作者特别提出梅尧臣对陆影响最大，尤其是当陆游向曾几学诗而"未有得"的方面，某种程度上说，正是从梅尧臣那些感触时事、激昂奋发以及叙述疾苦、忧伤沉痛的诗作中得到了极大的启示："在诗的艺术性方面，陆游向曾几学习；在诗的思想性方面，陆游是从梅尧臣得到启发。"这是把陆、梅之间的艺术联系进一步延伸到思想渊源了。

句四句一转，尾韵平、仄、平、仄，或是仄、平、仄、平，给人一种律动的感觉。在《陆游律句的特色》一文中，作者从三个方面对陆游律诗作出分析：用典方面，陆游很少运用僻典，因此在创作中还没有太大的流弊；写景方面，陆游早年到达前线，经历名山大川，因此在写景的诗句中，非常壮阔，晚年以后，生活在农村中间，描写景物，通常是细致入微；写情方面，陆游以自己充沛的情感，发生感染的力量，因此在律诗中，这是更重要的部分。在《陆游的绝诗》一文中，作者指出："陆游在绝句方面，有他的光辉的发展。他一方面继承了唐人的优良传统，但是更多地发挥了宋人好议论的特点，在绝诗里表现了他的爱国主义精神"；特别是其七绝大体说来类于唐人的"神韵""清远"之什，但是好发议论，"可是在发议论的当中，多数都留下余地，由读者去思考，让他在玩味之余，更能体会作家的用意。这正是在唐诗的范围之外，作出进一步的尝试"（当然，在分析陆诗各体艺术成就的同时，作者也未忘记指出其不足）。欧小牧《陆游年谱》（人民文学出版社1981年版）云："南宋诗人，工乐府而体近太白者，则仅一放翁，故时人有'小李白'之称，谅亦以此。至于同时诗人，则鲜有为乐府者"（此前钱锺书已指出陆游于宋诗人中最似李白）。齐治平《陆游传论》中对陆诗的分类研究实即分体研究。作者指出"陆游推奉梅尧臣，所以他的五古很多是和梅一格"、其"五古连章，写得又多又好"，陆游最爱用七古"以倾吐其抑塞磊落不平之气"、其七古连章"可当陆游的小传读"，"在陆游的各体诗中，以律诗为最工，律诗之中，又以七律为最工"，陆游七律分两类："一类是偏于写景的，清新婉约，其风格颇近于许浑…另一类是偏于抒情的，感激豪宕，其风格最近于杜甫"。作者认为"所有陆游的七言诗都比五言诗好。这大概也是和他的豪迈的天性才情分不开"。

陆诗的艺术成就及其风格与其转益多师有关，此前陈衍、钱锺书揭示了陆游与梅尧臣等人之间的联系，本期学者则进而考察了他与江西诗派、曾几等人之间的联系。钱锺书《宋代诗人短论（十篇）》中，论及陆游于江西诗派的渊源时说："陆游31岁才碰见曾几，虽然拜门当学生，但是风格早已成熟，几乎没有受到什么影响"（《文学研究》1957年第1期）。朱东润《陆游研究》中有多篇论文分论陆游与曾几、江西诗派、梅尧臣之间的渊源。作者对陆游与曾几、江西诗派的关系，陆游对黄庭坚、吕本中等人的态度及师承渊源、对梅尧臣的继承和发展等作了个案的详细分析，相互比照，正可构成一个完整连续的体系。齐治平《陆游传论》在论及"陆游诗的渊源与师承"时也指出："自《诗经》而下，陆游所最为崇拜并经常称道的前代伟大诗人有屈原、陶渊明、李白、杜甫、岑参诸家；于当代则最推重梅尧臣。"又在论及"陆游的文艺理论与实践"时考察了陆游与江西派之间的关系，认为"陆游濡染晚唐，是他从江西入而不从江西出的一大关捩"，"他惩于江西派生硬粗率之失，因而剂以晚唐；又惩于晚唐派纤仄之失，而要求学者取法乎上；都含有补偏救弊的意思"。欧小牧《爱国诗人陆游》指出：陆游"不仅排除了苏轼末流的油滑浮浅，也拒绝了黄庭坚末流的生硬枯槁。他以圆润工丽、清新尖刻的风格，回返到北宋初期的'西昆'诗体，由'西昆'上泝李商隐，由李商隐而接近杜甫、李白。但他又舍弃了李商隐派的僻奥晦涩的缺点，竭力做到诗歌的明朗晓畅，使人易于接受"。该书还在陆诗的分期描述中论及陆游与李白、王安石、梅尧臣之间的艺术联系，如陆诗第三期："论梅诗的风格是深远古淡的，与陆诗的雄豪工丽相反；正唯其如此，所以陆游就学梅所长，补己所短，希望达到不事涂抹、专工白描的境界，把自己水平再提高一步。"这与钱锺书等人的持论是颇为接近的。

相比之下，本期的杨万里诗歌研究有所冷落，受关注和被肯定的程度不及陆诗，成果也不能与陆游研究相比，相关的成果主要见诸钱锺书《宋诗选注》和周汝昌的《杨万里选集》（中华书局上海编辑所1962年版），相关的论述着重在对"诚斋体"及其"活法"的揭示上。钱著指出：杨万里在当时是"诗歌转变的主要枢纽，创辟了一种新鲜泼辣的写法，衬得陆和范的风格都保守或者稳健。因此严羽的《沧浪诗话》的'诗体'节里只举'杨诚斋体'，没说起'陆放翁体'或'范石湖体'。"并结合杨万里的创作经历及其诗论，论述杨万里和晚唐体、江西派的关系以及"诚斋体"的"活法"："杨万里的诗跟黄庭坚的诗虽然一个是轻松明白，点缀些俗语常谈，一个是引经据典，博奥艰深，可是杨万里在理论上并没有跳出黄庭坚所谓'无字无来历'的圈套"，"杨万里对俗语常谈还是很势利的，并不平等看待、广泛吸收；他只肯挑选牌子老、来头大的口语，晋宋以来诗人文人用过的——至少是正史、小说、禅宗语录记载着的——口语。他诚然不堆砌古典了，而他用的俗语都有出典，是白话里比较'古雅'的部分"，"杨万里显然想把空灵轻快的晚唐绝句作为医救填饱塞满的江西体的药…从杨万里起，宋诗就划分江西体和晚唐体两派"。作者认为，杨万里所谓"活法"不仅包含吕本中等人"活法"说中规律与自由的统一，而且，根据他的实践以及"万象毕来""生擒活捉"等话看来，"可以说他努力要跟事物——主要是自然界——重新建立嫡亲母子的骨肉关系，要恢复耳目观感的天真状态"，"不让活泼泼的事物做死书的牺牲品，把多看了古书而在眼睛上长的那层膜刮掉，用敏捷灵巧的手法，描写了形形色色从没描写过以及很难描写的景象"。钱著对杨诗艺术的分析是精辟的，但在当时学界普遍重视作品的思想性的环境下，博学有识者如钱锺书也不忘指出："杨万里的主要兴趣是天然景物，关心国事的作品远不及陆游的多而且好，同情民生疾苦的作品也不及范成大的多而且好；相形之下，内容上见得琐屑。"这颇能代表当时学界的共同看法。因此，周汝昌《杨万里选集》的出版倍觉难能可贵（杨万里诗选新中国成立前有夏敬观选注的《诚斋诗》，但较简略）。作者在"引言"（后又收入《中国历代著名文学家评传·杨万里评传》，山东教育出版社1984年版）中固然也努力从思想性方面肯定诚斋诗，但更注重对诚斋体的艺术特点加以细致分析。作者将诚斋体"活法"的特色概括为新奇、活、快、风趣、幽默、层次曲折、变化无穷："看他横说竖说，反说正说，所向皆如人意，又无不出乎人意，一笔一转，一转一境，如重峦叠起，如纹浪环生。所以讲他的'活法'，迅疾飞动是一面，层次曲折又是一面。""引言"中还将"活法"与"透脱"联系起来加以阐发：所谓"透脱"，就是不执着的结果——"懂得了看事物不能拘认一迹、一象、一点、一面，而要贯通各迹、各象、各点、各面，企图达到一种全部透彻精深的理解和体会；能够这样了，再去看事物，就和以前大大不同，心胸手眼，另是一番境界了"（此外，诚斋"活法"还体现了他的浪漫主义）。作者同时指出：诚斋的长处是在"活法"，他的短处也在"活法"——对"活法"过于自负、自恃。诚斋诗虽因思想性不及陆诗而没有受到应有的重视，但有关"中国文学史"仍对其艺术成就给予了肯定，如游国恩等主编的《中国文学史》（人民文学出版社1964年版）指出诚斋诗"以描写自然景物的为最多，也最能体现他的诗歌的艺术特色"，肯定"他的主要成就和贡献是在艺术风格方面"。书中对"诚斋体"的特点把握得还是比较准确的：富于幽默诙谐的风趣；丰富新鲜的想象；自然活泼的语言。

值得一提的是，本期出版了孔凡礼、齐治平编的《古典文学研究资料汇编》"陆游卷"及湛之编的"杨万里范成大卷"（分别于1962年11月、1964年2月由中华书局出版），这也是本期杨、陆诗歌研究的重要成果。新中国成立前的《陆放翁全集》有中华书局版、世界书局版、商务印书馆版，俱翻印毛晋汲古阁本。中华书局1976年11月出版的《陆游集》（全五册）整理之功不小，后出转胜，书后还附了孔凡礼的《陆游佚著辑存》（原载《文史》第3辑，转载时有订补），参考价值颇大。这些著作为新时期以来的陆、杨诗歌研究提供了很好的文献基础。

三

杨万里作为南宋诗坛的关键人物，其诗风的特殊性、诗论的代表性及在诗坛的实际影响在南宋诸名家中首屈一指。在政治思想标准"第一"时，人们的目光聚焦陆游，杨万里仅被视为一个山水诗人。即使到70年代末，于北山《试论杨万里诗作的源流和影响》（《南京师院学报》1979年第3期）对诚斋诗的思想性仍不乏苛论（贬辞）。作者认为，杨万里"并没有深刻解剖社会的症结，认真切按时代的脉搏，看准前进的方向，集中力量来表现它、反映它、分析它，歌颂进步与光明，揭露落后与黑暗。因此，诗的主题思想不免时有源泉枯竭、捉襟见肘之感"。文章还说"诚斋体"强调"晚唐异味"导致"他那些表现爱国思想、同情人民的现实主义的卓越成就，反而被忽视甚至淹没了。"这实际上仍未脱以思想分析为主的研究窠臼。不过，新时期以来学风变革，这种研究思路渐渐得到了改变。正如胡明在《诚斋放翁人品谈》（《江西社会科学》1987年第3期）中所指出的那样："杨万里的政治品质与道德面貌似乎是无懈可击的"，就诗而言，"放翁的创造性不如诚斋，审美把握不如诚斋"。作者在《杨万里散论》（《文学评论》1986年第6期）中也有相近的看法：杨万里的诗"在思想内容（更狭义一点，政治内容）的表现上并不亚于陆游"，而在艺术上，"陆游短处偏偏又正是杨万里的长处"。此外，王琦珍《论杨万里的审美观》（《江西师大学报》1989 年第 3 期）也指出："不局限于只从常见的几首田园及风景诗中去描绘他的诗歌特征，那么，我们所看到的杨万里，就决不会是一个对民族灾难和民生疾苦'缺乏深厚感情'的山水田园诗人的形象。"由文平《试论杨万里诗歌中爱国爱民思想的表现形式》（《社会科学辑刊》1991 年第 2 期）分析了杨诗表现爱国爱民思想的三种方式：直抒胸臆；隐曲婉转；侧面间接，这实际上也是肯定了杨诗的思想意义。这些看法不仅代表了新时期特别是 80 年代以来学界的普遍看法，也足以表明学术风气的转变。在杨万里诗歌的思想性基本上不存在问题的情况下，诚斋诗的艺术成就更受学界关注。学界召开过几次杨万里学术讨论会，并出版了两部论文集（分别由岳麓书社、江西高校出版社于 1993 年、1999 年出版）。对杨万里诗的讨论重点仍在诚斋体的特色及其成因上。

关于诚斋体的特色，80 年代以来学界在已有基础上又力求有新的阐释或表述，诚斋诗在题材、情调特别是在艺术风格、语言特色和审美情趣方面的特点得到了较集中、深入的论述。熊大权《杨诚斋诗特色试探》（《南昌大学学报》1982 年第 4 期）将其概括为：师法自然，幽默风趣；想象奇特，流转圆活；婉而多讽，耸乎必讥；通俗浅近，情真语朴。概括得更为全面（把杨万里的一些爱国诗、悯农诗也包括进来了），分析也更加细致。胡明《杨万里散论》则将其简捷地概括为"活、快、新、奇、趣"几个字，认为诚斋诗以七绝与七古为最佳，其中"七绝短章以活、快称长，化工肖物，即兴成章，往往一片性灵，天趣横溢"，"七古则以新、奇偏胜，或表现飘逸高迈的胸怀志向，或刻画山水风日之形相姿态"。王守国《论"诚斋体"诗的表述特征》（《河南师大学报》1988 年第 4 期）对其语体特征进行定量分析，将其表述风格概括为：匠心独运的修辞艺术（主要是曲折的结构和多样的比喻）；通俗晓畅的语体风格。程杰《新灵性、新情调、新语体——"诚斋体"新论》（《争鸣》1989 年第 6 期）也涉及诚斋体的语体特征。作者视"诚斋体"为"性灵"先锋，认为它的艺术特点表现在：走向性灵；热烈的喜剧性情调；走向新的语体。戴武军《杨诚斋诗初论》（《求索》1990 年第 6 期）探讨了诚斋诗在内容方面的特色：抒发童心未泯的情怀；表现世俗化的儒雅风度；表达生命痛苦和快乐的体验。他在《"诚斋体"的形成原因初探》（《湘潭大学学报》1992年第4期）进一步指出"诚斋体"的主要特点：在内容上，"状物姿态，写人情意"即兴而吟、专写性灵，咏物叙事，关切生命的底蕴、个人的修养，描山绘水，表达乐观的情愫、健康的趣味；在艺术风格上，表现为风趣幽默、透脱活泼、通俗自然。章楚藩在《杨万里诗歌赏析集》（巴蜀书社1994年版）"前言"中也概括了"诚斋体"的特征：摹写万物，新鲜活泼；奇思巧构，情景两出；幽默诙谐，妙趣横生；语言晓畅，雅俗共赏。周启成《杨万里和诚斋体》（上海古籍出版社1990年版）认为"诚斋体"主要有五个特点：情趣盎然；以万象为宾友；擅长写生；想象丰富；通俗浅易。王琦珍《论杨万里的审美观》（《江西师大学报》1989年第3期）从美学角度概括诚斋诗的美学特征："侧重于追求一种外见新奇风趣而内含刚韧劲质的清丽婉曲之美。这种审美追求，表现在风格上是明快跳脱、圆美流转；表现在题材上是天机鸣发、触处皆诗；表现在方法上是婉而多讽，尽而不汗；表现在语言上是以俚为雅，以俗为美。他将中晚唐风华绰约的诗风和自己不甘沦亡的耿介气质融合在一起，形成了自己独特的艺术风格，在清丽明快中饱含着深婉不迫的情趣。显示出一种柔韧活泼的美感。"尽管诚斋诗的内容不限于山水风景及田园风光，论者仍多将重点放在诚斋体与自然万物之间的联系上。王兆鹏《建构灵性的自然——杨万里"诚斋体"别解》（《文学遗产》1992年第6期）认为，"诚斋体的独特个性及其无可替代的艺术审美价值之一，在于它建构了一个前所少见的具有生命灵性、知觉情感的诗化的自然世界。"金五德《内师心源，外师造化——杨万里诗歌散论》（《长沙水电师院学报》1994年第4期）认为"杨万里的诗歌之所以能创辟出新体——'诚斋体'，之所以主要是描写自然景物，之所以对造化自然表现出如此浓厚的兴趣，又所以能表现出物我交融的种种情致与物象的诸般奇趣，其根本原因就在于杨万里既是关心国事民生的诗人，也是执着人生、酷爱自然的诗人"。王守国《诚斋自然山水诗综论》（《中州学刊》1995年第6期）指出善对具体事物做细致描写、善于表现稍纵即逝、转瞬即改的自然意象是诚斋自然山水诗的两大美学特征。文章还分析了作为诚斋自然山水诗哲学基础的禅宗与理学对此类诗作的影响，并概括了这类作品的历史贡献：

把自然变成一个有着鲜活生命和不同个性的人，走向拟人主义，走向真率性灵，并因此而带有热闹的喜剧情调和世俗化色彩。黄建华《杨万里诗歌艺术探析》（《江西社会科学》1999年第9期）也认为："反映现实的作品，在杨万里的集中只是相当小的一部分。他的诗歌创作的一个重要内容，就是对自然景物的描写…杨万里描写山川景物和日常生活的诗最能体现'诚斋体'的特点。"作者从三个方面描述了"诚斋体"的特色：构思新颖独创，状物抒情富有个性；情调风趣幽默，胸襟通达脱透；语言通俗活泼。"诚斋体"中还有特殊的异类即描写儿童的诗，黎烈南《童心与诚斋体》（《文学遗产》2000年第5期）对此有专门论述。作者认为"诚斋体"的核心是童心童趣，诗人一反以老境为美之极致的古诗情趣，其诗歌创作呼唤以"绝假存真"的童心去感受自然万物，这是人类回归自然的心理状态在文学方面的生动显现；童稚心态与人生哲理的艺术组合，形成了诚斋诗的最高境界。"诚斋体"的一个重要特色是富有趣味，这吸引了不少学者的注意。王守国《诚斋诗趣简论》（《中州学刊》1985年第6期）认为诚斋诗趣表现在：幽默诙谐的奇趣；反常合道的奇趣；富于智慧的机趣；耐人寻味的理趣。王连生《杨万里对诗学理论的贡献》（《阴山学刊》1992年第4期）认为"有趣有味"是"诚斋体"的根本特点；抒写性灵而又趣味盎然，生动活泼而又幽默诙谐，构思奇特、想象丰富，平易自然等，则构成了"诚斋体"诗的基本特征。韩经太《论宋诗谐趣》（《中国社会科学》1993年第5期）在论述宋诗谐趣时对诚斋诗的风趣作了专门解读，认为"诚斋体"除有新、奇、快、活的特点之外，其风趣更有博大高深者在，并指出："充满生活情趣的诗意氛围，表现诗情画意的意境形象，蕴含哲理思辨的深远意味，乃是构成'诚斋体'之'风趣'的三大要素；而这三者相互统一的中介媒体，则是新颖别致而饶有喜感的表现方式和活泼灵动如珠走圆盘的艺术语言。"张福勋《诚斋诗的诙谐艺术》（《阴山学刊》1996年第1-2期）认为诚斋诗的诙谐艺术总特征是"将表现诗情画意的意境形象，与充满生活情趣的诗意氛围，与蕴含哲理思辨的深远意味三者相互融合"。文章还分析了诚斋诗诙谐的种种手法及其形成原因。常玲《论诚斋谐趣诗的三味》（《文学遗产》2000年第5期）以味觉为通感将诚斋谐趣诗分为甜味、苦味、辣味三类，分析了这三类谐趣诗的题材、意蕴、情趣、风味，认为诚斋对谐趣的分寸感掌握得相当精熟，收放自如，又能从谐趣中蕴含多种含义，留下广阔的联想空间。诚斋诗还有一个重要艺术特征即"活法"。"活法"是吕本中提出来的，但人们认为诚斋诗最能体现"活法"特色，这也是本期许多学者的共识。张晶《"诚斋体"与宋诗的超越》（《文史知识》1993年第4期）认为"诚斋体"的作风可以概括为一句话：以"活法"为诗；所谓"活法"并非是对法的抛弃，而是在自由地驾驶法的基础上超越于法；"诚斋体"是"活法"为诗的最佳典范。戴武军《诚斋体的艺术表现特征浅析》（《中国韵文学刊》1993年第7期）将诚斋诗的"活法"归纳成以下范畴：谐与庄；圆与方；快与慢；俗与雅。赵仁珪《宋诗纵横》（中华书局1994年版）认为杨诗的特色是用活法写理趣；活法可以概括其艺术手法，理趣可以概括其思想内容，二者结合构成了"诚斋体"的主要特色；从艺术特色上看，诚斋体的主要成就在以活法为诗，这主要表现在：一是细腻不巧，机智敏锐；二是想象奇特，立意新巧；三是层次曲折，深婉多致，变化无穷；四是幽默风趣，调侃谐谑，俏皮轻松；五是语言大都平易通俗，甚至口语化、俚俗化且极少用典。张福勋《诚斋诗的"活法"艺术》（《阴山学刊》1995年第1期）认为诚斋诗的"活法"艺术可以"快""圆""曲""俗"四字概括，四者与"活"密切相关，"活"是四者的归宿，四者又是"活"的具体体现。张瑞君《论杨万里诗歌的艺术构思》（《河北大学学报》1999年第2期）认为诚斋诗"活法"最主要表现在构思、结构的变化万千；他的诗能在常见的题材中写出新意与他这种独特的艺术构思密不可分。刘德清还专门探讨了杨万里咏梅诗与其活法的关系（见《江西社会科学》1989年第1期）。沈元林《中国第一个"泛神论"倾向的诗人——杨万里》（《社会科学研究》1990年第3期）对"活法"提出新解，并将其与现代"泛神论"倾向进行比较，发现二者有三个共同现象：一是构思的"活"，二是情感的"真"，三是成篇的"速"。在考察"诚斋体"特色的同时，学界对其成因也作了探讨，特别是诚斋体与理学、禅学的关系均得到了专题论述。杨万里是一个深受理学影响的诗人，他的创作自然离不开理学这一独特的思想文化背景。张鸣《诚斋体与理学》（《文学遗产》1987年第3期）"考察杨万里早年学诗到最后形成诚斋体的过程，可以发现和他学习理学的过程有着十分微妙的联系"，指出"杨万里作为一个理学修养较深的诗人，其心胸怀抱、观物态度和思维方式等等势必渗透到其诗中"，这种联系表现在他对自然的态度及"活法"上。韩经太《杨万里出入理学的文学思想》（《社会科学战线》1996年第2期）认为杨万里是一位"以文学家的姿态出入理学思维课题的人物"，"值南宋理学大成、禅学精熟之际，杨万里秉刚直而幽默之性气，以道德至上之志，挟相反相成之理，出入于理学与文学之间，构筑起其兼综变通而不失终极价值追求的文学思想。这是一种既有集成性质又有个性特色的思想。"理学的形成离不开禅学的支撑，相应地，诚斋深受理学浸润的文艺思想与诗歌创作也离不开禅学的渗透，如其"活法"既是理学的产物，也是禅学的产物。张晶《"诚斋体"与禅学的"姻缘"》（《文艺理论家》1990年第4期）认为"诚斋诗独特艺术性的形成，很大程度与禅学有直接或间接的联系"；"诚斋体"所表现出的"活法"最为契合禅家精神；诚斋诗善写变化运动之意象，而又富有生命感，有时反增其禅趣。王琦珍《论禅学对诚斋诗歌艺术的影响》（《辽宁大学学报》1992年第5期）认为："从某种意义上说，禅家观照与思维方式的影响是'诚斋体'形成过程中除晚唐诗风之外的另一个重要因素"，杨万里"借鉴禅家与道家的观照方法来审视事物，别有会心地捕捉客观物象所蕴含的诗意，以表达他对天地造化的玄思，和对世事万物中所含哲理的领悟"，"杨万里对禅学的吸取与借鉴，从根本上说，是南宋特定政治文化背景和诗坛风尚影响的结果。"戴武军《"诚斋体"的形成原因初探》（《湘潭大学学报》1992年第4期）从社会环境尤其是杨诚斋的哲学思想、个性特征、生活经历等方面分析了"诚斋体"的成因。作者认为杨万里关于"变"与"诚"的哲学思考以及"以史证经"的思维方式，渗透在他的创作思想中，使这种哲理的思辨化为诗意的灵性，从深层次上左右着作者的创作方向和取材意向。"诚斋体"的成因除了文化背景外，更有艺术因素；而探讨其艺术成因离不开对诚斋诗的艺术渊源的考察，特别是其与江西派、晚唐诗之间的联系。许总《论杨万里与南宋诗风》（《社会科学战线》1991年第4期）认为"在两宋诗风丕变与南宋诗史走向的进程中，较之陆游与范成大，杨万里无疑具有更重要的推动作用和更典型的文学史意义"。文中不仅分析了杨万里将理学精神与江西"活法"联结起来的作法，还考察了他向唐诗典范复归的追求。张玉璞在《杨万里与南宋"晚唐诗风"的复兴》（《文史哲》1998年第2期）专门分析了杨万里在南宋晚唐诗风复兴过程中的作用，指出他提出"去词""去意"而求"味外之味"，以及"诗非文比也，必诗人为之"等系统的诗歌理论，为晚唐诗风的复兴极力张本，而且以其诗坛盟主的身分有意识地引导当时的诗人在创作上趋同于晚唐诗风，以此扩大反江西诗派的阵营，彻底转变当时诗歌的走向。王琦珍《论杨万里诗风转变的契机》（《江西社会科学》1989年第4期）认为"师法对象的改换，从某种意义上说，是导致他后期诗风带根本性转变的一个重要契机"，在他后期继承的多是晚唐诗歌积极的一面；诚斋诗对晚唐诗歌所体现的艺术规律的把握，主要在追求韵味、情性、"诗性"及晚唐诗句律精工等方面；"由效法江西派的拗折峭健与点化前人诗句典故，转向追求婉曲自然、透彻空灵的意境与情趣、追求活泼跳脱、自然质直的语言的美感，这样，终于形成了'诚斋体'的基本格局。"胡明《杨万里散论》认为杨万里对于江西诗派的反动是彻底的、坚定的；对"诚斋体"影响最大的是元白体。此外，朱炯远、张立《杨万里"诚斋体"的艺术渊源》（《沈阳师院学报》1992年第1期）则认为诚斋体的源头是杜甫入蜀后的部分七言律绝景物诗。文章分析了诚斋诗对杜诗继承的四个方面：潇洒清真，曲折达意；取法民歌，化俗为雅；风趣诙谐，理趣浓郁；巧用修辞，技法高超。王守国《诚斋诗源流论略》（《中州学刊1988年第4期》）、张瑞君《诚斋诗的继承性与创新》（《晋阳学刊》1999年第6期）则考察了诚斋诗所受包括晚唐诗、江西诗派及李白、苏轼等人的影响。而傅义、雨人、王连生则有专文探讨杨万里与江西诗派的关系，既指出其继承之处，更突出其变革之功。傅义《杨万里对江西诗派的继承与变革》（《中国文学研究》1990年第3期）指出江西派的遗产中有两项最宝贵的东西被杨万里继承下来了（即创新精神与活法），也正是由此而变化，超出江西之外（表现为活法的实质、创作的道路、艺术的宗尚、创作的主张、语言风格等方面的不同）。雨人《走出江西诗派的畛域——杨万里诗歌浅论》（《文艺理论家》1990年第4期）指出杨万里不仅在理论上敢于超越，勇于创新，并主张从师法书本到师法自然，由此突破了江西诗派；而且在创作实践上也表现出这种突破：奇特的构思和大跨度跳跃式的联想；取材范围广；幽默和使用俗语等，均是江西派诗人所不具备或难以企及的。王连生《破江西派藩篱，创诚斋体趣味——杨万里对诗学理论的贡献》（《阴山学刊》1992年第4期）认为杨万里的诗学理论表现在：以通变的辩证态度对待遗产，以大自然为诗本，追求有趣有味的艺术个性，崇尚新奇独创、标举"活法"为诗四个方面，这些是他对"江西"诗的突破，而他本人的诗歌创作正是在这种诗论的指导下，在不断探索、不断创新中前进的，构成独具特色的"诚斋体"。龚国光《诚斋体与俗文学》（《江西社会科学》1999年第3期）在考察诚斋体与江西诗派关系的基础上探讨了杨万里诗歌创作的本质特征及在俗文学中的地位，认为他所创造的"活法"，新奇、快捷、风趣、幽默，以俗文学为底蕴，构成了一个个性独具的诗派。王雪盼《杨万里"诚斋体"诗中的雅与俗》（《文教资料》2000年第2期）认为诚斋体鲜明的特征在于活、奇、趣、俗，文章为此分析诚斋诗如何将雅与俗调剂在一起。这实际上也是对杨万里变化江西诗派的一种新认识。探讨诚斋体的艺术成因离不开对杨万里诗歌理论的观照。在某种意义上，他的诗论是"诚斋体"形成的理论宣言，故研究"诚斋体"不可不重视其诗论（前举有关论述杨诗艺术渊源的论文均涉及）。戴武军《杨万里的诗论特色》（《山东师大学报》1990年第3期）将其诗论概括为透脱说、灵感说、滋味说。其中"诗味"说争议较多，论述亦多。王守国《吟咏滋味，流于字句——诚斋诗味论探微》（《殷都学刊》1993年第1期）认为诚斋诗味论不仅具有传统诗学"味外之味"的意思，而且包含有社会伦理等方面的内容，这是诚斋对传统诗味理论的新贡献。庆振轩、车安宁《谁谓荼苦，其甘如饴——杨万里诗论别解》（《文学遗产》1993年第4期）认为"杨万里论诗论文皆是借诗经字面为喻，求甘于苦，求荠于荼"，认为杨氏诗论"荼荠之比，荼饴之喻"是强调研习诗书要求"味外之味"。此外，黄德生《杨万里的诗歌理论与诗歌创作》《西南师大学报》1986年第3期）从"各自风流，每变每进""诗在山林""活法"与"奇"方面概括了其诗论，并结合其创作分析他如何求"奇"；胡迎建《论杨万里的文学思想及其诗论》（《江西社会科学》1999年第3期）分析了杨万里的文学思想与诗论的共同点：崇尚实用，转移风气：追求自然，去浮华雕饰；强调气格，务求奇意；重视内容，领悟风味。李胜《诚斋诗论要题摭谈》(《四川师大学报》2000年第2期)概括诚斋诗论要点为：注重诗教，有为而作；强调透脱，反对拘执；追求诗味，力避浅露；崇尚新变，脱略形似。这些论述对认识诚斋体及其成因也有一定的意义。

新时期以来的陆游研究总体上并未超过前一时期，也不能与同期的杨万里研究相比①，但仍有所进展：首先学界仍关注其爱国诗篇，如钱仲联《陆游诗探讨》(《江苏师院学报》1979年第1—2期)就陆诗思想内容从积极、消极两方面作了细致分析，认为积极的方面表现为：爱国主义精神；对敌人野蛮罪行的控诉；对南宋投降派苟且偷生的愤怒鞭挞，而陆诗的主要思想内容是"反映了当时历史阶段的民族矛盾"。胡守仁《试论陆游诗》(《江西师院学报》1980年第3期)重点考察了陆游对抗敌主张的支持及其诗歌中的爱国思想以及陆诗中的爱民思想。喻朝刚《论陆游的爱国诗篇》(《文学遗产》1981年第2期，后收入《陆游论集》，吉林文史出版社1987年版)分析陆游爱国诗篇的特点有：对正义事业充满胜利信心，绝不与黑暗势力妥协；具有强烈的现实主义精神和鲜明的战斗性；具有乐观主义精神和积极浪漫主义的

---

① 本期出版了钱仲联的《剑南诗稿校注》(上海古籍出版社1985年版)，而杨万里诗(文)集到2000年也无人整理；此外，新时期以来的陆游选本及传记类著作也远较杨万里多，这些又说明新时期以来的陆游研究的基础仍比杨万里研究做得好些。据笔者所知，本期有关陆游的选本有苏州市教育局的《陆游诗词选析》(江苏人民出版社1980年版)、疾风《陆放翁诗词选》(浙江人民出版社1958年版、1982年版)、陆应南《陆游诗选》(广东人民出版社1984年版)、向彤选析的《陆游诗词赏析》(广西人民出版社1986年版)、孔镜清选注《陆游诗文选注》(上海古籍出版社1987年版)、严修《陆游爱国诗词选解》(上海教育出版社1987年版)、段晓华《陆游诗歌赏析》(陕西人民出版社1988年版)、徐放编译的《陆游诗今译》(北京宝文堂书店1988年版)、王晓祥编的《陆游示儿诗选》(南京大学出版社1988年版)、孔祥贤注释《陆游饮食诗选注》(中国商业出版社1989年版)、康锦屏等著《陆游名篇赏析》(北京十月文艺出版社1989年版)、陆坚主编的《陆游诗词赏析集》(巴蜀书社1990年版)、严修《陆游诗集导读》(巴蜀书社1996年版)、吴明贤、蒋罗选注的《陆游咏蜀诗选》(四川文艺出版社1997年版)、齐治平、孔镜清《陆游及其作品选》(上海古籍出版社1998年版)、蔡义江《陆游诗词选评》(上海古籍出版社2002年版)以及巴蜀书社1990年6月出版的《陆游诗词选译》、山东大学出版社1991年5月出版的《陆游诗词选译》。杨万里诗(文)选本仅有于北山的《杨万里诗文选注》(上海古籍出版社1988年版)、章楚藩主编《杨万里诗歌赏析集》(巴蜀书社1994年版)以及河北教育出版社1999年出版的《杨万里诗选》。有关陆游的传记有曹济平《陆游》(江苏人民出版社1982年版)、郭光《陆游传》(中州书画社1982年版)、喻朝刚《陆游》(黑龙江人民出版社1983年版)、欧明俊《陆游》(春风文艺出版社1999年版)等，杨万里的传记则付阙如。

色彩。路剑《陆游爱国诗简论》（《江西社会科学》1992 年第 3 期）概括了陆游爱国诗的基本内容：一是愤怒揭露和谴责投降派的卖国行径；二是抒写自己以身许国、战死沙场的壮志豪情；三是揭露和谴责女真奴隶主贵族在中原烧杀掳掠的罪行，充满了对侵略者不共戴天的仇恨和高度的蔑视。张福勋《中国古代爱国诗的一面旗帜——谈谈陆游爱国诗的几个特点》（后收入张著《陆游散论》，内蒙古人民出版社 1993 年版）认为陆游爱国诗篇所表现出来的爱国思想具有全面性、深刻性、先进性和完整性等特征。张实《"尽拾灵均怨句新"——陆游的思想与创作》（《长沙水电师院学报》1991 年第 4 期）分析陆游在继承屈原爱国主义传统方面所取得的新成就：一是将屈原诗歌的爱国主义思想传统推向了历史的最高水平；二是其志洁行芳的思想与屈原完全一致而有更为直接的现实意义；三是即便到了晚年也要保持晚节、老有所为；四是其诗歌的鲜明地方特色。向一尊《辜负胸中十万兵，百无聊以诗以鸣》（《中国文学研究》1996 年第 3 期）则指出陆游抗金理想破灭，被迫走上诗人道路，那种不甘为诗人的矛盾心情时常流露，但正是他的爱国之思玉成了他诗坛魁杰的地位。此外，胡蓉蓉《试论陆游的蜀中诗》（《社会科学研究》1994 年第 4 期）、傅璇琮、孔凡礼《陆游与王炎的汉中交游》（《杭州师院学报》1995 年第 5 期）、杨吉荣《陆游南郑从军生活与诗歌创作》（《汉中师院学报》1997 第 3 期）、高利华《论陆游蜀中诗的尚武精神》（《绍兴文理学院学报》1997 年第 1 期）从蜀中、南郑诗这一特定阶段的创作入手论述陆诗爱国思想；还有学者从示儿诗这一特定角度阐述陆诗的思想性（如杨庆和《读陆游的示儿诗》，《齐鲁学刊》1987 年第 6 期）。即使是论述陆游的咏梅诗，学者也不忘发掘其中的爱国主义思想（如曾明《一树梅花一放翁》，《成都大学学报》1986 年第 1 期）。

　　不过，同样是论述陆游爱国思想，已有学者从诗人客观行迹之考论走向诗人主观创作心态的揭示，努力将思想分析与心态研究结合起来。佘德余《沉雄苍凉的崇高感与平淡恬静的优美感统一——论陆游后期诗歌创作的美学风格》（《绍兴师专学报》1989 年第 2 期）指出"陆游后期诗歌无论是深厚的历史文化和社会人生的意蕴，还是艺术表现的多种形式，都具有极其丰富深刻的内涵"，"陆游在寻求悲剧解脱，取得心理平衡和谐心态的努力中，无论是最积极的向前看的态势，还是沉浸于闲适恬静生活，或是消极逃避现实，都是陆游抗金爱国政治抱负不能实现苦闷心情曲折反映，与其爱国爱民的忧患意识和实现抱负的雄心壮志构成了个性心理矛盾体的两个方面。"许文军《论陆游英雄主义诗歌的幻想性质》（《陕西师大学报》1994年第1期）就陆游英雄主义诗歌中反映的现实与当时历史真实作了比较，认为陆游此类诗作是以夸张的、随其主观意念而不是以生活本来面目的方式反映现实的。英雄主义诗歌他在具有代替现实，并满足其功名欲望的补偿作用；陆游对其诗作的幻想性质又有着清醒的自觉，从其作品中可以发现他生前便自觉地用其诗作表白或塑造夸大了的自身形象，以赢得后世读者的崇敬。文章还指出，陆游是有意或无意地将诗歌创作混同于制造梦幻泡影，他采用的材料不是源于现实而又高于现实的东西，而是经过他随心所欲地意念化了的与真实相左的现实，作者为了更完美地用艺术手段刻画自身形象，一再牺牲了生活真实。王立清《感情宣泄与陆游的爱国诗章》（《河南大学学报》1994年第5期）认为，陆游爱国主义诗章的显著特质是爱国激情的恣流横溢，它的巨大感召力源于此，抒情方式源于此，相当一部分爱国诗章的粗疏质直也源于此。作者在另一篇文章《陆游爱国诗章的雷同现象》（《河南大学学报》1996年第3期）中分析了陆游爱国诗章雷同现象的表现及其成因。夏春豪《陆游诗的自省意识》（《淮阴师院学院》1997年第3期）认为《剑南诗稿》贯穿着明彻的自我审视、自我解剖意识以及深刻的自省力和穿越今古的历史感悟力。张乘健《论陆游的道学观及其他》（《文学遗产》1997年第4期）结合陆游与道学的关系论述陆游的爱国思想，作者认为道学思想贯穿了陆游的精神，甚至渗透了他的文艺理论，不过整体看来他的作品中并没有"道学气"；诗人的爱国痴梦虽从道学中生出，但痴梦毕竟是痴梦。王树溥《陆游诗作中自我形象的塑造》（《辽宁师大学报》1999年第2期）认为，陆游在作品中塑造客观形象时，亦在塑造主体形象，即自我形象，他通过记梦抒志、表达理想、记实议论、直抒胸臆和浪漫主义笔触，鲜明地塑了诗人爱国主义的自我形象。

其次，在重视陆游的爱国诗篇的同时，学界也将讨论的范围扩展到陆游的山水诗、田园诗（陆游的山水田园诗有"山林史"之称）、农村诗、纪梦诗（甚至爱情诗），以期对陆游的思想与创作做更全面的揭示。丘振声《陆游的山水美学观》（《广西社会科学》1986年第3期）对陆游的山水美学观进行了概括："惟有江山是旧知"，"看山看水自由身"，"江山好处得新句"，"造物无心却有情"，"风月应怜感慨非"，"关山还带泪痕看"。章尚正《从文化心理观照陆游山水诗》（《安徽大学学报》1992年第1期）分析陆游的文化心理进而观照其山水诗的个性化特色：自然亲和心理、民族自豪心理、人生自适心理、文化认同心理、诗歌创新心理。曾明《陆游山水诗是中国古代水诗走向心灵的美学归宿》（《西南民族学院学报》1993年第1期）对中国古代的山水诗的发展作了重点考察。文章认为，从刘宋时期的谢灵运自发钟情山水起，发展为唐代的王维自觉热爱山水，到宋代的陆游则完全是自由亲近山水，与山水精神独往来，在自然山水之形中，发现了山水之灵，因此，山水诗发展到了宋代，思想、艺术更加成熟，风格、体裁更加多样，基本上找到了归宿，完成了中国古代山水诗走向心灵的美学历程，其代表人物就是南宋的陆游。作者还分别撰文讨论了陆游山水诗的人文主义精神与艺术精神（分见《西南民族学院学报》1997年第1期、1997年第6期），又有文论述陆游山水诗的审美特征及所受儒家美学的影响（见《天府新论》1997年第5期）。陆应南《陆游的田园诗浅探》（《广州师院学报》1984年第2期）认为，陆游的田园诗"为数和影响虽不及其抗敌复国的慷慨激昂之作，但却同样是熠熠生辉光采袭人的"；其特点表现在：描绘了农村的淳朴风格和农民的淳朴品质，表达了作者对农村生活的真挚感情；在描绘淳朴的田家风俗背后，还写了农村的贫困生活，并揭露统治者对农民的残酷剥削，描绘了农村的绮丽景色；其成就的取得主要是由于他有丰富的生活实践，也与他受陶潜、王维影响等因素有关。王志清《陆游山水田园诗：狂与逸的交渗协和》（《徐州师院学报》1993年第3期）分析了"社会群体拯救理想与个体的自我独善意识""积极追逐的人生态度与率情任性的生活方式""平淡清莹的外在形态与雄肆厉扬的深层内质"在陆游思想行为上的交织冲突；前者是"狂"的表现，后者是"逸"的表现，狂与逸的交渗协和"对象化在其山水田园诗上，便是阳刚与阴柔谐和的艺术特色"。张展《陆游农村诗初读》（《河北师院学报》1982年第4期）认为陆游农村诗是陆游爱国主义的深化和发展，"足以同他的爱国诗篇并驾齐驱", 同时也是其诗风趋于"平淡"的一个标志。文章将其农村诗的内容概括为: 悯农和爱民的篇章; 淳朴和真率的赞歌; 景物和风情的画卷。费君清《陆游诗歌的乡土风情》(《杭州大学学报》1998 年第 2 期)认为陆游对故乡的山水无比热爱, 对父老乡亲有着深厚的感情, 家乡的田园生活, 是陆游诗歌创作的源头活水, 以饱蘸情感的笔触详尽地描绘家乡地理和人物风俗之美, 尽情抒发对家乡的无比热爱, 是陆游晚年诗歌的主要特色。张福勋《"白首为农信乐哉"——论陆游的农村诗》(《内蒙古师大学报》1988 年第 3 期)也认为"农村诗"对于全面了解和把握陆游的思想和创作有不可忽视的重要意义。文章概括了陆游农村诗的特点: "作官觅饱最缪算, 羡尔为农过一生"; "暮年负未返乡闾, 残躯未死敢忘国"; "耿耿一寸心, 思与穷友论"; "出仕每辞荣, 归休但力耕"等。张著《陆游散论》不仅有专文论述陆游的农村诗, 还论及陆游的爱情诗、咏物诗, 所论题材更为广泛。赵仁珪《宋诗纵横》(中华书局 1994 年版)则分析了陆游爱国诗及其高度抒情性、农村诗及其平淡风格, 闲适诗及其精工风格。此外, 童炽昌、郑新华、高利华、车永强、段晓华还有专文讨论陆游的纪梦诗。童炽昌《铁马冰河入梦来——读陆游的记梦诗》(《浙江学刊》1983 年第 1 期)认为: "陆游作为一个爱国诗人, 他的记梦诗也燃烧着爱国主义的火焰。"段晓华《陆游记梦诗初探》(《文艺理论家》1986 年第 1 期)将陆游记梦诗的思想内容概括为三个方面: 一是建功立业的雄心和杀敌报国的壮志; 二是对于访仙求道、结交奇士等不平凡生活的描写和思慕; 三是对于乡居生活的思慕和对于军旅生涯的怀念; 其艺术特色有四: 记梦诗中来源于美好的理想与永不衰竭的热情之奇思伟构; 从前人那里继承了多种表现技巧, 因而在诗中创造了崭新的形象; 记梦诗与其他类型的浪漫诗歌相比, 独具梦幻的特征; 现实主义的内容与浪漫主义的形式相得益彰。郑新华《梦幻文学的一朵奇葩——读陆游的纪梦诗》(《文史知识》1989 年第 1 期)指出"表现杀敌报国、建功立业的雄心是陆游纪梦诗的最主要内容"; 气势雄浑、场面宏伟壮观以及虚实相济、熔现实主义与浪漫主义于一炉也是其显著特点。高利华《论无意识对古代梦诗创作的意义——兼评陆游的纪梦之作》(《绍兴师专学报》1991 年第 1 期)引用心理分析的方法, 对中国古代梦诗特别是陆游记梦诗进行了研究, 指出

"陆游对于梦的选择性和梦诗表现出来的单纯主题，构成了陆游梦诗的特点"，这种特点体现于创作，有得亦有失。车永强《试论陆游"写梦诗"的思想价值与艺术特色》（《广东社会科学》1999年第3期）认为陆游写梦诗的成功，取决于它闪烁着爱国主义的思想光辉，也得力于诗人杰出的艺术才华，并分析了这类诗的艺术特色：具有独特的浪漫主义色彩；善于创造鲜明的艺术形象；惯于运用对比手法。吕立琢《陆游醉梦谪居诗的爱国情思》（《盐城师院学报》1998年第2期）就陆游醉酒、睡梦、谪居三方面的诗歌进行分析，探讨其爱国情思和伟大人格。对陆诗分题材研究，不仅深化了陆诗思想性的认识，更推动了对陆诗的艺术分析，陆诗的艺术分析由此表现出由注重外在的社会历史状况的分期研究向重视探寻内部艺术规律转变的趋向。同时，美学方法的引入，更强化了陆诗分析的艺术色彩。萧瑞峰《论陆游诗的意象》（《文学遗产》1988年第1期）从文学本体研究的立场出发，就陆游诗歌的意象组合方式作出了深入考察。作者将其归纳为比照法、拟喻法、逆反法等多种组合方式，并进而探求诗人的创作手法与思维特色，以及他的诗歌艺术风格形成与发展。沈家庄《论放翁气象》（《文学遗产》1999年第2期）认为陆诗贵在有浑厚从容磅沛广大之气象，这种气象是由博采众家，特别是盛唐、中唐、晚唐大家、名家之长"混成"而得之，"放翁诗歌气象，以大为美，以博为美，以全为美，而归于朴拙。"还有学者论述了陆游不同体裁的艺术风格。胡明《关于陆游诗的评价》（《文史知识》1989年第6期）分析了陆游近体诗（特别是绝句）的艺术成就，对其古体诗也给予了肯定。赵齐平《宋诗臆说》（北京大学出版社1993年版）则以陆游《游山西村》《剑门道中遇微雨》《关山月》为例，探讨了陆游七律、七绝与古体诗的风格与成就。对陆诗艺术渊源的探讨是分析陆诗艺术不可缺少的内容。于北山《陆游对前人作品的学习和发展》①（《淮阴师专学报》1980年第4期，后收入《陆游论集》，吉林文史出版社1987年版）认为，陆游的世界观和学术思想的基础在于儒家六经，旁参老、庄；诗歌艺术方面，则学习、继承了

---

① 于北山在不断订补《陆游年谱》的基础上对陆游的创作道路作了深入探索，本文即为这种探索的成果之一。另外，于文《陆游诗歌的艺术渊源》较本文的有关论述更为详尽，见《古典文学论丛》第3辑，陕西人民出版社1982年版。

《诗经》现实主义传统以及淳朴自然的词句、美善刺恶的讽谕手法，学习《楚辞》现实主义和浪漫主义相结合的艺术风格以及忠愤怨悱的爱国精神，学习乐府民歌的率性任情、夸张想象、语言丰缛、意境清新，吸取陶谢、王孟、高岑、李杜、白居易、梅尧臣、苏、黄直至曾几等历代诗人之精华，终于成就了"能自树立不因循"的一代大家。袁行霈《陆游诗歌艺术探源》（《文史知识》1987 年第 2 期）在考察了陆游与李、杜、白居易、江西诗派的渊源关系的基础上，进一步指出："陆游是一位集大成的诗人……他的诗虽然带着前辈影响的痕迹，但仍然具有明显的个人风格，这就是在平夷晓畅之中呈现出一股恢宏踔厉之气"。杨胜宽《东坡与放翁：隔代两知音——论陆游对苏轼思想和文艺观的全面继承》（《西南师大学报》1995 年第 2 期）不仅考察了苏、陆二人在哲学与政治思想方面的相似，还考察了二者学习方法与文艺观的相似。作者认为陆游对苏轼文艺观的继承表现在：诗文当有为而作；重视养气对创作的积极作用；提倡创新精神和风格的多样化。这实际上揭示了陆游与苏轼之间的渊源（清人常常"苏陆"并称）。王志清《同是逸气横清秋——从陆游的山水诗中看王维的影响》（《中州学刊》1995 年第 4 期）认为最能表明陆游深受王维影响的是其山水田园诗，这从陆诗中所表现出的审美崇尚、审美视野和审美创造方式均不难看出。对陆游艺术渊源进行考察，同样离不开对陆游与江西诗派、晚唐诗关系的考察。张展《突破"江西"，追踪李杜——谈陆游的一些论诗诗》（《河北师院学报》1980 年第 4 期）指出："南宋时期，从江西派入门而后突破江西派的诗人，往往没有摆脱江西派的影响。杨万里是这样，陆游也是这样。"又谓："陆游反对晚唐体，不是站在江西派的立场，而是站在宋初欧阳修、曾巩等诗歌改革倡导者的立场，并希望这些倡导者再世，显然，这比江西诗派高出一筹。"莫砺锋《论陆游对晚唐诗的态度》（《文学遗产》1991 年第 4 期）认为陆、杨二人对晚唐诗的态度截然相反，但陆游斥责晚唐的话并不是针对杨万里的，这种轻视晚唐诗的态度也非"坚持江西派的论调"；他指责晚唐诗的观点与他在创作中追求雄浑风格的努力互为表里，这与他在某些具体艺术技巧上借鉴晚唐并不矛盾，决不是"违心作高论"；他对晚唐诗风的批判不仅与当时的诗坛风气有关，而且与当时的社会风气也有密切的关系，是有广阔的历史背景与深刻的时代意义。至于张瑞君《刘克庄与陆游杨万里诗歌的继承关系》（《河北大学学报》1995年第4期）、张继定《戴复古师承陆游考》（《浙江师大学报》1999年第2期）等论文关于陆游与江湖派诸大家之间关系的论述，涉及陆诗的影响，实际上也是对陆诗艺术分析的一种拓展。陆游的诗论也是考察陆游创作的重要参照，不少学者由对陆游诗论的考察进而分析陆诗的思想与艺术。喻朝刚《陆游论诗歌创作》（《吉林大学学报》1979年第4期）、黄海章《陆游诗论简评》（《学术研究》1982年第3期）、贺松青《陆游论诗》（《包头师专学报》1983年第2期）、胡明《陆游的诗与诗评》（《社会科学辑刊》1988年第4期）、孔瑞明《陆游的诗歌理论和创作》（《山西教育学院学报》2000年第3期）均论及陆游诗论。在探讨陆游诗论中，学界对陆游的"养气"说、"诗家三昧"说颇为关注，出现了不少这方面的专题论文。张展《"文章当以气为主"——陆游文学论浅谈》（《河北师院学报》1981年第4期）认为陆游主张"工夫在诗外"，就是强调诗人要有多方面的修养，养气是其中心内容，再加上作家生活阅历和学识，三者共同体现陆游矢志报国、坚守气节的高贵品格。相隆本《谈陆游文艺思想的核心"养气"说》（《齐鲁学刊》1983年第5期）亦认为"养气"之说是陆游文艺思想的核心，是其"诗外工夫"的根本内涵，"养气"与生活积累构成了他"诗外工夫"的全部内涵。"诗家三昧"关系到对陆游整个创作过程的认识，此前已有学者论述，莫砺锋《"诗家三昧"辨》（《南京大学学报》1992年第1期）对其涵义提出了不同于朱东润等人的新看法，认为"诗家三昧"是指陆游找到了属于他的主导风格——雄浑奔放以及与此风格相适应的诗歌形式——七古，至于陆游的思想内容在从军前后并未发生大的变化。姚大勇《陆游"诗家三昧"新探》（《学术月刊》1999年第1期）对莫文又提出了不同看法。文章从"三昧"的语源、当时的文学思潮和陆游本人的诗学渊源考察，指出陆游所悟得的"诗家三昧"即当时人所乐称的诗之"活法"，其内涵有三：诗艺上得心应手，圆融无碍；诗材上得江山之助，向生活寻诗；诗歌境界上不假雕琢，自然圆成。本期的陆游研究在基础研究方面也有一定的进展。欧小牧、于北山的两部《陆游年谱》均有新版本：欧谱于1981年由人民文学出版社重版，于1998年由天地出版社出版补正本；于谱则于1985年由上海古籍出版社出版增订本。上海古籍出版社1985年出版了钱仲联的《剑南诗稿校注》，这是陆诗全集的第一个校注本，也是宋诗中为数不多的完全由今人校注的别集。这些都是本期陆游研究的重要成果，并直接推动了本期的陆游研究。

纵观新时期以来，陆游、杨万里研究在不断转换话题中力求创新，其中陆诗的爱国主义较以前谈得少了，陆游的另一类诗谈得多了；有关诚斋诗的思想性争论得少了，诚斋体的"活法"谈得多了。但无论是陆、杨，到后来，新话题也变旧了，谈的新意少了，其中陆游另一类诗的研究仍多局限于思想分析，诚斋体的"活法"研究虽重艺术分析，但老是围绕一个话题也难出新（较诸钱锺书、周汝昌等人的论述，有新意的实则不多）。这些充分说明学术研究要有创新性思维，要有新开拓，不仅要对此前已有成就有所突破，也要在开拓的同时防止出现新的陈陈相因。

原载《南京师范大学文学院学报》2004年第3期

20世纪的"唐宋诗之争"及其启示^①

　　"唐宋诗之争"是中国文学史与中国文学批评史上一大公案，延续近千年，20世纪的唐宋诗研究也直接受到"唐宋诗之争"的影响。无论是对宋诗进行历史定位还是艺术概括，都离不开唐诗这一参照物，甚至宋诗的分期也深受唐诗的四分法的启示和影响（见陈衍《宋诗精华录》卷首的案语）。本文试着梳理20世纪的"唐宋诗之争"，对争论所取得的进展以及争论给我们带来的启示作初步的总结。21世纪的"唐宋诗之争"仍将存在，希望这一初步的总结能有益于新世纪的"唐宋诗之争"与诗学研究。

一、"同光体"诗人与20世纪前期的"宋诗热"

　　宋诗尽管在历史上受"唐宋诗之争"的影响而受到过不少批评，但在20世纪初期，宋诗的地位还是相当高的。正如胡适在20年代总结1872年以来（即《申报》创刊以来）的中国文学发展状况时说过的那样："这个时代之中，大多数的诗人都属于宋诗运动"（《五十年来中国之文学》）。世纪初的宋诗研究主要是由诗坛"同光体"学宋诗的风气衍生出来的。清末民初的"同光体"诗人以陈三立为首，以陈衍、沈曾植、郑孝胥为骨干。其中，陈衍更在理论上为宋诗张目，从而揭开了20世纪宋诗研究的序幕。陈衍在《石遗室诗话》（商务印书馆1929年版）（卷一）中说："同光体者，余与（郑）苏戡戏目同、光以来诗人不专宗盛唐者也。"据钱锺书鉴定："同光体诗人不过于山谷以外参以昌黎、半山、后山、简斋等"（《谈艺录》）。可见所谓

---

　　① 本文系与余恕诚师合著。

"同光体"诗人"不专宗盛唐"，实则多效法于宋代诗人以及开宋诗风气的杜甫、韩愈等唐代诗人，侧重仍在宗宋。为了提高宋诗的地位以与祖唐诗的人相抗衡，陈衍将宋诗的黄金时期"元祐"置于与唐之开元、元和相提并论的位置，为此提出了诗史"三元"说，见其《石遗室诗话》卷一："余谓诗莫盛于三元，上元开元，中元元和，下元元祐。"这是他与沈曾植、郑孝胥在武昌论诗时共同创立的。沈曾植《海日楼札丛》卷七"开元文盛"条亦曰："开元文盛，百家皆有跨晋、宋追两汉之思……贞元、元和之再盛，不过成就开、天未竟之业。自后经晚唐以及宋初，并可谓元和绪胤，至元祐而后复睹开、天之盛。"两家持论可谓无复二致，颇能代表"同光体"诗人对宋诗的历史评价[①]。

　　由于宋诗在唐诗之后有所继承有所发展，表现出宋代诗人的解放精神、创造精神，这正与新文化运动的精神若合符契，因此宋诗也受到了新文化运动领导者们的厚爱。新文化运动之初，胡适就受到宋诗的启发而提出"诗国革命"的主张。他在30年代追忆1915年对中国文学的认识时说："我认定了中国诗史上的趋势，由唐诗变到宋诗，无甚玄妙，只是作诗更近于作文，更近于说话……宋朝大诗人的绝大贡献，只在打破了六朝以来的声律束缚，努力造就一种近于说话的诗体。我那时的主张颇受读宋诗的影响，所以说'要须作诗如作文'，更反对'琢镂粉饰'的诗"（《逼上梁山——文学革命的开始》）。他还在《白话文学史》（新月书店1928年版）中为宋诗的这种好处在唐诗那里找到了它的源头：以文为诗"从杜甫出来，到韩愈方才充分发达，到宋朝的苏轼、黄庭坚以下，方才成为一种风气。故在文学史上，韩诗的意义只是发展这种说话式的诗体，开后来宋诗的风气"（《白话文学史·大历长庆间的诗人》）。他的《白话文学史》固然没有专章论述宋诗，但在早先出版的《国语文学史》（北京文化书社1927年版）中专论了"两宋的白话文学"，其中宋诗就是重要内容。

　　胡适的文学史研究对宋诗的评价使世纪初的"宋诗热"得以延续，当时

---

　　① 不过，后来沈氏又将开元换成元嘉，另创"三关"说（见其《与金潜庐太守论诗书》），实际上仍是以此示其对开元本不经意，即所谓同光体诗人"不专宗盛唐"之意，但"三关""三元"说意在拓宽取法的门径，尊宋是其共性。

不少文学史著作也对宋诗的历史地位作出了积极评价。吕思勉《宋代文学》（商务印书馆1931年版）"概说"曰："至于诗，则在唐代为极盛。旧诗之体制，至此可谓皆备。宋人于诗之体制，未能出于唐人之外，而其意境、字面，则与唐人判然不同。后人之诗，非宗唐即北宋，至今未能出此两派之外焉。故诗之为学，亦唐人具之，宋人继之，而后大成者也。"书中第四章专论"宋代之诗"："唐宋诗相较，自以唐诗为胜。以唐诗意在言外，而宋诗意尽言中。唐诗多寓情于景，宋诗或含景言情。唐诗以温柔敦厚为宗，自以含蓄不尽为贵。宋诗非不佳，若与唐诗并观，则觉其伧父气矣。然宋之变唐，亦有不得不然者……故宋诗者，实能卓然自立于唐诗之外，而不为之附庸者也。"柯敦伯《宋文学史》（商务印书馆1934年版）"绪论"曰："赵宋一代之文学，我国有史以来蔚然一大观也。"并谓宋诗"上承唐旧而变化生新，能与唐人争胜者也"。

"五四"新文化运动以后，陈衍仍在进行宋诗的研究，且其重要著作如《宋诗精华录》（商务印书馆1937年版）等均出版于"五四"后，故他的影响还在（当然已局限于传统诗学圈内），如40年代缪钺、钱锺书、程千帆等人论宋诗颇为看重陈衍，他们对宋诗的研究相当程度上受到了陈衍的启发和影响。程千帆于1940年在《读〈宋诗精华录〉》中说："唐人之诗，主情者也，情亦莫深于唐……宋人之诗，主意者也，意亦莫高于宋。后有作者，文质迭用，固罔能自外焉。"缪钺的名文《论宋诗》也作于1940年（后收入《诗词散论》，开明书店1948年版）。作者认为："宋诗非能胜于唐诗，仅异于唐诗而已"，进而将唐宋诗加以比照，以见各自特色："唐诗以韵胜，故浑雅，而贵蕴藉空灵；宋诗以意胜，故精能，而贵深折透辟。唐诗之美在情辞，故丰腴；宋诗之美在气骨，故瘦劲。唐诗如芍药海棠，秾华繁采；宋诗如寒梅秋菊，幽韵冷香。唐诗如啖荔枝，一颗入口，则甘芳盈颊；宋诗如食橄榄，初觉生涩，而回味隽永。譬诸修园林，唐诗则如叠石凿池，筑亭辟馆；宋诗则如亭馆之中，饰以绮疏雕槛，水石之侧，植以异卉名葩。譬诸游山水，唐诗则如高峰远望，意气浩然；宋诗则如曲涧寻幽，情境冷峭。"文章还进一步从内容与技巧方面比较唐宋诗："就内容论，宋诗较唐诗更为广阔。就技巧论，宋诗较唐诗更为精细。然此中实各有利弊"，"宋人略唐人之所详，详唐人之所略，务求充实密栗，虽尽事理之精微，而乏兴象之华妙"，"故宋诗内容虽增扩，而情味则不及唐人之醇厚，后人或不满意宋诗者以此"。又谓"宋诗之情思深微而不壮阔，其气力收敛而不发扬，其声响不贵宏亮而贵清泠，其词句不尚蓄艳而尚朴澹，其美不在容光而在意态，其味不重肥脓而重隽永，此皆与其时代之心情相合，出于自然。"稍后，钱锺书在其专著《谈艺录》（开明书店1948年版）卷首谈及"诗分唐宋"的问题："唐诗、宋诗，亦非仅朝代之别，而体格性分之殊。天下有两种人，斯分两种诗。唐诗多以丰神情韵擅长，宋诗多以筋骨思理见胜……非曰唐诗必出唐人，宋诗必出宋人也……夫人禀性，各有偏至。发为声诗，高明者近唐，沈潜者近宋，有不期而然者……且又一集之内，一生之中，少年才气发扬，遂为唐体，晚节思虑深沉，乃染宋调。"如果说缪文于唐宋诗写作手法和形式技巧方面谈得较为具体和细致，钱著则侧重于就诗的体格性分和审美特质来把握唐宋诗的特征，并将唐宋诗的比较提升到整个诗学批评的层次，使宋诗获得了极高的地位。

二、"形象思维"的论争与新时期以来的"唐宋诗之争"

70年代末公开发表了毛泽东1965年7月21日写的《给陈毅同志谈诗的一封信》，信中指出"宋人多数不懂诗是要用形象思维的，一反唐人规律，所以味同嚼蜡"。学术界讨论形象思维，一时间多褒唐贬宋。周寅宾《"味同嚼蜡"的宋诗》（《新湘评论》1978年第5期）、王水照《宋代诗歌的艺术特点和教训》（《文艺论丛》第5辑，上海文艺出版社1978年版）、苏者聪《宋诗怎样一反唐人规律》（《武汉大学学报》1979年第1期）、姜书阁《唐宋诗别略论》（《学习与探索》1983年第2期）诸文，或从现实性出发，或从形象性出发，认为宋诗脱离生活、违背形象思维的创作规律，基本上对宋诗持批评乃至否定态度。这些文章对宋诗缺点和艺术教训的分析实不乏中肯之见，但对宋诗总的评价偏低，故而引起有些学者的批驳与商榷。程千帆的《韩愈"以文为诗"说》（《古代文学理论研究丛刊》第1辑，上海古籍出版社1979年版）一文由论韩而及宋诗，可视为对"味同嚼蜡"说的最早反拨。该文讨论了由韩愈发端、由北宋诗人继承的"以文为诗"这一艺术手段的发展过程和具体内容，认为宋人不懂得形象思维的只占极少数，多数人以文为诗并没有放弃形象思维，其作品并不缺少形象性。此外，杨廷福、江辛眉《唐宋诗的管见》（《学术月刊》1979年第8期）、江溶《关于宋诗的思考》（《九江师专学报》1983年第3期）就苏者聪文提出商榷意见，刘世南《关于宋诗的评价问题》（《江西师院学报》1981年第1期）不同意王水照文中的看法，并明确提出不能根据是否运用形象思维来评价宋诗。虽然宋诗在"形象思维"的讨论中多半是被当作反面教材，但也由此获得了深入研究的契机。随着讨论的深入，宋诗不再是被否定的对象，而是在与唐诗的比较研究中获得了积极评价，这也直接推动了学界对唐诗的深入研究。

对宋诗成就的褒贬是与对它的特点的认识相联系的，宋诗的特点又以"以文为诗"最为引人注目，宋人正是以此变化唐诗而自成面目，并确立宋诗在历史上的重要地位。80年代以后，不少学者对此作出了积极评价。如肖蔚彬《试论宋诗特色及其历史地位》（《广东民族学院学报》1984年第1期）"全面的衡量起来，宋人'以文为诗'，还是得多于失，功大于过"，宋人"'以文为诗'，别开生面，获得了永恒的生命"。胡念贻《关于宋诗的成就和特色》（《学习与思考》1984年第2期）在列举宋诗主要成就时也注意到了这点。直到90年代，仍有学者在讨论宋人以议论为诗、以文为诗的特点，如朱靖华《略说宋诗议论化理趣化》（《中国人民大学学报》1994年第6期）、邱绍雄《试论宋诗议论化的原因》（《中国韵文学刊》1996年第2期）、郭鹏《"以文为诗"辨——关于唐宋诗变中一个文学观念的检讨》（《北京大学学报》1999年第1期）等文。在这些专题考察中，唐宋诗（特别是杜诗、韩诗与宋诗）之间的联系往往是不可忽视的对象。

从80年代起，学界对唐宋诗的不同特色作了许多有益的探讨与生动的揭示，如陈祥耀在《宋诗的发展与陈与义诗》（《文学遗产》1982年第1期）就揭示了唐宋诗之间的流变："大抵唐诗善抒情，以韵味胜；宋诗工言理，以意趣胜。唐诗较浑厚，宋诗工委曲。唐诗以气魄雄伟胜，宋诗以态度闲远胜。唐人豪迈者，宋人欲变之以幽峭；唐人粗疏者，宋人欲加之以工致；唐人流利者，宋人欲出之以生涩；唐人平易者，宋人欲矫之以艰辛；唐人藻丽者，宋人欲还之以朴淡；唐人白描者，宋人欲益之以书卷；唐人酣畅者，宋人欲抑之以婉约；唐人多炼实字，宋人兼炼虚字。宋诗文理察密，技巧精细，有逾于唐；而气韵之涵蕴不逮焉。"特别是80年代中后期，伴随着学术界方法热的形成，文化热、美学热被引进唐宋诗研究领域，唐宋诗的比较研究由此获得了新的视野，出现了新的局面。

霍松林、邓小军《论宋诗》（《文史哲》1989年第2期）认为宋诗的特质是发挥人文优势，重在通过人文意象的描写与典故的运用，表现富于人文修养的思想情感；而（盛）唐诗的特质，则是借重自然意象优势，以表现积极进取的情感思想。张智华的《论北宋人文题材绝句及其文化内涵》（《文学遗产》1996年第6期）则进一步分析了北宋人文题材绝句在题材范围、文化内涵、意境情调以及诗人的创作心态和美学追求等方面显示出来的不同于唐代绝句的特征。还有学者从文化学的角度，就唐宋诗与禅的关系进行研究，如金丹元《论禅思与唐宋诗中的意境之构成》（《文艺研究》1992年第5期）、张晶《禅与唐宋诗人心态》（《文学评论》1997年第3期）等专文及王树海的《禅魂诗魄——佛禅与唐宋诗风的变迁》（知识出版社2000年3月）等专著，这些探讨对认识唐宋诗各自特点的成因颇有启发。

周裕锴《中国古典诗歌的三种审美范型》（《学术月刊》1989年第7期）从创作思维中主客体关系着眼，比较古典诗歌中"选体""唐音""宋调"三种审美范型。作者后来在《自持与自适：宋人论诗的心理功能》（《文学遗产》1995年第6期）一文中从现代心理学的角度分析宋诗，认为"关于诗的心理功能的新认识，是宋诗迥异六朝诗、唐诗的最深刻的根源之一"。接受美学的引进与运用，也使人们对唐宋诗的美学探讨有了新的认识，如宋诗美学风格的形成与宋诗学陶、杜互补有关，学术界从接受史的角度对此作了精彩的论析。林继中《杜诗与宋人诗歌价值观》（《文学遗产》1990年第1期）、《杜诗与宋人诗歌价值观续论》（《杜甫研究学刊》1991年第3期）、程杰《从陶、杜的典范意义看宋诗的审美意识》（《文学评论》1990年第2期）以及许总《杜诗学发微》（南京出版社1989年5月）中数篇考察杜诗与宋诗关系的论文，从杜诗的接受史视野中，展开论述宋人对杜陶诗歌的认识与接受，这对深入认识唐宋诗歌之间的联系与区别不无启示。

随着文化学研究、美学分析与传统研究方法的进一步结合，唐宋诗的特色及成就将得到更多、更新的认识，宋诗作为一种继承了唐诗但又不同于唐诗的新的诗歌美学理想、新的文化范型（宋型文化）的艺术载体的历史地位，已经逐渐成为学界的共识，这是学界在这场"唐宋诗之争"中所取得的重大进展，是对"形象思维"论争中批评宋诗言论的强有力反驳，也是对此前钱锺书等人"诗分唐宋"之说的极大丰富与发展。正是基于这种认识，马德富《苏诗以意胜》（《文学评论》1989年第2期）认为苏诗的特点是"知性元的强化，意的强化，由此而突破唐诗的结构模式，导致情景交融的和谐的消减和情理互渗平衡的倾斜。苏诗的艺术成就与艺术特征根源在于此，而失误也由于此。"作者又在《苏诗的情感及其传达特征》（《宋代文化研究》第四辑，四川大学出版社1994年版）认为："苏诗的情感，除了吊古伤今、怀人思乡，以及山水吟咏中所表现的深挚婉曲偏于含蓄以为，还有相当的诗歌表现出一种豪纵不羁、激烈奔放的情感。可以说这些作品更为典型地体现出苏诗抒情的个性特征。"文章还分析了前人批评苏诗短于言情的原因在于：论者的心目中横亘着唐诗的范式，缺乏发展眼光，对宋人尤其是苏轼所开拓和创造的新的抒情达意方式不能理解和接受。从中不仅能见出学界对苏诗的重新评价，也能见出一种更为融通的诗学观念的演变。

三、"唐宋诗之争"与唐宋诗的当代遭际

在20世纪初的"宋诗热"中，有三种代表性的人物形成了对宋诗的不同态度：一是陈衍等"同光体"诗人（宋诗派）大力推举宋诗，二是柳亚子等南社人物由反对"同光体"进而否定宋诗，三是胡适等新文化运动领袖从推进白话文运动的实用主义目的出发，部分肯定宋诗。这三派中陈衍等人的研究最为精深，南社中人的研究最为浮浅，胡适对宋诗的态度则是矛盾的、复杂的。三派势力互有影响，互有斗争，从当时的情况来说，"同光体"的影响最大，但从整个20世纪中国文学史来看，"同光体"却最终走向了没落。这种结局颇令人深思。

实际上，在"同光体"声振海内之际，就不乏与其持论相反的，尤以南

社为著。正如南社主任柳亚子在40年代所说："从晚清末年到现在四五十年间的旧诗坛，是比较保守的同光体诗人和比较进步的南社派诗人争霸的时代"（《怀旧集·介绍一位现代女诗人》）。南社诞生于辛亥革命前后，以文学鼓吹民族革命。出于革命斗争的需要，南社与"同光体"诗人展开了唐宋诗之争。南社诗人极力提倡盛唐之音，因为盛唐之音那种高亢激昂的诗风与他们的战斗精神正好合拍，而这正与当时流行的枯寂生涩的同光体诗风格格不入。柳亚子宣称："予与同人倡南社，思振唐音以斥伧楚"（《胡寄尘诗序》）。他在该文中先引述林畏庐之言述及"同光体"诗人的宗宋之风："近十年来，唐诗桃矣。一二巨子，尚倡为苏、黄之派，又降则力摹临川，又降则非后山、简斋，众咸勿齿"，并对此风进行激烈的批判："其尤无耻者，妄窃汝南月旦之评，撰为诗话，己不能文，则假手捉刀，大书深刻，以欺当世"。虽然南社对"同光体"诗人的批评并不缺少中肯的意见，但南社和"同光体"诗人的争霸从一开始就不是势均力敌的，这从南社中不少诗人后来在艺术倾向上投入到"同光体"的怀抱就能看出。这说明当时的唐宋诗之争，还是宋诗派的势力占了上风。

新文化运动以后，胡适对宋诗虽有所肯定，但不同于"同光体"诗人对宋诗的推崇。与陈衍相通的是，胡适看到了唐宋诗之间存在某种渊源关系，同样看出了"以文为诗"是宋人变化唐人之处，是宋诗的一大成就，但二人对"以文为诗"的理解与阐释差异明显。胡适从推进白话文运动的需要出发，将"以文为诗"创造性地转换为"作诗如说话"，肯定了宋人"作诗如说话"的成就。胡适从白话诗的角度来肯定宋诗，宋诗中卖弄才学的、讲究用典的作品，要么是他没看到，要么他认为该彻底否定，至少他对宋诗是否定了一半。他的《白话文学史》写到唐代为止，也说明他对宋诗的推崇不及唐诗。这一时期的文学史著作由于直接受到胡适文学史进化观念的影响，有些学者甚至将文学进化论机械地理解为文体进化史（当然，这种看法也受到了"一代有一代之文学"的传统文学史观的影响），在描述中国文学史尤其是中国韵文史、中国诗史的发展脉络时，甚至对宋诗采取一笔抹杀的态度，如陈钟凡《中国韵文通论》（中华书局1927年版）不论列宋诗，陆侃如、冯沅君《中国诗史》（大江书铺 1931 年版）亦无一言及宋诗①。有些学者虽努力从文学史的角度研究宋诗，对其历史地位、演变过程加以探讨，但对宋诗本身评价不高。如李维的《诗史》（1928 年北平石棱精舍版）是第一部现代形态的诗歌通史，作者用"诗势尽后"来评价宋诗的历史地位。胡云翼《宋诗研究》（商务印书馆 1930 年版）虽承认宋代诗人"居然造成了一部有声有色的在文学史上占特殊地位的宋诗坛，其声绩自不可侮"，但也认为"在理论上，宋代已经不是诗的时代"。他还将唐宋诗加以比较，虽然肯定了宋诗"在表现技巧方面特别是整练规矩，描写细致，特别闲淡；宋诗开辟的意境，有一种充满画意的诗特别发达，且非常精美，这两点应是宋诗的特色"，但他指出唐诗里许多伟大的独具特色在宋诗里消失了（如宋诗消失了唐代那种悲壮的边塞派作风、感伤的社会派作风、哀怨的闺怨宫怨诗作风、缠绵活泼的情诗作风），这就未免拿唐诗的长处去压宋诗的短处，"唐宋诗之争"也就变成了"唐宋优劣论"了。这些看法多少是受了胡适等人论宋诗观点的影响。

三四十年代，一些新文学作家也对宋诗发表过批判性的意见，如鲁迅说："我以为一切好诗，到唐已被做完。"（《致杨霁云》）闻一多也说："从西周到宋，我们这大半部文学史，实质上只是一部诗史。但是诗的发展到北宋实际也就完了。"（《文学的历史动向》）这些批评宋诗的言论虽未必都是为了批判宋诗派，也未必是对宋诗的科学评价，但足以表明经过新文化运动的冲击，宋诗派的势力还是降下来了。无论陈衍等人论诗有多精，还是挽救不了宋诗的命运，宋诗是无法与新文学创作的潮流相比的（即使是唐诗也无法相比）。新诗的清新、浅近，讲形象、讲韵味，跟宋诗讲才学、讲技法用典、多书卷气，从本质上讲是距离较远的；新诗思想解放、富有热情，也跟宋人的思想作风距离较远；这样，文学史的进化观念再加上新文学的潮流，决定了宋诗从 30 年代开始就要受到时代的冷落了。

至于新中国成立后，再加上其他方面的原因，宋诗更是身价低落，黄庭坚等宋诗代表作家甚至被斥为形式主义诗人，苏轼作为宋代最杰出的诗人，

---

① 新中国成立后，著者感到这是个很大的缺陷，后来补写宋诗部分，其成果为发表于 1955 年第 12 期的《文史哲》上的《宋诗简论》一文。

之所以被人们多次提到，也主要是围绕他的政治思想保守与否而展开争论。即使是80年代以来，宋诗的历史地位得到了高度评价，宋诗研究的局面大有改观，但也改变不了宋诗受冷落这一大"观"。

从这一段较长的历史来看，世纪初开始的唐宋诗之争似乎是南社获得了最终的胜利。当然，南社本身的创作成就也有限，它的胜利主要还是靠新文化运动的推动取得的（而不是靠它学唐诗取得的），新文化运动体现的是时代的潮流，因此，南社及新文化的胜利在某种意义上也就是时代潮流作用的结果。流水落花春去也。宋诗之春已矣！"同光体"（宋诗派）的结局说明，文学潮流是不可逆转、阻挡的。宋诗的研究自有价值，但它毕竟抵制不了时代潮流。这就提醒我们，不要将"唐宋诗之争"演变为"唐宋诗优劣论"而对二者故加轩轾，也不必为宋诗做无谓的翻案文章而对其成就与影响做出过高的估价，倒是钱锺书在《宋诗选注》中对宋诗的定位最为切实："宋诗的成就在元诗、明诗之上，也超过了清诗。我们可以夸奖这个成就，但是无须夸张、夸大它。"

原载《安徽师范大学学报》（人文社会科学版）2005年第2期

试论欧阳修词与诗之关系

宋词的士大夫化与宋词的诗化密切相关。就宋词的诗化而言，在许多人的印象中，是受到了前代特别是唐诗的影响所致（这一点从宋词大量化用唐诗不难找到证据），但宋词虽然大量化用唐诗，并未成为唐诗的翻版，无论是在风格还是趣味上都与唐诗有很大差别，这就说明单独从前代诗歌的影响来考察宋词的诗化和士大夫化是不够的，宋诗在其中所起的作用也应引起我们的关注。正是在这种认识下，欧阳修的词与诗的关系进入了我们关注的视野。

要说欧阳修的词与诗之间存在某种联系，这也许并不让人觉得意外。但考虑到诗词之间存在着巨大的差异——而且这种差异在欧阳修的时代也是存在的，再加上欧阳修开宋诗风气，而宋诗与词的距离在我们的印象中又非常远，所以很少有人去真正的考察欧词与欧诗之间的联系。因为即使考察出二者的联系，似乎也难以改变欧词与欧诗差别甚大这种印象（特别是欧的那些艳词俗曲与欧诗的距离尤其远）。不过，文学研究光凭这种模糊的印象是不够的。实际上，欧词与欧诗之间存在着深刻的联系，而且这种联系蕴藏着丰富的词史演进的信息，是词史演进中出现的一种值得关注的新现象。

一、主体形象的突出与主体性的加强

欧词在词史上一个重要贡献是推进了宋词的士大夫化进程，并使宋词逐渐形成自己的时代特色，而词的士大夫化进程又与词的主体性不断增强密切相关。所谓主体性的突出，就是在词中表现创作主体自身的情感，展现自我形象。词在一开始主要是男子作闺音，是为女子代言的一种"艳科"，并不重视主体形象的塑造，文人只是在诗文（尤其是在抒情诗）中才注重表达自身的情感、塑造自我形象，因而词的主体性增强，往往伴随着词对诗歌传统的继承。就欧词的主体性突出这一点而言，当然与广义的诗歌传统有关，但就欧词中具有鲜明个性的主体形象而言，单独从广义的诗歌传统无法作出合理的解释。鉴于这一形象具有鲜明的个性和新的时代特色，我们还应注意宋诗的影响。就欧词而言，欧诗的重要性就显现出来了。概括地说，欧词中塑造了一个风流而旷达的主体形象，这是晚唐五代词中未曾出现、而为宋词创造出的新的主体形象，具有宋代士大夫鲜明的时代特色。欧词中这一主体形象，与欧诗中的自我形象正相仿佛。

罗泌《近体乐府跋》谓："公性至刚，而与物有情。""与物有情"体现的正是欧阳修性格中风流多情的一面，这在欧词中体现得至为明显，欧词中诸如"人生自是有情痴"（《玉楼春》）、"自是情多无处足"（《玉楼春》）之类的表达，就很好地体现了这种个性。即使是在欧阳修的诗（文）中，也同样得到了鲜明的体现，从诗中"情之所钟况吾曹"（《绿竹堂独饮》）之类的表述自可看出。这种多情形象，既适应了词体的特点，也体现了作者的鲜明性格。实际上，这也是宋代士大夫的形象写照。宋代经济繁荣，文人地位较高，置身于这种环境中的宋代士大夫都不免有风流多情的一面，欧阳修亦不例外。宋人即谓："欧公一代儒宗，风流自命，词章幼眇，世所矜式。"（曾慥《乐府雅词·引》）欧阳修亦自谓："余本漫浪者。"（《七交七首·自叙》）这种个性即便是到了晚年也未曾改变，如《玉楼春》："老去风情尤惜别。"《浪淘沙》："今日北池游。漾漾轻舟。波光潋滟柳条柔。如此春来春又去，白了人头。好妓好歌喉。不醉难休。劝君满满酌金瓯。纵使花时常病酒，也是风流。"

与前代词人不同的是，欧阳修的风流多情，未必全是针对男女之情而发，而是泛化为"与物有情"，发展为一种深沉的人生感慨（涉及友朋离合、宦海沉浮、人世沧桑甚至历史兴亡），用欧阳修自己的话来讲就是"人生自是有情痴，此恨不关风与月"（《玉楼春》）。用词来写人生感慨，就是词的诗化和士大夫化的体现。欧词在这个方面体现出与欧诗深刻的相通。这种相通，我们可以通过欧阳修诗词中的"洛阳花"意象来看。出现"洛阳花"的欧词有——

　　《玉楼春》："洛城春色待君来，莫到落花飞似霰。"

　　《玉楼春》："直须看尽洛城花，始共春风容易别。"

　　《夜行船》："忆昔西都欢纵。自别后、有谁能共。伊川山水洛川花，细寻思、旧游如梦。"

　　《玉楼春》："常忆洛阳风景媚。烟暖风和添酒味。莺啼宴席似留人，花出墙头如有意。　　别来已隔千山翠。望断危楼斜日坠。关心只为牡丹红，一片春愁来梦里。"

　　《临江仙》："记得金銮同唱第，春风上国繁华。如今薄宦老天涯。十年歧路，空负曲江花。"

无独有偶的是，这一意象也是欧阳修诗喜欢运用的意象，如——

　　《戏答元珍》："曾是洛阳花下客，野芳虽晚不须嗟。"

　　《夷陵书事寄谢三舍》："曾是洛阳花下客，欲夸风物向君羞。"

　　《答西京王尚书寄牡丹》："年少曾为洛阳客…但吟佳句想芳丛。"

　　《和对雪忆梅花》："为怜花自洛中看，花上蜀鸟啼绵蛮。"

　　作者在诗词中一再提到"洛阳花"，不排除有对年轻时候洛阳风流生活的向往之情，但更多是通过眼前的生活与昔日风流进行对照，从而流露出深沉的人生感慨，体现了作者"与物有情"、豪放风流的个性。

　　欧词中的感慨往往是作者历经人生忧患之后所产生的，但作者又能处忧患而不失旷达乐观。《宋史》欧阳修本传谓其"放逐流离，至于再三，志气自若也"（《宋史》卷三一九）。这种个性在他的诗（文）中当然体现得最为明显，但欧词对此也有很好的体现。也就是说，在表现作者旷达个性方面，欧诗与欧词也体现出深刻的相通。这种相通，我们可以通过欧词中的白发形象来分析。欧词中出现白发形象的作品有——

　　《采桑子》："画楼钟动君休唱，往事无踪。聚散匆匆。今日欢娱几客同。　去年绿鬓今年白，不觉衰容。明月清风。把酒何人忆谢公。"

　　《定风波》："对酒追欢莫负春。春光归去可饶人。昨日红芳今绿树。已暮。残花飞絮两纷纷。　　粉面丽姝歌窈窕。清妙。尊前信任醉醺醺。不是狂心贪燕乐。自觉。年来白发满头新。"

　　《夜行船》："忆昔西都欢纵。自别后、有谁能共。伊川山水洛川花，细寻思、旧游如梦。　　今日相逢情愈重。愁闻唱、画楼钟动。白发天涯逢此景，倒金尊、嘱谁相送。"

　　《玉楼春》："两翁相遇逢佳节。正值柳绵飞似雪。便须豪饮敌青春，莫对新花羞白发。　　人生聚散如弦管。老去风情尤惜别。大家金盏倒垂莲，一任西楼低晓月。"

　　《浣溪沙》："白发戴花君莫笑，六么催拍盏频传。人生何处似尊前。"

此前的词出现男子形象，多是少年行乐者，从未出现过白发老翁的形象。这种白发形象是词史中出现的新形象。以此入词，自然使词中充满着深沉的人生感慨。即便没有什么政治上的失意，单从人生衰老的感慨来看，这类词也很容易陷入叹老伤逝的套路中去。但欧词很少有这种情绪。有的词还出现了白发戴花的形象，这一看似反常的组合，但它是作者风流个性的表现，也是其旷达情怀的体现。这种风流豪放的白发形象在欧诗中也曾出现过，如：

　　《病中代书奉寄圣俞二十五兄》："到今年才三十九，怕见新花羞白发。"

　　《丰乐亭小饮》："人生行乐在勉强，有酒莫负琉璃钟。主人勿笑花与女，嗟尔自是花前翁。"

　　《丰乐亭游春》："行到亭西逢太守，篮舆酩酊插花归。"

　　《再至西都》："浪得浮名销壮节，羞将白发见青山。野花向客开如笑，芳草留人意自闲。"

　　《眼有黑花戏书自遣》："洛阳三见牡丹月，春醉往往眠人家。扬州一遇芍药时，夜饮不觉生朝霞。天下名花惟有此，尊前乐事更无加。如今白首春风里，病眼何须厌黑花。"

《谢观文王尚书举正惠西京牡丹》："京师轻薄儿，意气多豪侠。争夸朱颜事年少，肯慰白发将花插。"

旷达乐观的精神也是宋诗的特色（"扬弃悲哀"），而宋诗特色是在欧阳修等人的手中开始凸显的。欧一生宦海沉浮，多次遭贬，但被贬之后，很少发出哀怨之音，而多旷达之情，充满着乐观的情怀，以上诗歌都能体现这一点。欧词与欧诗在"扬弃悲哀"、旷达乐观方面表现出的一致，不仅说明欧词的主体性很突出，也说明欧词开始体现出宋词的时代特色。

伴随着词的主体性逐渐增强，词的功能也不断扩大，即除了传统的应歌功能以外，又增加了一些新的功能，如文人士大夫之间的唱和、赠别、祝寿等诗歌常见的功能，也出现于词中，这就把词与士大夫的生活经历（特别是日常生活）和情感世界紧密联系在一起，从而进一步推进词的士大夫化进程。欧词中有些作品在应歌的同时往往具有这些用途，正体现了词的功能的增强和词与文人生活之间的联系日益加强的趋势——虽然功能的增强并不代表着艺术价值随之提高（因为这里面有不少作品应酬性太强），但至少可以推进词的士大夫化进程。适应这种功能上的变化，词的抒情口吻也变化了，直接以男性的口吻、以士大夫口吻来表达，比较接近诗歌的作风，这就更容易写出士大夫的思想个性、表现士大夫的情感生活。试比较一组诗词：

《渔家傲·与赵康靖公》："四纪才名天下重。三朝构厦为梁栋。定册功成身退勇。辞荣宠。归来白首笙歌拥。　　顾我薄才无可用。君恩近许归田垅。今日一觞难得共。聊对捧。官奴为我高歌送。"

《会老堂》："古来交道愧难终，此会今时岂易逢。出处三朝俱白首，凋零万木见青松。公能不远来千里，我病犹堪醑一钟。已胜山阴空兴尽，且留归驾为从容。"

这两首作品涉及的人事相同（欧诗中的"公"也正是欧词所涉及的"赵康靖公"）。即使单从抒情口吻来看，欧词也应属于士大夫之间的情感交流，在功能上与诗歌并无二致。这即使不是作者有意识地革新词风，至少也说明他在尝试把诗中的一些内容写进词里，把诗歌的某些功能转移到词中，在客观上推进了词的诗化和士大夫化进程。另如《圣无忧》："世路风波险，十年一别须臾。人生聚散长如此，相见且欢娱。好酒能消光景，春风不染髭须。为公一醉花前倒，红袖莫来扶。""为公"用的正是一种友朋之间的口吻，类似于诗歌的抒情口吻。抒情口吻的变化，适应了词的主体性创作需要，也体现了词在内容方面正朝着士大夫化方向发展。

二、理性意识的突出与写景、议论成分的加强

相对于以往的词人而言，欧词的主体性中突出了理性的成分，故其虽有忧患意识仍不失旷达乐观的精神，但这种旷达乐观又与一般的及时行乐不同，而是与人生反思、人生哲理结合，或通过寄情山水的方式来实现。因而欧词既不像冯延巳词那样缠绵悱恻而不能解脱，也不像李后主词那样沉醉在亡国的深悲剧痛中不能自拔，更不像花间词那样耽于享乐、纵情声色，而是在忧患中寻求解脱，颇有旷达乐观的情怀，体现了宋代士大夫特有的精神风貌。

在日常生活中发现人生哲理，把宋诗好议论、尚意趣的特点引入词中，这一点以苏词体现得最为明显，而在欧阳修的词中已初露端倪。欧词的旷达之作往往伴随着人生的反思，有的还具有人生哲理。如《临江仙》："记得金銮同唱第，春风上国繁华。如今薄宦老天涯。十年岐路，空负曲江花。闻说阆山通阆苑，楼高不见君家。孤城寒日等闲斜。离愁难尽，红树远连霞。"《采桑子》："十年前是尊前客，月白风清，忧患凋零。老去光阴速可惊。鬓华虽改心无改，试把金觥。旧曲重听。犹似当年醉里声。"这些词中出现的"十年"之类的字眼，说明作者创作时内心有一种人生反思；而他的《浪淘沙》："把酒祝东风。且共从容。垂杨紫陌洛城东。总是当时携手处，游遍芳丛。聚散苦匆匆。此恨无穷。今年花胜去年红。可惜明年花更好，知与谁同。"末尾部分在感慨"聚散苦匆匆"之际，又生发出一种人生哲理。这种人生反思在欧诗中也常常出现，如《走笔答原甫提刑学士》："岁暮山城喜少留，西亭尚欲挽行辀。一尊莫惜临歧别，十载相逢各白头。"这与欧词《浣

溪沙》表达的内容十分接近："十载相逢酒一卮。故人才见便开眉。老来游旧更同谁。　浮世歌欢真易失，宦途离合信难期。尊前莫惜醉如泥。"这些人生反思或人生哲理，常常借助议论的方式来体现。就词而言，它更擅长抒情，但欧词增强了议论的成分，这与欧诗的影响有关，词由此不仅能描写抒情，也能议论说理，表现力大大加强，有助于增强词的主体性和推进词的士大夫化进程。欧阳修的古体诗继承韩愈等人以文为诗的传统，喜欢议论，如《唐崇徽公主手痕和韩内翰》"玉颜自古为身累，肉食何人与国谋"二句，被朱熹评为"第一等议论"（《朱子语类》卷139）；即使是他的近体诗同样擅长议论，如《戏答元珍》"曾是洛阳花下客，野芳虽晚不须嗟"、《黄溪夜泊》"行见江山且吟咏，不因迁谪岂能来"等句，皆于议论中见作者的旷达情怀。欧词较之前人，更喜欢说理议论，或在流连光景之际表达对有限人生的思索，或在人生经历的反思中感慨富贵浮云之理，与欧诗的议论作风颇为接近，说明宋代士大夫的人生态度更为理性。试比较以下两组诗词：

> 《朝中措》："行乐直须年少，尊前看取衰翁。"
>
> 《答吕公著见赠》："行乐不及早，朱颜忽焉衰。"
>
> 《退居述怀寄北京韩侍中》："悠悠身世比浮云，白首归来颍水濆。"
>
> 《采桑子》："平生为爱西湖好，来拥朱轮。富贵浮云。俯仰流年二十春。"

因为创作主体有理性意识，所以在写人生悲欢悲合的时候，较少离别的伤感，从而突破了词喜欢伤离别的传统。如《玉楼春》："离歌且莫翻新阕。一曲能教肠寸结。直须看尽洛城花，始共春风容易别。"有了离歌，又有了"肠寸结"，似乎又要伤离别了，但"直须"二句跳出了这种思路，呈现出一个潇洒离别的姿态。王国维评此二句："于豪放中有沉着之致，所以尤高。"（《人间词话》卷上）所以"尤高"，当指其没有落入伤别的套路，而其之所以高，又是因其"豪放中有沉着之致"。这与其说是一种抒情方式，还不如说是一种沉着理性的人生态度，是作者性格在词中的艺术体现。这种性格在欧诗中也有着鲜明的体现。如作者庆历八年所作《别滁》诗："花光浓烂柳轻明，酌酒花前送我行。我亦且如常日醉，莫教弦管作离声。""花光"二句的描写，似乎与词中出现的离别场景很类似，但诗中亦未出现伤别的情景，"我亦且如常日醉，莫教弦管作离声"二句，倒是写出了作者从容不迫的风度、豪放旷达的态度。虽然这两首诗词在文字上没有直接的联系，但就二者所体现的主体精神来说是没有区别的。

因为欧词的旷达常常借助自然山水来寻求解脱或寻找寄托，所以欧词中的写景成分较此前的词作也得到了加强，有的词甚至可以视为纯粹的山水词，这就不同于以往词多将山水作为艳情的背景，或总想在山水中点缀上艳情的影子。而对自然风光的描写也是欧诗的重要内容。欧诗《送智蟾上人游天台》曰："自言伊洛波，每起沧洲忆。"《暖日雨后绿竹堂独居兼简府中诸僚》亦曰："浩然沧洲思，日厌京洛尘。"《岁晚书事》则曰："一麾新命古三齐，白首沧洲愿已违。轩冕从来为外物，山川信美独思归。长天极目无飞鸟，积雪生光射落晖。腊候已穷春欲动，劝耕犹得览郊圻。"诗中的"沧洲思""沧洲愿"，正是作者热爱自然山水的体现，颇能见出作者的山林之思，特别是最后一首诗与欧词《采桑子》可能存在直接的联系："何人解赏西湖好，佳景无时。飞盖相追，贪向花间醉玉卮。 谁知闲凭栏杆处，芳草斜晖。水远烟微，一点沧洲白鹭飞。"诗中失落的"沧洲愿"终于在词中成为现实的时候，那远去的飞鸟也终于变成了眼前自由飞翔的白鹭，而这个白鹭又何尝不是作者置身山水之际所获得的一种心灵自由的写照呢？欧诗对自然山水的描写多为小景、多用细笔，因而与词的距离比较近，其艺术经验往往是诗词兼通的，共同体现了作者"与物有情"的风流个性；同时这些作品色彩淡雅，着笔较实，在观物方式和审美趣味方面又与宋诗（当然也包括欧诗）很接近。试看下面两组诗词：

《晋祠》："鸟啼人去庙门阖，还有山月来娟娟。"

《四月九日幽谷见绯桃盛开》："无情草木不解语，向我有意偏依依。"

《玉楼春》："游丝有意苦相萦，垂柳无端争赠别。"

《玉楼春》：莺啼宴席似留人，花出墙头如有意。

《啼鸟》："花能嫣然顾我笑，鸟劝我饮非无情。"

《再至西都》："野花向客开如笑，芳草留人意自闲。"

《题滁州醉翁亭》："山花徒能笑，不解与我言。"

《渔家傲》："暖日迟迟花袅袅。人将红粉争花好。花不能言惟解笑。"

在欧阳修描写西湖美景的诗词中，也能发现相通的笔墨，如欧诗写颍州西湖水面之平静用过"琉璃"这一比喻，见其《初至颍州西湖种瑞莲黄杨寄淮南转运吕度支发运许主客》："平湖十顷碧琉璃。"这个比喻也屡见于欧词，如《采桑子》："无风水面琉璃滑。"《浣溪沙》："碧琉璃滑净无尘。"《渔家傲》："东风吹水琉璃软。"这如果不是欧诗影响了欧词，至少也说明了作者观察景物具有一种细致审美的态度，这种态度显得比较闲雅平和，其间显然有相当的理性成分。因为有理性意识，所以在写景时不伤逝、不悼残，从而超越了词中伤春悲秋的格调，甚至还能在残景中发现新的美，这既是景物美，也是哲理美。如《采桑子》写出了十二个月（包括春秋在内）的西湖美景，毫无伤春悲秋的情调。其中有一首："群芳过后西湖好，狼藉残红。飞絮濛濛。垂柳阑干尽日风。　笙歌散尽游人去，始觉春空。垂下帘栊。双燕归来细雨中。"上片写到群芳已过、柳絮纷飞、狼藉残红，是典型的暮春景象，很容易引起伤春之情，下片却在笙歌散尽、游人已去的时候，发现了春空中有一种常人未曾发现和欣赏的美景，从而跳出了伤春的套路，在平和的叙写中给人以美的享受和哲理的启迪。类似的情景描写也出现在欧诗中："如今寂寞西湖上，雨后无人看落英"（《答通判吕太博》）、"群芳落尽始烂漫"（《四月九日幽谷见绯桃盛开》）、"残芳烂漫看更好"（《镇阳残杏》）、"中庭雨过无人迹，狼藉深红点绿苔"（《金凤花》）。跳过常人的眼光，从寂寞、残缺中发现美，却无伤感的气息，这正是理性意识作用的产物。

三、欧阳修：在李后主（煜）和苏轼之间

王国维在《人间词话》（卷上）中这样评价李煜的词："词至李后主而眼

界始大，感慨遂深，遂变伶工之词为士大夫之词。"李煜在词史上集五代词的大成，又成了宋词的一个开端，特别是他的后期词开启了宋词的士大夫化进程，这一进程在苏轼那里达到了一个新的高峰。倘把苏轼和李后主的词加以比较，我们发现从李后主到苏轼这一段词的士大夫化进程，实际上是一个主体性不断增强、宋词的时代特色逐渐显现的过程。在这一过程中，宋诗的作用不断突显出来。晏殊、张先、柳永的词中都能体现出这一点，而以欧阳修的词体现得最为明显。

从表现词人的主体精神、展现宋代士大夫的精神风貌而言，晏殊的词与欧阳修的词有近似的地方，都在忧患中显示出旷达的一面，这对苏词的旷达风格有一定的影响。如晏殊《浣溪沙》词下片："满目山河空念远，落花风雨更伤春。不如怜取眼前人"，体现的就是这种忧患中不无旷达的士大夫情怀。另如晏殊词《木兰花》："当时共我赏花人，点检如今无一半"，写的也是士大夫怀抱。这首词有的本子作欧阳修词，说明晏、欧词在这方面是相通的。被苏轼评为"微词宛转，盖诗之裔"（《祭张子野文》）的张先词颇重写景，体现了士大夫闲情逸致的一面，其名句"云破月来花弄影"颇得欧阳修的赏识。欧阳修对张先这句词的喜好，当与其体现了文人士大夫的闲情逸致有关。而张先《木兰花》词于"已放笙歌池院静"之际，发现了"中庭月色正清明，无数杨花过无影"的景致，与欧阳修《采桑子》（"群芳过后"首）同样富有理致，更说明了这一点。甚至柳永的词也不乏士大夫的审美情趣，虽然他的羁旅行役词仍充满风情，苏轼仍从中发现了"唐人高处"，从苏轼对柳词俗艳的批评和对其"唐人高处"的赞扬来看，这个"高处"也正是柳词近诗的地方，是柳词中不无士大夫情趣的体现。只不过，柳永身上的浪子气息和其词的市民味较浓，其词的士大夫化倾向不够明显，以至我们很长一段时间对他和苏轼之间的关系比较漠视。

从词的功能扩大这个方面来看，他们的词作也较五代词有所拓展并为欧阳修所继承，从而推进了宋词的士大夫化。如晏殊有许多寿词（20多首），柳永、张先、欧阳修也有1—2首。张先不少词在题序中标明创作背景，其中实不乏文人之间赠别酬唱之作，如张先《玉联环·送临淄相公》《木兰花·和孙公素别安陆》，言情写景中均有士大夫之间的酬唱风格，特别是后者中

"人生无物比多情，江水不深山不重"，表达的不再是男女之间的离别之情，而是朋友、同事之间的友情；柳永有不少投赠达官显贵的词，甚至还有颂圣之作，一如晏殊的寿词，表明词也有了诗歌的雅颂功能，可见词的功能在宋初较之晚唐五代已在不断地扩大，地位也有了很大提高，在文人生活中越来越具有多方面的作用——虽然这些词的艺术价值不一定很高，但其中透露的诗词在功能上逐渐接近这一信息，是值得我们关注的。

这些词人之所以能推进宋词的士大夫化进程，并使宋词的时代特色逐渐显现出来，程度不同地都受到了各自诗歌的影响。柳永的诗流传下来的很少，我们难以对其诗词关系加以考察，但柳诗流传下来较少，本身就说明其成就不会太高，所以其诗名为词名所掩，而诗名不显，本身也说明柳词的创作从柳诗那里获得的支持不多。柳永在词的士大夫化进程中作用不够突出，与此不无关系。晏殊的诗有一定的成就，对词的创作影响也就显得较为突出。他将"无可奈何"一联用在诗词中，虽然有人认为这一联入词比入诗效果要好，但这一联也一向被视为晏殊词"情中有思"的代表作，其所体现的理性人生态度在宋人那里具有一定的普遍性，因而这一联与晏殊的诗甚至整个宋诗存在着深刻的相通。此外，晏殊论诗、作诗不喜脂粉气，受此影响，晏殊词虽写富贵气象和女性形象，也较少浓艳词语和露骨描写，显得清新闲雅。这即使不是受其诗歌的影响，也至少表明晏殊的词与诗在审美情趣方面是相通的，而这种富贵而不失闲雅的审美情趣颇为符合宋代士大夫的口味。张先以"三影"闻名，词中写"影"的句子在他的诗中能找到不少类似的例子，这里也能透露出张先身上诗词相通的信息。但总的说来，张先和晏殊的诗歌成就都不是很高，尚未形成宋诗的特色，特别是二人的诗风时有近词之处，诗词之间虽有相通的地方，但诗对词的诗化和士大夫化促进之功不及欧阳修，宋词在他们的手中尚未体现出鲜明的时代特色。

欧阳修较以上词人辈分都较晚，欧词的诗化、士大夫化很可能受到了他们的启发和影响（如欧词中也出现了题序，词被用于友朋赠答，可能是受张先的启发，因为张先是宋词中第一个大量使用题序的词人）。但欧阳修后上居上，进一步推进了词的诗化、士大夫化进程，取得了超越诸人的成就，使宋词的时代特色逐渐鲜明，对苏轼以诗为词、革新词风的影响也更为巨大更为直接。苏轼用词展示自己的思想性格（特别是旷达的一面），倾吐自己的人生感慨，表现师生、朋友之间的深厚友谊，描绘山水景色，这些我们都能在欧词中找到它的源头和直接线索，这大概也是清人冯煦谓欧词"疏隽开子瞻"（《宋六十一家词选例言》）的原因吧。如苏轼《西江月·平山堂》："三过平山堂下，半生弹指声中。十年不见老仙翁。壁上龙蛇飞动。 欲吊文章太守，仍歌杨柳春风。休言万事转头空。未转头时皆梦。"直接表现了作者对欧阳修作为"文章太守"的风流人格的景仰；《木兰花令·次欧公西湖韵》："霜余已失长淮阔。空听潺潺清颍咽。佳人犹唱醉翁词，四十三年如电抹。 草头秋露流珠滑。三五盈盈还二八。与余同是识翁人，惟有西湖波底月。"也在次韵中表达了怀念恩师的深厚情感；《水调歌头·黄州快哉亭赠张偓佺》："落日绣帘卷，亭下水连空。知君为我，新作窗户湿青红。长记平山堂上，欹枕江南烟雨，渺渺没孤鸿。认得醉翁语，山色有无中。 一千顷，都镜净，倒碧峰。忽然浪起，掀舞一叶白头翁。堪笑兰台公子，未解庄生天籁，刚道有雌雄。一点浩然气，千里快哉风。"不仅化用欧词中的句子，在立意和构思上也受到了欧词的影响：兰台公子与白头翁、老者与少年形成对照，既有感慨又不失旷达，正是欧词常见的构思和立意。苏词《浣溪沙》中"顾我已无当世望，似君须向古人求"二句，也不难从欧阳修《渔家傲》词中"顾我薄才无可用，君恩近许归田垅"，找到化用的痕迹（这两首词在寄慨和句式上都很接近）。此外，《柳塘词话》还指出欧词"把酒祝东风，且共从容"，与苏轼《虞美人》"持杯邀劝天边月，愿月圆无缺"是"同一意致"。这些作品都典型地体现了宋代士大夫的精神风貌，从中颇能见出欧苏词之间的深刻联系，而欧苏之间的这种联系，又充分说明欧词士大夫化程度之高甚于晏殊等人。个中原因当然是多方面的，欧诗在其中所起的作用则是不可忽视的。因为在宋初词的士大夫化进程中，没有哪一个词人的诗歌创作成就超过欧阳修。相比于晏殊等人，欧阳修的诗歌成就更高，也更鲜明地体现出宋诗的特色，而宋词也正是在他手中开始走向繁荣，并逐渐体现出时代特色，逐渐成为有宋一代文学的代表。宋诗与宋词可以说是在欧阳修手中同时走向繁荣，并开始呈现出时代面貌。这不能简单地归为历史的巧合或欧阳修的天才，只能说明宋词与宋诗之间很早就存在着密切的联系和深刻的相通，而欧阳修的诗词正典型地体现了这种相通。而欧阳修之所以相对于其他词人，更能说明宋词与宋诗相通的信息，又与其诗词兼擅这一特定的身份有关。欧阳修不像上述词人诗名多被词名所掩，他的诗词成就都很高，并且特色鲜明，所以欧诗对词的诗化和士大夫化的推进之功也更大。可见欧阳修词在词史演进中所起的独特作用（宋词和宋诗在欧阳修手中同时走向繁荣、同时显现出时代特色），和他本人的独特身份（诗词兼擅）不无关系，而这也正是我们对欧阳修的诗词关系进行专题探讨的原因所在。这也启示我们，在考察宋代诗词关系的时候，要特别注意那些诗词兼擅的作家，在他们的创作中最能体现诗词互动的信息，最能反映词史演进过程中诗歌所起的作用。

原载《中国社会科学院研究生院学报》2007 年第 6 期

柳永与宋玉

——兼论中国古典文学中浪漫主义精神之蜕变

宋人王灼在《碧鸡漫志》（卷二）中说：

> 前辈云："《离骚》寂寞千年后，《戚氏》凄凉一曲终。"《戚氏》，柳（永）所作也。柳何敢知世间有《离骚》。

诚然，柳永与屈原无论在为人还是在创作方面均有甚大差异，这种差异在一定程度上远大于他们之间的共同性。即以《戚氏》一篇而言，除了"凄凉"略近于《离骚》之哀怨外，几无甚相近之处。若执此以论二者相近，则词既向以哀怨为美，故众多词作皆可视为楚辞之苗裔、离骚之继轨乎？实际上，柳永与另一重要楚辞作家宋玉倒有着很深也更为直接的相通。以《戚氏》一词而论，固与屈原《离骚》精神不同，却与宋玉《九辩》情调接近。柳永在词中一再提到宋玉甚或以宋玉自比，更可看出二者之间的某种联系：

> 当时宋玉悲感，向此临水与登山。（《戚氏》）
>
> 凭阑悄悄，目送秋光，晚景萧疏，堪动宋玉悲凉。（《玉蝴蝶》）
>
> 动悲秋情绪，当时宋玉应同。（《雪梅香》）
>
> 见说兰台宋玉，多才多艺善词赋。（《击梧桐》）
>
> 更休道，宋玉多悲，石人也须下泪。（《爪茉莉》）

这种认同，一方面是基于二人才性气质之相近，正所谓"多才多艺善词赋"以及"多感情怀"（《祭天神》）、"多情多病"（《倾杯》），另一方面则是基于经历之相似：柳永羁旅各地，尤以南国楚地为久，举目楚天楚水，更怀想生于斯、长于斯的宋玉其人，乃至自觉不自觉地受其创作的影响，共同抒发羁旅之悲，也是很自然的事情。对于柳永与宋玉之间的渊源关系，时贤已曾论及，但多从二者的同处着眼①，本文则从其异处入手，探讨柳永、宋玉其人、其文（词）在相似之中表现出的不同，并进而探讨二者的渊源与流变在文学史上的意义。

一、宋玉、柳永之为人：从儒雅到风流

宋玉的形象在当时乃至后代均引起争论。传为宋玉所作的《登徒子好色赋》中有大夫登徒子于楚王之侧短宋玉之为人"体貌闲丽，口多微辞，又性好色"，似乎宋玉在当时就给人一种风流才子的形象。但宋玉在赋中承认自己貌丽善言，否认自己好色，又自我标榜有一种儒雅的风范。这两种互相对立的看法差不多影响了后人对宋玉的评价。有人从其善辞令言其不乏风流，如扬雄在《法言·吾子》中称宋玉之赋为"辞人之赋丽以淫"，纯以辞人视之，且以"丽以淫"评其辞赋，隐然有对其人其赋同等看待之意。此种评价，一直到唐代才有所改观。杜甫在《咏怀古迹》（其二）中深致感慨："摇落深知宋玉悲。风流儒雅亦吾师。"不徒以"风流"视之，更看到了宋玉"儒雅"的一面。与杜甫声气相投的晚唐诗人李商隐亦同致慨叹："非关宋玉有微辞，却是襄王梦觉迟"（《有感》），认为宋玉《高唐赋》等作品乃微辞托讽之作，可见李商隐也不单以风流视宋玉。

引宋玉为同调的柳永虽以浪子著称，仍不乏儒雅风范。他出生于一个世代为儒的家庭，这对他儒雅风范的形成有不小的影响，观其早年作于家乡、咏崇安名胜的《题建宁中峰寺》诗可知（载于清人厉鹗所辑《宋诗纪事》卷十三）。柳永为政多有善声，这进一步说明其人确有儒雅风范，如其中年为

---

① 孙维城在《论宋玉〈高唐赋〉〈神女赋〉对柳永登临词及宋词的影响》（《文学遗产》1996年第5期）一文中分析了柳永登临词从章法结构到内容情感对宋玉二赋的继承。日人宇野直人在《柳永论稿》第四章《柳永对宋玉的受容——走向慢词的道路之一（赋的品格）》（张海鸥、羊昭红译，上海古籍出版社1998年版）中考察了宋玉辞赋（主要是《九辩》）对柳永慢词（特别是羁旅词）的影响。曾大兴《柳永和他的词》第九章《柳永的双重艺术师承》（中山大学出版社1990年版）、杜若鸿《柳永及其词之论衡》第三章《从柳永前代及同代之文风观其风格之形成》（浙江大学出版社2004年版），也都有这方面的论述。本文对这些论述颇有借鉴或受其启发。

官昌国，作长诗《煮海歌》，清人朱绪评为"洞悉民瘼，实仁者之言"（《昌国典咏》卷五），另据清·嘉庆《余杭县志》卷二十一《名宦传》引旧志云柳永于仁宗景祐间为余杭令，"为人风雅不羁，而抚民清静，安于无事，百姓爱之。建玩江楼于南溪，公余啸咏，有潘怀县风"。登楼啸咏，向为文人之雅尚，柳永亦有此举，可见其雅兴之不浅。即以柳词而论，其中不少羁旅词、咏物词、游仙词亦具雅情高趣。但柳永其人更多地给人风流印象，宋人曾敏求在《独醒杂志》（卷四）中就说"柳耆卿风流俊迈，闻于一时"，这主要是因为柳永在词中一再以风流自命，观其词《鹤冲天》《传花枝》可知：

> 黄金榜上，偶失龙头望。明代暂遗贤，如何向。未遂风云便，争不恣狂荡。何需论得失。才子词人，自是白衣卿相。烟花巷陌，依约丹青屏障。幸有意中人，堪寻芳。且恁偎红翠，风流事、平生畅。青春都一饷。忍把浮名，换了浅斟低唱。（《鹤冲天》）

> 平生自负，风流才调。口儿里、道知张陈赵。唱新词，改难令，总知颠倒。解刷扮，能咮嗽，表里都峭。每遇着，饮席歌筵，人人尽道，可惜许老了。阎罗大伯曾教来，道人生，但不须烦恼。遇良辰、当美景，追欢买笑。剩活取百十年，只恁厮好。若限满，鬼使来追，待倩个，淹通著到。（《传花枝》）

当然，柳永的这番表白多有愤激之词，但从中仍能看出一种新的人生价值观。柳永所标榜的"风流"就是寻芳偎翠、追欢买笑之事，类同宋玉被人指责之"好色"行为。所不同的是，宋玉对此予以否认，柳永则在失意之余，以"风流才调"而"平生自负"，因"风流事"而"平生畅"。虽然柳永也自称明代之"贤"，实际上只是一个风流才子、白衣词人。这种风流心性明显地与儒雅风范相对立，与传统名教相冲突，怪不得柳永要被"留意儒雅，务本理道，深斥浮艳虚薄之文"（吴曾《能改斋漫录》卷十六）的宋仁宗从黄金榜上黜落下来。

宋玉在《对楚王问》中记载当时有人议其遗行以至"士民众庶不誉之甚也"。宋玉对此颇致不满。他在文中以"其曲弥高，其和弥寡"为喻，并以鲲、凤自况，显示出一种孤高不群的士人情怀，又以"圣人瑰意琦行，超然独处"深自期许，颇有一股狂傲之气。宋玉在《九辩》中自道"性愚陋以褊浅兮，信未达乎从容"，亦即狂狷之意；同时以骐骥、凤凰自喻，表达他对时俗之不满，所谓"愿慕先圣之遗教""宁处穷而守高"，于此不仅见其雅志，也露出一片狂狷之态。这种狂狷性格与楚地自接舆以迄庄子乃至屈原绵延不绝的士人文化传统有关。《论语·微子》载"楚狂接舆歌而过孔子"，可见早在春秋时楚国士人即有狂狷之风。庄子向以漆园傲吏著称，自不待论，屈原亦属同类人物。刘勰在《文心雕龙·辨骚》中谓屈原"依彭咸之遗则"，"狷狭之志也"，刘熙载在《艺概·赋概》中也说屈原与陶潜"皆狂狷之资也"，章学诚则在《文史通义·质性》中谓"庄周屈原，其著述之狂狷乎"。宋玉生活在楚国这样一种文化氛围中，特别是其师从屈原，狂狷之气势所不免。他在《对楚王问》中以鲲鹏自喻，一如庄子《逍遥游》之取喻；他在《九辩》中一再抨击时俗，以贤自期，与屈原《离骚》诸篇意气相通。司马迁言宋玉"祖屈原之从容辞令"，宋玉亦自谓"口多微辞，所学于师也"，实则，宋玉于辞令之外，在狂狷的气质方面也不免受其师的影响。正如孔子所赞叹的那样："狂者进取"，宋玉的狂狷气质是怀才不遇之际作出的一种迥异流俗的选择，体现的也是一种勇于进取的精神，这正与其儒雅本性相合。

柳永亦以"狂"自命，所谓"拟把疏狂图一醉"（《凤栖梧》）、"连日疏狂，未尝轻负，寸心双眼"（《凤归云》）、"至更阑，疏狂转甚"（《宣清》）之类的句子充斥柳词。这种"疏狂"也是他失意之际的举措。观其疏狂之际鄙弃名利，倒也不无反抗流俗之意，但柳永之"狂"既与其本人风流心性相关，自不免声色之习，观其描写自己疏狂之状时，总不离声、花、酒、色的描写，这在《如鱼水》词中有明显的体现：

> 帝里疏散，数载酒萦花系，九陌狂游。良景对珍筵恼，佳人自有风流。劝琼瓯。绛唇启、歌发清幽。被举措、艺足才高，在处别得艳姬留。　　浮名利，拟拼休。是非莫挂心头。富贵岂由人，时会高志须酬。莫闲愁。共绿蚁、红粉相尤。向绣幄，醉倚芳姿睡，算除此外何求。

柳永这种疏狂、风流的品性深受世风的影响，是当时士人精神受世俗生活影响的典型体现。只要将柳永词中有关当时民间狂游生活场景的描写，与上词中柳永关于本人"九陌狂游"场面的描述稍加对比，就不难看出：

> 花发西园，草薰南陌，韶光明媚，乍晴轻暖清明后。水嬉舟动，禊饮筵开，银塘似染，金堤如绣。是处王孙，几多游妓，往往携纤手。（《笛家弄》）

> 渐天如水，素月当午。香径里，绝缨掷果无数。更阑烛影花阴下，少年人，往往奇遇。太平时，朝野多欢民康阜。（《迎新春》）

无论是在京城还是在地方，无论是在春夜还是在夏日，处处嬉游成风。柳永对宋代这种在商品经济繁荣的基础上形成的朝野多欢的世风十分欣赏，受其影响自属情理之中的事情。这与宋玉深受士人文化传统影响颇为不同。宋玉在精神上是一个通于政教的传统士人，在他的身上，仍具有一种狂狷进取的品格。柳永深受世俗生活的熏染，耽于声色，无复进取，其品性终于从宋玉式的虽不乏风流终归儒雅的风范走向疏狂与风流，成了一个疏于政教的较为纯粹的才子词人。这当然不是柳永性格的全部，但就其崭新的一面来说，正是这一点应受到我们的极大关注。这种品性、气质上的不同走向直接影响二人的创作，使其创作主旨、意蕴从风雅走向风情、从高远走向平实，中国古典文学中的浪漫精神也在这种嬗变中进一步体现出与平凡意趣合流的趋势，从而产生具有某种近代色彩的浪漫情趣。下面我们对此进行具体分析。

二、伤春悲秋的意蕴：从风雅到风情

"伤春悲秋"是宋玉辞赋的一个重要特征。他在《九辩》开头即发出"悲哉，秋之为气也"的慨叹，在作品中间又感叹："皇天平分四时兮，窃独悲此凛秋"，可谓千古悲秋之祖。尽管后世也有李白、杜牧等人故作"秋兴逸"之类的反调，但这种悲秋的文学传统影响后人更深。杜甫说："摇落深知宋玉悲。"所谓"摇落之悲"即"悲秋"。他的《秋兴八首》堪为深知宋玉悲凉与深受宋玉《九辩》影响之作。李商隐不仅有题为《摇落》之作，还有不少充满宋玉式悲秋情绪的作品。宋玉在《招魂》的末尾感慨："湛湛江水兮上有枫，目极千里兮伤春心。魂兮归来哀江南。"这可以说是古代文学中伤春之作的开始，对后世影响也很大。庾信晚年作品《哀江南赋》可堪嗣响。李商隐说过"刻意伤春复伤别，人间唯有杜司勋"（《杜司勋》），实际上，他的作品一如杜牧之作，也是"刻意伤春复伤别"，浸润宋玉诸作甚深。唐人吴融谓："悲秋应亦抵伤春，屈宋当年并楚臣。何事从来好时节，只将惆怅付词人"（《楚事》）。可以说，伤春悲秋已经成为古代文人的两大抒情传统。这两大抒情传统有一个共同的思想主题：贫士失职而志不平。这也是由宋玉作品所奠定的基调。宋玉在《九辩》中不仅感慨："坎壈兮，贫士失职而志不平"，进而感喟："何所忧之多方。"可见宋玉"悲秋"是因不遇而引发的一种特别深广的忧患与感伤，自然具有政治抒情的色彩。王逸在《楚辞章句》中说："宋玉怜哀屈原忠而斥弃，愁懑山泽，魂魄放佚，厥命将落，故作《招魂》，欲以复其精神，延其年寿，外陈四方之恶，内崇楚国之美，以讽谏怀王，冀其觉悟而还之也。"这种理解虽未必符合《招魂》原意，但后世文人在接受这种伤春悲秋传统并进行创作时，多受王逸观点影响。可以说，在后世文人眼里，宋玉《招魂》中伤春之情仍充满了忧国念时的感情，具有强烈的政治抒情意味，其主题仍通于"贫士失职而志不平"。大抵士人生当衰世或处于暮年时，尤多这种伤春悲秋的感慨。这种伤春悲秋的情绪在宋玉那里，还主要是感慨个人境遇的困顿和由此引起的对时局的怨愤，到李商隐那里则扩展深化为一种包蕴更深的感伤，但就其中的兴寄与讽谏精神来说，皆属于风雅之作，与后来柳永借伤春悲秋来抒写风情不同。

柳永一如宋玉，在词中常常抒发伤春悲秋的情绪，有时还点明这种情绪与宋玉悲慨之相通："动悲秋情绪，当时宋玉应同"（《雪梅香》）、"凭阑悄悄，目送秋光，晚景萧疏，堪动宋玉悲凉"（《玉蝴蝶》）。这种伤春悲秋的情绪多是在羁旅途中产生的，渗透着他的失意，在一定程度上也是由失职而引起的不平之感，但柳永其人既以风流相尚，以疏狂自许，所以他的伤春悲秋之作常由政治情感的抒发转为对男女之间离情别绪的咏叹，大多写得风情旖旎，温馨动人，充满了绮怨闲愁。正如他在《雨霖铃》中所感叹的那样："多情自古伤离别，更那堪冷落清秋节"，"便纵有千种风情，更与何人说"，他的悲秋伤春的情绪是"伤离别"所致，是对风情不能自已的留连，这并非全由词体特性所决定。词固然适于借伤春悲秋来抒发离情别绪，但词中也不乏辛弃疾《摸鱼儿》那样摧刚化柔的伤春悲秋之作，照样能写志士失职之悲。柳永将伤春悲秋的意蕴从传统的风雅之道变为风情之念，这与他独特的人生经历与人生追求密切相关，是他的个性在创作中的反映。这类作品把传统士人的精神境界、胸襟与眼界，从壮阔的社会生活（包括政治）与时代风云，转移到一个幽深、静谧而略显逼仄的庭院楼阁中去，幽趣容或过之，而深广不足。这种本来深藏在士人心中的情感世界经他写来，无须掩饰，不乏爽朗之姿，但由于其主题已从风雅向风情转变，其意蕴就不能不由深邃向浅俗转变。如：

> 景萧索，危楼独立面晴空。动悲秋情绪，当时宋玉应同。渔市孤烟袅寒碧，水村残叶舞愁红。楚天阔，浪漫斜阳，千里溶溶。临风。想佳丽，别后愁颜，镇敛眉峰。可惜当年，顿乖雨迹云踪。雅态妍姿正欢洽，落花流水忽西东。无慘恨，相思意，尽吩咐征鸿。（《雪梅香》）

不能不说，此词所写秋景一如宋玉《九辩》所写秋景："萧瑟兮草木摇落而变衰"，"沆寥兮天高而气清，寂寥兮收潦而水清"，清人邓廷桢在《双砚斋词话》中就说其中"渔市"句"差近风雅"，柳永原本也可在此景此境中寄寓他的失职之悲，然而他在词的下片转为"想佳丽"，贫士不平之意转为对佳丽"雅态妍姿"的怀想，心中悲慨被昔日欢洽所消解，其意趣迥异于宋玉《九辩》。又如：

> 夜雨滴空阶，孤馆梦回，情绪萧索。一片闲愁，想丹青难貌。秋渐老，蛩声正苦，夜将阑，灯花旋落。最无端处，总把良宵，只恁孤眠却。佳人应怪我，别后寡信轻诺。记得当初，剪香云为约。甚时向，幽闺深处，按新词、流霞共酌。再同欢笑，肯把金玉珍珠博。（《尾犯》）

不能不说，"秋渐老……只恁孤眠却"几句的悲慨，一如宋玉《九辩》中"独申且而不寐兮，哀蟋蟀之宵征"的悲慨，但柳永想到的是佳人的香云之约，忆着的是其词酒风流的欢笑生涯，他将士人羁旅之际原本可以瞩望的江山旷野，变为眼前的孤馆空阶乃至意念中的幽闺深处，这在境界与格调上都与宋玉作品有间。再如：

> 冻水消痕，晓风生暖，春满东郊道。迟迟淑景，烟和露润，偏绕长堤芳草。断鸿隐隐归飞，江天杳杳。遥山变色，妆眉淡扫。目极千里，闲倚危楼迥眺。动几许、伤春怀抱。念何处，韶阳偏早。想帝里，看看名园芳树，烂漫莺花好。追思往昔年少。继日恁，把酒听歌，量金买笑。别后暗负，光阴多少。（《古倾杯》）

不能不说，词中"目极千里……伤春怀抱"的感慨略同于宋玉《招魂》中"目极千里兮伤春心"的悲慨，但是，柳永目极千里之际，所睹和煦明丽的春色宛如人间脉脉温情，在他的眼里，倚楼所见遥山亦如佳人之妆眉。这种温情对于漂泊中的柳永来说是何等的诱惑、何等的慰藉。然而，温情亦如春色，转眼之间，如昨日黄花凋谢成空，便由不得柳永不伤春、不悲秋了，以至"赢得凄凉怀抱"，感叹最苦的就是这种伤春悲秋的闲愁滋味。特别是，柳永诸作中所怀想的佳人大多是其追欢逐笑的对象，他所留连的风情大多充满云雨、金玉等脂粉气息，这更强化其创作旨趣从深邃变为浅俗，虽为世俗之子易悦，却被士林所非议。这与他在生活经历与审美理想方面深受民间风习与世俗生活的熏染有关，是他疏狂生活与风流品性在词中的鲜明体现。

三、登临意绪：从高远到平实

清人沈德潜在评析陈子昂《登幽州台歌》时说："余于登高时，每有今古茫茫之感，古人先已言之。"（《唐诗别裁集》卷五）顾随在讲到辛弃疾词《水龙吟·登建康赏心亭》时也说："千古骚人志士，定是登高望远不得。登了望了，总不免泄露消息，光芒四射。"①可以说，登临文学也是中国古典文学中的一个传统。早在先秦时期就有士大夫"登高而赋"的风气，孔子还有过"登泰山而小天下"的感怀，但当时"登高而赋"多是断章取义地诵读

---

① 参见《顾随文集》中《稼轩词说》，上海古籍出版社1986年版，第69页。

《诗经》中的章句而已，孔子的一句感叹究竟不是独立的文学创作。屈原《离骚》中已有了登高求女的情节，但也不是真正的登临文学。宋玉伤春悲秋的情怀多借登临之景发之，《九辩》中"悲哉，秋之为气也"的感伤之后，伴随着"登山临水兮送将归"的抒写；《高唐赋》更可以说是较为独立的登临文学作品，其中写到宋玉与楚王"游于云梦之台，望高唐之观"的景象，以及楚王追慕神女的情事，是对《离骚》中登高求女情节的极大发展。钱锺书以《招魂》"目极千里兮伤春心"一句合之《高唐赋》中"长吏隳官，贤士失志，愁思无已，太息垂泪"，"登高远望，使人心瘁"，谓"二节为吾国词章增辟意境"[《管锥编》二《楚辞》卷论《九章》（二）]。这说明宋玉不仅开创了中国古典文学"伤春悲秋"的先河，还开辟了登临文学的传统。这种登临文学的传统深受先秦士大夫"登高而赋"风气的影响，大都有所兴寄，又由于赋体自身的特点，有的还具有讽谏的意味，故意境高远。后代登临文学大多继承了这个传统。王粲《登楼赋》号为"朗丽哀志，楚骚遗调"（《文心雕龙·辨骚》），一如宋玉之作，寄寓着作者不满现实、思乡怀归的情思。王勃《滕王阁序》与陈子昂《登幽州台歌》中有时不我待的情怀，与宋玉作品的兴寄精神相通。杜甫于"万方多难此登临"之际写下了《登楼》，表达他忧国忧民的忠愤之情。柳宗元在《登柳州城楼寄漳汀封连四州》中比兴见意，寄托其忧时愤世的心情。李商隐写过《安定城楼》，抒发他政治的抱负和胸襟。温庭筠也说："含嚬不语坐持颐，天远楼高宋玉悲"（《寄岳州李外郎远》），亦隐然与宋玉异代同心。这种登临意绪在词中也有人继承。王安石《桂枝香·金陵怀古》借登临之景发怀古之思。苏轼在词中感叹"高处不胜寒"，意境高远，胡寅《酒边词序》说苏词"使人登高望远，举首高歌，而逸怀豪气，超然乎尘垢之外"。辛弃疾词中更多登临词作，充满着深广的登临意绪。这说明登临文学中这种高远深邃的情趣，完全可以在词中继承并得到发展，但柳永登临词作对这个传统有了变异。

登临意绪常常伴随着怀归的思绪，这在宋玉作品中就已经开始了。《九辩》中的悲秋之情、登临情绪，就是在送人怀归之际生发出来的。宋玉的怀归之情并未指向具体的人、地，而且，怀归的同时充满了缠绵的忧君、念君之意。后世登临文学或将怀归生发为怀古，尚友古人以自励自慰，使作品获得深厚的历史感；或将念君之情转化为恋阙忆京、去国怀乡之情，使其具有充实的社会、政治内容，因此传统的登临文学中所谓"怀归"，实际上仍是士人政治情怀的表述。柳永词中的"登临意"则将怀归之情具体化为对闺阁中人的忆念与留恋，即使是怀念京城，也念念不忘京中的绮罗佳人与昔日居京的游冶生活。柳永登临词中不乏兴象高远之作，但即使是写到了高远寥廓的景象之后，也大多在转入抒情之际落到怀人的格调中去，境界从高远走向平实：

> 伫倚危楼风细细。望极春愁，黯黯生天际。草色烟光残照里，无言谁会凭阑意。拟把疏狂图一醉。对酒当歌，强乐还无味。衣带渐宽终不悔，为伊消得人憔悴。（《凤栖梧》）
>
> 江枫渐老，汀蕙半凋，满目败红衰翠。楚客登临，正是暮秋天气。引疏砧、断续残阳里。对晚景，伤怀念远，新愁旧恨相继。脉脉人千里。念两处风情，万重烟水。雨歇天高，望断翠峰十二。尽无言，谁会凭高意。纵写得，离肠万种，奈归云谁寄。《卜算子》）
>
> 陇首云飞，江边日晚，烟波满目凭阑久。立望关河，萧索千里清秋。忍凝眸。杳杳神京，盈盈仙子，别来锦字终难偶。断雁无凭，冉冉飞下汀洲。思悠悠。　暗想当初，有多少、幽欢佳会，岂知聚首难期，翻成雨恨云愁。阻追游。每登山临水，惹起平生心事，一场消黯，永日无言，却下层楼。（《曲玉管》）

不能不说，"衣带渐宽终不悔"两句所表达的情感深厚诚挚，以至于王国维将其引申为古今成功大事业大学问的第二种境界；不能不说，"江枫渐老"几句所写的景色引人产生众芳芜秽的联想；不能不说，"立望关河"几句所写的景象如同《八声甘州》开首那样不减唐人高处，然而柳永词中高远景象所唤起的只是他对"盈盈仙子"的想念，高远的情怀一概落入"疏狂"意兴与"风情"意念，就像他的名作《八声甘州》在结尾仍归于"想佳人，妆楼颙望，误几回、天际识归舟。争知我，倚阑干处，正恁凝愁"。将其斥为"酸文"并不恰当，观柳永一再在词中抒发此情此意，甚至将这种"登临意"

视为"平生心事"，可见其心迹。这里的"佳人"大约是词人羁旅之际怀想的家中的妻子（不同于柳永游冶词中的歌妓），写来尚不算淫靡，但并不像宋玉诸人登临之作那样给人气象万千、意境高远的遐想。固然，宋玉亦在赋中抒发怀归之情，但并未将其落实到对家中妻子（或亲人）的想念，其所寻求与归依的是一种较为宽泛的失意之余的托身之所，是士人的精神家园；他在辞赋中亦写到对美女佳人的渴盼，但其旨意在于讽谏淫惑。柳永怀归时，想念着家中的温情，有时则是风月场中追欢逐笑的生活，都离不开以女性的温情作为精神的寄托，他写佳人的旨趣则由"美政"的比兴转向"好色"的直陈。这种对美色、温情的渴慕，使其词在抒发传统的登临意绪时，常常将其情趣从高远变为平实。宋人项安世说："诗当学杜诗，词当学柳词。杜诗、柳词皆无表德，只是实说"（《贵耳集》卷上引《平斋杂说》）。柳词当然不能与杜诗比，但柳词之写实却属事实。项氏所论尚是从创作手法上讲，未涉及柳永的创作旨趣。实际上，柳永所写的儿女柔情，并不像同时晏、欧诸人之词能引人产生托喻、联想的意境。这种创作旨趣的变化仍有其积极意义，它不仅使男女之情在文学作品中获得自由抒发的独立地位，而且使佳人形象从比兴中解放出来，富有人间风味与世俗气息，无复宋玉笔下神女般超凡脱俗的风采，这一切无疑是柳永词平实意趣的表现所在。

叶嘉莹指出："柳词一部分羁旅行役之作，就已经改变了唐五代词以闺阁中女性口吻为主所写的春女善怀之情意……并且在写相思羁旅之情中，表现了一份登山临水的极富于兴发感动之力量的高远的气象。"[①]诚然，柳词登临意绪与伤春悲秋的意蕴是交融在一起的，共同体现了柳永的创作精神；指出柳词中的高远气象，亦不为无见，它一方面表明柳永其人儒雅气质对其词作有不可忽视的影响，另一方面也揭示了柳词与传统文学之间的深刻联系。然而，从文学发展中新变的眼光来看，柳永其人既从儒雅走向风流，他的词作在思想主题上从风雅走向风情，在创作意趣上从高远走向平实乃至浅俗。这种变异在文学史上具有崭新的意义，它表明中国古典文学中的浪漫精神至柳永阶段又有了一个新的变化。

---

① 缪钺、叶嘉莹：《词学古今谈》（对传统词学与王国维词论在西方理论之观照中的反思），岳麓书社1993年版，第275页。

四、从"双美"理想看中国古典文学中浪漫主义精神的蜕变

从宋玉到柳永，中国古典文学中的浪漫主义精神发生了巨大的变化，这一点我们从其中"双美"（或曰"两美"）理想的不同可以看出。

浪漫主义精神主要表现为一种理想主义，而中国古典浪漫主义文学的理想集中体现在"双美"上。屈原在《离骚》中谓："两美其必合兮"。所谓"两美"理想实即君臣遇合，亦即作者的"美政"图景。这种"美政"一方面基于君王（在屈原的作品中常常被比喻为"美人"）之明，另一方面基于自身（大臣）之贤，所以他的"两美"理想离不开对自身高尚完美人格的追求，《离骚》即谓："纷吾既有此内美兮，又重之以修能"，内外兼修，亦可谓之"两美"。可以说，屈原之浪漫精神就是在崇尚个体"两美"的基础上去追求"美政"、实现君臣"两美"之必合。这种浪漫精神是一种通于政教的文学精神。由于诗人以政治作为衡量人生价值的唯一标准，所以"既莫足与为美政兮，吾将从彭咸之所居"（《离骚》）。这种以身殉道的气概，表明屈子之浪漫精神属于激进型。《离骚》中叩天问地的呼告、御龙驾凤的挥洒、露才扬己的讽谏、披肝沥胆的陈辞，莫不激情洋溢，动人心魄。作为屈原的弟子，宋玉师其微辞，但"终莫敢直谏"，他的作品浸润着感伤主义的情调，这似乎给人毫无浪漫精神可言的印象。实际上，他的愤世之慨与忠君之情不减屈子，这也源于他对"美政"的向往，屈宋在这一点上是声气相投的。[①]《九辩》中不少地方从词句到命意皆祖《离骚》，《招魂》为宋玉招其师之魂魄而作，一往情深，开首和乱辞可以说是对《离骚》主旨的高度概括，于此皆可见宋玉对屈子精神的深切理解与同情。由于宋玉在本质上也是一个政教中人，对于政治始终不能忘怀，因而就其作品中并不激进的浪漫精神来说，仍不离屈子之类。李白就说过"宋玉似于屈原"（《上安州李长史书》），殆

---

① 朱碧莲在《宋玉辞赋译解·论宋玉及其〈九辩〉》中指出："宋玉是继屈原之后又一位浪漫主义大诗人，是屈原的直接继承者"，又说："《九辩》正是运用浪漫主义创作方法描写自己的不幸遭遇，对现实的不满和对光明的向往。特别是在表现坚贞不屈的性格和对理想的追求上，宋玉是继承了屈原的浪漫主义精神的。"朱著《宋玉辞赋译解》，1987年由中国社会科学出版社出版。

此之谓也。明人陆时雍也说："宋玉所不及屈原者三：婉转深至，情弗及也；婵娟妩媚，致弗及也；古则彝鼎，秀则芙蓉，色弗及也。及者亦三：气清，骨峻，语浑。清则寒潭千尺，峻则华岳削成，浑则和璧在函，双南出范。"（引自明·蒋之翘《七十二家评楚辞》）。所谓情、致、色，究属创作风格的范畴，而气、骨等则关乎创作主体的精神气质。李、陆二人的评论虽未必是就宋玉作品中的浪漫精神而言，但对我们理解宋玉作品感伤情调中蕴涵着通于屈子的浪漫精神是很有帮助的。

中国古典文学浪漫主义创作到陶渊明时有了进一步的发展。宗白华在《论〈世说新语〉和晋人的美》一文中指出："自然美和人格美同时被魏晋人发现"，"晋人向外发现了自然，向内发现了自己的深情。"①陶渊明的诗歌就是这种美学风尚的最好体现，中国古典文学中浪漫主义的创作也就在这种新的审美思潮中获得了一种新的理想，即追求自然美与人格美的高度契合。陶渊明是在政治失意的情况下归隐田园时发现了这片浪漫天地，当然，这种浪漫情怀也是其"少无适俗韵""性本爱丘山"所致。他启示人们：人生本应当追求修名伟业，但功业不遂、美政难成之际，不应当放弃对人格美和自然美的追求。有了高尚的人格，就可以在现世的自然界中真正体悟到一个自由的境界。他昭示后代士人如何将浪漫精神落入到人生实处，植根到日常生活中去。他揭示了中国古典文学中浪漫精神与平凡意趣开始合流的趋势。这种精神虽平凡却高雅，属于澹泊型的浪漫情怀，在后代似乎更受到失意文士的推崇。②

柳永与屈宋不无相通之处，其词"衣带渐宽终不悔，为伊消得人憔悴"所体现的执着精神与献身气概，颇与屈子"虽九死其犹未悔""吾将上下而求索"的表述有着某种程度的相通。同样，柳永与陶渊明也有其接近之处。他赏菊饮酒，庶几陶渊明之魏晋风流；他鄙弃名利，也有几分陶渊明的隐士风味。但柳、屈虽同样执着，一者为了美政，一者为了佳人；柳、陶虽同样赏菊，但柳永更偏爱其奇艳，不同于陶渊明之关注其淡泞；虽同样爱酒，柳永饮酒之际"难忘酒盏花枝"（《看花回》）；虽同样主张"归去来"，柳永

① 宗白华：《美学散步》，上海人民出版社1981年版，第219页。
② 见拙文《试论陶渊明诗赋中的浪漫情境》，载《五邑大学学报》2001年第2期。

只是为了玉楼中人（《归朝欢》）；他归隐醉乡深处，却离不开歌舞之渐引（《思归乐》）。这些都表明他的理想已经与传统士人大为不同。他在词中表达他的理想："风流事，难逢双美"（《尉迟杯》）、"自古及今，佳人才子，少得当年双美"（《玉女摇仙佩》）、"美人才子，合是相知"（《玉蝴蝶》）。这种"双美"理想就其实质来说，无非"道人生，但不须烦恼"（《传花枝》）。这样，他不必像屈宋那样去追求君臣遇合的美政，也不必像陶渊明那样去追求人格与自然的契合，因为美政难以成功，真的归隐又难免孤寂，倒是这种才子佳人相知的"双美"理想来得现实一点，更容易实现，有时就在现实生活当中。他可以以才子词人自居，不必以士人自律，这就便于他去追求普通人生的乐趣。这种但求"人生不须烦恼"、通于普通人生的理想，属于一种通脱型的浪漫情怀，表明中国古典文学中的浪漫精神从崇高走向平凡，也进一步揭示出古典文学中浪漫精神与平凡意趣合流的趋势。

柳永这种浪漫精神是宋玉开创的文人文学中赋情传统的发展，更是中晚唐文学创作中风情题材的继续。宋玉不乏赋情之作，但其精神却通于屈子。柳永将其浪漫精神与赋情传统加以融合，略无兴寄，直抒胸臆，具有新的时代色彩。这种基于时代不同而导致文学创作中浪漫精神的转变，实际上早在中晚唐就已经开始了。傅璇琮指出："中晚唐时有不少作家，他们往往有一种爱情上的失落感。"①的确，这种现象在中晚唐不是个别的、孤立的。元稹与崔莺莺的恋爱自不待说。白居易早年有个出身平民的恋人，后来由于种种原因分离了，造成他感情上的沉重负担。李商隐与柳枝的爱情也无结果，诗人只得在"红楼隔望"的绝望心态中带着"珠箔飘灯"的失意在风雨中离去。韩偓前期有他所爱的歌妓，由于社会的动乱，二人南北分离，韩偓只能唱出"此生终独宿，到死誓相寻"（《别绪》）的凄苦歌吟。五代时，韦庄与爱妾、李煜与小周后的爱情故事也很凄婉动人。这种直接展现士人自身的爱情遭遇的创作风气，是前此少有的，对柳永的创作有着直接的影响。至于白居易在《长恨歌》中将属于帝王与后妃之间的爱情，写得像平民式的感情；在《琵琶行》中还引琵琶女为士人的同调，发出了"同是天涯沦落人"

---

① 傅璇琮：《唐诗论学丛稿·一种文化史的批评》，京华出版社1999年版，第289页。

的悲怆；杜牧在诗中自陈其"十年一觉扬州梦，赢得青楼薄倖名"（《自遣》）的纵游之习，这些作风对柳永的思想性格当有一定的影响。柳永正是在这种从中晚唐兴起以迄宋代一直盛行的尚情的时代潮流中，培养了他浪漫风流的个性，也造就了他平凡而又浪漫的词风。这种个性与创作风格对于传统来说，都是一种背叛。但就其词中所表达的"双美"理想来看，这种背叛又有其病态的一面。他所标举的"双美"理想，实际上除了风情之外，并没有什么深刻的思想意义与深广的时代内容、社会生活；即以风情而论，也属于非正常意义上的男女之间的爱情。我们当然不能否认，柳永与歌妓之间也有一定的真情，但这毕竟是建立在不平等的基础上的感情，是一朵罪恶之花，纵是开得艳丽，也缺少它应有的芳洁。浪漫精神体现的是一种个性解放的精神，这种个性解放还要求有一定的社会解放作为基础。但柳永的个性既缺乏屈、宋等人的政治品格，也缺乏陶渊明的自然高洁，他所追求的个性自由包括的社会解放的内容并不多，更多的是出于一己之情感需要，有时则是出于反抗而作出的一种变态反应。这种新的浪漫精神有待于后世作家在新的时代条件下加以发展与完善。

柳永及其创作对后世影响很大。一方面，他自身浪漫风流的性格颇受后世文人的欣赏。除了《柳耆卿诗酒玩江楼记》《众名姬春风吊柳七》等宋元话本小说津津乐道柳永之事迹外，不少作家也对柳永其人心仪不已。董解元自谓"秦楼楚馆鸳鸯幄，风流稍是有声价"，关汉卿在《一枝花套·不伏老》中说："我是个普天下郎君领袖，盖世界浪子班头"，所表达的人生境界与所抒发的人生意绪，一如柳永的《传枝花》（"平生自负"）。汤显祖议论风发，不顾时忌，喜怒形之于色，一度被人称为"狂奴"。洪昇自承为乐工，经常与优伶为伍，曾有"不知他日西陵路，谁吊春风柳七郎"的诗句，隐以柳七郎自居。王士禛也为柳永一倾衷肠，他在《真州绝句》（其三）中吊柳永："江乡春事最堪怜，寒食清明欲禁烟。残月晓风仙掌路，何人为吊柳屯田。"另一方面，柳永词对后世的戏曲小说也有巨大的影响。除了明清才子佳人小说中有不少才子佳人双美的描写以及白衣卿相的团圆局面的想象，明显的有柳词的痕迹外，柳词尚情的浪漫精神更是对一些戏曲小说的创作有很深的影响。王实甫在《西厢记》（第四本第三折）中借莺莺之口言："但得一个并头莲，强煞如状元及第"，在《长亭送别》一折中又借莺莺之口视科举及第为"蜗角虚名、蝇头微利"。莺莺屡屡叮嘱张生"得官不得官，疾便回来"，其珍视爱情、蔑视功名的思想与柳永如出一辙。汤显祖在《牡丹亭》标目中自谓"世间只有情难诉"，又在《牡丹亭》第二十折《闹殇》中叹"世间何物似情浓"，在第二十七折《魂游》中赞"生生死死为情多、奈情何"。杜丽娘"竟为情伤""慕色而亡"，她为了爱情死而复生，这正是作者对人情人性的极度张扬，《红楼梦》也就是在此基础上作了进一步的宣扬。当然，《红楼梦》中这种对"情"的张扬，伴随着浓厚的感伤气息，这表明在专制化程度越来越强的封建社会特别是其末期，要实现真正的个性解放与人性的复苏，需要更深刻的时代转型与更巨大的社会变革，这些只有在近代社会里才有可能实现，而在封建社会里，要实现这些，显然有点为时过早，杜丽娘与林黛玉之死成为必然的代价，贾宝玉的出走也比柳梦梅的仕进更能揭示这种时代本质。无疑，《牡丹亭》《红楼梦》等优秀作品，比柳永的词作更具有个性解放的色彩，也包含了更多的社会解放内容，但就柳词给予这些优秀作品的影响以及这些优秀作品所蕴涵的时代启示来说，我们仍可以认为，柳词中的浪漫精神在某种意义上具有一定的近代色彩。

原载《词学》第22辑，华东师范大学出版社2009年版

苏轼词与唐诗

宋词与唐诗的联系并不始于苏词，但二者的联系不同于此前。苏词不仅与中晚唐诗歌关系密切，我们还可以将其追寻到盛唐诗歌；即使以其与中晚唐诗歌关系而言，也有其不同前人的地方。此外，唐诗还在陶诗与苏词之间起着中介的作用。这都是此前宋词创作中没有出现的现象。但苏词与唐诗的这种联系，学界似乎还没有人进行过专门的探讨，本文所从事的就是这一专题研究。

一、苏词与中晚唐诗

苏轼词与中晚唐诗歌的联系主要体现在婉约词上。苏轼婉约词与中晚唐诗歌关系密切，并不奇怪。只要联系到北宋前期词人晏殊、欧阳修、柳永、张先等人的创作，就会发现宋词与中晚唐诗之间的联系很早就开始了。这是因为中晚唐诗歌本来就有一部分作品"向着词的意境与词藻移动"（闻一多《唐诗杂论·贾岛》），与词的距离比较接近，将其化用到词中，难度并不大，效果也较好，兼之苏轼有不少情词、艳词，与传统词风和中晚唐绮艳诗风比较接近，因而大量化用中晚唐诗的"意境与词藻"，就在情理之中了。像许多婉约词人一样，苏词化用过李贺、李商隐等人的作品，如苏轼《浣溪沙》："雾帐吹笙香袅袅。"化自李贺《秦宫诗》："帐底吹笙香雾浓。"《木兰花令》："落花已逐回风去。"与李贺《残丝曲》中"落花起作回风舞"的描写不无联系。《浣溪沙·春情》中"夕阳虽好近黄昏"的句子，则是对李商隐《乐游原》中的名句浓缩："夕阳无限好，只是近黄昏。"但苏词更多的是化用白居易、刘禹锡、杜牧等人的作品。这是因为这些诗人有风流的一面，笔下亦不乏风流之作或绮丽诗句。白居易在唐代被人视为"深于诗，多于情者"（陈鸿《长恨歌传》），《琵琶行》《长恨歌》这两首长诗都能体现其这种创作个性，苏词多次化用白诗中的字句或语意，如《采桑子》："停杯且听琵琶语，细捻轻拢。"来自白居易《琵琶行》："轻拢慢捻抹复挑，初为霓裳后六幺。大弦嘈嘈如急雨，小弦切切如私语。"《减字木兰花》："花上春禽冰上蜩。"来自《琵琶行》："间关莺语花底滑，幽咽泉流水下难。"《诉衷情·琵琶女》："小莲初上琵琶弦。弹破碧云天。分明绣阁幽恨，都向曲中传。"《减字木兰花》："拨弄么弦。未解将心指下传。"《减字木兰花》："未动宫商意已传。"均化自《琵琶行》："转轴拨弦三两声，未成曲调先有情。弦弦掩抑声声思，似诉平生不得意。低眉信手续续弹，说尽心中无限事……别有幽愁暗恨生，此时无声胜有声。"而《木兰花令》："故将别语恼佳人，要看梨花枝上雨。"来自《长恨歌》："梨花一枝春带雨。"这些词多是应歌或赠妓之作，自然要写到歌舞场面、绮罗人物，而《琵琶行》中的音乐描写、《长恨歌》中的女性描写都比较成功，自然可以为词的创作提供借鉴。杜牧在《献诗启》中说："某苦心为诗，本求高绝，不务奇丽，不涉习俗。"实则不然，他的诗既"务奇丽"，也"涉习俗"，受中晚唐兴起的绮艳诗风影响，颇多绮艳之句，苏词也多加化用。《南歌子·钱塘端午》写杭州而以扬州作比："不羡竹西歌吹、古扬州。"《临江仙·夜到扬州席上作》则直接描写扬州："珠帘十里卷香风。"二词对扬州的描写都化用了杜牧诗："谁知竹西路，歌吹是扬州"（《题扬州禅智寺》）、"春风十里扬州路，卷上珠帘总不如。"（《赠别》）这些化用表面上是用典的需要，但根本原因还是字面美丽：竹西歌吹的情景自是繁华，这与词的富贵气象十分接近，所以入词颇为得体。另如苏轼《行香子》："和风弄袖，香雾萦鬟。"《减字木兰花》："淡月朦胧。更有微微弄袖风。"《临江仙》："和风春弄袖，明月夜闻箫。"这几首词中的意象"弄袖风"，都化自杜牧的诗歌（如《送刘秀才归江陵》："刘郎浦夜侵船月，宋玉亭春弄袖风。"《长安杂题长句六首》其二："晴云似絮惹低空，紫陌微微弄袖风"）。用"弄袖"来形容风，正见风之轻微，这种意象以其柔美最合词体的审美要求，所以苏词加以化用。刘禹锡其人其诗给人的印象似乎不太风流，但唐人对其风流的一面多有记载，最著名的如"司空见惯"之典（典出孟棨《本事诗·情感第一》）。刘在诗中还自称"刘郎"，在自嘲中不无风流自赏的味道。苏轼在一些词中也用"刘郎"来称呼刘禹锡，如《殢人娇·王都尉席上赠侍人》、《满庭芳》（"香叆雕盘"首）、《鹧鸪天》（"笑捻红梅亸翠翘"首），三词均用到了"司空见惯"这个典故，颇见刘郎风流的一面。另如苏轼《南歌子》："日出西山雨，无晴又有晴。"来自刘禹锡《竹枝词》（二首其一）："东边日出西边雨，道是无晴却有晴。"《三部乐》："娇甚空只成愁。"则来自刘禹锡《三阁辞四首》（之一）："不应有恨事，娇甚却成愁。"刘禹锡这两首诗都与爱情有关，而苏轼的两首词均涉艳笔，题材和作风上的接近，自然强化了二者的联系。

　　总的来说，以上化用基本上是将比较美丽的字面或美感上偏于柔美的意象，入诸情词、艳词，这跟其他词人化用温、李诗歌并无太大差别。但即使考虑到北宋词与中晚唐诗歌联系密切这种创作背景，苏轼词与中晚唐诗歌关系也有其特殊的地方，即苏词多化用白、刘、杜等人的作品，原因主要不在于其有可供采择的字面，更多的还是在于这些诗歌绮艳风流中不无身世之感，且有一定的风骨，这是白、刘、杜等人绮艳诗歌的特点，也是苏轼婉约词和许多婉约词的不同。苏轼的婉约词并非全为艳词，而是在绮艳的题材中寄托身世之感，这是苏轼对传统婉约词的一大改造，正是在这个层次上苏词与白、刘、杜等人的创作取得了更大的相通。同样是用"刘郎"，苏词固然有些游戏之作是单纯从风流的角度来用的（如上文所述），但有些作品是抒发自我感慨的，词中的"刘郎"就不单是风流才子的化身了。如《南乡子》："看取桃花春二月，争开。尽是刘郎去后栽。"又《阮郎归》："他年桃李阿谁栽。刘郎双鬓衰。"这里"刘郎"不是此前词中常出现的桃源故事中的刘郎，而是化自刘禹锡《元和十一年自朗州召至京，戏赠看花诸君子》："紫陌红尘拂面来，无人不道看花回。玄都观里桃千树，尽是刘郎去后栽。"苏轼在使用"刘郎"这个意象时，虽也照顾到了字面上的风流，但更多地是以调侃的语气来写政治感慨，包含了刘诗中原有的讽慨意味。苏轼在化用白居易《琵琶行》的时候，也抒发了天涯沦落之感，如《醉落魄·席上呈元素》："人生到处萍飘泊……天涯同是伤沦落。"不难看出其与白居易《琵琶行》"同是天涯沦落人"的感慨是相通的，只不过苏轼把白诗中对歌妓说的话改造为对朋友说的口吻，但那种天涯沦落之感是存在的。苏轼对杜牧一些诗歌的化用也同样不限于字面，而是寄寓着与杜牧类似的政治不遇之感，如《临江仙·送李公恕》中"闻道分司狂御史，紫云无路追寻"，固然有杜牧豪放风流的影子，但结句"问囚长损气，见鹤忽惊心"，直抒自己在宦海中的无奈，就不是单纯的艳情之作。苏轼咏雁之词《水龙吟》与杜牧《早雁》有着直接的渊源关系，虽然苏词将时事改造为身世①，但同样是有寄托的作品。

以上作品尚多是在绮艳题材中寄托身世之感，而随着苏轼对婉约词题材的开拓（即不限于绮艳题材），身世之感的抒发就更多了。而白居易、刘禹锡、杜牧作为中晚唐的大诗人，他们的创作不限于绮艳一路，因而对苏词的影响也不限于艳诗，像中晚唐比较兴盛的怀古诗，白居易、刘禹锡、杜牧都是这方面的大家，苏轼的怀古词就受到过他们的影响。这些词在题材内容上更近于诗，渗透着作者关于历史、身世的诸多感慨，但就其感伤情调及婉转比兴的抒情风格而言，还是属于婉约一派，同时又是对婉约词的提升。如《华清引》："至今清夜月，依前过缭墙。"化用了刘禹锡《金陵五题·石头城》中的语言和意境："淮水东边旧时月，夜深还过女墙来。"感慨亦复相似。苏轼于彭城夜宿燕子楼，梦关盼盼，因作《永遇乐》，由梦境成空而生发"古今如梦"的感慨，并设想后人一如己身，"异时对，黄楼夜景，为余浩叹"，将个人的生命置于永恒的历史长河中去观照，不能不感慨个体生命之有限，可谓得"咏古之超宕"（郑文焯《手批东坡乐府》），所用关盼盼事虽涉艳迹（事见白居易《燕子楼三首序》），却"用事不为事所使"（张炎《词源》卷下）。

值得注意的是，中晚唐还有一些诗人的作品同样在字面和身世寄托方面影响苏词，甚至像韩愈、柳宗元在创作上与词距离较远的诗人，也有作品影响到苏词。如柳宗元《南涧中题》："羁禽响幽谷，寒藻舞沦漪。"就被苏词《临江仙》化用过："幽花香涧谷，寒藻舞沦漪。"韩愈《早春呈水部张十八员外》："天街小雨润如酥，草色遥看近却无。最是一年春好处，绝胜烟柳满

---

① 杜牧笔下的大雁是北方难民的缩影，咏物而及时事；苏轼笔下的大雁则寄托了自己飘零不偶的身世之感。

皇都。"无论是小雨如酥的意象，还是草色的若有若无，在意象和境界上都比较接近词，苏轼有不少词化用了这首韩诗，如《减字木兰花》："最是一年春好处。微雨如酥。草色遥看近却无。"《南乡子》："小雨如酥落便收。"至于苏词《采桑子》："尊酒相逢。乐事回头一笑空。"从字面和寄慨上都不难看出其与韩愈《赠郑兵曹》诗之间的联系："尊酒相逢十载前，君为壮夫我少年。尊酒相逢十载后，我为壮夫君白首。"而苏轼《八声甘州》："觉来满眼是庐山，倚天无数开青壁。"化用韩愈《酬司门卢四兄云夫院长望秋作》："倚天更觉青巉巉。"《浣溪沙》从黄州兰溪西流生发联想，得出"谁道人生无再少"的新颖之论，一反白居易《醉歌示商玲珑》诗意，变颓唐为豪放旷达，就不再是婉约的作风，而是接近盛唐的诗风了。

二、苏词与盛唐诗

苏词与盛唐诗歌关系密切，也是其不同于此前词人的地方。相对于中晚唐诗歌而言，苏词（特别是豪放词）与盛唐诗歌的联系在字面和寄慨上又有了新变化：在字句的化用上突出了健句入词；在寄意上注重自抒胸臆，写出一种人生意气，因而显得笔力雄健、境界阔大、主体形象鲜明突出。而在这些方面最能体现盛唐诗歌特色的是李白和杜甫的诗歌，所以苏词与盛唐诗歌的关系集中在其与李杜诗歌的联系上。

就笔力和境界而言，苏轼的一些豪放词由于题材拓展和篇幅较长（多为长调）的关系，一改以往婉约词柔弱的笔力，所写多大景物、大场面，创造的是大境界，因而多以健句入词，颇有几分李杜诗歌雄健的特点，有些健句就是直接从李杜诗歌化用来的，如苏轼《念奴娇》："乱石穿空，惊涛拍岸，卷起千堆雪。"与李白《横江词》中的描写颇为神似："海神来过恶风回，浪打天门石壁开。浙江八月何如此，涛似连山喷雪来。"都是写长江的景象，都是借助想象创造雄奇的境界；至于词中"羽扇纶巾，谈笑间，强虏灰飞烟灭"的描写，也很容易让人想起李白在《永王东巡歌》中的用笔："为君谈笑静胡沙。"将战争写得如此精彩又如此轻松，非具大笔力不可。《八声甘州》开头："有情风、万里卷潮来，无情送潮归"，一如李白《将进酒》开端之笔力千钧："君不见黄河之水天上来，奔流到海不复回。"又如苏轼《浣溪沙》："缥缈危楼紫翠间。"则是直接从杜甫《白帝城最高楼》"独立缥缈之飞楼"化用而来的，二者都是笔力雄壮，境界阔大。诚如蔡嵩云《柯亭词论》所言："（苏词）阔大处，不在能作豪放语，而在其襟怀有涵盖一切气象。"这些景物描写未必都是实景，但由于苏轼襟怀"有涵盖一切气象"，所以写来笔力雄壮，气象万千。有些作品虽然是抒发人生感慨的，情调稍为低沉些，但笔力并不柔弱，如苏轼《满庭芳》开端："三十三年，今谁存者，算只君与长江。"三十三年，飘零仅存，其间感慨自不待言，但接以"只君与长江"之句，便显得奇峰特出，故被人评为："健句入词。"（郑文焯《手批东坡乐府》）又如《南乡子》："认得岷峨春雪浪，初来。万顷蒲萄涨渌醅。"《满江红》："江汉西来，高楼下、蒲萄深碧。犹自带、岷峨云浪，锦江春色。"在字面上不难从李白《襄阳歌》中找出其源头："遥看汉水鸭头绿，恰似葡萄初酦醅。"而就其笔力而言，何尝没有李白"江带峨眉雪，川横三峡流"（《经乱离后天恩流夜郎忆旧游书怀赠江夏韦太守良宰》）、杜甫"锦江春色来天地"（《登楼》）那种"涵盖一切"的气象？

　　自我形象的突出，特别是突出自我形象中豪放的一面，也是苏轼对词的一大发展。此前的婉约词和中晚唐诗歌在这方面不及盛唐诗歌，而苏词中大量出现这类鲜明的抒情主体形象，在很大程度上受到了盛唐诗歌特别是李杜诗歌的影响。这种突出的主体形象，一方面是通过在词中直接言志抒怀来塑造，如《南乡子》："何日功成名遂了。"这种"功成名遂"与李白"功成身退"的思想如出一辙。而《浣溪沙》："万顷风涛不记苏。雪晴江上麦千车。但令人饱我愁无。"这种思想境界很容易让人想起杜甫的《茅屋为秋风所破歌》。至于《沁园春》："当时共客长安，似二陆、初来俱少年。有笔头千字，胸中万卷，致君尧舜。此事何难。用舍由时，行藏在我，袖手何妨闲处看。"虽然其中不乏牢骚，但毕竟有过像杜甫那样"致君尧舜上"（《奉赠韦左丞丈二十二韵》）的理想，这种"牢骚"在词中是首次出现的，从中颇能见出作者的政治理想与追求。另一方面，作者在抒写自我的人生经历、政治感慨时，往往显得感情激越奔放，而不同于此前婉约词含蓄收敛的作风，这有利于突出词中的主体形象。苏轼喜欢在词中写自己的疏狂之态，颇有几分盛唐人的气度，如《十拍子》："莫道狂夫不解狂，狂夫老更狂。"就是变化杜甫《狂夫》而来："自笑狂夫老更狂。"而《满庭芳》："三十三年，飘流江海，万里烟浪云帆。故人惊怪，憔悴老青衫。我自疏狂异趣，君何事、奔走尘凡。"这种疏狂于人世的精神在李白身上亦不难找到。

由于彼此个性的浪漫豪放，苏轼词与李白诗之间尤多神合之处。苏轼在词中多次自比为李白，如《江城子》："试问江南诸伴侣，谁似我，醉扬州。"这是从李白《酬崔侍御》"自是客星辞帝座，元非太白醉扬州"变化来的，实则是以李白自许。《水龙吟》借司马子微之口传达他对李白的敬仰之情："临江一见，谪仙风采，无言心许。"《浣溪沙》词于"携壶藉草亦天真"之际，慨叹"锦袍不见谪仙人"，亦引李白为同调。《南歌子》"早知身世两聱牙，好伴骑鲸公子，赋雄夸"，《满江红》"愿使君，还赋谪仙诗，追黄鹤"，则由敬慕李白其人到欣赏其诗。前人对苏轼词和李白的联系早有评论，如陈廷焯《词则·大雅集》卷一："太白之诗，东坡之词，皆是异样出色。"王国维《清真先生遗事》："以宋词比唐诗，则东坡似太白。"刘熙载明确指出："若其豪放之致，则时与李白为近。"（《艺概》卷四《词曲概》）具体说来，苏轼词与李白诗这种"豪放之致"突出体现在醉态描写和笔意欲仙两个方面。

苏轼喜欢在词中写自己的醉态，这种醉态并非是单纯的实写，更多的是人生失意时的一种宣泄，是借此抒写其人生意气，但这种失意是以一种强有力的形式来表达；与其说是写醉意，还不如说是写狂放之态，与李白的精神极为相似。如《满庭芳》："趁闲身未老，尽放我、些子疏狂。百年里，浑教是醉，三万六千场。"《哨遍》："君看今古悠悠，浮宦人间世。这些百岁，光阴几日，三万六千而已。"这与李白在《襄阳歌》中塑造的自我形象神似："百年三万六千日，一日须倾三百杯。"另如《浣溪沙》："归去山公应倒载，阑街拍手笑儿童。"字面与意气都与李白《襄阳歌》有直接的渊源："襄阳小儿齐拍手，拦街争唱白铜鞮。傍人借问笑何事，笑杀山公醉似泥。"至于苏轼在醉酒中评说人生、历史，体现出张扬的个性，更是带有李白的风采。如《水调歌头》："我醉歌时君和，醉倒须君扶我，惟酒可忘忧。一任刘玄德，相对卧高楼。"《满江红·东武会流杯亭》："君不见兰亭修禊事，当时坐上皆豪逸。到如今、修竹满山阴，空陈迹。"其中的疏狂之态，一如李白在《将进酒》中反语表达："古来圣贤皆寂寞，惟有饮者留其名。"

苏轼在宋代与李白同被称为谪仙，是因为二人在精神气度上都有近于"仙"的一面，这也使得二人的诗词笔意欲仙，想象奇伟，章法多变，在豪放中见出其飘逸个性。清人李家瑞《停云阁诗话》谓："李诗'举杯邀明月，对影成三人'，东坡喜其造句之工，屡用之。""造句之工"固然是苏轼喜欢李白诗的原因，但根本的原因还是苏轼欣赏李白其人，因为李白这两句诗颇能写出自我的飘逸个性，苏轼由爱李白其人进而爱其造句之工，以至屡用之，如《念奴娇》："我醉拍手狂歌，举杯邀月，对影成三客。"在"举杯邀月"的举动中展开人与月的对话，充满飘逸美丽的想象，显得笔意欲仙。另如苏轼的名作《水调歌头》发端："明月几时有，把酒问青天。不知天上宫阙，今夕是何年"，从李白《把酒问月》化出："青天有月来几时，我今停杯一问之"，兼有"举杯邀明月"的风度，以至被人评为"发端从太白仙心脱化"（郑文焯《手批东坡乐府》）；中间"起舞弄清影，何似在人间"，从李白《月下独酌四首》（其二）化出："我歌月裴回，我舞影零乱。"亦具李白风神，所以有人说此词"前半自是天仙化人之笔"（先著《词洁》卷三）。即使是结句"但愿人长久，千里共婵娟"，也有开端把酒问月的神韵，在人与月的对话中展开深情的想象，同样是笔意欲仙。而在章法上，这首慢词展开天上人间的对比描写，境界复杂而多变，类似的章法构思在《满庭芳》（"归去来兮"首）、《水龙吟》（"古来云海茫茫"首）等慢词中也能见出。这很容易让我们想起李白在《梦游天姥吟留别》用梦游的方式展开世间与梦境（仙境）的描写，二者结构、神韵大似：无论是境界的对比还是转换，苏词和李诗都具有大开大合、跌宕有力、变化无端又浑然一气的特点。晏、欧等人的词多小令，固然难以采用这种章法；即使是柳永词多长调，章法亦大开大合，但因为没有这种李白式的想象与激情，所以变化虽多却难免有模式化之嫌。

相对于李白而言，杜甫诗在女性形象描写、寄托人生感慨等方面，更多地影响了苏轼的婉约词。这是因为杜诗更注重写实，寄慨较收敛，与婉约词的作风相对要近些。但较诸中晚唐诗，这些诗语言清新而不浓艳，形象高远而不世俗，感情深沉有力而不柔弱，仍带有盛唐作风。清人先著《词洁》（卷三）言："凡兴象高，即不为字面碍。"所谓"兴象高，即不为字面碍"，是指苏词象盛唐诗歌那样，即使运用了一些风花雪月的字面或直接描写女性，也不失其清新、高远，在格调上比许多婉约词作要高得多。女性描写方面，《江城子》中佳人形象的描写："携翠袖，倚朱阑。"直接渊源于杜甫《佳人》："天寒翠袖薄，日暮倚修竹。"虽为绮罗人物，却迥异流俗，在格调上显然受到了杜诗的影响；即如《贺新郎》中"手弄生绡白团扇，扇手一时似玉"之华屋佳人，在具体描写上未直接受到杜诗的影响，同样托意高远，以至有人认为"颇与少陵《佳人》一篇互证"（谭献《谭评词辨》卷二）。同样是描写女性，中晚唐诗歌世俗气息较浓，苏轼有些作品受其影响也不免如此，如《木兰花令》："故将别语恼佳人，要看梨花枝上雨"，化用的是白居易"梨花一枝春带雨"（《长恨歌》），宋人就谓其气韵"近俗"（周紫芝《竹坡诗话》），缺少盛唐诗那种清新脱俗的风味。寄慨方面，杜诗与中晚唐诗歌中某些身世寄托的游戏调侃作风相比，语意更浑厚，感慨更深沉，带有盛唐诗歌特有的笔力。苏词多次化用杜诗"夜阑更秉烛，相对如梦寐"（《羌村三首》之一），如《浣溪沙》："夜阑相对梦魂间。"《满庭芳》："居士先生老矣，真梦里、相对残釭。"《临江仙》："夜阑对酒处，依旧梦魂中。"杜甫写离别相见而与战乱结合起来，超越了一般的伤离伤别，感情沉痛；苏词所写与战乱无关，但如梦的相见场面描写渗透着政治上不遇的感受，感慨也很深沉有力[1]。

三、唐诗在苏词与陶诗之间所起的中介作用

从诗学渊源来说，苏词与此前的词还有一个很大不同，就是它与陶诗的

---

[1] 杜甫《九日蓝田崔氏庄》："明年此会知谁健，醉把茱萸子细看。"也被苏词多次化用，如《浣溪沙》："可恨相逢能几日，不知重会是何年。茱萸仔细更重看。"《千秋岁》："明年人纵健，此会应难复。须细看，晚来月上和银烛。"《醉蓬莱》："此会应须烂醉，仍把紫菊茱萸，细看重嗅。"《西江月》："酒阑不必看茱萸。俯仰人间今古。"《点绛唇》："不用悲秋，今年身健还高宴。"其中虽不乏反用杜甫诗意而故作旷达之辞，但杜诗的影响还是显而易见的。

关系也相当密切，特别是苏词的旷达与陶诗渊源甚深。这与苏轼对陶渊明其人其诗的喜好有关。苏轼在词中屡以陶潜自比，如在《江城子》词中自谓"只渊明，是前生"。而他在《江城子》词中说："手把梅花，东望忆陶潜。"也是把陶潜视为异代知音的。苏轼还将东坡雪堂之境拟为斜川之游，又将渊明《归去来兮辞》隐括为《哨遍》，均可见出二人风味之相似。苏轼由爱渊明其人进而爱其诗，苏辙《子瞻和陶渊明诗集引》记载了苏轼的话："吾于诗人无所甚好，独好渊明之诗。"故苏轼的创作深受陶诗影响。苏诗自不待言，苏词同样受其影响。我们不能排除苏词直接继承陶诗的一面，但考虑到陶诗与苏词体制不同，形成的风格差异很大：一者为诗，一者为词；一者崇尚辞藻，不离声色，一者质朴自然，不尚声色。直接将陶诗化用到词中，有时难免不合词体，这就需要我们注意到唐诗对陶诗的丰富、发展及其对苏词的影响。这种影响突出地表现在唐诗在继承陶诗旷达风格的同时注意突出其风流的成分，特别是在运用涉陶典故、意象时，往往会添加典故或意象中所没有的内容。苏词在化用这些涉陶典故、意象时受唐诗的影响，因而语言更有文采，意象更丰富，境界更优美。

旷达在主体形象的塑造上往往表现为率真，陶之所以爱饮酒、陶诗之所以多写酒与此有关，王维《偶然作》即谓："陶潜任天真，其性颇耽酒。"李白、杜牧等唐代诗人也喜欢写酒，苏词更是不离酒的描写，都受到了陶的影响。而就苏词而言，其醉酒的描写同时带有唐人的影子，这是因为唐人对酒的描写，在语言和境界上更丰富优美。陶诗虽然旷达，但语言平淡甚至质朴，缺少激情和文采。词向来不以质朴为美，因而苏词在继承陶诗的同时必须要有所丰富，而唐人对陶的丰富和发展就为苏词提供了启示。沈约《宋书·隐逸传》载陶语："我醉欲眠，卿可去。"并就此评曰："其真率如此。"这句富有诗意的话语，是李白第一次在诗中加以运用（《山中与幽人对酌》："我醉欲眠卿且去"），对后人影响不小，苏词即曾化用："我欲醉眠芳草。"（《西江月》）。苏轼写月夜醉境，颇得陶的真率旷达风格；但词中明月芳草的优美境界，是陶诗所没有的美丽境界，而李白不少醉酒词颇多类似描写，从中可见李白对陶诗语言境界的丰富及其对苏词的影响。又如李白《月下独酌》将陶的"挥杯劝孤影"（《杂诗》其二）发展为月下"对影成三人"，又将饮酒置于月下起舞的境界中，更觉风流。苏词《水调歌头》中"起舞弄清影，何似在人间"的描写，率真处得陶的真传，风流处则是从李白学来的。杜牧《九日齐安登高》也写到了酒："江涵秋影雁初飞，与客携壶上翠微。尘世难逢开口笑，菊花须插满头归。但将酩酊酬佳节，不用登临叹落晖。古往今来只如此，牛山何必泪沾衣。"杜牧写九日，不仅与酒而且与菊花联系起来，进一步增强其诗与陶的关系，诗中的旷达作风也与陶诗接近；但"菊花须插满头归"在旷达之中平添了一种风流，这就不是陶的性格，而是唐人的风流。崔道融《读杜紫微集》曰："紫微才调复知兵，长觉风雷笔下生。还有枉抛心力处，多于五柳赋《闲情》。"这说明杜牧在陶之外增添了闲情（即风流）的成分。苏词旷达中不无风流，即与杜牧的影响有关，其重阳节隐括杜牧之诗而成的《定风波》词自不待言，另如《千秋岁·徐州重阳作》："浅霜侵绿。发少仍新沐。冠直缝，巾横幅。美人怜我老，玉手簪黄菊。秋露重，真珠落袖沾馀馥。　　坐上人如玉。花映花奴肉。蜂蝶乱，飞相逐。明年人纵健，此会应难复。须细看，晚来月上和银烛。"唐宋诗词写重阳节多会联系到陶，此词中"冠直缝，巾横幅"的描写就有些陶的旷达作风；但"美人怜我老，玉手簪黄菊"式的风流，与陶诗距离甚远，更近于杜牧的作风。

　　旷达在情调上往往表现为一种乐观，特别是对人生困顿加以化解。就陶而言，这种化解是在归隐中寻求安慰，白居易这一方面对陶有继承又有发展，并进一步影响到苏轼。陶之归隐是因为"性本爱丘山"，而白与苏将"丘山"的境界扩大到无处不在。如苏词《临江仙》："溪山好处便为家。"《定风波》："试问岭南应不好。却道。此心安处是吾乡。"《浣溪沙》："故山空复梦松楸。此心安处是菟裘。"《临江仙》："尘心消尽道心平。江南与塞北，何处不堪行。"这些词与白居易《吾土》诗一脉相承："身心安处为吾土，岂限长安与洛阳。"白与苏这种心灵超越行迹的思想，使其能摆脱贬谪带来的痛苦，避免了贬谪作品中常常出现的感伤情调，与陶在《饮酒二十首》之五中所表达的"结庐在人境，而无车马喧"的思想是一致的，可以说白、苏二人皆领会了陶诗所说的"心远地自偏"的道理。但考虑到陶没有贬谪之苦，因而他的旷达只要做到固守田园即可，而白居易、苏轼面临着如何化解贬谪痛苦的难题，因而同是旷达，苏轼在精神上与陶一致，但在具体的心理调节方式上更近白，因此白、苏的"此心安处"较之陶之固守田园更为自由洒脱、更为旷达；也正因为这样，苏轼才可能吟唱出"回首向来萧瑟处，归去，也无风雨也无晴"（《定风波》）那样旷达的词句。

应当指出，陶氏其人其诗原本就有诗酒风流的一面，杜甫《可惜》诗即谓："宽心应是酒，遣兴莫过诗。此意陶潜解，吾生后汝期。"唐人在学陶的旷达风格中，突出陶氏诗酒风流的一面，并不是对陶的曲解；但这毕竟不是陶的全部，更非陶的真精神。苏词多从风流的一面接受陶诗，固然与词的体性有关①，同时也与唐人的影响有关。相对之下，唐诗比陶诗写得更风流，因而对苏词的影响更为直接、更为密切。但突出这种风流的成分，对作品中主体形象的塑造也有一定的消极影响，这种消极影响集中在白居易的诗。白居易在作品中多次说过自己学陶，其闲适诗强化了陶诗中的闲适情趣，但有时将这种闲适情趣与世俗享乐联系起来，将乐观精神演变成了一种享乐意识，这与陶之决绝官场后的田园闲趣正相反，实际上是对陶进行了世俗化的改造，丧失了陶之高情远意②。苏轼在慕陶的同时也学白，曾自谓："渊明形神似我，乐天心相似我"（见阮阅《诗话总龟·前集》卷九《评论门五》），因此白居易对陶的世俗化改造也影响了苏词。如《哨遍》："醉乡路稳不妨行，但人生要适情耳"，就与白居易《效陶潜体诗十六首》（其八）所表达的思想接近："我从老大来，窃慕其为人。其他不可及，且效醉昏昏。"对陶氏随遇而安的思想行为大加赞赏，但学其醉昏之径，耽于享受而遗其高趣。当然，苏轼给人的印象似乎没有白居易那么世俗，但他一生宦海沉浮而不能自拔，其生活环境更近于白居易而非陶潜，特别是他早年一度在苏、杭、京城等繁华之地做官（一如白居易），更是不离声色享乐，因而他在思想作风上更接近于白的世俗情趣，宋人就曾称他为"风流太守"（胡仔《苕溪渔隐丛

---

① 词在花间尊前的环境中创作，并交给歌妓去演唱，带有很强娱乐休闲色彩，天然地带有风流的印记，这一点即使在苏轼手中也未曾改变，所以豪放如《念奴娇·赤壁怀古》那样的苏词中，也有"小乔初嫁"之类的句子。

② 宋人对此多有批评，叶梦得《避暑录话》卷上曾言："（乐天）似未能全忘声色杯酒之类，赏物太深。"朱熹更是直接批评："乐天，人多说其清高，其实爱官职。诗中凡及富贵处，皆说得口津津地涎出。"（《朱子语类》卷一四〇《论文·下》）

话后集》卷三九引《古今词话》）。他在词中的自画像看起来近于陶之闲适旷达，但往往貌似闲逸，实为慵懒，如倅杭时所作《瑞鹧鸪》词曰："老病逢春只思睡，独求僧榻寄须臾"，与其密州词《一丛花·初春病起》中"衰病少惊，疏慵自放，惟爱日高眠"同一意趣，既无高卧北窗之清高，也无东篱赏菊之高雅，与白诗"兀然无所思，日高尚闲卧"（《效陶潜体诗十六首》其三）、"对酒满壶频……知予懒是真"（《漫成二首》其二）之类的描写倒是很接近。至于《浣溪沙·即事》中"黄菊篱边无怅望，白云乡里有温柔"，不避声色，直言富贵，与白诗的口吻更是类似，更是丧失了陶的高情远意而趋于世俗，所以宋人谓苏白"二公未能免俗"（黄彻《䂬溪诗话》卷八）。实际上，连李白在学陶的时候也不免纵情声色之举，如李诗《江上吟》既有"功名富贵若长在，汉水亦应西北流"的高傲，也有"载妓随波任去流"的世俗；这些描写固然不能全部当真，但也绝非陶的真精神，而苏词在表达对功名事业的厌倦时多伴随着声色之累，这即使不是直接从李白那里学来的，至少也说明苏轼在学陶的时候不离声色的作风与唐人是相通的。这给苏词带来了一定的负面影响，但也说明唐诗在陶诗与苏词之间所起的作用是不能忽视的。

四、唐诗与苏轼的"以诗为词"

大凡论述苏词的特色或苏轼在词史上的成就时，都会提到苏轼"以诗为词"。至于"以诗为词"所涉及苏词的诗学渊源问题（即苏词与诗歌的关系），则较少有人专论。在苏轼之前，诗歌已经历了很长时间的发展，并在唐代达到了顶峰阶段，这自然为苏轼"以诗为词"提供了可能。苏轼"以诗为词"并非全以唐诗入词，但鉴于唐诗的成就与影响都极其巨大，其他时期的诗歌对苏词影响的规模和程度均不及唐诗，因而苏词与唐诗之间的关系最值得关注。但如果一味就"以诗为词"来探讨苏词与唐诗的关系，却很可能对苏词与唐诗之间复杂多样的联系缺乏深入的认识。按照一般的理解，苏轼"以诗为词"的作品多半是指其豪放词，而这些豪放词与盛唐诗在作风上最为接近，这样我们就很容易注意到苏轼豪放词与盛唐诗之间的关系，相对而言就会忽视苏轼对婉约词的革新之功及其与唐诗的关系——即使被注意到，也多限于其与中晚唐诗歌的联系，至于这些婉约词与盛唐诗的联系就不容易被关注①。而从前文的分析来看，苏轼的豪放词固然与盛唐诗密切相关，但与中晚唐诗有一定的关联；婉约词亦非仅受中晚唐诗的影响，同样受盛唐诗的影响。可见苏词与唐诗的联系，从时间层面上来看是贯穿唐诗的各个阶段的②；从风格层面上来说，苏轼的豪放词与婉约词都受到了不同时期唐诗的影响。这些充分说明苏词与唐诗之间存在丰富而密切的联系。

当然，考察苏词的诗学渊源时，仅注意唐诗也是不够的。苏词与唐代之前的诗歌之间也有联系，陶诗就是最明显的例子。但即使是陶诗对苏词的影响，有时也绕不过唐诗这一中介。至于其他时期的诗歌对苏词的影响（如楚辞、魏晋齐梁诗歌），均不同程度地是通过唐诗这一中介来完成的，而这一点在"以诗为词"的探讨中也是很难被关注到的。如苏轼的名篇《水调歌头》中秋词，有人评为"《天问》之遗"（刘体仁《七颂堂词绎》），从远的源头来说可以这样追溯，但就其直接渊源来说应是李白的诗歌（见前文论述），至少李白的诗在楚辞与苏词之间起过桥梁的作用。前代诗歌固然各有成就，但与唐诗相比，其面貌均未免单纯，唐诗在此基础上发展得更为丰富，从而多方面地影响着苏词的创作面貌。因而考察苏词的诗学渊源，既要考虑到这种渊源是多方面、多途径的，更要突出唐诗在其中所起的突出作用。

---

①盛唐诗人中除杜甫外，李白、王维、王昌龄等诗人的作品对苏轼的婉约词也有影响。如苏词《减字木兰花》："两足如霜挽纻衣。"其中"两足如霜"的描写即来于李白《越女词五首》（其一）和《浣纱石上女》诸诗；《谒金门》："霜叶未衰吹未落。"其中的景物描写化用了李白《江上寄元六林宗》："霜落江始寒，枫叶绿未脱。"又如苏词《水调歌头》曰："长记平山堂上，欹枕江南烟雨，渺渺没孤鸿。认得醉翁语，山色有无中。"这里的"醉翁语"指欧阳修《朝中措》："平山阑槛倚晴空。山色有无中。"但欧词的源头是王维《汉江临泛》："江流天地外，山色有无中。"因此苏词与王诗也存在着渊源关系。另如苏词《西江月》："高情已逐晓云空。不与梨花同梦。"化用了王昌龄（曾误作中唐王建）的梅诗："落落寞寞路不分，梦中唤作梨花云。"这些作品或风格清新，或托意高远，对苏轼提升婉约词的格调同样具有启发意义。

②除盛、中、晚唐诗外，初唐诗对苏词也有一定的影响，如苏词《蝶恋花·密州上元》："更无一点尘随马。"《蝶恋花》："更无一点尘来处。"均是化用苏味道《正月十五夜》中的名句："暗尘随马去，明月逐人来。"

总之，考察苏词与唐诗的关系，仅仅限于其豪放词与盛唐诗的关系，对苏词的诗学渊源的考察就不够全面。我们应该在充分认识到苏词题材和风格多样性的基础上，全面考察其与诗歌的联系，特别是与唐诗之间密切的联系。苏轼词与唐诗之所以有如此密切的联系，可能有着多方面的原因，其中有两个因素值得注意：

一是苏词与唐诗的都具有很强的抒情性。相对于宋诗而言，唐诗是主情的，宋词在这一点上很好地继承了唐诗。苏轼虽革新词风，但对词的抒情性这一特点并未抛弃，而是很好地吸收了唐诗在抒情方面积累的丰富艺术经验（如意象、典故、语言、笔力、题材、主体形象等）。兼之苏轼是有意识的以诗为词，就更需要到唐诗中汲取这些营养，甚至以唐诗为中介接受前代诗歌的影响。清人王士禛《花草蒙拾》曰："词中佳语，多从诗出。"这里的"诗"并非就是"唐诗"，但就苏词而言更多的还是唐诗，一如况周颐《蕙风词话》（卷一）所言："两宋人填词，往往用唐人诗句。"这不仅是因为唐诗对苏词有直接的影响，也因为前代诗歌对苏词的影响，有时离不开唐诗这一中介的存在。兼之苏词从不同层面、运用不同方式接受唐诗的影响，就更加促成了苏词与唐诗之间密切的联系。单就化用而言就有正用、反用、集句、隐括等多种方式，更何况苏词不仅从字面上化用，还从身世之感的抒发、主体形象的塑造等层面接受唐诗的影响，这就增强了作品的抒情性，更密切了二者的联系。

二是彼此的题材、风格的丰富多样也增强了二者的联系。唐诗在题材内容和艺术风貌上具有多样性，不仅不同时期的唐诗具有各种风貌——如盛唐诗歌既有风骨之作，也有风流之作；即就单个作家的创作来看亦能体现这一点（如盛唐李白、杜甫，中晚唐韩愈、柳宗元、白居易、刘禹锡、杜牧等）。以盛唐而言，李白更多的影响着苏轼的豪放词，杜甫更多地影响其婉约词，就是因为李白、杜甫是大诗人，其诗歌风貌并不单一，因而能对苏词产生多方面的影响。中晚唐诗歌既有风流之作，但亦不乏风骨，因而给予苏词的影响也是多层面的。苏词题材和风格上同样具有多样性，观王灼《碧鸡漫志》（卷二）所言可知："高处出神入天，平处尚临镜笑春，不顾侪辈"，这使得苏词与唐诗的联系超越了以往词人，不像许多婉约词人那样局限于中晚唐诗歌，而是由中晚唐上溯到盛唐，甚至由唐诗上溯到陶诗。苏词的革新——无论是开创豪放词还是改造婉约词，固然多离不开唐诗的影响；即以苏轼的婉约词而言，一方面提升、雅化婉约词（或在绮艳题材中寄托身世之感，或丰富婉约词的题材、语言），另一方面不乏接近传统词风的婉约之作（如前举情词、艳词），后者的特色未必很突出，成就未必很高，但体现了苏词创作面貌的多样性，而它们多与唐诗存在一定的渊源，因而也就丰富了苏词与唐诗之间的联系。

原载《安徽师范大学学报》（人文社会科学版）2007 年第 6 期

宋人对秦观词的接受与宋代的词学观念

宋人对秦观词的接受，在词学史上具有突出的意义：一是确立了秦观词的正宗地位，二是使秦观的词名盖过了诗（文）名，三是使秦观的代表性词作被选择出来。宋人对秦观词的接受，体现了宋代两种最为流行的词学观念——本色观和雅词观及其演变轨迹。本文拟对此进行具体的论述。

一、词家正宗地位的确立

在词学研究中，长期流行着婉约、豪放二派的分法，婉约词常被视为词的正宗，而在列举婉约派的代表词人时，通常情况下会举出秦观，秦观的词也就因此被视为词之正宗。实际上，秦观词的这种正宗地位在宋代就基本确立下来了，虽然婉约、豪放的二分法并不始于宋人。这一点我们可以从宋代有关秦观的并称中看出。

最迟在北宋后期，苏门中就出现了贺铸与秦观的并称。黄庭坚曾在诗中将贺铸与秦观并称："解作江南断肠句，只今唯有贺方回。（《寄贺方回》）"与苏、黄差不多时代的赵令畤也说："秦少游、贺方回相继以歌词知名。"①除了黄庭坚等人提出的贺、秦并称外，苏门中还有人将黄庭坚与秦观并称过，如陈师道《后山诗话》曰："今代词手，惟秦七、黄九尔，唐诸人不逮也。"②陈师道《渔家傲》词中也有过这样的并称："拟作新词酬帝力。轻落笔。黄秦去后无强敌。"他还自称"于词自谓不减秦七、黄九"③。不

---

① 赵令畤：《侯鲭录》，见《全宋笔记》，大象出版社 2006 版，第 259 页。
② 何文焕辑：《历代诗话》，中华书局 1997 版，第 309 页。
③ 陈师道：《后山居士文集》，上海古籍出版社 1984 版，第 521 页。

过，晁补之在评北宋词坛时已指出："近世以来，作者皆不及秦少游"（《诗人玉屑》卷二十《诗余》），并批评黄庭坚的词"固高妙，然不是当家语，自是著腔子唱和诗"（《诗人玉屑》卷二十《诗余》），实际上否定了黄、秦的并称。苏籀《书三学士长短句新集后》也指出秦观的词"妙中之妙，议者谓前无伦而后无继（《双溪集》卷十一）"。评秦词为三学士中第一，同样否定了秦、黄的并称，这种否定是对秦观词正宗地位的一种肯定。

在苏门之外，宋代还曾出现过秦观与晏几道、张先、柳永等人的并称：

> 李清照《词论》："（词）别是一家，知之者少。后晏叔原、贺方回、秦少游、黄鲁直出，始能知之。"
> 王灼《碧鸡漫志》卷二："张子野、秦少游俊逸精妙。"
> 陈人杰《沁园春》："又似元之，与苏和仲，汲引孙丁晁李秦。"
> 李太古《南歌子》："月下秦淮海，花前晏小山。二仙仙去几时还。"
> 刘克庄《汉宫春》："酒边唤回柳七，压倒秦郎。"
> 刘克庄《最高楼》："周郎后，直数到清真……欺贺晏，压黄秦。"
> 刘克庄《辛稼轩集序》："其秾纤绵密者，亦不在小晏、秦郎之下。"
> （《后村先生大全集》卷九十八）

秦观与张先、柳永、晏几道、贺铸等人的并称，从北宋一直延续到南宋，显示出南宋词人与北宋词人就此形成了一种时代共识，即秦观的词和东山词、小山词、柳永词等被视为词的正宗。

当然，到了南宋，随着词自身的发展，不断有新的婉约派词人涌现，周邦彦和姜夔的词作为词的正宗，先后被词坛所瞩目，秦观的词名相对有所下降，很少有人说秦词"唐诸人不逮也"，"近世以来作者皆不及"。但即便如此，秦观的地位仍然很高，在某些词评家那里还获得了与周邦彦相提并论的地位，以至"周秦"并称常常出现在众多词人和词学家的笔下——

> 程正同《朝中措》："周郎学识，秦郎风度，柳七文章。"
> 刘辰翁《水龙吟》："笑周、秦来往，与谁同梦，说开元旧。"
> 林景熙《胡汲古乐府序》："宋秦、晁、周、柳辈，各据其坐，风流

蕴藉。"又,《故国学内舍蘧君墓志铭》:"命家童歌淮海、清真词,尽醉而止。"

黄升《中兴以来绝妙词选》卷六记载陈造序高观国词,"称其与史邦卿皆秦、周之词","其妙处少游、美成,若唐诸公亦未及也。"

张炎《词源》卷下《杂论》:"东坡词如水龙吟咏杨花、咏闻笛,又如过秦楼、洞仙歌、卜算子等作,皆清丽舒徐,高出人表。哨遍一曲,隐括归去来辞,更是精妙,周、秦诸人所不能到。"

张炎《词源》卷下《杂论》:"遗山词深于用事,精于炼句,有风流蕴藉处,不减周、秦。"

刘将孙《养吾斋集·新城饶克明集词序》:"柳耆卿辈以音律造新声,少游、美成以才情畅制作,而歌非朱唇皓齿,如负之矣。"

由北宋的贺(铸)、秦(观)并称,发展为南宋的"周秦"并称,可见秦观词在宋代的地位之高。为了提高秦观的地位,南宋人还把秦观与其他曾经并称的词人加以比较,如杨万里在《湖天暮景》诗中说:"断肠浪说贺方回,未抵秦郎剪水才。"(《诚斋集》卷二十七)把秦观的地位提到高于贺铸的地步。极力推尊白石词的张炎还曾将秦观与姜夔相提并论:"旧有刊本《六十家词》,可歌可诵者指不多屈。中间如秦少游、高竹屋、姜白石、史邦卿、吴梦窗,此数家格调不侔,句法挺异,俱能特立清新之意,删削靡曼之词,自成一家,各名于世。"(《词源序》)在这段论述中,张炎列举北宋词人时只提及秦观一人,说明秦观在他心目中的地位是很高的。张侃《拙轩词话》推许"秦淮海词,古今绝唱",或许有点过分,但联系到张炎对秦观词的重视,我们还是觉察到宋人对秦观词一向重视,即便是南宋时候也未曾稍减。

上述材料中与秦观并称过的词人(张先、柳永、晏几道、贺铸、周邦彦、姜夔),在当时和后世都是作为正宗的婉约词人来看待的,这说明秦观的词在宋代就已被视为词的正宗。当婉约越来越被后人看作是词的正宗时,秦观的词也就顺理成章地被确立为婉约词的代表。王世贞将秦观与李氏晏氏父子、柳永、张先、周邦彦、李清照都列为"词之正宗"(《弇州山词人词评》),胡薇元认为淮海词是"词家正音"(《岁寒居词话》),陈匪石认为秦观词"妍雅婉约，卓然正宗"（《声执》卷下），就是对宋人有关评论合乎逻辑的发挥。

二、词名逐渐盖过诗（文）名

现、当代学者喜欢将秦观视为纯粹的词人，文学史提及秦观也更多地论及他的词。虽然秦观最杰出的文学成就在于他的词，但他并非纯为词人，而是有着多方面的文学成就。这一点在宋人那里本是得到公认的，但秦观的词名盖过诗名、文名，也是在宋代出现的。

至少在北宋，秦观并非纯以词名，他的诗、文（包括赋和策论）均称擅长①。苏轼对秦观的诗文也曾给予很高的评价，谓其有屈、宋之姿②。苏辙称赞秦观"袖里清诗句琢冰"（《栾城集》卷九《高邮别秦观》）。张耒谓秦观少时即"文章有声"（《张右史文集》卷四十五《祭秦少游文》），"平生为文不多，而一一精好可传"（《张右史文集》卷四十五《跋吕居仁所藏秦少游投卷》）。陈师道对自己的词名很自负，"于词自谓不减秦七、黄九"（《后山居士文集》卷九《书旧词后》），但也承认"少游之文过仆数等，其诗与楚词，仆愿学焉"（《后山居士文集》卷九《答李端叔书》）。秦观的议论文字甚为黄庭坚看重（《豫章黄先生文集》卷十九《与秦少章书》）。他在当时的赋名亦著，李廌《师友谈记》即详记其论赋之语，颇多独到之见。相比之下，秦观的诗尤其闻名于当时，这一点为苏门内外所钦服。他的梅花诗（即《和黄法曹忆建溪梅花》）在当时就很出名，苏轼甚至有诗称赞其压倒林逋③，"荆公自书于纨扇，盖其胜妙之极"（释惠洪《石门文字禅》卷二十七《石台肱禅师所蓄草圣》），黄庭坚、苏辙等均有和作。秦观《春日杂兴》诗中"雨砌堕危芳，风轩纳飞絮"二句，在当时也号为名句（《苕溪渔隐丛话后集》卷二）；《秋日三首》（其一）"菰蒲深处疑无地，忽有人家

---

① 秦观的书法、绘画在宋代也很出名，如李之仪谓其"以书名，行笔有秀气"，见《姑溪居士文集》卷三十八《跋苏黄众贤帖》。邓椿《画继》卷九还提到秦观有画名，楼钥《攻媿集》卷七十《跋秦淮海戒杀帖》也提到"秦淮海妙墨，前辈所推"。

② 苏轼《太虚以黄楼赋见寄作诗为谢》："雄词杂今古，中有屈宋姿。"

③ 苏轼《和秦太虚梅花》："西湖处士骨应槁，只有此诗君压倒。"

笑语声"二句，也被人叹赏为"奇句"（《苕溪渔隐丛话前集》卷五十六引《高斋诗话》）；《秋日三首》（其三）"连卷雌蜺挂西楼，逐雨追晴意未休。安得万妆相向舞，酒酣聊把作缠头"，因为"语豪而且工"为人赞赏（胡仔《苕溪渔隐丛话后集》卷二十六引《艺苑雌黄》）。秦观在岭外作的"挥汗读书不已，人皆怪我何求。我岂更求荣达，日长聊以销忧"（《宁浦书事》），也因为"其语平易浑成"而被曾季貍叹为"真老作也"（《艇斋诗话》）。不仅苏门中人对秦观的诗文颇有好评，曾肇也赞扬秦观的诗文"瑰玮闳丽，言近指远，有骚人之风"（《曾子开答淮海居士书》），甚至王安石也称赞秦诗"清新妩丽，与鲍、谢似之"（《临川先生文集》卷七十三《回苏子瞻简》）。即便到了南宋，仍有不少人称赞秦观的诗文创作，如李纲称赞秦观的诗"婉美萧散，如晋宋间人，自有一种风气"（《梁溪集》卷一六二《秦少游所书诗词跋尾》）；楼钥赞扬其"赋似屈宋，诗凌鲍谢"（《攻媿集》卷五十五《定海县淮海楼记》）。甚至后世也不乏此类好评，如林纾《淮海集选序》一方面赞扬："（秦观）集中如《魏景传》及《心说》，皆直造蒙庄之室，为东坡集中所无。"一方面感慨："世人多震淮海之诗及词，而不及其文，亦一憾事。"类似感慨也出自王蕴章之口："淮海先生文章气节，掉鞅一世，自后人以秦七、黄九并称，或遂仅以词人目之，失先生矣。"（《淮海先生诗词丛话》卷首）王蕴章所说的"后人"并不准确，因为秦观的诗名、文名被词名盖过，以致他渐渐被人视为纯粹的词人，在宋代就已形成了，并非"后人"所为。根据现有的资料，至迟到南宋后期，秦观的诗名已经为词名所掩。据方岳《跋陈平仲词》："淮海非无诗，而词掩诗。"（《秋崖集》卷三十八）自此以后，秦观的词名愈过于诗名、文名，一直到今天都是如此。

通过秦观词的版本，我们也能看出秦观在当时的词名之盛。秦观词在宋代的版本甚多，北宋时候还出现了注本。曾季貍《艇斋诗话》记载："章质夫家子弟有注少游词者。"另据杨万里《胡彦英墓志铭》载："胡氏注兰台诗及淮海词各若干卷。"这说明南宋仍有人在为秦观词作注。两宋各有秦观词的注本，颇能说明秦观词的影响之久。如果我们考虑到宋代有人注秦词而无人注秦诗，特别是词本来比诗好懂，尚且有人为之作注，说明秦词的影响更大，对读者更有吸引力。注本的出现说明秦观的词除了与诗文合集外，在宋代有许多单行本，有的本子保存至今①，这也体现了秦词在当时的巨大影响。在北宋党争中，秦观的诗集、文集与苏轼等人的诗文一道遭到禁毁，但他的词集可能没有遭到禁毁；即使遭到禁毁，仍然拥有一定的流行范围和受众，党争对其传播可能影响不大。南渡初年，曾几《东莱诗集序》指出当时秦观等人的遗文"往往颠倒错乱，不可以传"（《茶山集·拾遗》）。但我们在南宋的词选中很容易找到秦观的词，说明他的词未受党争的太大影响，秦观的词在南宋的影响也因此逐渐盖过秦观的诗、文。

影响所及，宋人论及秦观的诗喜欢关注其近乎词的作风。如魏庆之《诗人玉屑》卷十八引《雪浪斋日记》谓"少游诗甚丽"。陈师道《后山诗话》引世语："秦少游诗如词。"胡仔《苕溪渔隐丛话》前集卷四十二引《王直方诗话》："少游诗似小词。"孔平仲《谈苑》卷四曾记载王仲至评秦诗"帘幕千家锦绣垂"之句"又待入小石调也"②，皆谓其诗近词。至于《诗人玉屑》卷二引敖陶孙评秦诗："如时女步春，终伤婉弱。"这与元好问《论诗绝句三十首》（其二十四）谓秦诗乃"女郎诗"的说法简直如出一辙，元好问的观点或许就是从这里引申出来的。虽然宋人对秦观诗风的多样性也有所认识，如吕本中《童蒙诗训》："少游过岭后，诗严重高古，自成一家，与旧作不同。"（魏庆之《诗人玉屑》卷十七引）但宋人更多的是关注秦诗近词的地方。方回在解释秦诗这个特点时说："以其善作词也，多有句近乎词"（《瀛奎律髓》卷十二）。这个解释未必充分，但至少说明宋人认为秦观更善于作词，所以他的诗风接近词风，这就很自然地使秦观的词名在人们的印象中得到强化，乃至逐渐盖过其诗名。当秦观的诗名最终为词名所掩，后人就将秦观视为纯粹词人，其词也被看作"词人之词"③的典范。

三、代表作的确立

秦观之所以在宋代就被视为词家正宗，其词名之所以盖过诗（文）名，

---

① 日本内阁文库所藏乾道高邮军学本《淮海居士长短句》乃今存最完整的宋本。

② 魏庆之《诗人玉屑》卷十引自《孔氏谈苑》，胡仔《苕溪渔隐丛话前集》卷四十二则引自《王直方诗话》。

③ 夏敬观《手批淮海词》："少游则纯乎词人之词也。"

与其一系列名篇、代表作在宋代广为传播、备受关注有关。这些作品既能代表秦观词的风格，又能体现词有别于诗的个性，它们在后世也常常被视为宋词中的名篇，或秦观的代表性词作。也就是说，秦观的代表性词作大多数在宋代已被确认，这一点可以通过宋人的宋词选本来加以考察。

现存宋人选宋词以曾慥《乐府雅词》为最早，但书中并无秦观词，该书《拾遗》部分中有三首词有的本子作秦观，但有的本子作无名氏词，今人亦多视其为无名氏词，因此《乐府雅词》未选秦观词。在宋人选宋词中，以《草堂诗馀》和《唐宋诸贤绝妙词选》所选秦观词最多，其次为《阳春白雪》。《草堂诗馀》收14首秦词，具体篇目如下：

> <u>《望海潮》梅英疏淡</u>
>
> 《满庭芳》晚色云开
>
> <u>《踏莎行》雾失楼台</u>
>
> <u>《千秋岁》柳边沙外</u>
>
> <u>《画堂春》东风吹柳日初长</u>
>
> 《八六子》倚危亭
>
> <u>《菩萨蛮》虫声泣露惊秋枕</u>
>
> 《菩萨蛮》金风簌簌惊黄叶
>
> <u>《桃源忆故人》玉楼深锁薄情种</u>
>
> <u>《满庭芳》山抹微云</u>
>
> <u>《水龙吟》小楼连苑横空</u>
>
> <u>《阮郎归》湘天风雨破寒初</u>
>
> <u>《江城子》西城杨柳弄春柔</u>
>
> 《蝶恋花》钟送黄昏鸡报晓　　①

《唐宋诸贤绝妙词选》卷四收秦词16首，基本是秦观的名篇，其中有9首与《草堂诗馀》重合（前文已用下划线标出），这些词更属今人常常提到

---

① 《满庭芳》（晚色云开）在《草堂诗馀》中未署名，但《唐宋诸贤绝妙词选》卷四作秦观词，今人亦多作秦观词，所以本文将其列为秦观词。另，《菩萨蛮》（金风簌簌惊黄叶）一作无名氏词，《蝶恋花》（钟送黄昏鸡报晓）一作王诜词，但在《草堂诗馀》中均作秦观词。

的秦观代表性词作：

　　　《水龙吟》小楼连苑横空

　　　《风流子》东风吹碧草

　　　《梦扬州》晚云收

　　　《满庭芳》山抹微云

　　　《满庭芳》碧水惊秋

　　　《满庭芳》晓色云开

　　　《江城子》西城杨柳弄春柔

　　　《千秋岁》水边沙外

　　　《踏莎行》雾失楼台

　　　《阮郎归》退花新绿渐团枝

　　　《阮郎归》湘天风雨破寒初

　　　《南歌子》玉漏迢迢尽

　　　《南歌子》香墨弯弯画

　　　《菩萨蛮》虫声泣露惊秋枕

　　　《画堂春》东风吹柳日初长

　　　《画堂春》落红铺径水平池

　　《阳春白雪》所选"取《草堂诗馀》所遗以及近人之词"（《直斋书录解题》卷二十一），其中收有秦观词三首，均为慢词：

　　　《木兰花慢》"过秦淮旷望"

　　　《沁园春》"宿霭迷空"

　　　《望海潮》"星分牛斗"

虽然张炎批评《阳春白雪》《绝妙词选》"所取不精一"（《词源》卷下《杂论》），但我们如果考察宋人对秦观具体词作的有关记载和评论，大多是结合以上词作而展开的，因此我们认为以上词选所选秦观词作，体现的不仅是一般受众的需要，也同样体现了文人阶层的选择。秦观的《满庭芳》（"山抹微云"），曾经"都下盛唱"（黄升《花庵词选》卷二苏轼《永遇乐》词附注），开首二句"尤为当时所传"（叶梦得《避暑录话》卷下），秦观本人因此被苏轼戏称作"山抹微云秦学士"（严有翼《艺苑雌黄》），而他的女婿范温也因此自称"山抹微云"女婿（蔡绦《铁围山丛谈》卷四）。另据宋无《子虚嗁呓集》记载，"靖康间，有女子为金军所掠，自称秦学士女。道中题诗……读者凄然。"宋无因此有诗："看来山抹微云恨，直送蛾眉出汉关。"可见此词即使到了宋元之际亦不减其知名度，以至于清人叹其"唱遍歌楼"（邓廷桢《双砚斋词话》）。另据宋人记载，秦观的《千秋岁》（"水边沙外"）"今人多能歌此词"（曾季狸《艇斋诗话》），黄庭坚更是"叹其句意之善"（胡仔《苕溪渔隐丛话后集》卷三十三引《复斋漫录》）。与此同时，这首词被创作出来以后，激起词坛的普遍兴趣，赢得苏轼、黄庭坚、孔平仲、李之仪、僧惠洪等师友的唱和，或表示宽慰，或致以悼念，不胜友朋深情。即使到了南宋，此词也不乏和作，如王之道、丘崈，其中丘崈一人就和了三首。南宋范成大还摘词中句子"花影乱，莺声碎"而建莺花亭，陆游等人因此作莺花亭诗，吴曾因此感慨"秦少游《千秋岁》，世尤推称"（吴曾《能改斋漫录》卷十六）。此外，南宋初年的僧人仲并唱和了秦观的《画堂春》（"落红铺径水平池"），道教中人葛长庚则戏改秦观《八六子》（"倚危亭"）。广泛的传唱和众多的唱和，在在显示出秦观的这些代表性词作的接受对象，不仅包括苏门内外的文人阶层，还包括各色歌妓，甚至僧人、道士等普通受众。正因为秦观的词有这种广泛的流行性，因而被选入各种选本。在这些选本中，《唐宋诸贤绝妙词选》向以博观约取见称，备受后世词评家好评，而其所选秦观词与《草堂诗馀》重合很多，说明文人阶层与普通受众在选择秦观的代表性词作方面基本上形成共识。正是在双方的共同选择下，秦观的代表性词作在宋代就得以确立下来。

四、从宋人对秦观词的接受看宋代的词学观念

每一个时代对具体作家的接受，总是与当时的文学观念紧密联系在一起的。因此，考察特定时代对具体作家的接受，有助于我们认识当时的文学观

念。宋人对秦观词的接受，同样与宋代的词学观念有关，因而考察宋人对秦观词的接受，也有利于我们进一步认识宋人的词学观念，特别是考虑到宋人将秦观词作为词的正宗，为我们考察宋代的词学观念提供了一个极好的标本，从中不难见出宋代两种最为流行的词学观念（本色观和雅词观）及其演变轨迹。

首先，宋人（特别是北宋中后期）之所以将秦观词作为词的正宗，是因为它符合时人的本色词学观念。本色观念是因为苏轼对词进行革新以后引起词坛的不同评价，在北宋中后期产生的一种词学观念。在这场争论中，苏词往往被视为非本色的词，而秦观的词则作为本色词的代表而受到好评。我们就宋人有关秦词的评论，以及苏词和秦词的比较加以考察，可以看出宋人本色词学观念包括以下两个方面的要求：

一是合律可歌。秦观本人论词，首重协律合歌[1]，他的词也的确具有很强的可歌性。宋人对秦观具体词作的传唱情况颇多记载，对秦观词的可歌性颇为留意，这固然反映了秦观词音律谐美的特点，但也反映了宋人本色词学观念对音乐性的强调。叶梦得《避暑录话》卷下："少游亦善为乐府，语工而入律，知乐者谓之作家歌。"正因为秦观的词"入律"，因而流行范围较广，流行时间较久。据宋人记载，"（秦观词）元丰间盛行于淮楚。"（叶梦得《避暑录话》卷下）[2]这虽然是就其早期的词作而言，但已见出秦词的可歌性。秦观后来被贬到岭外，他的词也因其行踪而远播湘中一带，可见秦词始终都注重可歌性，因而广为传唱，以明人徐师曾特此致慨："秦少游之词传播人间，虽远方女子亦知脍炙，至有好而至死者，则其感人，因可想见。"（《文体明辨序说》）

二是辞情兼称的语言艺术。两宋之交的蔡伯世评宋词谓："苏东坡辞胜乎情，柳耆卿情胜乎辞。辞情兼称者，惟少游而已。"（见孙竞《竹坡老人词序》）秦观词的这一特点与词的音乐性要求是一致的：一方面，词要让受众

---

① 参彭国忠《秦观词论刍议》，《中国文论的常与变：古代文学理论研究》（第24辑），华东师范大学出版社2006年版。

② 淮楚即扬州、金陵一带，此处的文化氛围适宜词之流行，柳永、苏轼乃至欧阳修、张先皆于此作词，而且此处向有风流传统，如杜牧的事迹。秦观早年多往来于扬州一带，词中也多次用到有关杜牧的典故。

入耳即懂，因而语言不能太深奥生僻，而是力求用生活化的语言来表达丰富的情感。另一方面，词又不能对日常口语不加任何提炼，而是要选择那些既明白易懂又内蕴丰富的词语，使人在音乐和语言结束的时候，仍觉余音袅袅，韵味无穷。柳永的词为了市井演唱的需要，语言近乎白话，不免粗俗，"情胜乎辞"。为了革新柳永的词风，苏轼的词更多地抒发文人士大夫的情怀，语言的文人化程度随之加深，虽然苏词的语言不再失之俚俗，但也因为过分的文人化而显得"辞胜乎情"，有违于花间宋初以来的正宗词风，不利于词的传唱。虽然李清照《词论》批评秦词"专主情致，而少故实"，但也准确地看出了秦观词不以故实见长而长于白描，这一特点有利于保持词"专主情致"的个性。这是因为秦观词在语言的生活化与文人化之间保持着一种微妙的平衡，既不像柳永对俗语不加提炼而流于口语化甚至俗艳，也不像苏轼那样过于文人化，更宜于案头阅读，而是以一种近乎白描的语言，在提炼中努力做到自然亲切，使人入耳即懂，又富有韵味，不失词体特有的含蓄蕴藉之美。

正因为秦观的词符合这些特点，所以它被宋人视为词的正宗，代表着词的本色之美。周必大《益公题跋·跋米元章书秦少游词》："借眼前之景，而含万里不尽之情；因古人之法，而得三昧自在之力。"说的就是秦观词的这一特点，我们举《满庭芳》"山抹微云"为例。虽然苏轼曾因此词而讥刺秦观，但此词的语言含蓄蕴藉，婉约有致，如"多少蓬莱旧事，空回首、烟霭纷纷"，"伤情处，高城望断，灯火已黄昏"，往往在含情欲说之际宕开一笔，以景言情，欲说还说，其味无穷。词中虽然化用前人句子，亦一如己出，如"斜阳外寒鸦数点、流水绕孤村"，晁补之以为"虽不识字，亦知是天生好言语"（魏庆之《诗人玉屑》卷二十一引）。此词之所以在宋代就成为名作，跟它语言上的婉约含蓄、浅近自然不无关系，这种语言风格，有利于它的演唱和传播。同时，为了适应歌妓演唱的需要，秦观词更多是抒发儿女柔情，而且语言讲究婉约妩媚，以之与优美的旋律相配合，柔情曼声，格外具有抒情的效果。《艺苑雌黄》即称赞秦词《南歌子》"蔼蔼凝春态"首："何其婉媚也。"（胡仔《苕溪渔隐丛话后集》卷二十九引）刘克庄《辛稼轩集序》："秾纤绵密者，亦不在小晏、秦郎之下。"尽管宋人在这方面对秦词也不乏批评意见，如胡仔《苕溪渔隐丛话后集》卷三十三："少游词虽婉美，然格力失之弱。"陈鬷《燕喜词叙》："少游情意妩媚，见于词则秾艳纤丽，类多脂粉气味，至今脍炙人口，宁不有愧于东坡耶？"但这种批评并非是否定秦观词，在批评中仍然肯定其"婉美""妩媚"，而"婉美""妩媚"的特点不仅符合后世对秦观词的评价，也一向被看作是词的艺术特性，因而这类批评从反面证明了秦观的词体现了词的本色美，这与宋人对秦观词的整体看法并不矛盾，也不妨碍秦观词在宋代的"脍炙人口"。

其次，秦观的词倍受宋人的推崇，是因为它符合了宋代雅词的标准。雅词的观念最早可以追溯到北宋前期由柳永词引起的争论，到了南宋逐渐成为词坛的主流思潮。在有关柳永词的争论中，秦观词一直被视为雅词的代表而受到称赞，如胡仔《苕溪渔隐丛话后集》卷三十九引《艺苑雌黄》（《诗话总龟》后集卷三十二、《诗人玉屑》卷二十一亦引）："柳之乐章，人多称之，然大概非羁旅穷愁之词，则闺门淫媟之语。若以欧阳永叔、晏叔原、苏子瞻、黄鲁直、张子野、秦少游辈较之，万万相辽。彼其所以传名者，直以言多近俗，俗子易悦故也。"李清照在《词论》中既批评了柳永词"词语尘下"，也对秦观词表示了不满，但她并没有从"雅"的角度批评秦观词，这说明秦观的词并不尘下，倒是属于比较雅的那一路。到南宋末年张炎系统地提出雅词的理论，秦观的词一直被视为雅词。如果说北宋时期是更多地从本色的角度来肯定秦观词，那么南宋则更多是从雅的角度肯定秦词。将这两种理论及其对秦观词的评论加以对照，我们可以看出南宋末年系统提出的雅词观念是在北宋中后期以来的本色词学观念基础上演变而来的。

与本色词学观念一样，雅词也强调词的音乐性特征，对词提出了严格的协律要求。吴文英向沈义父传授作词四法，其一即"音律欲其协"（沈义父《乐府指迷》）。杨守斋《作词五要》提出作词要"择腔""择律""填词按谱""随律押韵"等要求（《词源》卷下附录）。张炎亦谓"词以协音为先""雅词协音，虽一字亦不放过"（《词源》卷下）。其二，主张词的语言要适应歌唱的需要，既动听感人，又入耳即懂，同时反对词的语言过分口语化而导致粗豪、俚俗等弊端。如沈义父《乐府指迷》："下字欲其雅，不雅则近乎缠令之体"，"用字不可太露"，"发意不可太高，高则狂怪而失柔婉之意。"这些方面，秦观的词都符合要求，颇受当时词学家的赞扬，张炎所谓"可歌可诵""风流蕴藉处，不减周、秦"（《词源》卷下），就是从这些方面来肯定秦观词的。

与此同时，随着词坛发展的新情况，雅词对词创作也提出了新的规范：

语言方面，推崇典雅。李清照曾批评过秦观的词"少故实"，但也批评过黄庭坚"尚故实而多疵病"，可见本色词学观念尚未强调词之是否用典，只是强调化用得当。但随着词的文人化程度的不断加深，由苏轼发轫的使事用典之风，经周邦彦等人的进一步推动，使事用典的风气渐渐成为南宋词坛的普遍风气。特别是雅的观念逐渐成为南宋词坛的主潮，语言的典雅自然成为雅词的要求。不过，南宋以来的词（特别是辛派词）因为用典过分而有掉书袋的毛病，所以以张炎为首的南宋风雅派词人对雅词的语言提出了新的规范：一方面它对清真等人的词作善于融化前人诗句倍加赞扬："美成负一代词名，所作之词，浑厚和雅，善于融化词句"，"（美成词）采唐诗融化如自己者，乃其所长"（《词源》卷下）。另一方面也要求化用的时候必须有新意，一如己出："词以意趣为主，要不蹈袭前人语意"，"词用事最难，要体认著题，融化不涩……用事不为事所使"（《词源》卷下）。此外，杨守斋《作词五要》也提出作词要"立新意。若用前人诗词意为之，则蹈袭无足奇者。须自作不经人道语，或翻前人意，便觉出奇。"可见这并非张炎一人的主张，而是当时很多词学家的看法。同时，化用前人诗句而不破坏词的本色之美，张炎明确提出要更多地化用与词体比较接近的中晚唐诗歌，以便词在追求典雅的同时保持其有别于诗的本色："词中一个生硬字用不得，须是深加煅炼，字字敲打得响，歌诵妥溜，方为本色语。如贺方回、吴梦窗，皆善于炼字面，多于温庭筠、李长吉诗中来。"（《词源》卷下）沈义父亦谓："要求字面，当看温飞卿、李长吉、李商隐及唐人诸家诗句中字面好而不俗者，采摘用之"（《乐府指迷》）。秦观的词既擅长白描，也喜欢化用中晚唐诗歌，但它的化用做到了和白描相统一，所以秦词在语言方面符合雅词的要求。如秦观《八六子》："倚危亭，恨如芳草，萋萋刬尽还生。念柳外青骢别后，水边红袂分时，怆然暗惊。无端天与娉婷。夜月一帘幽梦，春风十里柔情。怎奈向、欢娱渐随流水，素弦声断，翠绡香减，那堪片片飞花弄晚，濛濛残雨笼晴。正销凝。黄鹂又啼数声。"词中多处化用杜牧的诗句，有些句子虽然不是直接化自前人，但也很容易让我们联想到唐诗中的类似词句，但总的来说，这首词的语言并不以化用见长，而是以语言的本色自然取胜。张炎《词源》（卷下）评论："秦少游《八六子》……离情当如此作，全在情景交炼，得言外意。"也正是看出了秦观词的这一特点。

情感方面，要求高雅。本色词学观念并未过多涉及词的抒情内涵，但就当时的词坛创作实践来看，主要是写艳情、离情等，风格柔美，这也是花间词所开创的传统，为北宋以来的词坛所继承。雅词观念保持了这一传统，并不反对词的言情特性，但明确要求词不能为情所役、失却雅正和平之音。张炎一方面说："簸弄风月，陶写性情，词婉于诗。盖声出莺吭燕舌间，稍近乎情可也。"①一方面说："词欲雅而正，志之所之，一为情所役，则失其雅正之音"（《词源》卷下）一般而言，豪放词因其多抒家国之感，不存在这方面的不足，但婉约词因为保守词的言情传统，难免有此缺陷，即使是清真词，也因言情之际为情所役而受到张炎的"意趣却不高远"的批评，而秦观的词很少受到这类批评，虽然他的词很多是写艳情的，而且这些情词中也不乏俗词，但就其中的代表作而言，大多数艳而有则，符合当时的雅词观念。张炎谓："秦少游词体制淡雅，气骨不衰。"（《词源》卷下）虽然张炎未举例加以说明，我们无法详细考察这段评论的具体内涵；但结合张炎"美成负一代词名……作词者多效其体制，失之软媚，而无所取"的评论，此处的"体制淡雅，气骨不衰"，似指秦观词格意趣较为高雅，有气骨而不软媚。张炎又谓秦观词："清丽中不断意脉，咀嚼无滓，久而知味。"（《词源》卷下）结合张炎另一段关于秦观词"特立清新之意，删削靡曼之词"的评论，我们大致推断出这可能是指秦观词婉约而不粗豪、清丽而不靡曼的语言特点。意趣的高雅、语言的清丽，正是雅词的要求。秦观的词符合雅词的要求，因而被张炎视为雅词，也就在情理之中了。

---

① 尹觉《题坦庵词》："吟咏情性，莫工于词。"王炎《双溪诗余自序》："长短句命名曰曲，取其曲尽人情，惟婉转妩媚为善，豪壮语何贵焉。"辛派词人刘克庄也说："长短句当使雪儿啭春莺辈可歌，方是本色。"可见南宋时人对词之言情特质具有广泛的共识。这也可以说是对词"别是一家"的新认识，即词与诗的区别不仅在于音乐方面，也在于情感内容方面。

　　以上结合宋人对秦观词的评论，考察了宋代两种最为流行的词学观念，从中不难看出宋代词学观念从崇尚本色到尚雅的演变。在演变的过程中，雅词的观念既包含着本色词学观念的某些内涵，也提出了一些新的内涵，可以看作是对本色观念的一种受容与发展。就发展的一面而言，与雅词提出的背景不无关系。本色词主要是针对那些不入律的词（尤其是苏词）而提出的，重在强调词在音乐方面的要求，兼及词的语言规范。雅词的提出，不仅针对俚俗词，也针对那些不入律的词；不仅针对豪气词，也同样针对婉约词自身。它是在包括婉约词在内的各种词风充分发展的情况下提出的，因而不仅有音乐方面的要求，更有语言和情感方面的规范。值得指出的是，雅词虽然在本色词的基础上提出了不少新的更严的规范，但在理论上也显示出了巨大的包容性。这种包容性一方面体现在对本色词观的某些偏颇加以修正，如对待苏轼词的态度；另一方面表现在对本色词的合理内核有所继承，如对待秦观词的态度。本色词学观念因为重在强调词的音乐性要求，相对忽视苏轼在革新词风的同时对词的语言和情感所作的雅化之功，因而对苏词非议较多，而雅词观则从新的角度对苏词有了更为合理的评价。秦观的词因为在音乐性和抒情性等方面都具有典范性，所以无论是本色词还是雅词，都认可秦观词，这就显示出雅词与本色词之间相通的一面。正因为雅词与本色词之间有相通、包容的一面，所以在本色词学观念中曾经作为对立双方的苏、秦词，均被视为雅词。

原载《文艺理论研究》2011年第4期

小山词与苏门词
——兼论词史中的"回流"现象

迄今为止，有关晏几道小山词的论述大多只联系其与其父的珠玉词、与花间词而论，对它的评价并不高；间或将其与同时的秦观淮海词相比较，也多论其异处，兼因小山词多用小令，与当时词坛主流多用慢词不同，以致得出小山词超乎当时风气之外的结论，并认为小山词的出现是词史演进过程中的一股回流。这些论断都没有将小山词与苏门词（不仅仅是淮海词）加以具体比较，对其间的关系并未加以全面申述，立论欠允。实际上，小晏生当北宋中后期，与苏门人物处于同一时代，揆诸情理，互相联系或彼此相通，不无可能。夏承焘《二晏年谱》①推定小晏生于仁宗天圣八年（1030），宛敏灏《二晏年谱》②推定其生于仁宗庆历元年（1041），均嫌过早，似非。钟陵在《晏几道生卒年小考》③一文中重考小晏生年当以仁宗庆历八年（1048）左右为宜，庶得其实。可见，小晏较苏轼（1037—1101）辈分稍晚，与苏门人物年纪相仿佛，当为同辈。据此，我们更可以推测小山词与苏门词甚至苏词互有关联。本文对此加以探讨，希望通过这一为诸家所忽视的课题的研究，能对小山词有一番新的认识，并愿就此谈一下本人对词史推进过程中"回流"现象粗浅的看法，不当之处，敬请专家指正。

一、通于苏学：亦痴亦豪的性情中人

要论及小山词与苏门词的关系，不能不涉及小晏与苏门人物乃至苏轼之

---

① 见《唐宋词人年谱》，上海古籍出版社1979年新1版。

② 见宛敏灏《二晏及其词》第八章，商务印书馆1935年版。

③ 钟文载《南京师大学报》1987年第4期。

间的关系。据现存资料来看，小晏与苏轼似无直接交往。陆友仁《研北杂志》（卷上）载邵泽民云："元祐中，叔原以长短句行。苏子瞻因黄鲁直欲见之。则谢曰：'今日政事堂中半吾家旧客，亦未暇见也'。"小晏与苏门人物中大多数并无交接之迹，只与黄庭坚关系密切，多有诗歌唱和。但这不能说明他们在思想乃至作风方面不相关。苏门人物既出苏轼门下，深受苏学影响。小晏虽非苏门人物，却与苏学有诸多相通之处。

苏学号称"苏海"，①内涵十分丰富，其政治观、道德观、文艺观均有独特内容，小晏正与其相近。政治方面：小晏虽无明确的政治主张，但他与苏轼一样反对王安石变法。缪钺在《论晏几道词》一文中以其与郑侠的关系为例对此加以论析，指出"晏几道不傍贵人之门，而独与小官郑侠厚善，盖二人皆有正义感，不满于新政之弊也"，所论极是。陈振孙在《直斋书录解题》中也指出小晏"为人虽纵弛不羁，而不苟求进，尚气磊落，未可贬也。"（卷二十一）道德方面：黄庭坚有诗称道："晏子与人交，风义盛激昂。"可见晏几道笃于风义；又在《小山集序》中赞其"人百负之而不恨，终不疑其欺己"，貌似痴绝，实为尚气之举。苏轼"平生笃于孝友，轻财好施""其于人，见善，称之如恐不及；不善，斥之如恐不尽；见义，勇于敢为而不顾其害。用此数困于世，然终不以为恨"（苏辙《东坡先生墓志铭》）。可见二人品德之尊，何其相似乃尔。文章方面：小晏无专门论文传世，然据黄庭坚《小山集序》约略可知。黄序谓其"文章翰墨，自立规模""平生潜心六艺，玩思百家，持论甚高，未尝以沽世"，又言其"论文自有体，不肯作一新进士语"。可见小晏文章之道迥异流俗。他所反对的"新进士语"实为干进之资，特别是王安石当政时期，出于独尊王学以利变法的需要而强人同己，造成许多流弊，实非文坛幸事。苏轼对此也极为反感，多次撰文非难，并与王安石展开了辩驳。这说明他们于文章之道也持论相近。然而这些究非小晏与苏学真正相通之处。所谓政治观、道德观、文艺观等等，究属观念性的东西，这些观念对词的创作并不能直接起促进作用。即以这些观念而论，他们

①王水照在《苏轼研究·自序：走近"苏海"》（河北教育出版社1995年版）中指出：人们对苏轼所创造的文化世界，曾有"苏海"之称。本文所言之"苏学"大体近似于"苏海"。

之间也存在着相当的差异。政治方面最大的不同是：小晏虽反对新法，不入新党，但也不是旧党人物，甚至拒绝了旧党中人且为当时文坛领袖的苏轼的求见，晚年对新党人物蔡京的攀附也很冷淡。观其一生，虽关心政治，但力求不介入党争而能超然其外，与苏门及苏轼的政治观有间。道德方面：苏轼与其门下交游极广，经历丰富，而小晏经历简单，交游极窄，且其早年的交接人物黄庭坚、郑侠及晚年的二位好友沈廉叔、陈君龙均为沉沦下僚者，故其虽笃于风义，所笃者殊。以文章而论，小晏不慕科举，不乐仕进，故少干进之具，而苏轼及其门下应试登第、宦海沉浮，不乏时文策论。

小晏与苏学相关之处不仅仅在于苏学中的观念性层面，而在于其中的性情方面。苏学在当时是一个与高谈性理的理学、与崇尚功利的王学均不甚相同甚或对立的思想派别，其核心是尊崇主体的性情。相比之下，苏学比理学、王学更能促进文学之事，因而有宋一代苏学影响下的诗文乃至词的创作都格外有生气，有光彩，苏门的文学之功尤著。苏门的形成始于文章的受知，毕于政事的牵累，其间始终不变的因素则是苏轼及其门下性情相近、相通。小晏究非仕进之具，实为性情中人，故其平生虽不入苏门，而在当时的社会思潮中却自觉不自觉地走近苏学，体现出一种与苏轼及其门下极为接近的豪放风流的词人本色。

具体说来，小晏的性情有两个突出的特征，其一为痴，其二为豪。关于"痴"，以《小山集序》所述小晏四痴最为传神："仕宦连蹇，而不能一傍贵人之门，是一痴也；论文自有体，不肯一作新进士语，此又一痴也；费资千百万，家人寒饥，而面有孺子之色，此又一痴也；人百负之而不恨，己信人，终不疑其欺己，此又一痴也。"此处之"痴"不是有意想要标新立异以惊世骇俗，而是一种出于天性的作风，是一种即使为之受挫乃至陆沉下位也不改初衷的气度，是一种自然而然的超尘脱俗之举动，故黄庭坚既叹"其痴亦自绝人"，又赞其"固人英也"。这种"痴"有时不免近乎"狂"。小晏将自己一生的词作称为"狂篇醉句"，年轻时感到"天将离恨恼疏狂"，到老年以后，仍然"殷勤理旧狂"。宋人大多视词为小道，编集者多不刻词。小晏不仅编辑己词进呈上司，晚年还自编词集《小山词》并为之自序，这本身就是一种狂放的行为。痴而狂，痴狂之中又不乏英气甚或忠厚之意，这是小晏性情中一个独特的方面，与苏学正通。

关于"豪"，黄庭坚在《书吴无至笔》中即称其为"豪士"，邵博《邵氏闻见后录》（卷十九）亦有记载：神宗元丰五年（1082），韩维知颖昌府，小晏监许田镇，"手写自作长短句，上府帅韩少师（维）。少师报书：'得新词盈卷，盖才有余而德不足者。愿郎君损有余之才，补不足之德，不胜门下老吏之望云。'一监镇官，敢以杯酒间自作长短句，示本道大帅；以大帅之严，犹尽门生忠于郎君之意；在叔原为甚豪，在韩公为甚德也。"可见，所谓"豪"即恃才傲物、率性轻礼，不为礼法所束缚，不为传统所限制。这在理学渐兴的北宋中期实为违世之举。理学家不仅主敬抑情，而且认为作文害道，词则自郐以下矣。小晏背其道而行之，怪不得韩维有劝勉之辞，而身为理学家的邵博要为韩维之德大加赞赏。但也正是因为小晏的这种举动才使其于词体甚尊，于词艺甚精。苏轼固然常常称词为小词，有时还以游戏的态度来作它，但词体之尊实始于苏轼。胡寅在为向子諲词集作序时说："文章豪放之士，鲜不寄意于此。"（《酒边词序》）正因为小晏与苏轼及其门下皆为豪放之士，兼之他们具有不同流俗的品性，故能毕其推尊词体之功。

亦痴亦狂的性格特征表明小晏是一个性情中人。也只有作为一个性情中人，文学之事（包括词的创作）才能成其功、遂其业。同时，正由于小晏亦痴亦豪的品性，使他自觉不自觉地推尊了词体、精进着词艺，对词史的发展也有其推进之功。这些即使不能说是受苏学影响，至少也表明它是与苏学相通的，表明小晏与当时作为词坛主流的苏词及苏门词暗通消息。明乎此，我们才不会惊讶于将小山词与苏门词加以比照研究是合理的，也才会明白二者词风相关的深刻的思想文化背景。

二、清壮顿挫：小山词与苏门词主体性创作的表征

关于小山词的特点及其与苏门词（乃至苏轼词）的共同风尚，今人虽不曾论及，古代则有人注意。小山词传统上被视为艳词，与花间词风相似，也与乃父珠玉词风接近。这种观点在宋代就已经流行，黄庭坚《小山集序》中说："士大夫传之，以为有临淄之风尔"，宋人陈振孙在《直斋书录解题》中

谓"其词在诸名胜中，犹可追逼花间，高处或过之。"后来明人毛晋在《小山词跋》中进一步称："小山集直逼花间……晏氏父子俱足追配李氏父子。"倒是身为苏门人物的黄庭坚不同意人们对小山词的这些看法。他在《小山集序》中就时人以小山词"有临淄之风"的观点发出了"罕能味其言"的感慨，颇有视小晏为同道的意味。序中谓小晏"嬉弄于乐府之余，而寓以诗人句法，清壮顿挫，能动摇人心。"对小山词风的论断也可视为对苏门词风的概括。南宋人汤衡《张紫薇雅词序》曰："元祐诸公，嬉弄乐府，寓以诗人句法，无一毫浮靡之气，实自东坡发之也。"所谓"元祐诸公"，当指苏门人物；所谓"嬉弄乐府，寓以诗人句法"，实为苏门人物学习苏词之处。小晏不属苏门人物，然其与苏门生当同时，兼之苏词影响所及，自不能免，而且小晏通于苏学，这就更使得小山词具有苏词的流风余韵。后来，金人元好问在《新轩乐府引》中说："坡以来，山谷、晁无咎、陈去非、辛幼安诸公，俱以歌词取称，吟咏情性，流连光景，清壮顿挫，能起人妙思……皆自坡发之。"元氏在此将"元祐诸公"具体化了，实指山谷、无咎，但少秦观。秦观、晁无咎、黄庭坚是苏门人物中最重要的词家。此外，苏门人物陈师道对自己的词作自视甚高，但后山"诗文皆高古，而词特纤艳"（杨慎《词品》卷三），与苏门词风迥异。倒是张耒自认其词不工："予自童时即好作文字，每于他文尝为之，虽不能工，然犹能措词。至于倚声制曲，力欲为之，不能出一语"（《倚声制曲三首序》）。苏门词人以晁、黄之词最近苏作。王灼在《碧鸡漫志》（卷二）中指出："晁无咎、黄鲁直皆学东坡，韵制得七八。"又谓陈师道词与苏词"气味殊不近"。至于秦观词与苏词之异，早在苏、秦并世之际已有人指出，二人亦自知也。从这个角度来看，元氏所谓"清壮顿挫"之"元祐诸公"词不列出秦词，自属必然，加以元氏性喜豪放雄奇，颇不喜秦观之"女郎诗"，而秦词近秦诗，元氏进而不喜秦词乃至将其词从元祐词坛中除去，更不待论。元氏所论夹杂着个人爱好因素，有失公允。若排除这种个人因素，将秦词与苏词加以对照，可以发现秦词仍不乏"清壮顿挫"之风。《魏庆之词话》曾载秦观作东坡语，以至东坡不能辨，大为惊讶。可见，秦观通于苏学，并得东坡笔力，乃至在苏门四学士中，最得东坡赏识，东坡也"于四学士中最善少游"，于其文章"未尝不极口称善"（叶梦得

《避暑录话》卷下）。况周颐说："黄山谷、秦少游、晁无咎皆长公之客也。山谷、无咎皆工倚声，体格与长公为近。唯少游自辟蹊径，卓然名家。盖其天分高，故能抽秘骋妍于寻常濡染之外，而其所以契合长公者独深。"（《蕙风词话》正编卷二）所以我们探讨小山词与苏门词的关系时，不能不牵涉苏词，也不能不联系秦词。

"清壮顿挫"词风的形成是乐府风神与诗歌句法交融的结果。前人对此多有论述，兹不论。这种词风较之花间以来的词风无疑是一种新变。显然，这种新变不仅仅是句法等变化的结果，更是词人主体意识灌注的产物，是词的创作中主体意识增强的表征。词在南唐君臣手中已经完成了由伶工之词向士大夫之词的转变。宋初晏欧诸人之词情中有思，充满着深沉的忧生、忧世的人生感慨，柳永其人风流而又儒雅，他的羁旅词充盈着漂泊之际的种种人生况味。他们的词作推动了词的主体性创作。当然，这种主体性有其雅俗之分。柳永词不免入俗，但词的自我抒情色彩较为明显；晏欧词固为雅作，但抒情的自我色彩不甚显著。苏词及其门下词融合这些词风，自抒本色，去俗为雅，使词在士大夫化的基础上进一步雅化，提升词境，推尊词体，号为词史中的一大转变，推动了词史的演进。这种转变与推进得力于苏学的浸润之功。苏学有利于词人性情的激发与主体性的张扬，并最终形成词中"清壮顿挫"的新风。文学创作中的主体意识，其核心是性情因素，而就词的创作来说，其中性情因素又不尽同于诗文创作，它在情感、意趣与气骨方面有其特定的要求，"清壮顿挫"词风的形成正与这些因素相关。

情感一般来说，诗言志，文载道，词缘情，故曰："词家先要辨得情字。"（刘熙载《艺概》卷四《词曲概》）"词不在大小浅深，贵于移情"（沈谦《填词杂说》）、"情不深而为词，虽雅不韵，何足感人"（陈廷焯《白雨斋词话》卷七）。兼之词句参差，更便于旖旎入情。不过，词在发展初期，其情多为艳情，而且多为应歌代言之作，主体并未投入多少情感。固然，苏词中也有许多歌席酬赠之作，但苏词并非仅此。实际上，词至东坡，一洗绮罗香泽之态，寄慨无端，即使间作媚词，也能洗尽铅华，故"东坡之词，纯以情胜，情之至者，词亦至。"（《白雨斋词话》卷一）苏门词皆能言情，小山词更是工于言情，他在词中就说："浅情人不知"，"情无价"。词中言情首须真挚浓厚。苏词及其门下词、小山词就其佳者而论，皆铲除浮词，豪华落尽，直见真醇。苏轼《西江月》为寄赠子由之词，读其中"中秋谁与共孤光，把盏凄然北望"之句，兄弟之情，见于句意之间；其词《虞美人》（"波声拍枕长淮晓"）作于与少游维扬话别之际，"只寻常赠别之作，已写得清新浓厚如此。"（黄苏《蓼园词评》）秦观词《满庭芳》（"山抹微云"）为其不能忘情之作，其中"多少蓬莱旧事，空回首，烟霭纷纷"之句，无限眷恋，低徊不已，故此词极为东坡所赏；其词《踏莎行》（"雾失楼台"）写贬谪后的心情，牢落之状，隐然可感，东坡绝爱其尾两句；其词《风流子》（"东风吹碧草"）情致浓深，可谓奕奕动人。山谷词《清平乐》（"春归何处"）中的伤春之情亦复凄婉动人。小山词《木兰花》（"初心已恨花期晚"）大概是他忆念一个最亲近的人而作，情真语挚，不觉哀伤；《生查子》（"关山魂梦长"）末句"真个别离难，不似相逢好"，借归梦说出别离相思之苦，是痴拙语，是真率语，也是至情语，可谓语质情至；《鹧鸪天》（"彩袖殷勤捧玉钟"）词之下半阕婉转缠绵，情深一往，甚至被评为"自有艳词，更不得不让伊独步"（《白雨斋词话》卷一）。诸家之词能言真情，又能委曲传情，深契词的体例。但仅仅因为词中真情而言其"清壮顿挫"，未免皮相。抒发真情至性是一切文学创作所必需的，而欲得"清壮顿挫"，显然要在词中灌注主体情感，并使词富有一种沉郁顿挫的力量。前人论词，谓"词贵缠绵，贵忠爱，贵沉郁"（《白雨斋词话》卷一），又谓"诚能本诸忠厚，而出以沉郁，豪放亦可，婉约亦可"（《白雨斋词话》卷一）。这是后世词论家以诗教说词的看法，有点牵强，小晏与苏门诸人作词不受其限制。但抛开其中的说教成分，词"贵沉郁"的说法还是有其启示意义。小山词与苏门词之所以能"清壮顿挫"，就是因为他们在抒情的时候多运主体的沉郁之思。词中舍沉郁则无顿挫可言。苏轼本人豪放旷达，其词多被人视为豪放词，实际上他的词多豪中见悲，旷而含凄，别具沉郁之致。苏轼赠别参寥子之词《八声甘州》有愤激语，而意自尔豪宕，观其开首"有情风，万里卷潮来，无情送潮归"数语可知：词人抒情之际，胸中又何尝不是风起潮涌呢！昔人评其"寄伊郁于豪宕，坡老所以为高"（《白雨斋词话》卷八），所论极是。苏词《浣溪沙》（"山下兰芽短浸溪"）也是"愈悲郁，愈豪放，愈忠厚。"（《白雨斋词话》卷六）秦观词虽"用心不逮东坡之忠厚，而寄情之远，措语之工，则各有千古"（《白雨斋词话》卷一），其词颇深厚沉着。《望海潮》（"梅英疏淡"）上片结句思路幽绝，其妙令人不能思议，以至陈廷焯谓其较秦词中"郴江幸自绕郴山，为谁流下潇湘去"之语"尤为入妙"。（《白雨斋词话》卷一）山谷词多用意深至，笔力奇横，如其《望江东》（"江水西头隔烟树"）即是"笔力奇横无匹，中有一片深情，往复不置"（《白雨斋词话》卷六）；《踏莎行》（"临水夭桃"）的结二句"虽近纤新，而辞旨亦自沉郁有致"（《蓼园词评》）。苏词高华沉痛，无咎词无子瞻之高华，沉咽或过之，其词《水龙吟》（"去年暑雨钩盘"）层次曲折而又一气舒卷，《忆少年》（"无穷官柳"）中"花无人戴，酒无人劝，醉也无人管"亦复沉咽之至。小山词风流绮丽，独冠一时，虽不免"思涉于邪，有失风人之旨"（《白雨斋词话》卷一），然其词《临江仙》末二句"当时明月在，曾照彩云归"不胜今昔之感，仍以见其"柔厚"（《复堂词话》）而为谭献所重。小晏对女性一往情深，而他在《清平乐》（"蕙心堪怨"）词中反说自己薄幸，言外仍有无限留恋，正见出他的真情厚绝处，也可见其痴绝。小晏为人本有豪放的一面，其词间或近于苏词之豪放，也能以豪写悲。《鹧鸪天》中"舞低杨柳楼心月，歌尽桃花扇底风"虽只是歌舞之事、风月之情，却写得豪放风流，但此等豪兴只是昔日之物，与"今宵剩把银钘照，犹恐相逢是梦中"的悲慨形成巨大的感情落差，写来格外动人；同调（"守得莲开结伴游"）中上片写"来时浦口云随棹，采罢江边月满楼"，下片写"年年拚得为花愁""争向朱颜不耐秋"，短幅之中，情感跌宕如斯。其词《玉楼春》（"当年信道情无价"）也是在豪兴中写悲慨，沉郁顿挫，情调与此相似。词情本以哀怨为美，但小山词与苏门词以及苏词更于哀怨之中蕴沉郁之致，得顿挫之功，这正是主体情感投入的结果。

意趣"词以意趣为主"（张炎《词源》卷下）。这是士大夫主体审美情趣作用的产物，也是为了更好地在词中体现出士大夫特有的主体精神。张炎指出东坡中秋水调歌头、夏夜洞仙歌数阕"皆清空中有意趣，无笔力者未易到"。显然，词中意趣不仅仅关乎笔力。正如清人李佳在《左庵词话》（卷上）中所说："词以意趣为主，意趣不高不雅，虽字句工颖，无足尚也。意之作家歌"（《避暑录话》卷三）。明人毛晋在读到小山词时也说："恨不能起莲、鸿、蘋、云，按红牙板唱一过。"（《宋六十名家词》本"小山词跋"）所谓"作家歌"，不仅要求入律，也要求词的用字措辞、取象造境要柔婉，方能便于歌妓演唱，固然不能如苏黄之奇重，但作为主体之词，也不能像柳永那样一味迎合世俗而故作平易甚至平滑庸俗之辞，而是以平淡之语写主体情思，淡雅有味。冯煦在《宋六十一家词选序例》中说：小山、淮海词"淡语皆有味，浅语皆有致。"殆是此意。这种淡雅有味，一方面是变苏黄之奇险为平淡，去柳词之平易而入深婉，深挚之情出以闲淡之语而情味隽永。昔人谓少游词"正以平易近人，故用力者终不能到"，"少游词如花含苞，故不甚见其力量，其实后来作者，无不胚胎于此。"（周济《介存斋论词杂著》引晋卿、良卿语）所见甚是。小山词亦可作如是观。淮海词《踏莎行》中："郴江幸自绕郴山，为谁流下潇湘去"两句为"淡语之有情者"（王世贞《艺苑卮言》），陈廷焯在《白雨斋词话》（卷一）中评小山词《临江仙》（"身外闲愁空满"）中"明年应赋送君诗，细从今夜数，相会几多时"数句为"浅处皆深"。另一方面，二人变花间、柳永以来艳美之风为清新妍美之调，并纠正苏黄一派的生硬重拙，颇觉清妍。二人之词多借日常生活中习见的柔美之物写情，如其词中飞絮落花的世界、游丝细雨的天地，与苏黄词中渔父烟蓑、凛然苍桧不同，而与柳词"杨柳岸，晓风残月"之境相仿佛，颇协于词体。淮海词《浣溪沙》中"自在飞花轻似梦，无边丝雨细如愁"，一片闲愁，全在飞花细雨之中；《江城子》中"韶华不为少年留，恨悠悠，几时休？飞絮落花时候，一登楼"，几多苦恨，皆在飞花细雨之中，幽趣妍姿，何其美哉！小山词《虞美人》（"飞花自有牵情处"）写到风中飞花与楼中翠黛，伤春之情与惜时之感一并写来，深婉处全以妙想出之；至于《临江仙》中名句"落花人独立，微雨燕双飞"更是将一片怀人之情写得含蓄蕴藉，竟体空灵。

其次，这种闲雅风调还与二人词之托兴娟秀有关。陈廷焯在《白雨斋词话》（卷五）中说："大抵北宋之词，周、秦两家，皆极沉郁顿挫之妙，而少游托兴尤深。"这说明词中沉郁之致与托兴有关。但苏黄等人词作不免用意深至，托兴有迹，反失浑成之致。同时，他们在词中寄慨，其慨叹之处多在能迥不犹人最佳。"苏词固不乏豪放之作，然其佳处不在于故作豪壮语，而多在于以清空之辞造空灵之境，意趣高雅，或如《贺新郎》咏石榴之幽独情怀，或如《蝶恋花》以绮语写旷趣而兼得理趣。这些词虽不乏绮语丽物，却不能简单地将其视为艳作，故前人有苏词佳处不在粗豪而在韶秀的说法（参周济《介存斋论词杂著》）。苏词韶秀之处多有意趣。咏物、怀人、赠别本为词中常境，然苏词及其门下词却以其意趣而显得格高调雅。苏词《洞仙歌》（"冰肌玉骨"）豪华婉逸，为其所得意者，清人沈祥龙评此词"韶丽处不在涂脂抹粉也……在神不在迹"（《论词随笔》）。该词之神就在于以豪华婉逸之笔写出一片冰清玉洁的心性。《定风波》（"常羡人间琢玉郎"）为赠送他人侍妾之作，观其"笑时犹带岭梅香"、"此身安处是吾乡"诸句，颇能于香艳当中传达人物的高情远意。同时，东坡御风骑气，下笔有神仙语，不同鄙俚猥亵之词，特别是他的不少游仙词，雄姿逸气，具有神仙出世之姿。如苏词《西江月》（"照野瀰瀰浅浪"）以芳草、明月造就一种疑非人世之境，恍然若仙；《行香子》（"北望平川"）也作人外之游，仙趣澹然。有时还能在咏物、怀人之际兼得出世之趣，如其寄赠子由之《水调歌头》"不特兴会高骞，直觉有仙气飘缈于毫端"（《左庵词话》卷下）秦观词《鹊桥仙》（"纤云弄巧"）托双星以见意，"婉恻缠绵，令人意远。"（《蓼园词评》）前人吟咏七夕多以双星会少别多为恨，此词独谓情长不在朝暮，虽咏古题（也是词中常调），却别出心裁，颇有化腐朽为神奇之效。其神奇之处也正在立意之高，不落俗套，既深化了牛女故事的意义，又使人的感情超凡脱俗而得到升华。山谷宜州词《蓦山溪》虽为其赠衡阳营妓陈湘之作，读其"林下有孤芳""风尘里，不带风尘气"数句，究与一般的赠妓作品有异。山谷曾言张志和渔父词雅有远韵，故多渔父词，正是因为他一生坎壈，故托兴于渔父，如其《浣溪沙》（"新妇矶头眉黛愁"）词中下阕以"无限时""一时休"诸语写渔父情怀，语含愤激，虽欲为闲适，终带牢骚。山谷也有咏物词，如《鹧鸪天》（"黄菊枝头破晓寒"）本谓菊能耐寒，却曰"破寒"，更写得菊花精神百出；又曰"斜吹雨""倒着冠"，则有兀傲不平之气存焉；末二句尤有牢骚。山谷词中的牢骚之意与苏词的游仙意趣取径不同，但都不失为有意趣之作。晁无咎一如苏轼，慕陶潜之为人，致仕后，葺归来堂，号归来子，淡然无营，俯仰自足，可以想见其高致。无咎词《摸鱼儿》（"买陂塘旋栽杨柳"）语意峻切，而风调自是清迥拔俗，真能道急流勇退之意，故极得真西山之爱赏。小山词中多咏莲、荷，论者多认为不过是小晏怀念平生眷恋歌妓所作。实际上，这些词怀人之中亦有意趣，如其《蝶恋花》咏秋莲："照影弄妆娇欲语，西风岂是繁华主"，前者是孤芳自赏，后者是矜持自重，词人借莲喻人兼怀人，也是对自己身为轻慕荣华者的绝妙写照。小晏有与郑侠诗，结句也说："春风自是人间客，主张繁华得几时"。可见小山诗词意趣颇有相通之处。其词《采桑子》（"非花非雾前时见"）似为咏妓之作，其中有句："殷勤借问家何处，不在红尘"，笔意欲仙，与坡仙意趣亦通。《生查子》："长恨涉江遥，移近溪头住。闲荡木兰舟，误入鸳鸯浦。无端轻薄云，暗作廉纤雨。翠袖不胜寒，欲向荷花语。"此词风神似古乐府，颇有六朝采莲民歌风味。词中虽有"云""雨"字样，而它写少女采莲，用荷花加以映衬，又颇得古诗咏叹佳人的高致。山谷咏梅曰"破寒"，实际上是写其耐寒意趣；小晏咏荷而曰"不耐寒"，意趣不一，但皆有情有趣。苏轼在词中慨叹"高处不胜寒"。小晏也说"不耐寒"，意趣虽与坡仙有高下之分，但也不乏相通之处。况周颐在《蕙风词话》（正编卷二）中指出："小晏神仙中人，重以名父之贻，贤师友相与沆瀣，其独造处岂凡夫肉眼所能见及"。正因为同是神仙中人，所以小晏即使不作游仙之词，而其咏物、赠妓词中意趣能通于坡仙。这种意趣并非全是出世之思，其仙趣最终仍落入人世，坡仙也曾说过"何似在人间"，小晏则毕其一生未曾作弃世之念。

气骨诗要有风骨，词不以气骨为美。如果说词中情感、意趣尚不脱词之本体，那么气骨与词之为体究无必然的关系，但苏词、苏门词乃至小山词都不乏气骨，这更与其主体投入、生气灌注有关。情感属于性情中感性的一面，意趣则偏于理性，而气骨是主体感性与理性综合的结果，是对创作主体性情的全面展示，它能体现主体关于社会、历史、人生等多方面的感受，特别是政治方面的感慨。诗之所以有风骨，也正因为其中多有此等内容。当然词有气骨，并非天然地具备的，当与慢词的兴起有关。早期词（包括花间词乃至晏欧词）多用小令，故乏风骨。柳永擅长慢词的创作，词中多有气骨，前人即谓"屯田词，最长于行气"（蔡嵩云《柯亭词论》）。但柳词气骨多被风情所掩，故仍觉其不畅。苏轼及其门下词激浊扬清，即便是小令也作得风骨凛然。著名的赤壁怀古词《念奴娇》有一种横槊气概，尽显英雄本色。苏词《卜算子》（"缺月挂疏桐"）一词"语意高妙，似非吃烟火食人语，非胸中有万卷书，笔下无一点尘俗气，孰能至此"（《山谷题跋》卷二"跋东坡乐府"条）。这种超脱尘俗之气、高妙之意韵，固得力于词人胸有万卷，更来源于主体胸中天然绝世的豪妙之气。这种气骨施诸小令固然可以使其"格奇而语隽，斯为超诣神品"（《蓼园词评》评苏词《卜算子》），注诸慢词更觉气骨不凡。苏词《水龙吟》（"楚山修竹如云"）被评为"非无字面芜累处，然丰骨毕竟超凡"（《词洁辑评》卷五）。所谓"字面芜累处"，无非指它有绮语丽辞。实际上，苏词"清丽舒徐，高出人表"（《词源》卷下）。此词佳处正在于它具有不凡的风骨，又不失却词体清丽的字面。罗忼烈在《两小山斋词话（九）》中指出此词"婉丽中含清刚之气，正是坡词本色"，可谓卓识。刘熙载在读到坡词《定风波》《荷花媚》时说："雪霜姿，风流标格，学坡者，便可从此处领取。"（《词曲概》）亦指苏词有雪霜高姿又不乏风流标格。黄、晁二人品行近于东坡，二人之词与坡词气骨也最为接近。山谷谪宜州时作《南乡子》（"诸将说封侯"）、在戎州作《念奴娇》（"断虹霁雨"）。前者以插花、醉酒之举表达封侯失意反遭贬谪的不满，失意中仍不乏兀傲之姿；后者可继东坡赤壁之歌，末句"老子平生，江南江北，最爱临风曲。孙郎微笑，坐来声喷霜竹"，颇露傲岸气骨。他的《鹧鸪天》（"黄菊枝头破晓寒"）一词也被评为"清迥独出，骨力不凡。"（《蓼园词评》）苏门词中即使是秦观词也"体制淡雅，气骨不衰。清丽中不断意脉，咀嚼无滓，久而知味"（《词源》卷下），特别是他的慢词更是"清新淡雅，风骨高骞"（蔡嵩云《柯亭词论》）。秦观慢词除了写爱情和贬谪，也有怀古、纪游之作，如传诵众口的《满庭芳》（"山抹微云"）、《满庭芳》（"秦峰苍翠"）于怀古、纪游之中，或曰："最好挥毫万字，一饮拚千钟"，或曰："最好金龟换酒，相与醉沧州。"并未落入怀古伤今的窠臼，以纪游的壮丽山水充实着览古的感慨情怀，气骨豪俊。有人认为小山词没有涉及政治者，实则不然。小晏颇能用小令以寄慨时事，抒发他的仕宦之感，写来也不乏骨气。其词《浣溪沙》（"二月和风到碧城"）、《玉楼春》（"东风

又作无情计"）暗含蒿目时艰之感与忧怀国事之心。《诉衷情》词曰："都人
离恨满歌筵，清唱倚危弦。星屏别后千里，更见是何年。骢骑稳，绣衣鲜，
欲朝天。北人欢笑，南国凄凉，迎送金鞭。"直写时事，较之苏黄等人的怀
古之作更为直接，风骨不减。小山词中《鹧鸪天》（"十里楼台倚翠微"）
及同调（"陌上濛濛残絮飞"）二词当为词人在颍昌任上所作，写其归来之
意，可见其不乐仕宦的气骨。其词《采桑子》（"高吟烂醉淮西月"）为其
离颍昌许田任时所作，颇见其为人风流而清介的梗概。他的《生查子》
（"官身几日闲"）不免有宦游之嗟。有时，词人将这种宦游之嗟、归来之
意发为闲适之趣，如其词《清平乐》（"波纹碧皱"）细写赏花酌酒，别有
闲适之乐。但小晏并非甘于过闲适的生活，其词《采桑子》（"日高庭院杨
花转"）写出了词人对日复一日的闲居平庸生活所特有的慵倦之感。至于小
山词《临江仙》（"东野亡来无丽句"）抒发诗人老去、故旧丧亡的感慨，
也写出了不可辜负好韶光的心情，风骨苍凉。词中风骨倘若出以兴象，往往
能使全词气象非凡。柳词《八声甘州》（"对潇潇暮雨"）被苏轼赞为"不
减唐人高处"，其中即有兴象之美。昔人谓东坡词之"阔大处，不在能作豪
放语，而在其襟怀有涵盖一切气象"（《柯亭词论》）。苏词《水调歌头》为
月下怀子由之作，工于发兴，词人怀抱俯仰，浩落如是，虽有"悲欢离合"
"阴晴圆缺"之感，却未落入纤秾，诚可谓"兴象高，即不为字面碍"（《词
洁辑评》卷三）。无咎词神资高秀，可与坡老肩随。其词《洞仙歌》中秋词
可继坡仙中秋之作，亦是"气象万千。兴乃不浅。"（蓼园词评）。王国维赞
扬秦观词《踏莎行》中"可堪孤馆闭春寒，杜鹃声里斜阳暮"两句，以为这
两句气象与《诗经》中"风雨无晦，鸡鸣不已"相似（《人间词话》卷上）。
康有为则赞赏小山词《临江仙》开首"梦后楼台高锁，酒醒帘幕低垂"两句
"纯是华严境界"（见梁启超《饮冰室词评》），这也是就其气象非凡、令人
引发诸多联想而言的。秦、晏二词一入诗境，一入禅境，境生象外，所取之
象与所入之境虽不尽同于苏词，然其间兴会之处仍复相通。于此可见，主体
意识的增强能使词的气骨如诗、气象如禅，焉能徒以艳科视之。

　　以上从情感、意趣、气骨三个方面论述了小山词与苏门词的主体化创作
特征，可见小山词融入了北宋词的主体化创作进程。至此，小山词超乎当时

词坛的说法不攻自破了。这种主体化创作表明词人与词作之间的关系密切。前人谓苏轼"词中有人""词中有品"（见谢章铤《赌棋山庄词话》卷九），也正是此意，小山词与苏门词也应作如是观。这种"品"并非指创作主体的道德品质，而指其性情方面。小晏与苏学中观念性的东西并不尽合，而性情实通。我们既可由小晏其人之品推论其词之品，也可由其词返观其人。清人沈谦在《填词杂说》中说："秦观、黄庭坚……皆有郑声"，"不足以害诸公之品。"王国维则指出："少游虽作艳语，终有品格。"（《人间词话》卷上）我们不能因词有郑声而苛论词人，更不能用有品格的艳词来妄断人品。小山词在当时就有人非议，观《小山集序》可知。然而小山词虽为艳词，亦有品格，故曰："叔原之为人，正有异于流俗，不第以绮语称矣。"（陈廷焯《云韶集·词坛丛话》）

三、风调闲雅：小山词与淮海词个性化创作的特征

词中主体性的创作，固然使词在发展的过程中增加了异量之美，但苏词及其门下词中情感、意趣与气骨等新的因素多有与词体不协之处，有些还去词美为远。前人言："填词，一调有一调之体制，一调有一调之气象，即一调有一调之作法。"（《柯亭词论》）词人填词在注重主体性的投入时，也不能不顾及词体本身的特点。苏轼及其门下不免对此不够重视，有时还以游戏的态度来填词，更不免有劣作。苏门词人陈师道就指责苏轼以诗为词，词非本色；晁无咎也说山谷词乃著腔子唱和诗。虽不能说他们的词就是诗，但其中确有许多非词的因子，属于非词之词，不是词中正声，这也是词坛中不争的事实。这说明词体推尊以后，摆在词人面前的一个重大课题就是如何推尊词体并维护词美。要做到这一点，就要求词人创作时既注重主体性的投入，又要重视个性化的创作。文学创作中的主体性应包括共性与个性两个方面，其中个性化的创作对文学的发展尤其起着直接而又关键的作用。显然，小山词在这一点上与苏词乃苏门中诸多人物不同，而与秦观淮海词不谋而合。二人之词以其闲雅风调而自立规模，在苏词及苏门词之外，为词坛开辟新境，在主体化创作的基础上，以其个性化的创作进一步推动了词史的演进。前人

屡把晏几道与秦观并称。陈廷焯在《白雨斋词话》（卷六）中引乔笙巢语："少游词寄慨身世，闲雅有情思，酒边花下，一往而深。"①赵德麟在《侯鲭录》中引晁无咎言："叔原不蹈袭人语，而风调闲雅，自成一家。"②所谓"闲雅有情思"的风调，正是二人词中相通之处，也是二人词风与苏词及其门下词风不同而颇见个性的地方。

　　首先，这种闲雅有情的风调与二人词的体制淡雅妍美有关。词体尚柔尚丽。王世贞在《艺苑卮言》中称道苏词"明月几时有，把酒问青天"之类的快语、"大江东去，浪淘尽，千古风流人物"之类的壮语、"高情已逐晓云空，不与梨花同梦"之类的爽语，虽能清壮顿挫，究非词之本色，因其出语过于疏快明朗，反而失却词之幽约凄馨、烟水迷离之境。苏轼有时还以健句入词，虽有振奇之效，于词又不免生硬，如《定风波》直写胸臆，琢句瘦逸；《西江月》写得恍惚迷离，与词体甚近，然黄庭坚仍疑其有突兀之句；他的《卜算子》词则被元人吴师道评为词中"别一格"（《吴礼部词话》）。陈廷焯在《白雨斋词话》（卷一）中说："秦七黄九并重当时"，又谓山谷词"即以其高者而论，亦不过于倔强中见姿态耳。于倔强中见姿态，以之作诗，尚未必尽合，况以之为词耶。"山谷词还时出俚辞，语落伧父。无咎词琢语平贴，虽有冠柳（永）之处，高处或可纠苏黄奇警之弊，下者则一如柳词之易为流俗所悦。昔人评："叔原词在诸名胜中，独可追逼花间，高处或过之"（王奕清《历代词话》卷四引陈质斋语）、"少游词得花间、尊前遗韵，却能自出清新"（《词曲概》）、"少游词，虽间得花间遗韵，其小令深婉处，实出自六一，仍是阳春一脉。慢词清新淡雅，风骨高骞，更非花间所能范围矣。"（《柯亭词论》）小山词除得力花间，其高华处亦得力于乃父；少游词除来源于花间，其深婉处则来源于六一。花间、尊前以迄晏欧之词，向为词家正宗。小晏与少游二人于此浸润甚深，故能在进行主体性创作的同时，又不失词的正宗风味。宋人叶梦得说少游"善为乐府，语工而入律，知乐者谓

---

　　① 冯煦《宋六十一家词选例言》："余年十五，从宝庆乔笙巢先生游，先生嗜倚声，日手毛氏《宋六十一家词》一编，顾谓予曰：'词至北宋而大，至南宋而深。'是刻实其渊丛，小子识之。"故陈廷焯将《词选例言》归乔笙巢。

　　② 《复斋漫录》引晁语，叔原作元献，当误。

于主体对历史、时代的感受，这些毕竟是属于社会性的内容，兼之直抒胸臆，其间佳处，固然韶秀，但也时落粗豪，有损词美。晁无咎咏梅词云："开时似雪，谢时似雪，花中奇绝，香非在蕊，香非在萼，骨中香彻。"固是有意趣、风骨之作，且托兴梅花，不失香艳，但费尽气力，不见好处，"刻挚不能浑涵，终属下乘"（《白雨斋词话》卷六），可见，词贵浑涵。刘熙载在《词概》中比较苏词《满庭芳》"老去君恩未报，空回首，弹铗悲歌"与《水调歌头》"我欲乘风归去，又恐琼楼玉宇，高处不胜寒"，认为前者不如后者之空灵蕴藉，并指出"词以不犯本位为高"。所谓"词之本位"，即谓其空灵蕴藉，情韵浑涵。陈廷焯在《云韶集·词坛丛话》中说小山词"以韵胜"，"自成大家"。《词林纪事》卷六引楼敬思云："淮海词，风骨自高，如红梅作花，能以韵胜。"①这也说明词中意趣或风骨须带情韵而行，方有韵味。当然，诗歌也讲究韵味，词中韵味却与其不尽同。"词之为体如美人，而诗则壮士也。"（田同之《西圃词说》引魏塘曹学士语）东坡及其门下或为英雄词，或为渔父词，或为隐逸词，固然有趣有骨，然其中英雄、渔父、隐士等形象究与词体不合。小山词与淮海词也有意趣、气骨，但就其佳者而论，不失词的"美人"本色。这种本色，故不在于如苏词写江山胜景，或如山谷词以山光水色代替玉肌花貌，而是将身世之感打并入艳情之中，得其神而去其迹。周济在《宋四家词选》中评秦观词曰："将身世之感打并入艳情之中，此又是一法。"小山词亦当作如是观。小晏自序其词有言："不独叙其所怀，兼写一时杯酒间闻见，所同游者意中事"，"考其篇中所记悲欢离合之事，如幻如电，如昨梦前尘，但能掩卷怃然，感光阴之易迁，叹镜缘之无实也"。大抵近如淮海词。所谓身世之感，是常人所感但更为小晏、秦观等性情中人所锐感的人生无常、光阴易逝、离多别少、遇合难料之类情事，其间当然有很多的社会内容，但身世之感与社会感慨相比，更具有个人性的特点。苏黄等人或以词题、或以词序，点明词之背景或词中用意，不免因其显豁而尽露本相。小山词与淮海词一般不对此加以坐实，而是通过艳事来寄慨，既含蓄蕴藉，又空灵婉丽。传统艳词多以伤春伤别的情调来表达，秦晏之词多有此调。小山词《蝶恋花》（"碧草池塘春又晚"）借伤春之情写红

---

① 转引自杨宝霖补正《词林纪事》，上海古籍出版社1998年版，第409页。

颜易逝、流年暗换之感，幽怨不尽；他的《蝶恋花》（"庭院碧苔红叶遍"）于悲秋之中暗伤年华老大、身世蹉跎，情调与此相通；《菩萨蛮》（"哀筝一弄湘江曲"）似为写筝，似为寄托，意致凄婉，末句意浓而韵远，妙在能蕴藉；其词《木兰花》（"秋千院落重帘暮"）上片结句："墙头丹杏雨余花，门外绿杨风后絮"，虽为即景之作，却富于比兴意味，引人联想，让人对恍惚多变的人事变迁感慨不已。淮海词《满庭芳》中有句："西窗下，风摇翠竹，疑是故人来"，托意高远，措辞洒脱；《风流子》中有句"青门同携手，前欢记，浑似梦里扬州"，说明本词是托于所欢实为忆念京中旧友、抒写迁客情怀之作，情致浓厚，声调清远。他的《踏莎行》（"雾失楼台"）写旅舍所见，并以桃源的避世之地寓身世之感，其中首二句看似写景，但在时间上与后面"可堪"两句写日暮不合，可见其不是实写眼前之景，连后之桃源，皆为象征喻事。东坡赏爱此词末尾二句，是因为其中迁谪情怀引发其高山流水之悲；王国维以为这是皮相之论，这是因为他没有苏轼的切肤之痛，但他独赞词的上片"可堪"二句，并说它气象似诗，这也说明此词的深于比兴，相比之下，上片更觉浑融。

　　小山词与淮海词之所以能以其"闲雅风调"推进词的个性化创作进程，除与二人词体的自觉性有关，也与二人独特的气质、个性有关。楼钥《黄太史书少游海康诗题跋》谓少游"一生怀抱百忧中"，冯煦在《宋六十一家词选序例》中说："淮海、小山，古之伤心人。"秦观早年也豪俊，但中年以后受党争牵累，历贬数州而不返，心情抑郁凄苦，与苏黄等人迁谪之际不改其度相比，不能不说秦观气质上偏于柔弱，所以冯煦在《蒿庵论词》中感叹地说："少游以绝尘之才，早与胜流，不可一世，而一谪南荒，遽丧灵宝。"夏敬观在《小山词跋》中说："叔原以贵人暮子，落拓一生，华屋山丘，身亲经历，哀丝豪竹，寓其微痛纤悲。"二人气质本有着纤柔的特点，兼之遭受人生重大变故，宜其词多苦境悲情。《白雨斋词话》（卷四）评小山词"情辞凄婉"。贺裳《皱水轩词筌》谓"少游能曼声以合律，写景极凄婉动人"，王国维在《人间词话》中更谓"少游词境最为凄婉"。词境凄婉是情词相称的结果，也与词中写景造境有关。二人之词既多伤春、伤别之调，此正是其中凄婉之处。梅圣俞有词《苏幕遮》："落尽梨花春事了，满地斜阳，翠色和烟老"亦是词中苦境。刘熙载谓"少游一生似专学此种"。①不过，淮海词并非学梅词而来，此亦其天性近之而已。伤心人多别有怀抱，故词之悲慨处亦不尽在叹逝伤离上。宋人举秦词《千秋岁》为例，谓"少游小词奇丽，咏歌之，想见其神情在绛阙道山之间"（魏庆之《诗人玉屑》卷二十一）。少游与苏轼不同，并非神仙中人，故其词即使作游仙之不念，也多凄苦之音。如秦词《临江仙》（"千里潇湘挼蓝浦"），一片性灵，几被凄凉之调所掩。昔人对此有"秦七声度"②之称，这正是读出了淮海词中的孤心苦调，颇见秦词个性化的抒情口吻。即以秦词《千秋岁》而论，其结句"春去也，飞红万点愁如海"，一如李煜之"一江春水向东流"、"天上人间"，真是愁情无限。置身仙境，尚且如此忧乐无端，诚可谓"古之伤心人"也。小晏也被视为神仙中人，然其词境少有美好仙境可言。小山词多写梦境，其间固不免作美妙回想，如《点绛唇》（"妆席相逢"）中"淡烟微雨，好个双栖处"、《清平乐》（"幺弦写意"）中"一夜梦魂何处，那回杨叶楼中"、《鹧鸪天》（"小令尊前见玉箫"）中"梦魂惯得无拘检，又踏杨花过谢桥"，梦境固然美好，然而美好之境只能出现在梦中，这本身不就是一件可悲之事吗？这些词中梦境差不多都是出现在小山词的结句，也往往是小晏最为伤心之处。虽写梦中美境，究有仙境与鬼语之分，而这些鬼语多半是小晏内心凄苦的反映。

清人陈廷焯在《白雨斋词话》（卷八）中指出："读古人词，贵取其精华，遗其糟粕……读淮海集，取其大者高者可矣。"读小山词与苏门词也应这样。就淮海词与小山词之"大者高者"而论，不仅体现了主体性的创作特征，而且表现着一种鲜明的个性化的创作风格。当然，淮海词与小山词虽同具闲雅的风调，其间仍有差异。如二人之词虽同被评为"淡语皆有味，浅语皆有致"，但王国维谓"此唯淮海足以当之，小山矜贵有余……未足抗衡淮海也"。这自然与小晏出身高贵有关，故其词出语矜贵，境界高华，正所谓"秀气胜韵，得之天然，殆不可学"；淮海词则自出清新，颇具清远之境。同样在词中寄慨，淮海词中身世之感交融着迁谪之痛，故不免时有由凄婉入凄厉之作，这与小山词写华屋山丘之感、情辞只是一味凄婉也不尽同。这当然

①见王国维《人间词话》卷上。刘氏原话："（梅）似为少游开先。"
②叶申芗《本事词》卷上，见《词话丛编》第2319页。

与二人的遭遇不同有关。也正是这些因素进一步促进二者的个性化创作特征。但不管二者有何不同，其词仍不失词美，正如《词曲概》所论："叔原贵异……少游清远……惟尚婉则同耳。"二者在推尊词体的同时，又维护了词体本身婉雅的特点，在苏轼变革词风的基础上，进一步推进词的发展。在这一过程中，小山词亦功不可没，但一直没有像淮海词那样受到重视，现在理应对此加以纠正。至于在形式上，小晏更多地作小令，而秦观兼善慢词，但小晏的小令在晏欧词的基础上，把这种词体的抒情艺术推向了极致，秦观则以小令的作风写慢词，二人只不过殊途同归，要皆有功于词史的推进。如果我们承认淮海词在词史中的正宗地位，就不应该忽视小山词在词史中的同样地位。这一点，我们只要结合北宋中后期的"本色论"的词学论争就可明白。苏词的出现，革新了词风，在北宋中后期词坛中引起了一场本色论的争论，苏门中对此尤为争论不已。他们除了争论苏词得失外，也论及苏门词乃至小山词。这种本色论实际上是围绕着词人本色与词体本色如何统一这个关键问题而展开的。苏门中晁无咎、陈师道主张词体本色，他们固然对秦七、黄九如何评价意见不一，但对秦词皆称道不已。苏门中论及小山词的，有黄、晁二人。二人的词风本近苏词，可见他们重视词人本色，但也未忽视词体本色，故对苏门之外的小山词也推崇不已。黄氏以"清壮顿挫"许之，揭示了小山词与苏门词的相通之处；晁氏以"风调闲雅"指出了小山词与苏门词的差异，并以"自成一家"点明了这种词风的词史意义。"闲雅风调，自成一家"，既有主体性的参与，又不忽视词体这一客体的自身特点，暗启后来李清照关于词"别是一家"之说。小山词、淮海词与易安体均不失为词中正宗，这是词史演进过程自然形成的，我们理应尊重词史实际，而不能将小山词排除在词史演进的过程之外。

四、回流现象：词史演进中一个不可忽视的现象

今人论及小山词，多就词论词，很少从词史的角度对小山词加以评价，只有叶嘉莹在《论晏几道词在词史中之地位》一文（以下简称叶文）中对此

作了专门的论述①。叶文将小山词与花间词、李煜词、大晏词以及秦观词加
以比较，揭示各家差异，并确立小山词在词史中的地位。叶文认为小山词在
性质上属于承袭花间的回流嗣响，但在风格与笔法方面，有不少异于花间的
地方，并将其称为词史演进中的"回流"现象。由于叶文成文较早，未曾吸
收后来学界关于小晏生平的考证成果，将小晏视为苏门乃至苏轼之前的人
物，进而对小山词与苏词、苏门词之间的关系甚少涉及，虽将小山词与淮海
词加以比较，但更重视二者的差异，而对小山词与苏门词（包括淮海词）以
及苏词之间深刻的相通之处，并未多加注意，故其对有关词史演进中"回
流"现象的描述与理解容或可商。

词史演进恰如文学史的演进乃至人类历史长河的流动一样，是曲折盘旋
地向前发展的，出现"回流"现象是很正常的。但历史上的回流之处并非仅
仅是停滞不前乃至倒退，而往往在错位的同时也有同步位移的情况。小山词
的出现就是词史上的回流之处，其间既有错位，也有同步位移。在慢词已经
兴起的情况下，他坚持独作小令，似乎有错位之嫌疑（小山词今存二百余
首，也有少量慢词，并非一首不作，也许还有不少散失）。我们如果把目光
只关注它与花间词风、乃父临淄之风的相似方面，也就只能将其论定为词史
中的一股回流。实际上，小山词与当时词坛主流——苏词及其门下词是相通
的，体现出一种与苏词、苏门词同步位移的趋势。"回流"现象牵涉到词史
演进的方向性问题。叶文认为小山词"在词之发展中，虽未随众水俱前，而
回波一转，却能另辟出一片碧波荡漾、花草缤纷之新天地"。其实，小山词
并非没有随众水向前，而是融入了当时词坛演进的潮流，尤其是它与淮海词
在词的个性化创作方面，更有成就，更能代表词史演进的方向，因而它是众
水当中的重流，而不仅是那一转的回波。

显然，小山词与淮海词能在词的个性化方面，较之苏词及苏门其他人物
的词作，更能代表词的典范与正宗地位，这是文学史的演进需要主体性的投
入特别是个性化创作这一客观规律所规定的。但是，词史中出现回流现象，
且不失为前进的方向，未必全由文学史的发展规律所制约，也未必是主体有
意识地追求的结果。按理说，小山词与淮海词能做到像苏门诸人那样，就算

———————
① 见缪钺、叶嘉莹合著《灵谿词说》，上海古籍出版社1987年版。

是符合当时的词史发展了；然而他们差不多在苏轼革新词风的同时（或稍后），就显示出与苏词不尽相同的风貌，并在此基础上取得了新的成就。而且，小晏并不属于苏门中人，秦观号称"苏门四学士"，平生尤得苏轼赏识，可是他们倒是不约而同地走到了一起。这与文学史的发展规律有点扞格难通，与他们的主观意识也不符合，由此说明词史演进中有一股超出历史规律以及主观意志的非理性的力量在起作用。历史的发展规律以及主体的意志均属于理性，但词的发展有时与其无关，这当然与词之为体甚有关系。小山词与淮海词的同时出现，正是这种非理性因素的表现。这种非理性因素，一方面表现为词人对词的审美传统的遵循与服从，传统以一股惯性的力量使词人将这种惯性转化为一种自觉。小山词与淮海词均有花间、尊前遗韵与晏欧遗风，或为作家歌、或写艳情、或抒悲感，二人无意在推尊词体的同时丢掉词的传统美感，就是这种传统作用的结果，词之为体也与这种传统有关。另一方面，也是更为重要的一面，词的创作有时就是一种非理性的创作，是对主体心灵本体的深刻体验与下意识的流露。苏轼及其门下大多数人物在本质上是诗人，其主体性情更近于诗人的气质，故其词不免近于诗。而秦观与小晏在气质上更近乎词人，以至秦观或为诗，也有"女郎诗"的味道，这不能不说是一种先天的气质因素在起作用。夏敬观谓："山谷是东坡一派，少游则纯乎词人之词也。"（《手批淮海词》）小山词也是如此，观其词可知他也有一颗纯乎词人之心。这是他们虽非同门而词风仍近的深刻的心理原因，也是造成小山词与淮海词在词史回流之际遇合的原因所在。词的创作婉约幽微，有时近乎一种无意识的表露，如小山词《鹧鸪天》中"梦魂惯得无拘检，又踏杨花过谢桥"、淮海词《画堂春》中"放花无语对斜晖，此恨谁知"。这种无拘检的梦魂与无人知晓的愁恨，正是词人心灵本体的呈现。虽然苏词以及黄、晁词中也不乏"人生如梦"的感慨，也有恨有愁，但大多是针对社会相而发，并非指向心灵本体。词中至境往往诉诸非理性的创作。这种创作指向与苏学不同，倒是与理学家所论暗合。怪不得理学家伊川先生对小山词中"梦魂"两句虽叹为鬼语而"意亦赏之"（参《邵氏闻见后录》卷十九）。小山词《生查子》（"金鞍美少年"）末尾两句"无处说相思，背面秋千下"，虽本李义山诗中句，却极为理学家吕东莱所喜诵，以为"有思致"（参曾季狸《艇斋诗话》）。既然词的创作有时离不开这种非理性的成分，我们在考察词史的发展时，也应该注意到这种非理性的因素所起的作用。词史中这种非理性因素常常体现在那些"纯乎词人"的作者身上。秦观、小晏之前，李煜纯乎词人。论者多谓其有一颗赤子之心。这种赤子之心一方面是就其真纯而言的，但也应该认识到这是一种略无修饰、直任性情的作风，这正是他纯乎词人的表现。他们词心相通，前人多有论及。冯煦在《蒿庵词论》中说秦观词为"后主而后，一人而已。"关于小晏词，或曰："解作红罗亭上语（亭，李后主所建），人间惟有小山词"（周之琦《心日斋十六家词选》中"小山词题句"）；或曰："李后主、晏叔原皆非词中正声，而其词则无人不爱者，以其情胜也"（《白雨斋词话》卷七）。既为词家正宗，又非词中正声，何其矛盾也哉！但从词心中所蕴涵的主体的非理性因素来看，则又释然。由此可见，探讨文学史的演进特别是词史的推进，不能不考虑到这种非理性的因素的存在。倘若忽视了这一点，不仅不能正确地评价小山词的历史地位，也不能真实地揭示词史演进中出现的回流现象。

原载《新宋学》第二辑，上海辞书出版社2003年版

贺铸词对唐诗的化用

关于贺铸词对唐诗的化用，后人的论述大多是从贺铸自己的一段话引申而来的。据宋人叶梦得《贺铸传》记载："（贺铸）尝言：'吾笔端驱使李商隐、温庭筠，常常奔命不暇。'"①周密《浩然斋雅谈》卷下、脱脱《宋史·文苑传》卷四四三也引用了贺铸的这段话。但后人对此有不同的看法。一是对贺铸词化用的唐诗以李商隐、温庭筠为主持有不同看法，如张炎根据贺铸自己的这段话来立论："贺方回、吴梦窗，皆善于炼字面，多于温庭筠、李长吉诗中来。"（《词源》卷下《字面》）近人夏敬观则提出了与张炎不同的看法："张叔夏谓（贺铸）与梦窗皆善于炼字面者，多于李长吉、温庭筠诗中来，大谬不然。方回词取材于长吉、飞卿者不多。"王伟勇则进一步明确指出："贺铸最喜借鉴之唐诗人为杜牧，李商隐居次，而李贺、温庭筠两人，远不及杜甫、白居易、李白三人，亦稍逊元稹、顾况。"②二是对贺铸词之喜欢化用唐诗出现了截然相反的评价。宋人王铚曰："贺方回遍读唐人遗集，取其意以为诗词，然所得在善取唐人遗意也，不如晏叔原，尽见升平气象，所得者人情物态。叔原妙在得于妇人，方回妙在得词人遗意。"（《默记》卷下）夏敬观曰："（方回）小令喜用前人成句，其造句恒类晚唐人诗。慢词命辞遣意，多自唐贤诗篇得来，不施破碎藻采，可谓无假脂粉，自然秾丽。"清人刘体仁则对此提出了不同的看法："贺方回非不楚楚，总拾人牙慧，何足比数？"（《七颂堂词绎》）王国维说："北宋名家以方回为最次。其词如历下、新城之诗，非不华瞻，惜少真味。"（《人间词话删稿》）从"华赡"

---

① 叶梦得《建康集》卷八，转引自钟振振校注《东山词》，上海古籍出版社1989年版，第524页。

② 王伟勇：《宋词与唐诗之对应研究》，文史哲出版社2004年版，第309页。

一词来看，王氏似乎也对贺铸词大量化用唐人诗句却少新意而不满。正是由于前人对贺铸词化用唐诗的看法如此不一致，笔者觉得有必要对此加以专题考察。

一、艳情与身世之感：贺铸词对杜牧、李商隐等晚唐诗人的诗歌的化用

贺铸词喜欢化用唐人诗歌，突出地表现在它对晚唐诗歌的大力化用上。对晚唐诗歌的化用是宋词的一贯作风，这主要是因为晚唐绮艳诗的创作风气浓厚，而这类诗在题材与风格方面与词的距离最近，所以宋词最喜欢化用这类诗歌。贺铸词也不例外。正如钟振振所说："（贺铸）于唐诗，特别是中晚唐近体诗，采择尤多。"①笔者根据钟振振校注的《东山词》统计，贺铸化用晚唐诗歌涉及杜牧、许浑、赵嘏、李商隐、温庭筠、薛能、韩偓、韦庄等诸多诗人。在这些晚唐诗人中，尤以杜牧和李商隐的作品化用最多。

根据王伟勇《宋词与唐诗之对应研究》一书的统计，贺铸化用最多的是杜牧的诗句（尤其是他的律绝）。总的来说，这些化用集中在杜牧那些带有艳情色彩的七绝，尤其是《赠别》《遣怀》《寄扬州韩绰判官》这三首七绝。除了这几首与扬州有关的艳情诗，被贺铸化用过的杜牧艳情诗还有《代吴兴妓春初寄薛军事》《宣州留赠》《秋夕》《兵部尚书席上作》。但相比之下，贺铸对杜牧有关扬州的艳情诗化用最多。杜牧的这些诗和他的扬州生活有关，在写艳情的同时往往寄托了诗人的身世感慨。贺铸本人豪放风流的个性颇与杜牧类似，兼之他本人也有在扬州的生活经历。个性和经历上的类似，使贺铸对杜牧这类诗产生了共鸣，所以在词作中多次加化用②。

在贺铸词的化用对象中，对李商隐诗的化用次数仅次于杜牧（化用杜牧诗40多次，化用李商隐诗也接近40次）。贺铸词对李商隐诗的化用集中在

---

① 钟振振：《北宋词人贺铸研究》第四章《贺铸词之艺术技巧与特色》，文津出版社1994年版，第150页。

② 扬州一带的文化氛围适宜词之流行，柳永、张先、欧阳修、苏轼、秦观、贺铸皆于此作词，可能与此处的风流传统不无关系，而此传统与杜牧关系至为密切，故秦观、贺铸等人多次在词中用到有关杜牧的典故。

《无题》一类绮艳作品，主要是因为李商隐的《无题》一类绮艳诗在情调色泽方面与词的距离接近，这跟贺铸词喜欢化用杜牧的艳情诗是一致的。但与化用杜牧诗注重抒发身世之感不同，贺铸词似乎更多的是从艳情的角度对李商隐《无题》诗等加以化用，而不大注重在词中寄托自己的身世之感。杜牧的艳情诗涉及具体的地点、人物，叙事性强，寄托之迹明显，寄托之旨也比较明确；而李商隐以《无题》为代表的绮艳诗作往往略去具体人事，叙事性不强，寄托的痕迹不明显，寄托的主旨也不明确，但大多数作品风格绮艳，不乏对女性形象的描绘、爱情心理的刻画，这些内容正是宋词喜欢表现的内容，因而李商隐这类诗歌也就成为宋词喜欢化用的对象。贺铸词对李商隐绮艳诗的化用除了《无题》外，还包括像《锦瑟》一类广义的无题诗，像《燕台》这类在风格上与《无题》诗十分接近的作品，以及部分描写闺情而着色稍淡的诗作。贺铸化用李商隐的绮艳诗，多数是用来表达绮怨闺情的，但我们也不能排除其中可能隐藏着作者的身世之感。如《菩萨蛮》（"章台游冶金龟婿"）隐括了李商隐的《为有》。李诗以女子口吻写闺情，但"辜负香衾事早朝"一句，流露出自己为仕途所迫、不能与所爱厮守的心情。贺铸隐括此诗，很可能就是被这种相爱却不能长相厮守的情感所打动。

总的来说，贺铸词借鉴了李商隐、杜牧等人在艳情诗中寄托身世感受的作风，这与秦观、晏几道等人将身世之感打并入艳情的做法正相一致，共同推进了词的文人化进程，虽然贺铸词的寄托有的比较明显，有的不够明显。但无论寄托之意是否明显，它都深深地打上了杜牧、李商隐等人绮艳诗歌的烙印。

二、清词丽句：贺铸词对李白、杜甫、王维、孟浩然及大历诗人作品的化用

正如王伟勇所指出的："以盛、中唐之李白、杜甫、韩愈、白居易、元稹、刘禹锡等人之作品，借鉴入《东山词》中，其总数实与晚唐不相上下。"[①]贺铸词喜欢化用唐人诗歌，并不限于杜牧、李商隐等晚唐诗人。而在

① 王伟勇：《宋词与唐诗之对应研究》，文史哲出版社2004年版，第311页。

贺铸广泛化用的唐诗中，除了小李杜最引人注目之外，它对盛唐诗歌、大历诗歌的化用也值得我们得关注。毕竟，贺铸词与小李杜艳情诗之间在题材、风格方面毕竟接近，二者之间存在密切的联系，自在情理之中；而盛唐诗、大历诗与词的距离比较远，贺铸词对其加以化用，似乎在意料之外，需要我们专门分析。

贺铸词对盛唐诗歌的化用，集中在李白、杜甫、王维、孟浩然等人的诗歌。相对杜牧、李商隐等人的作品而言，李白、杜甫、王维、孟浩然的诗歌与词距离甚远，以之入词，容易与词体的传统风格产生冲突。但因为李白、杜甫、王维、孟浩然是大诗人，他们的诗歌创作具有多方面的风格，既有笔力雄劲之作，也不乏清丽之篇，其中的清词丽句与词的风格接近，贺铸词化用的正是这类字句。至于大历诗歌，更是突出地发展了盛唐之歌清丽的一面，在唐诗中一向就以清词丽句出名，贺铸词化用大历诗歌中的清词丽句，也就并不让人觉得意外了。

盛唐诗歌、大历诗歌中的清词丽句，有的与男女之情毫无关系，主要是一些白描式的写景文字。这些描写性的文字字面清丽，符合婉约词对字面的要求；同时，这些文字描写的是自然景色，淡化了艳情气息，清丽之中更多地呈现出一种清新的气息，这种清新气息似乎更符合词的士大夫趣味。贺铸词就是看到了这一点，故此多加采择，如孟浩然《春晓》："春眠不觉晓，处处闻啼鸟。夜来风雨声，花落知多少。"诗中不仅有美丽的春景描写，还伴随着一种感伤的情调。这种色泽与情调很符合词的味道，贺铸的词多次加以化用："桃叶园林风日好。曲径珍丛，处处闻啼鸟。"（《蝶恋花》）"绣幌闲眠晓。处处闻啼鸟。枕上无情，斜风横雨，落花多少。"（《连理枝》）"人自起、翠衾寒梦，夜来风恶。肠断残红和泪落。"（《满江红》）大历诗人严维《酬刘员外见寄》中的俊语"柳塘春水漫，花坞夕阳迟"，一向就以写景明丽著称，常常成为宋词化用的对象，贺铸词也两次化用，如《菩萨蛮》："彩舟载得离愁动。无端更借樵风送。波渺夕阳迟。销魂不自持。"《思越人》："春水漫，夕阳闲。乌樯几转绿杨湾。"当然，盛唐诗歌、大历诗歌中的清词丽句，有的也涉及男女之情，但这些作品跟晚唐那些绮艳诗句还是有差别的。一般而言，盛唐诗歌、大历诗歌中涉及男女爱情的作品，虽然也不乏香艳气息或给人艳情的联想，但这主要是因为题材本身所带来的，而不是诗人着色或渲染的结果，因而更多地给人以活色生香的感觉。贺铸在化用的时候，并没有突出其中的艳情成分，显得清丽自然。如《鹧鸪天》（"开元天宝盛长安"首）、《武陵春》（"南国佳人推阿秀"首），都化用了李白《清平调》中的句子。李白的《清平调》本来就是描写女性的名篇，诗中对女性的描写一向为人所乐道，贺铸词借用以咏物、写人，自然得体。贺铸的《更漏子》（"翻翠袖"首）则化用了杜甫《佳人》中的名句："天寒翠袖薄，日暮倚修竹。"杜诗虽写佳人，实际上是作者以此自比，格调很高。对此诗加以化用，也使得词中的艳情描写平添了几分高雅的气息。

盛唐诗歌、大历诗歌中的清词丽句，有的是以构思的新巧而为后人所称赞乃至不断化用的。如贺铸《小重山》中"檐头燕，多谢伴人行"二句，借燕子的多情相送，写羁旅途中的孤寂之情，可谓构思新巧，这不难让我们想起杜甫《燕子来舟中作》中类似的描写："暂语船樯还起去，穿花落水益沾巾。"杜诗中类似的描写亦见诸《大历三年春白帝城放船出瞿塘峡……凡四十韵》："雁儿争水马，燕子逐樯乌。"《发潭州》："岸花飞送客，樯燕语留人。"当然，盛唐诗歌主要是以气势的壮大、气象的雄奇著称，一般不靠构思的新巧见长；相比之下，大历诗人笔力较弱，难以在气势上和盛唐诗人争胜，故常在构思上下功夫，创作出了一些构思新巧的名句，不少句子在构思乃至境界上与词体很接近，一直是宋词化用的对象，贺铸词对此也多加化用，如《减字木兰花》："探香幽径。好住东风谁主领。多谢流莺。欲别频啼四五声。"化自戎昱《移家别湖上亭》："好是春风湖上亭，柳枝藤蔓系离情。黄莺久住浑相识，欲别频啼四五声。"《江城子》："坐疑行听竹窗风。"化自李益《竹窗闻风寄苗发司空曙》："开帘风动竹，疑是故人来。"这两首诗都巧妙地运用了拟人的手法，以表达惜别或思念的情感。贺铸将其化用到词中，恰合词中怀人环境的描写和思念情绪的抒发。《山花子》："双凤箫声隔彩霞，朱门深闭七香车。"化自郎士元《听邻家吹笙》："凤吹声如隔彩霞，不知墙外是谁家。重门深锁无寻处，疑有碧桃千树花。"这首诗构思精巧、境界美丽。作者从吹笙联想到凤吹，将重门深锁的环境想象成碧桃千树的世界，境界幽深而绮丽。这种想象、这种境界，习见于词中。贺铸以之入词，恰合词体之美。

当然，唐诗中的清词丽句并不止于盛唐诗人和大历诗人，可以说，这种清词丽句贯穿了唐诗的各个阶段，不少诗人都有类似的诗句，贺铸的词也多加化用。如《下水船》："莫怨无情流水，明月扁舟何处。"化自王昌龄《江上闻笛》："横笛怨江月，扁舟何处寻。"《定风波》："自是芳心贪结子。翻使。惜花人恨五更风。"化自王建《宫词》："自是桃花贪结子，错教人恨五更风。"《摊破木兰花》："为嫌风日下楼稀""留住行云，好待郎归"，分别化自张籍《倡女词》"为嫌风日下楼稀"、韩愈《镇州初归》"还有小园桃李在，留花不发待郎归"。但相对而言，这个特点在大历诗人的诗中表现最多，所以贺铸对其化用最多。如果说贺铸词继承小李杜诗歌在艳情中寄托身世的作风，是从题材内容上推进词的文人化，那么它对盛唐和大历诗歌清词丽句的化用，则是从语言方面推进词的文人化进程。虽然盛唐和大历诗歌与词的距离较远，但其清词丽句还是为词提供了很多可供借鉴的语言材料。贺铸在维护词体本色之美的前提下，对其加以化用，对文人词的创作颇有贡献。

三、继承与创新：得前人遗意与自出新意

词发展到北宋中后期，文人化的程度进一步加深。伴随着词的文人化程度的加深，词的语言和趣味也更加追求典雅。这在很大程度上得益于宋词对唐诗的大力化用。贺铸词对唐诗的化用，一方面受到这种创作风气的影响，另一方面也与他本人"俯首北窗下，作牛毛小楷，雌黄不去手"[①]的经历有关。对前代文献的长期研磨，使贺铸在创作中自觉不自觉地对前贤的词句加以化用。

贺铸词受到宋词化用唐诗这一创作风气的影响，说明贺铸词在化用唐诗方面有其继承的一面。这种继承性，突出地体现在贺铸词化用的不少唐诗，就是之前的宋词化用的对象。在贺铸之前，很多唐诗已多次被宋词化用，比如白居易、李贺、杜牧、李商隐、韩偓等人的诗句，就被晏殊、欧阳修、柳

---

① 程俱《贺方回诗集序》，转引自钟振振校注《东山词》，上海古籍出版社1989年版，第533页。

永等人的词化用。苏轼不仅喜欢化用中晚唐诗人的作品，也化用过李白、杜甫等盛唐诗人的诗歌。与贺铸差不多同时或稍前的黄庭坚、晏几道、秦观等人的词作，同样喜欢化用唐诗，特别是杜牧、李商隐的诗。前人对唐诗的化用，为贺铸词化用唐诗提供了可供借鉴的艺术经验，所以贺铸词对之前的宋词多次化用的对象，特别是杜牧、李商隐等人的诗句，也不避重复地多加化用。如杜牧的"娉娉袅袅十三馀，豆蔻梢头二月初。春风十里扬州路，卷上珠帘总不如""多情却似总无情，唯觉樽前笑不成。蜡烛有心还惜别，替人垂泪到天明"（《赠别二首》），苏轼、秦观、晏几道均化用过；杜牧的"落魄江湖载酒行，楚腰纤细掌中轻。十年一觉扬州梦，赢得青楼薄倖名"（《遣怀》），也在张先、晏几道等人的词中化用过，秦观更是在词中多次化用。贺铸词对这些作品都有化用。另如贺铸词《减字浣溪沙》"春风十里斗婵娟""落花中酒寂寥天"二句，在字面上分别借鉴了李商隐《霜月》"青女素娥俱耐冷，月中霜里斗婵娟"、杜牧《睦州四韵》"残春杜陵客，中酒落花前"，而这些字面已经分别被苏轼的《诉衷情》和张先的《青门引》化用过①。《菩萨蛮》："舞裙金斗熨。绛襭鸳鸯密。"化自李商隐《效徐陵体赠更衣》："结带悬栀子，绣领刺鸳鸯。轻寒衣省夜，金斗熨沈香。"而这个化用已两次见于秦观词："玉笼金斗，时熨沉香"（《沁园春》）、"睡起熨沈香，玉腕不胜金斗"（《如梦令》）。贺铸对小李杜诗的化用，有时不限于一般字面或成句的借用，甚至扩展到全篇的隐括。在贺铸隐括的唐诗中，除了卢仝和李商隐各一首外，其余的均为杜牧的七绝。除了前举《添声杨柳枝》对《寄扬州韩绰判官》的隐括外，还有多首《添声杨柳枝》隐括了杜牧的绝句《汉江》《将赴吴兴登乐游原一绝》《南陵道中》等。

　　贺铸词之所以对前人化用的这些诗歌不厌其烦地加以化用乃至隐括，一方面是因为这些作品多与词体风格比较接近，容易入词，另一方面是为了发挥这些唐诗中的名篇、名句效应。这些唐诗中的名篇、名句不仅是宋人诗论中颇为人称道的作品，也是宋词喜欢化用的对象。贺铸之前的词人对其多有化用，在很大程度上为贺铸等后来的词人提供了可供效法的对象。除了上举

---

　　① 苏轼《诉衷情》："素娥今夜，故故随人，似斗婵娟。"张先《青门引》："庭轩寂寞近清明，残花中酒，又是去年病。"

杜牧、李商隐等人的作品属于唐诗中的名篇、名句之外，还有不少唐诗中的名句被包括贺铸词在内的宋词所化用，如《鹧鸪天》："无端却似堂前燕，飞入寻常百姓家。"化自刘禹锡著名的怀古诗《金陵五题·乌衣巷》："旧时王谢堂前燕，飞入寻常百姓家。"这两句诗在之前的王琪《望江南》词中得到了化用。贺铸《梅花引》隐括了卢仝《有所思》，卢诗中的名句"相思一夜梅花发，忽到窗前疑是君"，也已在晏几道的《蝶恋花》词中得到了化用。崔护《题都城南庄》凭借诗歌本身充满深情的描写，再加上诗歌背后那段美丽的爱情故事，成为唐诗中的名篇，在贺铸之前早就成为宋词化用的热点，贺铸的词也两次加以化用："隔年情事此门中。粉面不知何处在"（《定风波》）、"去年今日东门东。鲜妆辉映桃花红"（《忆秦娥》）。钱起的名句"曲终人不见，江上数峰青"（《省试湘灵鼓瑟》），更是被柳永、苏轼、秦观等人一再化用，贺铸也多次在词中化用："云容四敛，江上数峰青"（《满庭芳》）、"云和再鼓，曲终人远"（《望湘人》）。杜甫《春日忆李白》中"渭北春天树，江东日暮云"，也是唐诗中的名句，张先、苏轼已经有所化用①，贺铸词也有化用："鸳鸯俱是白头时，江南渭北三千里。"（《踏莎行》）这些名篇、名句一再被宋词化用，差不多形成了宋人创作上的惯例。当然，这种习惯性的做法容易造成艺术上的重复，这可能是有的学者批评贺铸词少新意、乏真味的原因所在。但在词人即席创作的时候，这种做法可以节省构思的时间，提高创作速度，而受众因为对词人化用的作品比较熟悉，产生一种似曾相识的亲切感，激发受众的兴趣和欲望，并迅速进入到欣赏的状态②。

但我们也应看到，贺铸词对唐诗的大力化用，有继承的一面，更有创新的一面，其妙处并非仅在"得词人遗意"，更非"总拾人牙慧"。就其创新的一面而言，约有以下三端可供讨论：

一是对之前宋词喜欢化用的杜牧、李商隐、温庭筠等人的诗歌，贺铸词有自己新的选择、新的发现。如《七娘子》中"美满孤帆"一词，是从杜牧

---

① 见张先《更漏子》："杜陵春，秦树晚。伤别更堪临远。"苏轼《阮郎归》："江南日暮云。"

② 参钟振振《散点透视"宋词运用唐诗"》，《文学评论》2009 年第 4 期。

《池州送孟迟先辈》中"千帆美满风"一句化用而来的。《浣溪沙》:"此时相望抵天涯。"化自李商隐《无题》:"昔年相望抵天涯。"《采桑子》"十二玉楼空更空"句,用的是李商隐《代应》中的成句:"沟水分流西复东,九秋霜月五更风。离鸾别凤今何在,十二玉楼空更空。"据笔者的考察,这些化用在宋词中仅此一次。此外,贺铸词《一落紫》"错将黄晕压檀花",化自杜牧《偶作》"才子风流咏晓霞,倚楼吟住日初斜。惊杀东邻绣床女,错将黄晕压檀花。"《更漏子》:"洞府人闲,素手轻分。"化自杜牧《宣州留赠》:"洞府人间手欲分。"《添声杨柳枝》:"试作小妆窥晚镜,淡蛾羞。"化自温庭筠《过华清宫二十二韵》:"窥镜淡蛾羞。"都是贺铸首次化用的。杜牧《留赠》:"不用镜前空有泪,蔷薇花谢即归来。"《长安杂题长句》:"晴云似絮惹低空。"也是在贺铸词中首次被化用,此后才逐渐为宋词所化用。像杜牧、李商隐、温庭筠的诗这类容易入词的作品,前人很少化用,而被贺铸词所化用,可以说是贺铸词的新发现,虽然这种新意可能是有限的,但对宋词扩大语言的借鉴范围、促进语言的多样化有一定的贡献。

二是指贺铸词化用了之前的宋词很少化用的唐诗,特别是盛唐李白、杜甫,以及中唐韦应物、柳宗元,乃至晚唐聂夷中等人的诗歌。如《忆秦娥》:"风惊幕。灯前细雨檐花落。"化自杜甫《醉时歌》:"清夜沉沉动春酌,灯前细雨檐花落。"正是贺铸首次化用,后来周邦彦《丹凤吟》"那堪昏暝,簌簌半檐花落"也加以化用,南宋词人更是大力化用,使得杜甫这首诗也成了宋词最喜欢化用的杜诗之一。当然,李白、杜甫、韦应物、柳宗元等人的诗歌与词的距离比较远,难以入词,贺铸就努力发掘诗中适合词体的因素,将其改造成词的风格,以适应词体的需要,这种改造更能见出贺铸词在化用唐诗方面的创新。如《生查子》:"风清月正圆,信是佳时节。不会长年来,处处愁风月。 心将熏麝焦,吟伴寒虫切。欲遣就床眠,解带翻成结。"词的结尾二句化自韦应物《对残灯》:"独照碧窗久,欲随寒烬灭。幽人将遽眠,解带翻成结。"韦诗写的是幽人夜深独对残灯的情怀,本无艳情的成分,但诗的结尾采用"解带翻成结"这一细节突出人物的孤寂之情,其情其景很有词的味道。贺铸词从此入手加以化用,将原诗中闲适中略带孤寂的幽人之情改造成为男女之间的怀人之情。虽然宋词对此诗的化用仅此一例,但化用的效果自然而不生硬。又如《声声慢》开首"园林幕翠，燕寝凝香"二句，化自韦应物《郡斋雨中与诸文士燕集》诗中的名句："兵卫森画戟，宴寝凝清香。"韦诗写的是文人之间的燕集场景，本与男女之情无关，但这两句所写宴集之景，及其所透露的清香气息，与一贯喜欢描写歌舞筵席的词距离很近；兼之苏轼《菩萨蛮》词中"清香凝夜宴。借与韦郎看"，在化用此句的时候，以"韦郎"称之，为其涂抹了一些绮丽的色彩，这就进一步启发了贺铸词对此诗的化用。《渔家傲》："莫厌香醪斟绣履。吐茵也是风流事。今夜夜寒愁不睡。披衣起。挑灯开卷花生纸。　倩问尊前桃与李。重来若个犹相记。前度刘郎应老矣。行乐地。兔葵燕麦春风里。"词中"前度刘郎应老矣""兔葵燕麦春风里"二句，均化自刘禹锡《再游玄都观》及其诗序。刘诗与艳情无关，但诗人以"刘郎"自称，为此诗平添了不少的风情，由此引起宋词对其加以化用。虽然贺铸这首词是席上游戏之作，但它从艳情的角度改造刘诗，对后来的周邦彦尤其是南宋词人化用此诗提供了很大的启发。

值得一提的是，贺铸的豪放词也颇得力于它对唐诗的化用。苏轼首开豪放词风，但在词坛上引起非难，继武者不多。苏门词人秦观固不必说，就是黄庭坚、晁补之等人的豪放词也不多。贺铸为人极有丈夫气，当他把这种个性带入词中，就创作出了让人耳目一新、颇为后人称道的豪放词。虽然他的豪放词从数量上来说并不多，但它和苏轼、黄庭坚、晁补之等人的豪放词一起，为南渡词人以及辛弃疾等创作豪放词导夫先路。出于豪放词创作的需要，贺铸化用了不少唐诗中风格豪放的诗句（特别是唐代乐府歌行），这些诗句有的已为苏轼等人所化用，有的则是贺铸首次化用的。如《行路难》（"缚虎手"首），王士祯《花草蒙拾》谓其"绝似稼轩手笔"，吴梅谓其"颇似玉川长短句诗"[1]，主要是从风格豪放的角度来说的。的确，这是贺铸词中有名的豪放词，这种豪放的风格与词中抒发的豪情有关，在很大程度上也得益于词中对诸多唐诗的化用，如李白《别南陵儿童入京》"仰天大笑出门去，我辈岂是蓬蒿人"、《行路难》"金樽清酒斗十千，玉盘珍馐值万钱"。这些诗句写纵酒行乐，风格豪放，以之入词，极大地促进了贺铸此词豪放风格的形成。《将进酒》（"城下路"首）是贺铸另一首著名的豪放词，化用了

---

① 吴梅《词学通论》，上海古籍出版社2006年版，第53页。

顾况《短歌行》《长安道》，词的结尾两句也很容易让我们联想到李贺的《将进酒》："劝君终日酩酊醉，酒不到刘伶坟上土。"可以说贺铸此词的豪放风格，同样得益于对这些唐人歌行的化用。《六州歌头》（"少年侠气"首）也是贺铸一首著名的豪放词，龙榆生说这首词"全阕声情激壮，读之觉方回整个性格，跃然于楮墨间。即以稼轩拟之，似犹逊其豪爽"①。实际上，这首词的激壮豪爽同样得力于词人对唐诗的大力化用，如词中写纵酒豪情的句子"吸海垂虹"，就是从杜甫《饮中八仙歌》中"饮如长鲸吸百川"一句化用过来的。贺铸的豪放词多为慢词，但其小令中也间有豪放之作，如其《鹧鸪天》（"谁爱松林水似天"）这首豪放的小令，不仅化用了杜甫《饮中八仙歌》的诗意，还化用了李白《襄阳歌》中的名句："清风朗月不用一钱买。"可见无论是小令还是慢词，贺铸的豪放词风都与唐诗（特别是乐府歌行）存在着密切的联系。

　　综上所述，贺铸词对唐诗的化用，并非以李商隐、温庭筠的作品为首选，而是把重点放在晚唐杜牧身上，其次才是李商隐，主要是借鉴他们的艳情诗。但贺铸词对唐诗的化用，并不限于晚唐诗歌，对盛唐诗人李白、杜甫、王维、孟浩然以及大历诗人的作品也多有化用，重点是化用其清词丽句。无论是对艳情诗的借鉴，还是对清词丽句的借用，贺铸都没有违背词以艳为美的传统，其效果也并非仅"得词人遗意"，更非"总拾人牙慧"，而是在已有宋词化用唐诗的基础上，努力自出新意：不仅对宋词喜欢化用的小李杜的诗歌有新的化用，而且对一些与词距离较远的唐诗也加以化用，甚至化用唐代的乐府歌行创作了很多豪放词，形成了贺铸词流而不失豪放的独特风格，不仅推进了宋词对唐诗的化用，也丰富了宋词的艺术风格。

原载《云梦学刊》2013年第6期

①程俱《贺方回诗集序)，转引自钟振振校注《东山词》，上海古籍出版社1989年版，第533页。

论清真词的白描

　　清真词善于化用前人（特别是唐人）诗句，前人对此颇有称道，如宋人陈振孙云："周美成多用唐人诗语，隐括入律，浑然天成"（《直斋书录解题》卷二十一，张炎也认为"采唐诗融化如自己者，乃其所长"，"美成负一代词名，所作之词，浑厚和雅，善于融化词句"（《词源》卷下）。如今，这个看法差不多成了词学界的共识，大凡论清真的人都会引用它。这个看法与清真词向以精工富丽著称有关，但此论并不全面。清人张祥龄《词论》即曰："片玉，人称善融唐诗……长处固不在是。"陈廷焯《词坛丛话》亦谓："美成词熔化成句，工炼无比，然不借此见长。"二说皆具卓见，极具启发意义，然犹失之语焉不详。依笔者看来，与北宋词人比较，清真词或许更多地化用前人诗句，但若与南宋人比较，清真词白描方面的成就同样值得我们关注。可惜学界对此重视不够，除了在分析具体词作的时候提及清真词的白描，很少有人从整体上观照过清真词的白描艺术及其词史意义。本文拟对此进行探讨。

一、清真词的白描工夫

　　清真词的题材主要集中在羁旅、恋情和咏物三个方面，尤以羁旅题材的作品质量最高，不过他的羁旅词常常在羁旅之情中渗透着离别相思的感受，他的咏物词也很少单纯咏物，更多的是在咏物之中寄寓羁旅之情或离别相思。所以我们在此着重分析其羁旅词中的白描。这些羁旅行役词一如其恋情词和咏物词，无论是写景状物还是抒发感情，都显得真切自然，而这常常离不开白描手法的运用。

　　就写景而言，秋景最易触动人的旅情，所以清真的羁旅词喜欢描写秋景。陈廷焯《云韶集》谓"美成善于摹写秋景"[①]，这类作品"摹写物态，曲尽其妙"（强焕《片玉词序》），颇多白描之作，小令《关河令》写秋景即通体白描："秋阴时晴渐向暝。变一庭凄冷。伫听寒声，云深无雁影。 更深人去寂静。但照壁、孤灯相映。酒已都醒，如何消夜永。"无论是"伫听寒声，云深无雁影"的荒寒秋声，还是"更深人去寂静。但照壁、孤灯相映"的凄凉秋影，都在白描式的景物描写中让人体会到旅情的难以为怀。清真慢词更不乏这方面的描写，如《浪淘沙慢》上片对秋景的描写就很出色："万叶战，秋声露结，雁度砂碛"，"映落照、帘幕千家，听数声何处倚楼笛。装点尽秋色。"刘扬忠称道此词"作风清旷，境界阔大，寥廓的秋色与浩渺的愁怀融而为一，情景历历，触人心目"[②]，这种艺术效果主要得益于词人对秋景进行白描式的描写。类似的描写还见于《庆春宫》："云接平冈，山围寒野，路回渐转孤城。衰柳啼鸦，惊风驱雁，动人一片秋声。倦途休驾，淡烟里、微茫见星"、《拜星月慢》："念荒寒、寄宿无人馆。重门闭、败壁秋虫叹"、《四园竹》"鼠摇暗壁，萤度破窗，偷入书帏。秋意浓，闲贮立、庭柯影里。好风襟袖先知"等，都是景中寓情，在秋景的白描中传达出深沉蕴藉的悲秋之意，皆可谓"动人一片秋声"。当然，作为一名杰出的词人，清真词也善于在抒发旅情之际描写其他季节的景色，包括夏天的景色，最著名的莫过于《苏幕遮》："燎沉香，消溽暑。鸟雀呼晴，侵晓窥檐语。叶上初阳干宿雨、水面清圆，一一风荷举。 故乡遥，何日去。家住吴门，久作长安旅。五月渔郎相忆否。小楫轻舟，梦入芙蓉浦。"王国维称赞"叶上初阳干宿雨、水面清圆，一一风荷举"数句，"真能得荷之神理"（《人间词话》卷上）。这几句描写初夏的荷叶，结合着雨后初晴的特定环境，用宿雨与水上轻风来突出荷叶的摇曳舒挺，确属意境超妙的警拔之句，而其所使用的艺术手法就是白描。实际上，作者在对夏日风光的描写也颇得白描之神："鸟雀呼晴，侵晓窥檐语。"这番景物描写，不仅为下文写荷叶之神理塑造了一个

---

　　① 钱鸿瑛：《周邦彦研究》，广东人民出版社1990年版，第245页。

　　② 刘扬忠：《周邦彦传论》，陕西人民出版社1991年版，第75页。

优美的环境，它本身也自成境界，给人清新爽朗之感，特别是"呼"字、"窥"字的使用，把鸟儿写活了，读者从晨鸟的欢快中不难想象到夏日雨后鸟雀呼晴的热闹景象。即便是下片写故乡的夏日风光，也得益于这种白描的手法：五月的渔郎、小楫轻舟、芙蓉浦，这一切虽是梦忆之景，但以白描的方式写出，亦宛在眼前，形成一种美丽的召唤，很好地烘托出词人的思乡之情，特别是"芙蓉浦"在字面上与上片的水面风荷形成照应，使全篇境界更为浑成。全篇就是在这种上下对应、境界浑成的白描中，展现出两幅同样清新宜人的夏景，而词人对故乡的思念也因这美丽的夏日风光显得轻盈而不沉重，那缕乡愁似乎变成了风中摇曳的荷叶、水上荡漾的小楫轻舟。《少年游·荆州作》可谓善写春景："南都石黛扫晴山。衣薄耐朝寒。一夕东风，海棠花谢，楼上卷帘看。而今丽日明如洗，南陌暖雕鞍。旧赏园林，喜无风雨，春鸟报平安。"这首词上片写昔日风寒花谢之春景，下片写今日日丽鞍暖之春景，"喜"字透露出昔日苦寒之意，"报平安"三字也暗暗透露出游子的羁旅情怀。这是将感情渗透在景物描写中，词中的景物描写除了"石黛""丽日""雕鞍"等词语外，其余的词句都是白描式的。《菩萨蛮》下片对雪景的描写，则体现了清真词善写冬景："天憎梅浪发。故下封枝雪。深院卷帘看。应怜江上寒。""天憎"二句设想奇特，让人想见梅雪交白的景象，而结句荡开一笔，念及"江上寒"，暗露旅情。四季景色都曾出现在清真的羁旅词中，并呈现出不同的风貌，可见作者高超的白描艺术。

　　就抒情而言，清真词多数结合景物描写，情景交融，尤其善于抓住细节描写或特写镜头，刻画人物的心理或情感变化。这在他的慢词中表现得比较明显，这是因为慢词有时因铺叙过多而失之节奏缓慢、情绪沉闷，缺乏高潮，而这些特写镜头或细节描写，往往是感情激越之处，或是感情最为动人的地方，全词的抒情效果因此得到增强，结构也显得波澜起伏。这些词有的善于选取某些特定环境中的景物进行特写，如《瑞鹤仙》："行路永，客去车尘漠漠。斜阳映山落。敛余红、犹恋孤城栏角。"斜阳犹恋孤城栏角的特写镜头，深切地传达了词人羁旅途中不忍分别的心情。《氐州第一》词中"官柳萧疏，甚尚挂、微微残照"数句，表达的也是类似的羁旅心情。有的词则善于抓住人物在特定情景中的动作细节，对人物的心理加以传神的刻画，如

《渡江云》下片："今宵正对初弦月，傍水驿、深舣蒹葭。沉恨处，时时自剔灯花。""时时自剔灯花"的动作出现在冷月照蒹葭的环境中，可见客中之无聊寂寞，真可谓"沉恨"矣！《夜飞鹊》与柳永的《雨霖铃》并称为宋人送别词中的"双绝"①，上片写别时难舍之情："花骢会意，纵扬鞭、亦自行迟。"以马拟人，从马的方面写人，曲折而细腻地写出了留恋的心理。下片写别后难忘："徘徊班草，欷歔酹酒，极望天西。"直接写人的动作，从人物"极望天西"的神情中，不难想象其别后相望之情。另如《忆旧游》："问音信，道径底花阴，时认鸣镳。""径底花阴，时认鸣镳"是女子在信中告诉给对方的生活细节，读者不难从这个细节中感受到她的相思之切，着一"时"字，更能见出相思之久。

值得指出的是，清真词的羁旅、恋情和咏物之词，不仅能做到情景交融，还有不少词做到了写实与比兴的结合。作为一种描写手法，白描在艺术上倾向于写实，它最大的好处是抒情写景真切，使人身临其境，但有时也不免因为过分胶着于描写对象，使人感觉到意思单薄，不能获得更多的感受。清真某些词却能在白描中将写实和比兴结合起来，使人如见其景，如睹其人，还能产生更丰富的联想。如《琐窗寒》上片写寒食客中所见雨景："暗柳啼鸦，单衣伫立，小帘朱户。桐花半亩，静锁一庭愁雨。洒空阶、夜阑未休，故人剪烛西窗语。似楚江暝宿，风灯零乱，少年羁旅。"暗柳啼鸦之时，单衣伫立之人，小帘朱户之地，皆不免让人产生孤寂之感，更何况雨洒空庭，倍添孤寂。在这种心境下，词人目睹"桐花半亩，静锁一庭愁雨"，何尝不觉得自己的心情也像这雨一样被寂寞紧锁？而那半亩桐花伫立在雨中，究竟是和词人一起孤独，还是仅仅作为一个无情的旁观者呢？这些都是在桐花静立和词人伫立之际，不期而遇时所能感受到的。桐花与词人之间那种似乎对立、又似乎互相惋惜的联系，都被笼罩在寒食节这满庭的风雨中。又如《浣沙溪》下片："金屋无人风竹乱，衣篝尽日水沉微。""无人""尽日"等词语颇能见出环境的冷寂，而"风竹乱""水沉微"则不难让我们联想到女主人公在这种冷寂中，虽然也曾有过如风中乱竹一般的心绪，但最终又失望地归于寂灭，一如那沉香之慢慢冷却、消失。《满江红》中"芳草连天迷远

---

① 梁令娴：《艺蘅馆词选》，广东人民出版社1981年版，第80页。

望""蝴蝶满园飞，无心扑"的景色描写，固然深切地传达了闺怨，但这些描写亦给人丰富的联想：连天的芳草与满园的蝴蝶，很容易让我们联想闺中思妇大好的青春；而"迷远望""无心扑"，也使我们联想到她心绪的迷茫、青春的寂寞，那无心扑的满园蝴蝶与她无人欣赏的大好青春不正相类似吗？人物内心未必有此感受，但读者完全可以就文本产生类似的联想。《虞美人》下片"一窗灯影、两愁人"，与上片"一双燕子守朱门"遥相挽合，构成某种联系，似乎一对愁人与那双"守朱门"的燕子一样，同陷苦闷之中。《浪淘沙慢》结尾以春夜落花的景色传达伤春之情："恨春去、不与人期，弄夜色，空余满地梨花雪。""空余满地梨花雪"的状态既是空虚的，又是充实的：人物面对春去，心里何尝不是空荡荡的？而这种空荡荡的感觉充满心田，不也像这梨花满地的情景吗？作者通过这"满地梨花雪"的景色，传达出人物特定环境下充实而又空虚的复杂心理，让人物的心理与外在的景物之间构成某种契合的关系。

与许多词人的作品不同的是，清真词还有一大特色，即具有叙事性，但这不是要改变词的抒情特性，而是将写景抒情与叙事有机融合起来，寓一定的故事性于抒情写景之中。这类具有叙事性的作品大多有一定的故事情节，注重刻画人物的性格，尤其擅长运用白描的手法为故事中的人物作传神的描绘。那些叙事性强的慢词固然不乏此类描写，如《瑞龙吟》"个人痴小，乍窥门户""障风映袖，盈盈笑语"的神态描写，《长相思慢》"幽期再偶，坐久相看才喜，欲叹还惊"的心理表白，《过秦楼》"闲依露井，笑扑流萤，惹破画罗轻扇"、《夜游宫》"不恋单衾再三起。有谁知，为萧娘，书一纸"的动作描写。甚至在一些篇幅比较短小的令词中也有体现，最典型的莫过于他的小令《少年游》："并刀如水，吴盐胜雪，纤手破新橙。锦幄初温，兽烟不断，相对坐调笙。 低声问：向谁行宿？城上已三更。马滑霜浓，不如休去，直是少人行。"清真小令（特别是早期的令词）被人评为色泽淡而意态浓[1]，这首词更是如此。说它"意态浓"不仅是因其事涉绮艳，也是因为环境氛围与人物的声口毕出，但全词并没有用很多绮丽的词句，而是"丽极而清，清

---

[1] 陈廷焯《白雨斋词话》卷一："美成小令以警动胜。视飞卿色泽较淡，意态却浓，温韦之外别有独至处。"

极而婉"（谭献《复堂词话》），确乎"本色佳制"（周济《宋四家词选》）。全词宛如一幅短剧，有环境，有人物，有对话，特别是下片以白描的笔法写低声寻问，近乎口语，却又深挚动人。《蝶恋花》在白描方面也值得称道："月皎惊乌栖不定。更漏将残，辘轳牵金井。唤起两眸清炯炯。泪花落枕红绵冷。执手霜风吹鬓影。去意徊徨，别语愁难听。楼上阑干横斗柄。露寒人远鸡相应。"《少年游》写妓女深夜留客，本词写清晨话别，当亦与歌妓等人物有关。词中没有人物之间的对话，但在"月皎惊乌栖不定""露寒人远鸡相应"的时间推移中，环境和人物的刻画依次得以展开，宛如一幅幅有声的画面逐次展现在观众的眼前。从分别时的"唤起两眸清炯炯"，到别时的"执手霜风吹鬓影，去意徊徨，别语愁难听"，再到别后"楼上阑干横斗柄，露寒人远鸡相应"，处处可见难舍之情，而这一切多是通过白描式的景物描写和人物描写来实现的，"执手霜风吹鬓影。去意徊徨，别语愁难听"三句写人物的神情，与柳永《雨霖铃》中"执手相看泪眼，竟无语凝噎"的白描颇相仿佛，皆不失为白描离情的佳句。清真有些小令因受篇幅的限制而不能展开情节的叙述，只是通过一些细节对人物进行刻画，但寥寥几笔，颇见人物的神采，如《南乡子》："轻软舞时腰。初学吹笙苦未调。谁遣有情知事早，相撩。暗举罗巾远见招。痴騃一团娇。自折长条拨燕巢。不道有人潜看著，从教。掉下鬟心与凤翘。"这首词选取若干富有个性的行动细节，真切地写出了一个痴騃娇痴、情窦初开的少女形象，特别是"自折长条拨燕巢。不道有人潜看著，从教。掉下鬟心与凤翘"的特写镜头，很容易让我们想起李清照笔下的少女形象："见客入来，袜刬金钗溜。和羞走。倚门回首。却把青梅嗅。"这些动作描写既符合少女的年龄，也符合特定环境下人物的心理，均是人物白描的传神之笔。清真类似的词作还有不少，如《浣沙溪》："争挽桐花两鬓垂。小妆弄影照清池。出帘踏袜趁蜂儿。跳脱添金双腕重，琵琶拨尽四弦悲。夜寒谁肯剪春衣。"《南乡子》："晨色动妆楼。短烛荧荧悄未收。自在开帘风不定，飏飏。池面冰澌趁水流。早起怯梳头。欲绾云鬟又却休。不会沈吟思底事，凝眸。两点春山满镜愁。"《诉衷情》："出林杏子落金盘。齿软怕尝酸。可惜半残青紫，犹有小唇丹。南陌上，落花闲。雨斑斑。不言不语，一段伤春，都在眉间。"无论是"出帘踏袜趁蜂儿""欲绾云鬟又却休"的动作刻画，还是"半残青紫，犹有小唇丹""不言不语，一段伤春，都在眉间"的细节描摹，都能见出人物的个性，体现了清真词善于用白描手法刻画人物的艺术。

二、精工富丽中的白描胜境

前人多次指出清真词的风格，或谓"缜密典丽"（刘肃《陈元龙集注〈片玉集〉序》），或谓"富艳精工"（陈振孙《直斋书录解题》二十一）、刘熙载《艺概》卷四《词曲概》），或谓"精工博大"（王国维《清真先生遗事》）。这当然是清真词的主导风格。但过分强调清真词的主导风格，不免遮蔽我们全面观照清真词多样化的风格和多方面的艺术成就，特别是他那些以精工富丽见称的慢词，其中也不乏白描的词句或段落，而这类白描很容易为人所忽视。

清真词精工富丽的作风跟他喜欢化用前人词句有着密切的关系，不过他有很多词能做到化用而宛如白描，这是因为他多用语典，少用事典；即便用事典，也很少用冷僻之典，而多用常见典故，如刘郎、周郎、萧娘等；所用语典，很多是前人诗歌中常见的词句，而且这些诗句本身就是白描的佳句，用在词中一如己出。《满庭芳》作为代表清真词主导风格的一首作品，词中多次化用了唐诗，如开头写初夏风光："风老莺雏，雨肥梅子，午阴嘉树清圆。"这三句分别化用杜牧"风蒲燕雏老"（《赴京初入汴口晓景即事先寄兵部李郎中》）、杜甫"红绽雨肥梅"（《陪郑广文游何将军山林》）、刘禹锡"日午树阴正"（《昼居池上亭独吟》）。但即使读者不知道这些化用，照样能领略词人笔下的夏日风光，特别是"午阴嘉树清圆"一句，用"清圆"二字来形容正午时分的树影，较刘诗中的"正"字更觉亲切、可爱，体现了清真词体物之细致。联系到本篇多次运用白居易《琵琶行》中的词句，我们很容易将接下来的"地卑山近，衣润费炉烟"二句，与《琵琶行》中"住近湓江地低湿"联系起来，但即使如此，清真词通过"衣润费炉烟"这一生活细节的描写，比白诗更为具体地刻画出"地低湿"的环境，"费"字尤见潮气之重，全句也因此字而更觉描写出色。与其出处相比，这种白描颇有青出于蓝之妙。《夜飞鹊》"兔葵燕麦，向残阳、影与人齐"，通过残阳这一意象，突出人影与兔葵燕麦之影齐头的细节，将人物在苍茫暮色中彳亍于荒凉清野的悽惶心态表现出来。虽然"兔葵燕麦"在字面上化自刘禹锡的诗歌，但由于刘诗中所写之景也是作者眼前之景，并统一于整个环境氛围中，与词中的白描完全融合在一起，因而不觉得是在用典。

　　清真词精工富丽的作风跟他部分作品喜欢设色也有关，但其中也不乏色泽淡雅之作，有的作品则将色绘与白描结合起来，总体上仍接近白描作风。这在他的咏物词、恋情词和羁旅行役词中都有体现。咏物词《六丑·蔷薇谢后作》一向被视为清真词的代表作，上片写落花之景："为问花何在，夜来风雨，葬楚宫倾国。钗钿堕处遗香泽。乱点桃蹊，轻翻柳陌。多情为谁追惜。但蜂媒蝶使，时叩窗隔。"或是以楚宫倾国来比喻落花，甚至用钗钿香泽来比喻落花的残香，或是将蜂蝶比作媒人、使者，追惜落花的飘零，处处都给人绮艳的联想。但下片写词人的惜花之情却出以白描，一方面是残花对词人的无限留恋："长条故惹行客。似牵衣待话，别情无极"，一方面是词人对落红的多情告诫："漂流处、莫趁潮汐。恐断红、尚有相思字，何由见得"，在人与物之间展开如此深情的对话，既见出落花命运的不幸，也见出词人对落花的同情，其情其景都在白描中得到了真切的表现，不仅加深了上片对落花的描写，也通过设色与白描的结合使得全词对落花的描写更为丰富。《瑞龙吟》是清真恋情词的代表作，一向被视为清真词的压卷之作，但即使是这样的作品，其中也不乏白描的句子或段落，特别是词的结尾更属白描佳句，曾被沈义父《乐府指迷》推许为以景结情的典范："归骑晚、纤纤池塘飞雨。断肠院落，一帘风絮。"这段景物描写是接着前文的"探春尽是，伤离意绪"而来的，按照阅读的惯性，读者都会带着这种"伤离意绪"来看待这些景物的。以景结情，使情感的抒发显得既明朗又含蓄不尽，从而避免了抒情上的直露与粗浅，同时也体现了作者杰出的白描工夫①。清真的羁旅行役之词对旅途景色的描写，也常常是白描与色绘结合在一起，如《一寸

---

　　① 类似以景结情的白描，清真词还有不少，另如《浪淘沙慢》"恨春去、不与人期，弄夜色，空余满地梨花雪"、《过秦楼》"谁信无憀……但明河影下，还看稀星数点"、《芳草渡》："暗恼损、凭阑情绪。淡暮色，看尽栖鸦乱舞"。

金》写江行途中的景色，有一段色彩鲜艳的描写："望海霞接日，红翻水面；晴风吹草，青摇山脚。"这几句色彩对比，鲜艳明丽，似乎是作者有意为之，但考虑到水面之红与阳光直射有关，而山脚下的青草难以受到晚霞直射，故而青翠，这些颇有层次感的景物描写完全属于写实，何况全词更多的是"州夹苍崖，下枕江山是城郭""沙痕退、夜潮正落。疏林外、一点炊烟，渡口参差正寥廓"之类色彩淡雅的景物描写，淡雅与明丽结合在一起，更能见出途中景色的多姿多彩。《隔浦莲》是一首宦游之作，抒发了作者身在江表、心望吴山的乡思，题材上近于羁旅之作，词的上片对夏景的描写着色较浓："新篁摇动翠葆。曲径通深窈。夏果收新脆，金丸落、惊飞鸟。浓霭迷岸草。"作者不用"新竹""新果""浓雾"等常见词语，而用"新篁""翠葆""金丸""浓霭"等丽藻，用字选词都显得锻炼精工。但全词并非都是这类色彩斑斓的描写，也不乏"蛙声闹。骤雨鸣池沼"这样白描的句子，特别是"水亭小。浮萍破处，帘花檐影颠倒"，创造出一个幽美的特写镜头，写出了夏日在热闹与繁丽之外的另一种风景。细加玩味，我们还发现词中的白描之处似乎都未离开水的描写，而那些着色的句子主要是描写地上景物，二者结合在一起，让我们看到了夏日里那种既有地上斑斓、又有水上清凉的美丽景色，白描与设色在这里显得相得益彰，各见其妙。

清真词精工富丽的作风还跟他喜欢琢句炼字有关，不过他有不少词能做到锻炼而不失自然。就其炼字而言，所炼之字多为文学作品中的常见字，且多为动词和形容词，这是因为这两类词摹写物态最易生动传神。就其炼句而言，特别注重对句，时时在工整的对偶中展现出一幅白描式的画面。如《渔家傲》："灰暖香融销永昼。蒲萄架上春藤秀。曲角栏干群雀斗。清明后。风梳万缕亭前柳。日照钗梁光欲溜。循阶竹粉沾衣袖。拂拂面红如著酒。沉吟久。昨宵正是来时候。"上片次句之"秀"字、三句之"斗"字，都在押韵处炼字，所炼之字很能吸引人的注意，但细加品味，又觉非常符合事物的特征，再加上所炼之字皆为常见之字，因而给人的感觉是颇有神韵而不失真切自然，丝毫不见着力的痕迹。《兰陵王》开头对柳的描写："柳阴直，烟里丝丝弄碧。""直"字、"弄"字都是炼字（前者为形容词，后者为动词），但所炼之字皆为常见之字，而且都很传神、自然："直"字写正午时分柳阴直铺在地的静景，"弄"字写烟中碧柳之态，化静为动，并与上句动静结合，绘色绘形，写出了柳丝美好的姿态。另如《氏州第一》上片对羁旅途中景色的描写："波落寒汀，村渡向晚，遥看数点帆小。乱叶翻鸦，惊风破雁，天角孤云缥缈。"陈廷焯《云韶集》（卷四）感慨"翻字、破字炼得妙"[①]，但所炼二字皆为常见之字，又都是统一于秋风黄昏的背景之中，读来并不让人觉得突兀。与此形成对照的是《庆春宫》中"衰柳啼鸦，惊风驱雁"二句。这两句与"乱叶翻鸦，惊风破雁"所写之景颇为类似，句式上又都是比较工整的对偶，但动词的运用各具特色。"驱""破"二字都有力度，这说明秋风正紧，但"驱雁"给人的感觉是风从后追赶，"破雁"给人的感觉是逆风而行，前者传达的是欲止而不能的感受，后者传达的是欲行而艰难的感受，所以我们更多地惊叹于作者炼字之准确，而不会觉得作者是在故意雕琢字句，这样就做到了锻炼与自然的统一，皆不失为白描的佳句。《玉楼春》："桃溪不作从容住。秋藕绝来无续处。当时相候赤栏桥，今日独寻黄叶路。　　烟中列岫青无数。雁背夕阳红欲暮。人如风后入江云，情似雨余黏地絮。"全词句式整齐，两两相对，上片结尾和下片开头还用了四个色彩词，所用比喻亦巧妙生动，这些都体现了清真词精工典丽的作风。"烟中列岫青无数。雁背夕阳红欲暮"二句绚丽斑斓，且不失为工整的对仗，似乎与白描距离甚远，但所写之情与所抒之景之间存在着一种若有若无、若即若离的关系：那无数并列无数的青峰，与黄叶路中的独寻者默默相对，更可见出环境的空旷与人物的孤孑；而雁背的夕阳残红，固然显示出晚景的灿烂，但终将消失在无穷的暮色之中，似乎暗示着人物逐渐黯淡的心情。这空阔中的孤独与灿烂后的暗淡，与独寻者的处境与心情之间似乎存在着有神无迹的联系。"当时相候赤栏桥，今日独寻黄叶路"二句，将今昔对比融于两种不同色泽的景物对照之中，使得"赤栏桥""黄叶路"这一对诗歌意象的内涵，远远超出了时令、物色的范围，而成为不同的心态和人生阶段的象征[②]。这种写实与象征的结合，与清真很多词中写实和比兴结合的白描作风颇为接近。

---

① 孙虹：《清真词校注》，中华书局2002年版，第268页。
② 刘学锴：《古典文学名篇鉴赏》，黄山书社2008年版，第279页。

三、从白描与精工的角度看清真词在南北宋词坛中的作用

以上具体分析了清真词白描手法的运用及其所创造的多样的艺术境界。无论是通体白描的词作，还是最能代表清真词主导风格的精工富丽的作品，都出现了白描的词句或段落，这说明白描普遍存在于清真词，由此体现出清真词多样的艺术风格与多方面的艺术成就。当然，白描绝非清真一人所独擅。大凡一个杰出的作家能在文学史上占有一定地位，都有很高的白描工夫。白描最能体现作家对人情物态敏锐的观察力与感受力，也最能体现出一个作家自铸新辞的本领。王国维曾这样评价清真："美成深远之致，不及欧、秦，唯言情体物，穷极工巧，故不失为第一流之作者。"（《人间词话》卷上）清真词的"言情体物，穷极工巧"颇受益于白描，周邦彦也因此跻身于第一流作者。但我们也要看到，北宋很多词人皆善白描，南宋词人中也不乏这方面的能手。但相对于北宋词人而言，南宋词人似乎更多地具有一种富丽繁缛的作风，这与南宋词人更喜欢用典、更讲究语言的雕琢修饰有关。清真词颇能白描，因而具有北宋作风；但他那些精工富丽的作品在写景抒情中也开始透露出某些雕琢修饰的倾向，影响了南宋的词风。从白描与精工的角度我们不仅可以看出南、北宋词的某些差异，也可以看出清真词在词史演进中具有由北开南的独特地位。

在北宋中后期的词中逐渐开始兴盛的用典、雕饰的作风中，清真词中仍有不少白描的词句或段落，这即使不是清真有意的艺术追求，也是受到了北宋前期白描词风的影响。就写景而言，清真词写景真切而情寓景中，而善于写景也是北宋词的长处之一，这些景物描写大多是白描作风。清真词写景的白描作风与北宋词一脉相承，特别是与柳永的词渊源甚深。夏敬观曾指出："耆卿写景无不工，造句不事雕琢，清真效之。"（《手评〈乐章集〉》）。如《渡江云》下片："今宵正对初弦月，傍水驿、深舣蒹葭。"水驿蒹葭、冷月孤舟，正是旅途中触动客愁之景，此处虽不言愁而愁情自见，俞平伯以为"此词与柳屯田之'晓风残月'，皆善写客愁者"[1]，此正得力于其白描写景

---

[1] 俞平伯：《唐五代两宋词选释》，上海古籍出版社 1985 年版，第 297 页。

之真切。清真词的写景有时不免着色，但有的词虽然着色亦宛如白描，所以王国维指出清真词"以辞采擅长，然终不失为北宋人之词者，有意境也"（《人间词话·附录》）。如《风流子》："新绿小池塘。风帘动、碎影舞斜阳。"在绿波与斜阳的映衬下，突出描写一帘风影：帘影原本倒影于池塘之中，风吹帘动，水面起了波浪，原来完整的帘影因之而成为碎影。这种白描静中见动，颇得静雅之趣。清真词中类似的描写还有不少："水亭小。浮萍破处，帘花檐影颠倒"（《隔浦莲》）、"花影被风摇碎"（《红窗迥》）、"帘影参差满院"（《秋蕊香》）、"池光静横秋影"（《六么令》）。虽然写影难以避免对光、色的描写，但诸句设色并不浓艳，多以白描见长。前人注意到张先词写影的成就，其实清真词在这方面丝毫不亚于张先，甚至不排除清真词受到了张先词的启发，这也说明白描普遍地出现于北宋其他词人的作品中，清真词不同程度地受到了他们的影响。清真词写景还喜欢炼字，但多数能做到锻炼而不失白描式的自然，所以锻炼出来的字句仍有意境。实际上，清真之前的北宋词也不乏炼字的成功范例，宋祁的"红杏枝头春意闹"（《玉楼春》）和张先的"云破月来花弄影"（《天仙子》），二句分别炼"闹"字和"弄"字，"境界全出"，当时就被词坛传为佳话。清真词中也多次运用"弄"字，著名的如前文已举之"柳阴直，烟里丝丝弄碧"（《兰陵王》），此外还有《瑞鹤仙》"暖烟笼细柳。弄万缕千丝，年年春色"、《浣沙溪》"小妆弄影照清池"、《浪涛沙慢》"弄夜色，空余满地梨花雪"、《早梅芳》"隔窗寒雨，向壁孤灯弄余照"，锻炼而精稳，与张先的名句"云破月来花弄影"皆不失为白描佳句。有些写景的句子虽然锻炼精工，仍是情景交融，并保留着北宋词那种白描式的强大感发力，如《兰陵王》"斜阳冉冉春无极"句，不仅设色绮丽，而且句式高度浓缩，但作风仍近于白描，以至于近人陈匪石赞扬这七字"情景交融之妙，有难以言语形容者"[1]，梁启超评此七字："绮丽中带悲壮，全首精神提起。"[2]说他"绮丽"，是因为它写出了眼前春光的美好和斜阳的灿烂；说它"悲壮"，是因为"春无极"紧接着"斜阳冉冉"而来，不管春光怎样的"无极"，也免不了如斜阳一样冉冉消

① 陈匪石：《宋词举》，江苏古籍出版社2002年版，第95页。
② 梁令娴：《艺蘅馆词选》，广东人民出版社1981年版，第73页。

失，终究无法挽留，让人在无限留恋之中徒增无限伤感。但这两个意象所包含的意蕴似非止于此。刘扬忠对此有很好的分析："高度集中而形象地反映出老年词人面对黄昏迟暮之景而在心灵深处产生的一种惊人的颤栗"，"'斜阳冉冉'写出一日光景已近黄昏，象征自己的生命已无可挽回地走向迟暮；而'春无极'则说明宇宙是无限的，也是无穷的。这有限与无限，短暂与无穷的鲜明对比，透发出作者面对无始无终之大宇宙的时间与空间的惊悸与慨叹。"①情景高度融合，在写实中又蕴藏着丰富的象征意味，自然使"全首精神提起"。

当然，清真词的白描并非仅仅表现在写景上，也表现在抒情方面。就抒情而言，清真词不仅善于借景语、物语来传情达意，也不乏直抒胸臆的感人之作。清真词抒情激越之际，有时不避出语率直，甚至用口语、俗语，颇具白描作风，如《风流子》："最苦梦魂，今宵不到伊行""天便教人，霎时厮见何妨"，《还京乐》"怎得青鸾翼，飞归教见憔悴"，《解连环》"拚今生，对花对酒，为伊泪落"，《风流子》"多少暗愁密意，唯有天知"，《庆春宫》"许多烦恼，只为当时，一饷留情"，《法曲献仙音》"待花前月下，见了不教归去"，《尉迟杯》"有何人、念我无憀，梦魂凝想鸳侣"，《意难忘》"又恐伊、寻消问息，瘦减容光"。此等率朴句子，不仅直抒胸臆，而且不避俗语，在南宋词家那里或许被视为"俗气"，但正如况周颐所言："愈朴愈厚，愈厚愈雅，至真之情由性灵肺腑中流出，不妨说尽而愈无尽也。"（《蕙风词话》卷二）这种率直粗朴的语句，在五代词中能见到，在柳永的词中更是容易找到，甚至在秦观等人的词中也不乏类似的句子，这类句子体现的正是北宋词在抒情方面的白描作风。南宋词家对这类情语的不满（见张炎《词源》卷下《杂论》、沈义父《乐府指迷》），正说明了南宋词与北宋词的差异。为了增强抒情的效果，清真词中还巧妙地运用比喻，但这些比喻大多是就眼前景、身边物加以构思，自然天成，不同于那些刻意搜求、力求创新的构思，体现的仍是北宋词一贯的白描作风。如《还京乐》上片："任去远，中有万点，相思清泪。"说远去的波涛中有万点相思泪，实际上是把泪水比作眼前的江水，即景设喻，真切自然。过片没有另起新意，而是承接上片而来，显得一

---

① 刘扬忠：《周邦彦传论》，陕西人民出版社1991年版，第53页。

气贯注："到长淮底。过当时楼下，殷勤为说，春来羁旅况味。"这是在上片的基础上，进一步将这些波浪设想成能说话的人或是会传递音信的事物，替自己向远方的人表达自己在春日的羁旅滋味。这种设想较之上片更为出奇，但因为它仍是就眼前之景而加以想象，所以仍显出白描式的真切自然。这很容易让我们想起苏轼的名句："凭仗清淮，分明到海，中有相思泪"（《永遇乐》）、"寄我相思千点泪，流不到，楚江东。"（《江城子》）由此也可见出，清真词的白描作风与北宋的词一脉相承。另如《丑奴儿》："叶底寻花春欲暮。折遍柔枝，满手真珠露。不见旧人空旧处。对花惹起愁无数。却倚阑干吹柳絮。粉蝶多情，飞上钗头住。若遣郎身如蝶羽。芳时争肯抛人去。"上片写春色，已见出女子之多情，下片写春日粉蝶之多情，并关合人物自身，即景设喻，希望"郎身如蝶羽"亦能"飞上钗头住"，期盼中流露出对对方无限的哀怨，这种情感通过结片的比喻得到了集中的表现。类似的比喻还有《满路花》："愁如春后絮，来相接"、《虞美人》："金炉应见旧残煤。莫使恩情容易、似寒灰。"这些比喻不仅真切自然，而且含蓄蕴藉，较之某些直抒胸臆而流于直露的作品，更觉有味。

但我们也要看到，重藻绘与故实、喜欢炼字琢句，已经逐渐成为北宋后期词的一种风气，在南宋词那里则发展为一种带有普遍性的作风，这就逐渐远离了北宋前期那种白描式的作风，李清照的《词论》对典实等的推重，就反映了北宋后期这种词风的变化。清真词适当其时，不免有此作风，并影响到南宋的词风。正是在这个意义上，我们说清真词在两宋词史上起到了由北开南的作用。朱祖谋曾把宋词分为三种风格："两宋词人，曰可分为疏、密两派，清真介在疏密之间，与东坡、梦窗分鼎三足。"[1]叶嘉莹在《论周邦彦词》一文中指出，周邦彦"把用思力安排取代了自然的感发，而使宋代的词风发生了一次重大的变化"[2]，都关注到了清真词在南北宋词坛上的这种独特地位。虽然疏与密、思力安排与自然感发，还不完全是从白描的角度作出的区分，但也在不同程度上牵涉到白描。一般而言，白描之作多疏俊，锻炼之作多密丽；白描之作多能自然感发，锻炼之作多须思力安排。这足以启示

---

① 《朱评清真词》。转引自《宋词三百首笺注》，上海古籍出版社1979年版，第86页。

② 《灵谿词说》，上海古籍出版社1987年版，第291页。

我们从白描与精工的角度来考察南、北宋词的差别及清真词所起的作用。王国维在指出清真词"以辞采擅长，然终不失为北宋人之词者，有意境也"的同时，亦谓："南宋词人之有意境者，惟一稼轩，然若不欲以意境胜。白石之词，气体雅健耳，至于意境，则去北宋人远甚。及梦窗、玉田出，并不求诸气体，而惟文字之是务，于是词之道熄矣。"（《人间词话·附录》）这段话充满了对南宋词的偏见，但也深刻地揭示了南、北宋词之间的某些差异。按照王国维的理解，意境是指对景物的真切描写或是感情的自然流露①。而北宋词之"有意境"，与其多用白描密切相关；相对而言，南宋词使用白描较少，而更多精工锻炼。所以，南、北宋词在意境上的差异，以及清真词在宋词由北入南的转变中所起的作用，我们都可以结合白描加以考察。

就写景而言，清真已开南宋词雕琢锻炼之风。近人薛砺若曾盛赞清真词《蓦山溪》《大酺》写景状物之工："无一词不晶美，无一句不清倩。写景状物至此，可谓已臻绝境。"同时也指出："北宋如晏、欧、张、柳、苏、秦、贺、毛等大作家，写来虽能如此自然，然远无其深刻细致，若两相比较，都觉失之浮泛了。"②如果说写景状物自然真切，更多地体现出北宋的白描作风，那么清真词在描写中体现出深刻细致的特点，就开启了南宋词的某些雕饰作风。南宋词的精工锻炼自有其合理性，也曾产生不少优秀之作，但雕饰太多，锻炼太过，在艺术上曾导致某些不足，因而缺乏北宋词常见的那种自然的感发力量。实际上，这种作风在清真词中已经出现。前人多次指出清真词在创作上的刻意求工、求新，如陈廷焯谓"美成词于浑灏流转中，下字用意，皆有法度"（《白雨斋词话》卷二）。周济《介存斋论词杂著》亦谓："读得清真词多，觉他人所作都不十分经意。"这种创作态度与老杜"语不惊人死不休"的追求很类似，这可能是周邦彦被称为"词中老杜"的一大原因，但清真词艺术上精工雕琢的作风恐怕也与此创作态度有关。如《瑞龙吟》开头的景物描写，"褪粉梅梢，试花桃树"二句颇露人工雕琢痕迹：不仅着色，而且对仗工整，又调整句式，将动词前置，以突出动态，从而使形

---

① 王国维《人间词话》卷上："境非独谓景物也。喜怒哀乐，亦人心中之一境界。故能写真景物、真感情者，谓之有境界。否则谓之无境界。"

② 薛砺若：《宋词通论》，上海书店1985年版，第171页。

象更为生动，这都与白描的作风不同，而近乎南宋词的描写作风。类似的描写也见于《应天长》"条风布暖，霏雾弄晴"、《大酺》"润逼琴丝，寒侵枕障"、《兰陵王》"一箭风快，半篙波暖"、《玉楼春》"平波落照涵赪玉，画舸亭亭浮澹渌"、《过秦楼》"梅风地溽，虹雨苔滋，一架舞红都变"等，既炼句，又着色，刻画精工。《西平乐》中"稚柳苏晴，故溪歇雨"二句，还被列入《词旨·属对》中，这不仅说明了清真词属对之精、锻炼之工，也说明南宋词人对此的欣赏，清真词对南宋产生巨大的影响，自在情理之中。此外，清真词中还有不少锻炼精巧的词语，如《一寸金》"风轮雨楫"、《玉烛新》"晕酥砌玉""风娇雨秀"，《意难忘》中"笼灯燃月"，还作为词眼被选入《词旨》。这些都说明了清真词炼字、炼句之工，及其给南宋词人的启发与影响。

除炼字琢句外，清真词在藻饰色绘方面也对南宋词产生了很大的影响。同是写荷，清真既能用白描的手法写出荷之神理，也能用敷彩设色的手段描画莲花，如《侧犯》上片："暮霞霁雨，小莲出水红妆靓。风定。看步袜江妃照明镜。"小莲出水的景象本可以写得如《苏幕遮》之清新动人，但在这首词中，作者不仅把它置于雨后晚霞的环境之中，显得色彩耀眼，而且用拟人的手法，把它比作红妆的靓女，乃至比作步袜的江妃揽镜自照，引人绮艳的联想。这种设色浓艳、精工富丽的描写作风，直接影响了南宋姜夔、吴文英等人。况周颐批评白石词《高阳台》中"酒醒波远，正凝想、明珰素袜"数句，"微嫌刷色"（《蕙风词话》卷二）。王国维曾比较清真词《苏幕遮》与白石《念奴娇》《惜红衣》二词（都写到了荷花），指出清真词"得荷之神理"，相比之下，白石词"犹有隔雾看花之恨"（《人间词话》卷上）。此"恨"似与白石词的过分刷色不无关系。清真词《解语花》写上元景色，"风销焰蜡，露浥烘炉"二句设色浓丽，句式工整；"桂华流瓦"句为了追求字面上的美感，用"桂华"而不用月光，这些都很接近南宋梦窗等人的作风。王国维曾经批评清真此词使用借代词"桂华"（《人间词话》卷上），可能是因为这种借代使写景状物失之于隔，即没有白描手法那么真切[1]。联系到王国维对南宋词的不满，这种借代手法的过多使用及其由此导致艺术上"隔"

---

[1] 类似的借代亦见于《倒犯》："驻马望素魄，印遥碧、金枢小"、《满路花》"竹圃琅玕折"。

的弊端，更多地存在于南宋词中，清真词在这些方面已开启了南宋词风。先著、程洪曾指出："美成《花犯》云：'人正在、空江烟浪里。'尧章云：'长记曾携手处，千树压、西湖寒碧。'尧章思路，却是从美成出，而能与之埒；由于用字高，炼句密，泯来踪去迹矣。"（《词洁辑评》卷四）虽说姜词炼句已泯灭踪迹，但词人不直接写梅花，而用"寒碧"代之，一如词中"疏花""红萼""香冷"诸语，皆属借代用法，虽能借此表现出梅花的神韵，但对梅花的描写也因此显得不够真切，不及清真词之形神兼备。为了不在字面上出现所写之物，南宋有些词就借助典故来表现，这种用典作风在清真词中也已经开启，清真词《水龙吟》咏梨花，不仅设色浓艳，而且罗致了许多梨花故事，直接开启了南宋梦窗等人的词风。梦窗醉心于用代字、僻典、丽藻，有时不免流于晦涩。我们当然不能据此将梦窗词的某些不足追究到清真词，但也应该看到梦窗词的用事下语，确与清真词所开创的锻炼精工之风不无关系，所以沈义父《乐府指迷》谓："梦窗深得清真之妙。其失在用事下语太晦处，人不可晓。"白石词时亦不免此弊，如《疏影》"昭君不惯胡沙远，但暗忆、江南江北"，曾作为警句被收入《词旨》中，但刘体仁《七颂堂词绎》谓此句"亦费解"，似乎与其用典不无关系。其实，白石词之隔、梦窗词之晦，其失多在不大注重白描，而过分注重典实、色绘。

以上我们结合词史，着重分析了清真词的白描艺术及其词史意义。从中不难看出，清真词善于融化前人诗句、一如己出的长处固然值得我们称赞，而它的白描艺术也值得我们总结与借鉴；白描不仅可以体现一个作家的艺术成就，也能反映词史的某些发展轨迹。如果我们把目光再放宽一点，还会发现南、北宋词风的差别，一如唐、宋诗之间的差别。北宋词更多地接近唐诗白描的作风，南宋词则与宋诗精工的作风更为接近。唐宋诗之间的差别，与北宋、南宋词之间的差别如此类似，表明它们都经历了一段由白描向精工转变的过程，这也许是文学史某种演进规律使然。可见探讨清真词的白描成就，不仅可以帮助我们全面把握清真词的艺术风格，也可能引发我们对文学史某些发展规律的进一步思考。

原载《安徽师范大学学报》（人文社会科学版）2011年第2期

李清照与魏晋风度

一、引言："亦是林下风，亦是闺中秀"

昔人云李清照"自是闺房胜流"（宋长白《柳亭诗话》卷二十九），"不徒俯视巾帼，直须压倒须眉"（李调元《雨村词话》卷三）。或曰："易安偶傥，有丈夫气，乃闺阁中之苏辛，非秦柳也"（沈曾植《菌阁琐谈》）。指出李氏性格中有"丈夫气"，诚非虚妄。明人徐士俊在评李词《凤凰台上忆吹箫》时指出李清照"亦是林下风，亦是闺中秀"（卓人月编《古今词统》卷十二引），毛晋亦认为李清照"非止雄于一代才媛，直洗南渡后诸儒腐气，上返魏晋矣"（汲古阁本《漱玉词》跋）。两家指出李清照有魏晋风度，尤属的评。

李清照为人确有其受魏晋风度影响之一面，这一点从其诗赋中亦不难发现。李氏喜在诗赋中用典，且多是有关魏晋之事，尤与《世说新语》有关。昔李氏南渡之际，辗转流离之中，所收藏的书画丧失殆半，所剩无几，其中即有《世说新语》尚存，未曾毁弃，可见其珍爱之情。她有诗曰："南渡衣冠少王导，北来消息欠刘琨"，借晋室南渡之事喻宋室南奔，表达了对王导、刘琨等魏晋人物的倾慕；又在《打马赋》中说："平生不负，遂成剑阁之师；别墅未输，已破淮淝之贼。今日岂无元子，明时不乏安石"，对同时人桓温、谢安表示了尊崇；在同赋中且说："或闻望久高，脱复庾郎之失；或声名素昧，便同痴叔之奇"，"又何必陶长沙博局之投，正当师袁彦道布帽之掷也"，对庾翼、袁耽诸魏晋名士亦致欣然向往之意。凡此皆可见出李清照对魏晋风度的心仪之甚，这必然对她的性格及其词作产生影响。

二、"词中有人"：由传统的闺阁中人向士大夫形象靠拢

裴斐在《别是一家词：论李清照》（载《天府新论》1987年第4期）一文中指出："从'慵整纤纤手'到'沉醉不知归路'，再到'帘儿底下，听人笑语'，我们看到了词人一生的三个阶段；既看见她当时的外在情态，亦看见她的内心世界。历代词人当中，再没有谁像李清照那样善于表达自己了。"刘扬忠在《唐宋词流派史》第五章第四节"开径独行的女词人李清照"中则进一步指出，李清照的词"大多数是她一生心路历程的'实录'，带有'自传体'的性质"。诸论甚精，道出了易安词的一个重要特点："词中有人""词中有我"，即善于在词中塑造自我形象。文人词从五代时开始即以歌儿舞女等女性人物为主要表现对象。虽然李氏之前，词人大多是男性作家，但由于词的创作形成了"男子而作闺音"（田同之《西圃词论·诗词之辨》）的传统，使词中抒情主人公形象几乎是清一色的闺阁人物，无复词人自身面目。这种类型化的人物形象千面一孔，几使"词中无人"，更毋宁说在词中出现带有士大夫气息的男性形象。只是到了苏轼手中，词中抒情主人公才更多地具备了词人的个性色彩，开始向士大夫角色转变。李清照词中人物固然仍以女性面貌出现，但由于她性格中有近于魏晋风度的一面，与士大夫气息相通，一旦她以词写"我"，必然会使词中人物打上词人自身烙印，从而向士大夫形象靠拢。具体说来，这种人物形象有以下几个方面的特点值得我们加以注意。

其一为修饰之美。魏晋名士尚容仪。《三国志·魏志·王粲传》裴注引鱼豢《魏略》载曹植暑热之际，"呼常从取水，自澡讫，傅粉"。至于"何郎傅粉"（《世说新语·容止》："何平叔美姿仪，面至白，魏明帝疑其傅粉。"）更是著名一例。为此，《世说新语》中特辟《容止》篇来记述当时风气。李清照亦不乏此心。不过，她的尚容仪、重修饰之心，不是通过"金玉其外"的方式来体现，更多地表现出内在的高洁芬芳的特色。《菩萨蛮》写到词人在醒来孤寒袭人之时，还留意"梅花鬓上残"。可见词人好以梅自饰，

这一点在她的《诉衷情》词中表现得尤为突出：

> 夜来沉醉卸妆迟，梅萼插残枝。酒醒薰破春睡，梦远不成归。　　人
> 悄悄，月依依，翠帘垂。更挼残蕊，更撚余香，更得些时。

卸装之后，犹注目于梅萼之残枝；梅蕊已残，犹赏心于梅之余香，可谓盛饰之意，未曾稍减。读其词"醉莫插花花莫笑，可怜春似人将老"（《蝶恋花》），又可见出词人自我修饰之心，至老未变。

其二为任性之美。魏晋名士尚通脱与放诞，言行多恣意而无所顾忌。李白所谓"陈王昔时宴平乐，斗酒十千恣欢谑"（《将进酒》），曹丕所记"弹棋闲设，终以博奕，高谈娱心，哀筝动耳，驰骛北场，旅食南馆，浮甘瓜于清泉，沉朱李于寒冰，白日既匿，继以朗月，同乘并载，以游后园"（《与吴质书》），从这种宴乐场面我们可以想象其时人物之豪迈洒脱，任性不羁。至于正始名士，更为放纵，乃至"越名教而任自然"（嵇康《释私论》），可见其纵情自适之意。为此，《世说新语》中特辟《任诞》《豪爽》诸篇以记当时人物之豪举。李清照其人亦不乏此等意兴。宋人周辉在《清波杂志》（卷八）中引易安族人言："明诚在建康日，易安每值天大雪，即顶笠披蓑，循城远览"，可见其意兴豪甚。清人伍崇曜就此评曰："意气豪荡，不类巾帼人语。"李清照在《打马图序》中亦曾夫子自道："予性喜博，凡所谓博者皆耽之，昼夜每忘寝食"，即便是"自南渡来，流离迁徙，尽散博具，故罕为之，然实亦未尝忘于胸中"，可见其耽迷之深。博塞之戏如此，读书之事亦复如是："余性偶强记。每饭罢，坐归来堂，烹茶，指堆积书史，言某事在某书、某卷、第几页、第几行，以中否角胜负，为饮茶先后。中即举杯大笑，至茶倾覆怀中，反不饮而起"（《金石录后序》），活画出一幅豪放不羁者形象。夫读其咏史诗，或赞叹项羽"不肯过江东"（《夏日绝句》），或慨叹嵇康"至死薄殷周"（《咏史》），所论皆摆落俗套，时出己意。其诋士大夫之句，所刺甚深；嘲应试者之对，不避人忌。观其处事为人，不加矫饰；议论风发，不稍假借，皆足以说明其人之率性与任真。这在她的词中也有鲜明的体现。

首先，体现在她对外物的赏玩方面务求尽兴而得酣畅之乐。试读其词《如梦令》：

> 常记溪亭日暮，沉醉不知归路。兴尽晚回舟，误入藕花深处。争渡，争渡，惊起一滩鸥鹭。

从"误入""惊起"的动态刻画中不难体会词人游兴之浓，沉醉之趣，可谓尽兴矣！又如其词《清平乐》上片："年年雪里，常插梅花醉。挼尽梅花无好意，赢得满衣清泪。"不管严寒仍要雪里赏梅，可谓沉醉其中；赏梅之心，要以挼尽梅花、人流清泪为极致，可见其耽迷之趣。无论是对山水的留连，还是对雪里梅花的留恋，皆表明词人对外物的赏玩之意，实抱着尽兴的态度，不失任性之美。

其次，体现在对闺情的刻画上能曲尽人情，略无顾藉。其词《蝶恋花》写"柳眼梅腮，已觉春心动"，语意双关。"眼""腮""心"三字一气写来，更觉词人是在写闺中女子。所谓"柳""梅"，不无"柳儿""梅娘"之意。可见此词写女子之春心萌动，虽辞尚含蓄，意则直露。又如《浣溪沙》词"眼波才动被人猜"，亦写尽女子幽情，已无剩美。凭着女性的直觉，词人或写心或写目，能从中窥探女子心事，无不曲尽入妙。夫观其写少女羞涩之心："见客入来，袜划金钗溜。和羞走，倚门回首，却把青梅嗅"（《点绛唇》）。写少妇娇媚之态："笑语檀郎，今夜纱厨枕簟凉"（《丑奴儿》），"怕郎猜道，奴面不如花面好。云鬓斜簪，徒要叫郎比并看"（《减字木兰花》），皆肆意落笔，无所羞畏。这些词虽被评为"词意儇薄"，甚至作者之人品也因此遭到了不少以道学家自命的士大夫的诋诃，谓其略无检操，实则诸词表现了词人的率性之美。

其三为风神之美。魏晋名士颇尚人物风神之美，或许人"冰肌玉骨"，有如藐姑射山中之神人；或赏人如"玉树临风""玉山将倾"，不无冰清玉洁之感。观《世说新语》中《赏鉴》及刘劭《人物志》自可明其时风尚。李清照对魏晋人物尤其推重陶渊明，也正因为陶渊明其人颇尚风神之故。李氏不少咏物诗，多借梅菊兰桂等富于象征意味的意象来寄托风神，与陶渊明赏菊东篱声气相投，可谓异代知音。

一方面，这种风神之美体现在蕴藉、雍容的韵味上，这正是词人赏爱梅菊银杏的原因所在。试看其咏菊之作《多丽》：

> 小楼寒，夜长帘幕低垂。恨萧萧、无情风雨，夜来揉损琼肌。也不似贵妃醉脸，也不似孙寿愁眉。韩令偷香、徐娘傅粉，莫将比拟未新奇。细看取，屈平陶令，风韵正相宜。微风起，清芬蕴藉，不减荼蘼。
>
> 渐秋阑，雪清玉瘦，向人无限依依。似愁凝、汉皋解佩，似泪洒、纨扇题诗。朗月清风，浓烟暗雨，天教憔悴度芳姿。纵爱惜，不知从此，留得几多时。人情好，何须更忆，泽畔东篱。

以屈平、陶令比菊，写其清芬蕴藉之风韵，可谓相得益彰；以朗月清风的美景来衬托菊之琼肌芳姿，可谓曲尽其美。另如写梅花"从来知韵胜""难言处，良宵淡月，疏影尚风流"（《满庭芳》）、"不知蕴藉几多香，但见包藏无限意"（《玉楼春》），亦是风流蕴藉，美轮美奂。银杏一如梅菊，不乏玉骨冰肌，皆以风韵见长，但其风韵则以雍容和雅为胜（见其词《瑞鹧鸪》"风韵雍容未甚都"首）。实则各自擅场，尽得风流，由此可见作者此种风神之美。

另一方面，这种风神之美体现在孤妍的格调上，这也正是词人赏爱桂花的原因所在。固然，词人也认为桂花有其蕴藉之致，所谓"终日向人多蕴藉，木犀花"（《摊破浣溪沙》），但桂花风神实不止此，更有其清妍之美。试读其词《摊破浣溪沙》：

> 揉破黄金万点轻，剪成碧叶层层。风度精神如彦辅，太鲜明。梅蕊重重何俗甚，丁香千结苦粗生。熏透愁人千里梦，却无情。

词人咏桂，以晋人乐广相比，言其清高而不粗俗，实则写己之精神超迈出众，风度清迥拔俗。正是基于这个认识，词人认为桂花反在梅菊之上，所谓桂花"自是花中第一流，梅定妒、菊应羞"，更为此致憾于屈原，谓"骚人可煞无情思，何事当年不见收"（《鹧鸪天》）。从词人对桂花的纷赞中可以发现词人对这种孤妍之美更为看重。当然，词人无论是写梅菊之蕴藉多姿，还是写桂花之孤妍有致，皆可谓风神摇曳，尽得其美。

三、"词中有品"：由情绪型的抒发向情趣型的生发转变

至此，我们可以看出李清照词中人物之品格较以往词作已有较大不同。这当然跟李清照深受魏晋风度影响并形成高尚人品有关。其夫赵明诚即谓清照"端庄其品"，并说她"归去来兮，真堪偕隐"。这种高尚的人品自然也提高了其词品。《四库全书总目提要》就指出："清照以一妇人，而词格乃抗轶周、柳。"正由于其词中有品，故其词能从传统词作单纯抒发绮怨闲愁、离情别绪中解脱出来，时时生发出一种近于魏晋风度、通于士大夫声气的情趣。具体说来，这种情趣主要表现在以下三个方面。

其一为孤傲之趣。魏晋名士与世不谐，不仅鄙弃一般俗人，而且傲视权贵，以白眼视之，甚至"非汤武而薄周孔"（嵇康《与山巨源绝交书》）。这种傲岸的精神大都因其怀才不遇所致。众多名士才高志大，却又生不逢时，故不免于怀才不遇之际生兀傲之心。李清照也是才高一世，连多方诋斥李氏的王灼也说她"才力华赡，逼近前辈，在士大夫中已不多得，若本朝妇人，当推词采第一"。（王灼《碧鸡漫志》卷二）可是作为女子，她又无施展才华之处，自然有一种不平之气郁积心中。观其《词论》"历评诸公歌词，皆摘其短，无一免者"（胡仔《苕溪渔隐丛话》后集卷三十三），可谓"其狂亦不可及"（冯金伯《词苑萃编》卷九引裴畅语）。这种不平之气一旦入诸词中，便使得李词常于时不我遇、世无知音的孤寒情绪中别具一种孤傲之趣。如其词《南歌子》：

> 天上星河转，人间帘幕垂。凉生枕簟泪痕滋。起解罗衣，聊问夜何其？翠贴莲蓬小，金销藕叶稀。旧时天气旧时衣。只有情怀，不似旧家时！

传统词或写游子思妇，或写思妇念夫，情绪均不出"孤寂"范围。此词所写人物，其身亦不出闺阁，其情亦不免孤寒。但开首二句"天上""人间"对

举写来，气度非凡，眼界特宽，心胸至广，突破了人物所处的物理空间。"聊问夜何其"承此二句而加以发问：天上星河已转，意谓天将拂晓；人间帘幕犹垂，意谓人间昏沉，正写出了词人对人世浑浊之不满，对天上光明之向往。这个发问，隐有"世人皆醉我独醒"之慨，可谓傲视凡尘矣。正是由于词人深感人世之压抑，故又不免作游仙之词以寄其出世之意，试看其《渔家傲》：

> 天接云涛连晓雾，星河欲转千帆舞。仿佛梦魂归帝所，闻天语，殷勤问我归何处。我报路长嗟日暮，学诗谩有惊人句。九万里风鹏正举。风休住，蓬舟吹取三山去。

虽然，杜甫说过"语不惊人死不休"；虽然，词人自己也颇以诗文自负，但此处将杜甫之高论与一己之初衷完全撇开，全是高蹈出世之情怀。夫从傲世之意到出世之意，皆足以睹词人之傲岸精神。

其二为高雅之趣。魏晋人物或神与物游，心与道冥，"目送归鸿，手挥五弦。俯仰自得，游心太玄"（嵇康《史秀才公穆入军赠诗》十九首之五），或隐田园而乐山水，"采菊东篱下，悠然见南山"（陶渊明《饮酒》二十首其五）。这是他们追求高雅生活情趣的反映。陶渊明更在诗中明确表示"少无适俗韵，性本爱丘山"（《归园田居》五首之一）。至于"谢安雅志"更是闻名已久，"兰亭集会"亦属文人雅集，千古传诵。李清照虽性喜博戏，实为"深闺之雅戏"（《打马赋》）；虽性爱收藏书画，亦属夫妇之雅尚。她不慕荣利，观其诗《夜发严滩》《感怀》可知。她不尚声色，观其《金石录后序》可知："几案罗列，枕席枕藉，意会心谋，目往神授，乐在声色狗马之上"，"谋食去重肉，衣去重采，首无明珠翠羽之饰，室无涂金制绣之具"。这种生活情趣必然影响其文学创作。谢无量指出："易安襟怀超迈，故其诗每有秀逸之气"（《中国妇女文学史》）。余谓其词亦当作如是观。李氏《词论》中称赞五代之词"独江南李氏君臣尚文雅"，可见其对词的审美要求。《乐府雅词》收录李词23首，亦表明李词确有雅趣。

一方面，这种雅趣表现在其词能净化绮艳词风，从花柳情思向梅菊清韵升华。如《醉花阴》：

> 薄雾浓云愁永昼，瑞脑销金兽。佳节又重阳，玉枕纱厨，半夜凉初透。东篱把酒黄昏后，有暗香盈袖。莫道不销魂，帘卷西风，人比黄花瘦。

所谓"人瘦"，自然是离别相思所致。但这种相思别离之情并非像传统词作那样以杨花柳色来点染，而是"寓幽情于赏菊"（叶申芗《本事词·自序》），可谓"雅畅"（毛先舒《诗辩坻》卷四引柴虎臣语）。又如她的《孤雁儿》词抒写夫妇苦别之情，通过折梅寄人的方式加以表达，也颇具雅致。

另一方面，这种雅趣体现在别开生面地从声色的描写中解脱出来，描写日常生活的闲情雅意。传统词作有不少作品堆金砌玉、剪红刻翠，或是对歌儿舞女声情的描写，或是对酒筵席杯盘场面的铺叙，不无富贵气象，脂粉气太浓，写来多落入俗套。李清照生活本不尚声色，其日常生活如斗茶薰香、分茶煮酒、踏雪赏梅、赏玩书画、讨论诗文等，均不失为文人之清玩。一旦她将这种日常生活场景写入词中，便使得其词别具清新气息。所谓"枕上诗书闲处好，门前风景雨来佳"（《摊破浣溪沙》）、"明窗小酌，暗灯清话，最好留连处"（《青玉案》）、"当年曾胜赏，生香薰袖，活火分茶。口口龙骄马，流水轻车，不怕风狂雨骤，恰才称，煮酒残花"（《转调满庭芳》），写来均闲雅不凡。李清照在晚年所作《临江仙》词中说："踏雪没心情。"虽然老来无复踏雪心情，实则此前常有之。其词《清平乐》谓："年年雪里，常插梅花醉。"虽为追忆之辞，但老来念念不忘，仍见其雅兴不减。不过，这种清新的闲雅之趣更多地表现在她早年的山水之作中。试看其词《怨王孙》：

> 湖上风来波浩渺，秋已暮，红稀香少，水光山色与人亲，说不尽，无穷好。　　莲子已成荷叶老，清露洗，蘋花汀草。眠沙鸥鹭不回头，似也恨，人归早。

正如左思所赞叹的那样："非必丝与竹，山水有清音"（《招隐》其一），词人也在丝竹之外发现了"水光山色与人亲"。这首词不仅完全从花间尊前走出来，脱尽脂粉气息，而且一反传统词作伤秋老调，情调明快，更见出词人清新拔俗的雅意。

其三为隽逸之趣。魏晋之际乃中国历史上动荡不安的时代，政治之险不可测、生命之朝不保夕，固然使其时人物多危苦之词。但有不少人能通过清议玄谈的方式获得对人生的一种新的体认，从而排遣心中苦恼，并求得旷达与乐观。这正是他们以理遣情的结果。李清照才高识远，深有思致。周辉《清波杂志》（卷八）即谓："《浯溪中兴颂》碑，自唐至今，题咏实繁……易安尝和张文潜长篇二，以妇人而厕众作，非深有思致者能之乎？"其《金石录后序》曰："有有必有无，有聚必有散，乃理之常"，可谓有识，所以顾炎武叹"其言之达"（《日知录集释》卷二十一），祝枝山也赞其"有此智识，亦闺阁之杰也"（刘士镶编《古今文致》卷三引）。其《打马图序》"尧舜桀纣、掷豆起蝇一段，议论亦极佳，写得尤历落警至可喜"。（王士禄《宫闺氏籍艺文考略》引《神释堂脞语》）亦有人谓其《打马赋》："文人三昧，虽游戏亦具大神通"（赵世杰编《古今女史》卷一）。无论是在游戏之际，还是在庄重时刻，词人莫不显示出深思的特点，这同样要影响她的词作。陆昶不仅指出李词"隽雅可诵"，也同时指出："易安以词擅长，挥洒俊逸。"（陆昶编《历朝名媛诗词》卷十一）

李词的逸趣首先体现在词人对外物的赏玩方面能赏物而不滞于物，时于赏物之本意外寄托一种富于象征性、更为深广的含义，并蕴涵着深刻的人生感悟。李清照爱花心切，读其词"知否，知否，应是绿肥红瘦"（《如梦令》），"梨花欲谢恐难禁"（《浣溪沙》）可知。其于梅花尤致深意，但往往于赏花、惜花之中，体物入微，赏物入理。如其词"看取晚来风势，故应难看梅花"（《清平乐》）、"要来小酌便来休，未必明朝风不起"（《玉楼春》），皆以渐变的眼光赏玩风前之梅，实则以梅花象征一年一度的春光，体现了词人对光阴的极端珍惜，对生活的极度热爱，也体现了词人对美好人生极易消逝的一种深沉的人生体验。它既没有流于传统词作惜花伤春、一味哀叹的陈辞，同时变哀叹为留恋，亦不失于浅薄。另如其词《一剪梅》：

  红藕香残玉簟秋。轻解罗裳，独上兰舟。云中谁寄锦书来，雁字回时，月满西楼。花自飘零水自流，一种相思，两处闲愁。此情无计可消除，才下心头，又上眉头。

这首词抒发伤别悲秋情怀，似落"闲愁"窠臼。但开首七字表面写荷花凋谢于秋日，实则有美人迟暮之感。《古今女史》中评此七字"语意飘逸，令人省目"。陈廷焯亦评其"精秀特绝，真不食人间烟火者"（陈廷焯《白雨斋词话》卷二），可见此词秀逸之美。

  其次，这种逸趣表现在对患难之际的情感能采用圆融、通达的态度加以观照与排遣，用情而不为情所役。李清照在《金石录后序》中慨叹："三十四年之间，忧患得失，何其多也。"但她颇能以理制情，不至于伤于哀怨，诚可谓善处患难矣。虽然她的词作不乏伤春悲秋、怀远伤别之情绪，乃至家国之感、黍离之悲，但词人既能达观待之，写来别有旷逸之致。如《念奴娇》：

  萧条庭院，又斜风细雨、重门须闭。宠柳娇花寒食近，种种恼人天气。险韵诗成、扶头酒醒，别是闲滋味。征鸿过尽，万千心事难寄。 楼上几日春寒，帘垂四面，玉阑干慵倚。被冷香消新梦觉，不许愁人不起。清露晨流，新桐初引，多少游春意。日高烟敛，更看今日晴未。

毛先舒评此词：本为闺怨，结尾"忽尔拓开，不但不为题束，并不为本意所苦，直如行云舒卷自如"。（毛先舒《诗辩坻》卷四）词人先写闲愁之状，渐变为"多少游春意"之欢欣。"新桐"两句，运用《世说新语》中成句，写出了词人乐观之意，旷达之思：以晴日驱遣风雨，亦即使旷逸之情解脱于慵懒闲愁之外。又如《鹧鸪天》：

  寒日萧萧上琐窗，梧桐应恨夜来霜。酒阑更喜团茶苦，梦断偏宜瑞脑香。秋已尽，日犹长，仲宣怀远更凄凉。不如随分尊前醉，莫负东篱菊蕊黄。

借酒消愁，本是一种达观的举止。但切莫以为，这只是词人颓唐的达观。要知道，词人举杯之际不仅是要去怀远之哀情，亦是助赏菊之高兴。将愁苦之情通过举杯赏菊的赏玩意兴来加以化解，可谓旷逸。另如其词《小重山》"二年三度负东君，归来也，著意过今春"，于一"负"一"过"之间，见出"著意"之中富于思致，深有逸趣。

李清照曾经在《词论》中指摘苏词，但从以上分析看来，李词不无苏词的影响。只不过，她以女性的笔触写词，更切合于词性，使她的词以婉约为宗，但婉约之外却分明隐藏着士大夫的形象，蕴含着士大夫的情趣。苏词出现以后，摆在众多词人面前最大的课题就是如何在保持词性的同时又为词开新境。虽然易安词无论就题材之广泛还是就感情之深厚来说，均无法与苏词相比，但它既能维护词体本色，又能为词别开生面，符合词史发展规律，较苏词之末流又要强得多。

四、"盐絮家风人所许"：李清照形成魏晋风度的家学渊源

通过分析，我们发现李词深受魏晋风度的影响，但李清照作为一个闺中女子，何以在几百年之后犹能受到魏晋风度之感染？这一方面是其天性所致。但这种内在的因素必然要有外部因素的激发才能产生作用。寻找其外部原因，我们不能不对其家学加以考察。正如李清照在《青玉案》词中所说"盐絮家风人所许"。其家颇有"盐絮家风"，而她身上的魏晋风度也正是在家庭氛围中培养出来的。

首先，乃父李格非颇有魏晋名士风范。李格非是"元祐名士"（陈振孙《直斋书录解题》（卷二十一）"歌词类"），为文尚"诚"，尤爱魏晋时期刘伶《酒德颂》、陶渊明《归去来兮辞》，称其"字字如肺腑出"，可见其向慕之深。李格非亦不乏名士清谈之风范。李清照在《上枢密韩肖胄诗》中描述其家风尚："嫠家父祖生齐鲁，位下名高人比数。当时稷下纵谈时，犹记人挥汗成雨"。生活在这样一个家庭环境里，李清照必然受父亲影响甚深。清人符兆纶指出："居士以文叔为父，得力于庭训居多"（《明湖藕神祠移祀易安居士记》）。这种庭训就其著者来说有二可述：

其一为文学之功。宋人魏仲恭说："尝闻摘藻丽句，固非女子之事"

（《断肠诗集·序》）。陆游《渭南文集》卷三十五《夫人孙氏墓志铭》载孙氏谢绝清照以诗相教，曰："才藻非女子之事也。"可见宋世风尚。但李格非并未对李清照加以束缚，反而像东晋谢安一样，鼓励后辈人物吟咏不废。可见李清照的文学才华实得益于乃父。清人杨士襄指出李清照"文学得其家传"，（《山东通志》卷一七八《人物志》第十一《历代列女》）陈景云也曾指出"其文淋漓曲折，笔力不减乃翁"。（钱谦益《绛云楼书目》卷四）

其二为清谈之风。李清照在《上枢密韩肖胄诗》中以"谈士"自称，这也来源于家风。她在《晓梦》中所记梦境"翩翩坐上客，意妙语亦佳。嘲辞斗诡辩，活火分新茶。虽非助帝功，其乐莫可涯"，完全是一种清谈场面，与其在上诗中所述场景相近。观李清照关心国事、纵论文学、臧否人物，莫不议论风发，出语玄远，富于思致，均得力于这种清谈家风的陶冶。

其次，也正是由于乃父的原因，李清照得以与苏门人物相交接，并深受其影响。魏晋之后，易安之前，受魏晋风度影响最深、名士气息最浓的文人群体当属苏轼及其门下人物。秦观有一首题为茶词的作品《满庭芳》，其中写道："宴（雅）燕飞觞，清谈挥麈，使君高会群贤。密云双凤，初破缕金团。窗外炉烟似动，开瓶试，一品香泉"，一如《文心雕龙·时序》中所写建安人物宴集之景："傲雅觞豆之前，雍容衽席之上。洒笔以成酣歌，和墨以藉谈笑"，俨然是魏晋人物在宋代的再现。秦观之诗（词）向被人视为女郎之作，然其人亦有此等意兴，可以窥见苏门人物的整体风尚。《宋史》卷四四四《李格非传》载其"以文章受知于苏轼"：宋人韩淲《涧泉日记》（卷上）亦载李格非为"苏门后四学士"之一。李格非正是由于与苏轼及门人交游，而被列入党籍遭贬，可见李格非与苏门人物关系之深。所以刘克庄说"文叔与苏门诸人尤厚。其殁也，文潜志其墓"（刘克庄《后村先生大全》卷一七九《诗话》）。李清照当然能通过父亲的关系直接或间接地与苏门人物相交往，并受其名士风范之熏陶。其和张耒《大唐中兴颂》诗二首，说明她与张耒有交。另据朱弁《风月堂诗话》（卷上）载："晁补之多对士大夫称之（指李清照）"，又可见晁补之对李清照的奖掖之功。李清照虽未与苏轼直接交游，但受苏轼浸润之功亦为不浅。其作"露花倒影柳三变，桂子飘香张九成"以嘲人，不仅句式与苏轼"山抹微云秦学士，露花倒影柳屯田"之句同一机杼，其议论之机锋亦复相似。其词《渔家傲》在《艺蘅馆词选》中更被评为"绝似苏辛派，不类《漱玉集》中语"。其词《南歌子》中"聊问夜何其"，一如苏词《洞仙歌》中"试问夜如何"，笔端颇有凌云之气，词中佳人皆具清高拔俗之姿，情趣甚为相近。即如《声声慢》也被评为"笔力本自矫拔，词家少有，庶几苏辛之亚"（清·陆昶编《历朝名媛诗词》卷十一）。凡此种种，皆可见出李清照近秉家学，中经苏门，远绍魏晋，形成了自己"闺房之秀，固文士之豪也"（清·沈曾植《菌阁琐谈》）的独特面目，并以自己这种独特的性格影响其词作风貌，"使在衣冠，当与秦七黄九争雄，不独雄于闺阁也"（明·杨慎《词品》卷二）。也正是由于此，使得她在《词论》中虽批评苏词，却在创作中不自觉地继承了苏词的创作精神。

原载《词学》第14辑，华东师范大学出版社2003年版

辛弃疾与宋代齐鲁词人

关于辛词的特色及其成因，学界已经有了不少精辟的见解。然而辛词与宋代齐鲁词人以及齐鲁文化之间的关系，似乎还缺乏专门的论述。本文试就此问题作一初步探索。唐圭璋在《两宋词人占籍考》中列举属于今山东省籍的宋代词人共32人①。崔海正在《宋代社会的人文景观与齐鲁词人略说》中据有关资料又有所增补，合计得宋代齐鲁籍词人共40人②。这批词人中，在辛弃疾之前并对其创作产生重要影响的，主要是晁补之和李清照，因此本文所探讨的辛弃疾与宋代齐鲁词人之间的关系，主要指的是辛弃疾与这两位词人之间的联系。辛弃疾词的成就远在晁补之与李清照之上，但也受到了他们的影响。稼轩词在当时有"豪气词"的称号，这与晁补之的"雄邈"之词、李清照颇具"丈夫气"的词作均有相通之处，可见齐鲁文化对齐鲁词人的深刻影响。

一、健者之闲：晁补之词与辛弃疾词

清人张德瀛将晁补之与晏殊、苏轼、秦观、周邦彦列为北宋词坛五大家，并以"雄邈"推许晁词（《词徵》卷五）。所谓"雄邈"之词当指晁补之在词中表现其主体精神，使词中充满主体的"坦易之怀，磊落之气"（刘熙载《艺概》卷四《词曲概》）。这种词风与婉约蕴藉的南国词风不同，倒是与辛弃疾词风接近或相通，可见齐鲁词人创作的特点。刘乃昌指出："晁氏的凌厉笔势，俊发的意象，磊落而慷慨的气概，以及宛如游龙的曲折跌宕

---

① 唐圭璋：《词学论丛》，上海古籍出版社1986年版，第590页。
② 崔海正：《宋代齐鲁词人概观》（第一章），中国文联出版公司2000年版。

的腕力，对于辛弃疾是有影响的。辛弃疾的某些词格，乃挹无咎词之波澜而形成。"①所论极是。清人刘熙载在《词曲概》中则指出："无咎词堂庑颇大。人知辛弃疾《摸鱼儿》'更能消几番风雨'一阕，为后来名家所竞效，其实辛词所本，即无咎《摸鱼儿》'买陂塘，旋栽杨柳'之波澜也。"乔力认为此论的立脚点，"在于晁词造境浑成厚重，善于熔铸事典，借助盘郁勃发的气势驱策运行，既教情怀毕现，又避免了浅易粗率之弊"②。无咎词《一丛花》（十二叔节推以无咎生日，于此声中为辞，依韵和答）二首，与辛词《摸鱼儿》简直如出一辙，只不过有些句子的情绪更加激切、吐属更为率直发露。这种雄豪之气实际上是功名之心的自然流露或功名无望时的悲愤倾诉，也正是无咎词与稼轩词的相通之处。这类作品有时就是直陈其事的赋体，多用一泻无余的酣畅淋漓之笔，试读以下词句：

> 功名余事不须为，才情诗里见，风味酒边知。——晁补之《临江仙》
> 儒冠曾把身误，弓刀千骑成何事？——晁补之《摸鱼儿》
> 暗想平生，自悔儒冠误。——晁补之《迷神引》
> 但觉平生湖海，除醉吟风月，此外百无功。——辛弃疾《水调歌头》
> 莫说弓刀事业，依然诗酒功名。——辛弃疾《破阵子》
> 如今憔悴赋招魂，儒冠多误身。——辛弃疾《阮郎归》

即使是在这样的句子里："青山无限好，犹道不如归"（晁补之《临江仙》）、"青山遮不住，毕竟东流去"（辛弃疾《菩萨蛮》），前者是以归去之情反衬对功名的无限留恋，后者是以东流而去的江水比喻年华老大无成的无限感慨，这些词句略显委婉，但其中的雄豪之气不减。

有时，词人功名无成的悲愤是通过事典来表达的，特别是古代一些英雄人物（如李广、廉颇）的事迹，更能让他们引发一种异代相怜之感：

> 谁信轻鞍射虎，清世里，曾有人闲？都休说，帘外夜久春寒。——

---

① 刘乃昌：《晁氏琴趣外篇》（前言），载晁补之、晁冲之撰，刘乃昌、杨庆存校注：《晁氏琴趣外篇 晁叔用词》，上海古籍出版社1991年版，第8页。

② 乔力：《晁补之词编年笺注》（前言），齐鲁书社1992年版，第9页。

晁补之《凤凰台上忆吹箫》

汉开边，功名万里，甚当时健者也曾闲？——辛弃疾《八声甘州》

廉颇纵强，莫随年少，白马向黄榆。——晁补之《一丛花》

凭谁问，廉颇老矣，尚能饭否？——辛弃疾《永遇乐》

至于晁词《摸鱼儿》"功名浪语。便似得班超，封侯万里，归计恐迟暮"、辛词《水调歌头》"莫学班超投笔，纵得封侯万里，憔悴老边州"，不仅在立意、情调上更为相近，连用词运典亦复相似，颇能见出晁词与辛词之间关系的密切。

晁补之晚年隐居金乡时，词风深受陶诗的影响。张耒在《晁无咎墓志铭》中就说其"居乡间……尤好晋陶渊明之为人，其居室庐园圃，悉取渊明《归去来辞》以名之。"南宋人汪莘在他的《方壶诗余自序》中说辛弃疾作词"乃写其胸中事，尤好称渊明。"辛弃疾两次罢官归隐林下，闲居上饶带湖、瓢泉前后近十八年，亦好渊明，不仅建有停云堂，还仿渊明《停云》诗意为停云堂写过诗词。因此，二人之词能融化陶诗意境，颇得陶诗旷放风神，能寓激愤于旷放之中。晁补之在词中说："人静郊原趣"（《永遇乐》）、"静爱园林趣"（《过涧歇》）。辛弃疾也在词中写道："儿童偷把长竿""老夫静处闲看"（《清平乐》）。实际上他们都是以"闲"者之乐写"健"者之悲，貌似闲适，实则悲愤。试读以下词句：

对林中侣，闲中我，醉中谁……但酒同行，月同坐，影同嬉。——晁补之《行香子》

宜醉宜游宜睡……管竹管山管水。——辛弃疾《西江月》

莫笑移花种柳，应备办、投老同闲。——晁补之《凤凰台上忆吹箫》

身闲未应无事，趁栽梅径里，插柳池边。——晁补之《金盏倒垂莲》

东岸绿阴少，杨柳更须栽。——辛弃疾《水调歌头》

要小舟行钓，先应种柳；疏篱护竹，莫碍观梅。秋菊堪餐，春兰可佩，留待先生手自栽。——辛弃疾《沁园春》

尽管词中抒写闲情并不始于齐鲁词人，但在闲情的抒发中给人以健感，却是齐鲁词人的特点。晁、辛的词中颇多"闲愁"之作，尽管各自的具体内涵不同，但都可以归为健者闲置无为的感喟。晁补之与辛弃疾词风的相通还与二人创作观念的接近有关。晁补之晚年作词乃"欲托兴于此，时作一首以自遣"（朱弁《风月堂诗话》卷上），这与辛弃疾"敛藏其用以事清旷"、以词为"陶写之具"（范开《稼轩词序》）的做法是不谋而合的。

二、南渡之感：易安词与幼安词

晁补之之后，宋代齐鲁词人的中坚人物是李清照。她不仅在有宋一代女词人中"当推词采第一"（王灼《碧鸡漫志》卷二）的作家，甚至"非止雄于一代才媛，直洗南渡后诸儒腐气，上返魏晋矣"（毛晋跋《漱玉词》），这几与宣扬"功名本是真儒事"（辛弃疾《水龙吟》"渡江天马南来"首）的稼轩同调。相对晁补之词而论，易安词显然又在词史中前进了一大步。这种进步最突出的表现在：易安词在表达主体情感的同时融入了故国黍离之悲，使词在具有主体性的基础上又具备了一定的时代色彩，特别是它在张扬词的主体性与时代性的同时，又能维护词的本色，在艺术上较晁词显得更为圆熟精致。况周颐在《蕙风词话》（卷四）中就说过易安词"笔情近浓至，意境较沉博，下开南宋风气"，这对有宋一代的南渡词坛乃至后来的辛弃疾等人均发生相当的影响。

黄墨谷指出："李清照的慢词是继承苏东坡的横放，并且吸取汉魏六朝赋体铺叙的创作方法，不惟《声声慢》词是笔力横放，它如《凤凰台上忆吹箫》《庆清朝慢》《多丽》诸调，无不是笔墨挥洒、淋漓尽致、铺叙浑成的杰构。辛稼轩的《贺新凉》（别茂嘉十二弟）、《摸鱼儿》（淳熙己亥自湖北移湖南同官王正之置酒小山亭为赋）和《永遇乐》（京口北固山怀古）诸词，很明显是受到李清照这种创作方法的影响。"①他还以李词《诉衷情》的"更接残蕊，更撚余香，更得些时"、《行香子》的"纵浮槎来，乘槎去，不相逢""甚霎儿晴、霎儿雨、霎儿风"、《庆清朝慢》的"拚了画烛，不管黄昏"以及辛弃疾的《行香子》词中"放霎时阴、霎时雨、霎时晴"等为例，指出稼轩词对易安词中矫健、排奡、生动的技法，有很好的吸收。稼轩词中还有一

---

① 黄墨谷：《重辑李清照集·李清照评传》，齐鲁书社1981年版，第23页。

些词句从易安词中化用得来。如《满江红》（"紫陌飞尘"首）有"瘦红肥绿"句，《西江月·江行采石岸》有"落日镕金"句，当来自易安词。另如《新荷叶》（"春色如愁"首）中"闲愁几许，更晚风特地吹衣"、《水调歌头》（"头白齿牙缺"首）中"有时三盏两盏，淡酒醉蒙鸿"，似从易安名作《声声慢》中"三杯两盏淡酒，怎敌他、晚来风急"脱化而来（幼安词《浪淘沙·赋虞美人草》首句"不肯过江东"则从易安诗而来）。幼安词中还有自注"效李易安体"之作的《丑奴儿近》（"千峰云起"首）。此外，刘永济指出："辛的白话词，是效法李易安的。除《丑奴儿近》外，如《寻芳草》（调陈莘叟忆内）、《糖多令》（"淑景斗清明"）、《好事近》（"医者索酬劳"）、《鹊桥仙》（"送粉卿行"）、《西江月》（"醉里且贪欢笑"）等，虽是白话词，却都是文人吐属，和柳耆卿一派的市井腔调颇有不同"①。这些并非是辛弃疾的"豪气词"，但由此说明幼安词与易安词确实有某种联系。

至于二者之间真正的相通在于借词表达主体精神与时代情绪（特别是后者在幼安词中得到了更直接、更强烈的表现），这可以说是易安词"丈夫气"的主要表现，也正是这种"丈夫气"使其显示出两家词深刻的相通。易安词《永遇乐》元宵词末尾："不如向帘儿底下，听人笑语"，越是把周围的环境描绘得极其热闹，越反衬出词人寂寞自守的精神，与幼安词《青玉案》元宵词"众里寻他千百度，蓦然回首，那人却在灯火阑珊处"中的佳人形象，可谓意趣相投。这种甘于幽独的精神，颇能显示出易安词的"丈夫气"与幼安词的"豪气"。当然，更能体现这一点的是他们那些富有家国之感的作品，特别是那些思念"长安"的作品，已在故园之恋中融入了故国之思。李清照后期作品中多沉咽之作，如"故乡何处是，忘了除非醉"（《菩萨蛮》）、"空梦长安，认取长安道"（《蝶恋花》），已将去国怀乡与南渡之感融为一体，具有故国黍离之悲，这是一种时代情绪，易安词因此打上了深深的时代烙印。李清照在词中自称"北人"（《添字丑奴儿》"窗前谁种芭蕉树"首）。辛弃疾身为北方"归正人"，在词里自称"江南游子"（《水龙吟·登建康赏心亭》）。他"平生塞北江南"（《清平乐·独宿博山王氏庵》），甚至"梦中行遍江南江北"（《满江红·江行》），其词多有怀念故土、眷恋故国之

① 邓广铭：《稼轩词编年笺注·增订三版再记》，上海古籍出版社1993年版，第7页。

情，当然并非限于对齐鲁一地的依恋，而是对整个中原沦陷地区（包括齐鲁地区）的怀念，这与易安词在情感内涵上是相通的。易安词《蝶恋花》中"空梦长安，认取长安道"，与幼安词中"西北望长安，可怜无数山"，二者所表达的山河之感如出一辙。易安词中"醉莫插花花莫笑，可怜春似人将老"，伤春暗含伤国将亡之意，词意凄怆，这种悲感与幼安词中那首"词意殊怨"（罗大经《鹤林玉露》甲编卷一）的《摸鱼儿》词的结尾"闲愁最苦，休去倚危栏，斜阳正在烟柳断肠处"同一机杼。易安"南渡以来常怀京洛旧游"（张端义《贵耳集》卷上），《永遇乐》（"落日熔金"首）就是这类词的代表。辛词《声声慢·嘲红木犀》也是同类作品。李词曰："中州盛日"，辛词亦曰："开元盛日"；李词曰："如今憔悴"，辛词亦曰："但江南草木，烟锁深宫"，在今昔对比中写出盛衰巨变，故国之情颇为动人。

前人每每称道易安诗、词具有秀逸之气，多半与其"寄劲于婉"的笔力有关，这种笔力也是易安词中"丈夫气"的重要表现。万树在《词律》（卷十）中就说易安词《声声慢》"遒逸之气，如生龙活虎，非描塑可拟。其用字奇横而不妨音律，故卓绝千古"。易安词《凤凰台上忆吹箫》也是一首抑扬顿挫、笔势超拔的慢词，其中"新来瘦，非干病酒，不是悲秋"，语虽含蓄，意则甚明，以寻常语言度入音律，具有千锤百炼的艺术功力。清人陈廷焯谓易安词"未能脱尽闺阁气"（《白雨斋词话》卷六）。倘就易安词的全部作品而论，诚属事实，但若专就易安晚年沉咽之作而言，我们倒觉得沈曾植所论更为中允："易安倜傥，有丈夫气，乃闺阁中苏、辛，非秦、柳也。"（《菌阁琐谈》）当然，这些作品多是"寄劲于婉"的，这对辛弃疾那些摧刚化柔、潜气内转的词作不无启发和影响。前人评稼轩词"敛雄心，抗高调，变温婉，成悲凉"（周济《宋四家词选目录序论》）、"于豪迈中见精致"（谢章铤《赌棋山庄词话》卷一）。这些特点程度不同地与易安词存在某种艺术渊源。这种笔力不是削弱而是有力地突出了易安词中的"丈夫气"与稼轩词中的"豪气"。

三、从辛、李、晁三家词看齐鲁文化对齐鲁词人的影响

西周封国以后，以齐和鲁为代表的封国把周文化和本土文化有机结合，

形成了齐鲁文化。总体上说，齐文化尚功利，鲁文化崇道义；齐文化兼容并蓄，鲁文化以儒学为宗。它们以不同的文化精神和丰富的内涵，共同成为中国早期文化的优秀代表。秦汉大一统局面形成后，齐文化和鲁文化都在新的形势下互相渗透、交汇融合，最终归于一途，并在汉代以"罢黜百家，独尊儒术"为契机，融汇于中华民族多元一体的文化主流中，在这个融合的过程中，以孔、孟思想为代表的儒家文化成为中国传统文化的主干。儒学的发展传播过程，是由地域文化向传统文化转化的过程，这个过程早在宋代以前就已经完成，但由于儒学是从齐鲁文化发展而来，因而齐鲁地区一直较其他地方具有更为浓厚的雅正观念与功利思想，这对宋代齐鲁词人影响甚深。其影响最初主要体现为一种制约作用，这是因为齐鲁文化中的雅正传统与功利观念，不适于作为艳科的小词的发展。北宋前期，齐鲁地区有不少古文家，他们以文载道，对当时的新兴时曲未必留意，甚至还可能有轻视的心理，齐鲁词坛在当时出现寂寥的局面，亦属情理之中的事情。随着北宋王朝在政治上的统一与经济上的繁荣，词这种具有浓厚的南国风味的文学体裁，也逐渐从南方流传到中原大地，晏、欧乃至柳永诸人的不少词作就作于汴京，这对推动词在全国的流行其功不小，齐鲁词坛也就是在宋代这种文化氛围中起步的。但宋代齐鲁词坛一旦真正发展并兴盛起来，齐鲁文化又对其发展起了很好的促进作用，推动了齐鲁词人融入宋词雅化的历史进程，使齐鲁词风较少南方词人的绮艳色泽和柔弱风骨，而是格调较为高雅，充满骨力。这就说明，齐鲁文化不仅对词的发展有制约的作用，也有其积极的因素。

首先，齐鲁文化中的雅正观念使齐鲁词人的作品色泽较为淡雅，虽"缘情"却不"绮靡"，提升了词的格调。宋神宗览晁补之试进士之文，叹曰："是深于经术，可革浮薄。"晁补之的独特词风与其本人渊朴醇厚、淡泊耿介的儒雅作风有着密切的关系。李清照的父亲李格非为文尚诚，"用意经学"，这对李清照当有不小的影响。晁补之与李清照的词论均尚雅，即受到了儒家雅正观念的影响，如李清照将开、宝以后词的演变描述为"郑卫之声日炽，流靡之变日烦""斯文道熄"，认为李煜等人虽尚"文雅"，但其词作属"亡国之音哀以思"，就是将儒家评诗的说法引入词中。雅正观念对齐鲁词人的婉约词影响最为明显。一方面，他们扩大善于言情的词所能表达的情感领域，诸如乡思、友朋、兄弟等具有人伦意义的情感世界，一方面是将男女之情引入较为适合士大夫欣赏的境界里来，特别是将士大夫自身的爱情遭遇写入词中（如夫妇之间的思念、悼亡之情等），更使词所能传达的艳情进入到较为符合社会规范的情感领域中来。这种雅化实际上是将词之缘情与儒家思想中的伦理规范结合起来。当然，这并非是说他们以伦理代替感情，其中实不乏作者的真性情，通体是真的歌哭，真的心声，有的则由于情感的悲痛激越，写得笔力横放，有着许多婉约词最为缺少的骨力，虽为婉约之作，但较少婉约词中的香软浓艳之气。晁补之有不少柔情词，刘乃昌认为"其中值得注意的是追怀旧游和抒写夫妻之情的作品"①，并举例说：前者如《水龙吟》（"水晶宫绕千家"首）、《玉蝴蝶》（"暗忆少年豪气"首），词中对往日幽情的低徊追思，同抚今追昔的身世之感交汇在一起，感情细腻而深沉；后者如《满江红》（"月上西窗"首），是作者宦游他方时寄给妻子的，作品紧扣各自的环境，从两方刻画入骨的相思，内容诚笃而健康。晁词中还有不少寄赠亲人、友朋的作品，其中的离情别绪也很真诚动人（如他与叔父晁端礼的唱和酬赠词）。易安词善写闺情。词人在闺词中充分展示了自己的性格。"莫道不消魂，人比黄花瘦"，虽写怀人之情而以黄菊为衬托，格调高雅；"物是人非事事休，欲语泪先流"（《武陵春》）、"多少事，欲说还休"（《凤凰台上忆吹箫》），将悼亡之情与去国之悲一齐写来，意境深沉。陈廷焯在《白雨斋词话》（卷一）中说："稼轩最不工绮语。"但他也承认辛词《满江红》（"家住江南"首）中"尺素"二句为"婉妙"，又赞扬辛词《临江仙》（"金谷无烟宫树绿"首）下片"婉雅芊丽……真令人心折"。实际上稼轩词中不乏"清而丽，婉而妩媚"（范开《稼轩词序》）的作品，即使是这类作品，也于悱恻缠绵中觉其真气弥满，笔力健举。如《满江红》（"点火樱桃"首）虽是写伤春思乡之情，然词人在感慨"家何在，烟波隔"之际，突然接入"古今遗恨"，不仅让人觉得笔势跌宕，也觉得词中有一种难以抑制的怨怼之音，体现出辛词特有的风味，很难将其划入正统的婉约词章之中。即使是他那首被人激赏为"昵狎温柔，魂销意尽，才人伎俩，真不可测"（沈谦《填词杂说》）的《祝英台

---

① 刘乃昌：《晁氏琴趣外篇》（前言），载晁补之、晁冲之撰，刘乃昌、杨庆存校注：《晁氏琴趣外篇 晁叔用词》，上海古籍出版社1991年版，第4页。

近·晚春》，读其中"怕上层楼，十日九风雨"诸句，总是给人春愁无边、风雨无端之感，这就使人不敢将其视为单纯的婉约艳词，张炎即谓其"存骚雅"（《词源》卷下）。至于他"效花间体"而作的《河渎神》（"芳草绿萋萋"首），最后两句苍凉古朴，亦非花间境界可比。

其次，齐鲁文化中的功利思想使齐鲁词人增强了词的抒情功能，使词的骨力倍增。齐鲁词人大多具有一种豪杰气质，他们追求弓刀事业，崇尚功名，就是受到这种功利思想作用的结果。无论是晁补之的"雄邈"之词，还是李清照的具有"丈夫气"的词作，或是辛弃疾的"豪气词"，都深深地打上了齐鲁文化的印记，体现出齐鲁词人独有的豪杰气质。晁、辛二人出身于齐鲁，颇具山东豪杰之气。张耒《晁补之墓志铭》载晁"幼豪迈，英爽不群"，"性刚直果敢，勇于为义"，并谓其文章"凌厉奇卓，出于天才"。可见晁补之实属豪杰一类人物，故其词能具"雄邈"之气。辛弃疾号称"词中之龙"（陈廷焯《白雨斋词话》卷一）、"词中之狂"（王国维《人间词话》卷上），自是深受齐鲁豪杰之气的影响。晁补之一再在词中感叹功名失意，辛弃疾在词中宣扬"万里功名莫放休"（《破阵子·为范南伯寿》），正见出齐鲁词人的功利思想。沈曾植说李清照"闺房之秀，固文士之豪也"（《菌阁琐谈》），这种豪气与齐鲁文化的渗透有关。龙榆生在《漱玉词叙论》一文中指出："易安风度萧洒……惟其不甘深闭闺帷，必骋怀纵目，得江山之助，故能纵笔挥洒，压倒须眉……感慨沉雄，何曾有闺阁习气"（《词学季刊》第3卷第1号）。如果将地理与人文因素均纳入"江山之助"中，这个论断颇能说明李清照的豪放气质具有深厚的齐鲁文化基因。李清照南渡后的创作表现出高度的民族气节与深沉的家国之念，更得力于齐鲁文化的浸润。功利观念对齐鲁词人的豪放词作影响最为显著。这类词作多寓有身世之感与家国之情，由雅入健，转悲为雄，大多充满强烈的政治抒情性。这种政治性的情感入诸词中，开拓词境，推尊词体，显示出雅化思潮影响下词体抒情功能的极大提高。绍圣二年（1095年），晁补之于历下立春日作《八声甘州》（"谓东风，定是海东来"首），将功名失意之情寄托于无限伤春、惜春之意中，这种功名失意之情就是功名思想的流露。李清照的《渔家傲》记梦词不仅笔力横放重大，而且表现了创作主体的胸襟与抱负，"我报路长嗟日暮，学诗漫有惊人句"两句，"一种岌岌不可终日的向上争胜的意志和老大无成的慨叹矛盾地结合在一起。这种不能平静、汹涌澎湃的思潮形成了冲击的力量"①。辛弃疾善用小令写大感慨，如其《鹧鸪天》写孤独苦闷之情："不知筋力衰多少，但觉新来懒上楼"，被人评为"信笔写去，格调自苍劲"（陈廷焯《白雨斋词话》卷一）。他的《丑奴儿》词写难以言说的愁情："而今识尽愁滋味。欲说还休，欲说还休，却道天凉好个秋。"《西江月》写其愤激之情："只疑松动要来扶，以手推松曰去。"或托之于天气之新凉，或托之以自我之醉态，似无意，却有意。这些作品笔力雄劲，沉郁悲壮，即使在精微的刻画中也有宏大的气魄，即使在感伤中也有一种倔强的风度。

辛弃疾作为宋代最杰出的齐鲁词人，由于特定的时代原因和特殊的个人经历，其词所体现出的齐鲁文化的影响较晁补之、李清照等人更为明显和深刻，这一点从他既悔"儒冠误身"却又一再以"真儒"自许不难看出他对儒家的入世、进取的精神是认可的。辛弃疾就自谓"烈日秋霜，忠肝义胆，千载家谱"（《永遇乐》），故其词颇多功名之念和兴亡之感。作者在词中以胸有"平戎策"的英雄自期，希望"了却君王天下事，赢得生前身后名"（《破阵子·为陈同甫赋壮词以寄之》）。他还宣称"要补天西北"（《满江红·建康史帅致道席上赋》），"要挽银河仙浪，西北洗胡沙"（《水调歌头·寿赵漕介庵》），"整顿乾坤"（《千秋岁·金陵寿史帅致道》），其中虽多是励人之辞，何尝不是夫子自道！甚至他的一些写景词（句）中也多用军事意象，给人以飞动之感，有时还充满杀伐之音。宋人对辛词中这种独特的文化内涵与艺术魅力颇有好评。张镃和辛词《汉宫春·会稽秋风亭观雨》曰："江南久无豪气，看规恢意概，当代谁如。"赵文在《青山集》卷二《吴山房乐府序》中说："辛幼安跌宕磊落，犹有中原豪杰之气。"从时人这些推许来看，稼轩"豪气"词正是江南所无而为齐鲁词人所具有的，这不能不说是齐鲁文化对辛词渗透的结果。

四、齐鲁词人与苏轼的词学联系及辛词的多方面渊源

就辛词中最具特色的作品来讲，我们不能忽视其所受到的齐鲁文化的影

---

① 黄墨谷：《重辑李清照集·李清照评传》，齐鲁书社1981年版，第10页。

响，但我们也不能对辛词中的齐鲁文化因素加以夸大，因为辛词的艺术风格和艺术成就是多方面的，其所受到的前代词人的影响决非止于晁、李等齐鲁词人，而是转益多师，自具面目。蔡嵩云在《柯亭词论》中谓辛词"豪放师东坡"，但"不尽豪放"，其集中"有沉郁顿挫之作，有缠绵悱恻之作"。这些作品固然受到过晁、李等人的影响，但并不限于齐鲁词人，而是受到包括"花间"词和东坡词在内的诸多词风共同影响的结果。就辛词多方面艺术渊源来看，苏词尤其值得关注。苏辛词之间的接近，实际上不仅包括为学界所称道的豪放词风，甚至也包括那些婉约词作之间的相近。当然，苏辛之间的联系有其中介。学界已注意到宋代南渡词人及金源词人蔡松年在苏辛之间的中介作用，但苏辛之间的中介是多样的，齐鲁词人（特别是晁、李等人）也是苏辛之间的重要中介，他们都受到过苏词的深刻影响。这也就是说，苏辛之间的联系也离不开齐鲁文化这一背景。昔人评苏轼作词给人"指出向上一路"，"高处出神入天，平处尚临镜笑春，不顾侪辈"（王灼《碧鸡漫志》卷二）。我们如果将苏词的"平处"理解为其婉约词，但其中佳作颇能脱尽铅华，洗尽粉黛，使婉约词从艳科变为雅作，形成婉约雅正的词风；如果我们将苏词的"高处"理解为其豪放词，就其佳者而论，多刚柔相济，形成豪放风流的词风。包括辛弃疾在内的齐鲁词人就深受苏轼这两种词风的影响。

传统的婉约词属于艳科，在李煜、晏殊、欧阳修那里已经有所雅化，到苏轼手中更是以其充分的士大夫气息得到了雅化。这些词所抒发的感情大多基于词人自身的遭遇与经历，感受比较深切，体验比较真挚，由艳入雅，具有婉约雅正的作风。苏轼"密州三曲"中有一首《江城子》为悼亡词，题材上虽是写男女之情，但它属于正常意义上的夫妇之情，词中又蕴涵了词人自身的宦游之感，写来颇觉深曲动人，"小轩窗，正梳妆"几句，虽着色稍浓，但与"明月夜，短松岗"的凄凉场景相互对照，更觉其情可哀，寄兴深沉；"密州三曲"中的《水调歌头》词为怀人之作，在题材上属常见的离别相思，但词中所怀之人为词人的弟弟子由，词人还在这种怀人之情的基础上为天下人发出深情的祝愿："但愿人长久，千里共婵娟"，格调宏大雅正。易安词向被视为"婉约正宗"，似乎与苏词距离甚远，但也有学者指出李清照"虽然批评苏轼'不协音律'，事实上还是继承了苏轼描写内心精神的写作风格"。①如易安词《武陵春》"只恐双溪舴艋舟，载不动，许多愁"，对苏轼维扬别秦观之《虞美人》词"无情汴水自东流，只载一船离恨向西州"，当有所借取，易安虽言"载不动"，然皆为写自我内心之妙喻（辛词《木兰花慢·滁州送范倅》"无情水都不管，共西风，只管送归船"，似亦渊源于苏词）。辛词《念奴娇·书东流村壁》，"大踏步出来，与眉山同工异曲"（谭献《谭评词辨》），虽未必是写"南渡之感"的作品，然读其中"旧恨春江流不尽，新恨云山千叠"两句，矫首高歌，淋漓悲壮，仍与五代北宋以来的正宗婉约词章异趣，而与东坡笔力较近；《木兰花慢·滁州送范倅》中"况屈指中秋，十分好月，不照人圆"的伤感、和《满江红·中秋寄远》"但愿长圆如此夜"的祝愿，构思与苏轼《水调歌头》"不应有恨，何事常向别时圆""但愿人长久，千里共婵娟"同一机杼，都可见出词人深厚真挚的情感。

　　传统的婉约词多为应歌之作，甚至不需体现创作主体的性情，后来在晏、欧、柳永那里，较多地具有词人自身的情感渗透其中，但也没有将作者的政治情感流露在词里，用词来抒发作者的政治情感当始于苏轼及其门下晁补之等人的豪放之作。如果说苏、晁等人词作中的政治情感还局限在一己的范围，多表达自身的迁谪之感，尚没有强烈的时代内涵，则词到了李清照、辛弃疾那里，已经成为表达家国之情的工具，具有鲜明的时代色彩。当然，苏、晁、李、辛等人的精神气质有所差异，所以他们的豪放作品在风格上有各自的特色。苏轼的作品主要体现为旷达，晁补之学苏之旷达而更多地有一种沉郁之音，李清照的晚年作品则转为沉咽，辛弃疾则把旷达转化为豪放，但也不乏将豪放转为悲愤的作品。如晁补之《满庭芳》词（题自画《莲社图》），用东坡《满庭芳》韵写归去之思，"淡然无营，俯仰自足，可以挹其高致"（张德瀛《词徵》卷五）。他早年和东坡原韵《八声甘州》（"谓东坡，未老赋归来"首），以旷逸感喟之调发慷爽疏宕之思，出语自然，气象雄俊，与苏轼原韵极为逼近。晁补之晚年绝笔之作《洞仙歌》中秋词，也颇得东坡中秋词之神。李清照的词主要是婉约雅正的一路，但也不无豪放之作。她的《渔家傲》梦词被梁启超评为"绝似苏辛派，不类《漱玉集》中语"（《艺蘅馆词选》乙卷引），即如她的《声声慢》也被人评为"笔力本自矫拔，庶几苏辛之亚"（陆

① 谭丕模：《古典文学论文集·宋词》，长江文艺出版社1958年版，第81页。

昶《历朝名媛诗词》卷十一）。辛弃疾《念奴娇》（"倘来轩冕"首）用东坡赤壁怀古词韵，豪放风流之情调与苏词正相仿佛；《水调歌头》（"我志在寥阔"首）用东坡《水调歌头》（"明月几时有"首）韵，融屈原、李白、苏轼作风于一炉，将进取之志失落后的悲愤寄托于寥廓之域。他的《摸鱼儿·观潮上叶丞相》也与东坡赤壁词一样，引民间传说或历史故事入词："谩赢得陶朱，五湖西子，一舸弄烟雨"，用前贤风流之举反衬自己功名失意之悲，别有寄意，至于词中写到潮涌之状，也很容易让人想起苏词中写潮的名句："有情风万里卷潮来，无情送潮归"（《八声甘州》），读来使人心情激荡。

此外，辛词中还有"效白乐天体"的《玉楼春》（"少年才把笙歌盏"首）、"效花间体"的《唐河传》（"春水千里"首）、"效朱希真体"的《念奴娇》（"近来何处"首）、用"天问体"的《木兰花慢》（"可怜今夕月"首）、用"招魂体"的《水龙吟》（"听兮清珮琼瑶些"首）等等。他的有些"豪气"词还可能受到儿女英雄兼而有之的贺铸词的影响，夏敬观就曾手批东山词《行路难》（"缚虎手"首）曰："稼轩豪迈之处从此脱胎"，又手批东山词《青玉案》（"凌波不过横塘路"首）曰："稼轩秾丽之处从此脱胎。"可见辛词艺术渊源的广泛，确非限于齐鲁一域。即以稼轩自注"效李易安体"的《丑奴儿近》而论，虽然在用词造句上与易安体颇为接近，但辛词中写出了志士失职之悲，其境界与易安词相比仍有大小之分。再从稼轩挹晁词《摸鱼儿》波澜而成的《摸鱼儿》来看，辛词摧刚化柔，艺术上要比晁补之雄遒而不无粗豪的作品要精致得多，梁启超甚至谓其起处从欧阳修（按，应为冯延巳）《蝶恋花》（"谁道闲情抛弃久"首）夺胎而来（《艺蘅馆词选》乙卷引）。这就说明，辛弃疾词将雄直之气与深婉之趣融为一体，兼有婉约词与豪放词的长处，具有某种集大成的性质。辛词中那些雄豪之作固然能"于剪红刻翠之外屹然别立一宗"（《四库全书总目提要》），即使是他的秾纤绵密之作，"亦不在小晏、秦郎之下"（刘克庄《辛稼轩集序》）。这种深深浸润于齐鲁文化而又转益多师的文化态度和创作精神无疑是辛弃疾成就其词的重要原因。实际上，立足于地域文化而又具有开放的眼光，也是一切大词人、大诗人取得伟大成就的重要因素。

原载《中国韵文学刊》2005年第3期

唐宋词的研究体系与研究现状

　　词学研究是古代文学研究中的一大显学，而唐宋词的研究，更属于词学研究的重镇，现代词学研究体系基本上是在深入研究唐宋词的基础上建立起来的。本文在介绍现代词学研究体系的基础上，重点介绍20世纪以来学界在唐宋词研究方面采用的方法和取得的成就。这不仅是因为相对于金元词、明词、清词、近代词的研究而言，唐宋词的研究最为充分，对词学成为20世纪的显学贡献最大，也是因为唐宋词的研究方法和成就具有典范意义，对其他几个时段的词的研究颇具参考价值。

一、现代词学研究的体系建设

　　"词学"一词出现得比较早，但用"词学"来指称与词有关的学术研究，肇始于词的创作与研究开始复兴的清代。不过，包括清人在内的古代词学多以评点、序跋、词话之类的形式出现，其间虽不乏精彩的见解，但总的来说，多为印象式的批评，而且比较零碎简略，体系性不强。到了清季四大词人（王鹏运、朱祖谋、郑文焯、况周颐），传统意义上的词学研究在涌现了一批集大成式的著作之后，也不可避免地走向了终结。王国维则开启了现代词学，其标志是1908年发表的《人间词话》。作者以境界论词，自成体系，令人耳目一新，体现出与旧词学的明显差异。这种开端经胡适的进一步发扬，词学研究的现代性得到了进一步的加强。胡适按照平民文学和白话文学的观念观照词史，使部分词以"活文学"的身份被新文化运动所肯定，并成为现代学术研究的重要对象，从而使词避免了"选体妖孽""桐城谬种"的厄运。他编撰的《词选》，将千年词史分为三个大的时期（自然演变时期、曲子时期、模仿填词时期），又把第一时期的词（即晚唐至元初，主要是唐宋词）分为三个阶段（歌者的词、诗人的词、词匠的词）。这种分期与分类虽然有点粗糙，但这种区分在当时有其积极意义，对后来的词学研究特别是词史的撰述影响甚大（如胡云翼、刘大杰等人）。到了民国四大词人（夏承焘、唐圭璋、龙榆生、詹安泰）那里，现代意义上的词学研究基本上形成，词学成为一门独立的学科——其标志是出现了一批直接以"词学"命名的学术著作，如梁启勋的《词学》、徐珂的《清代词学概论》、吴梅的《词学通论》、胡云翼的《词学ABC》等；最突出的标志则是20世纪30年代《词学季刊》在上海的创立。《词学季刊》是专门发表现代词学界研究成果的期刊，聚集了当时最主要的词学专家，如吴梅、王易、夏敬观、龙榆生、夏承焘、唐圭璋、詹安泰、缪钺、俞平伯等。他们在词学研究方面取得了很大的成就，为其后的词学研究奠定了基本格局。也正是他们，以及后来出现的一大批词学研究的后继者（如叶嘉莹、万云骏、马兴荣、吴熊和、谢桃坊、邓乔彬、杨海明、刘扬忠、施议对、钟振振、王兆鹏等），完成了词学研究由古代向现代的转换，并将现代词学研究不断推向深入。

词学研究的现代转换，一个突出标志是确立了现代词学研究的体系。1934年，龙榆生在《词学季刊》上发表了《研究词学之商榷》一文，首次提出现代词学的研究范围。作者将词学研究对象概括为八事：图谱之学、词乐之学、词韵之学、词史之学、校勘之学、声调之学、批评之学、目录之学。这八项工作中，前五项是从旧词学中总结出来的，后三项是他新设想的三门学问。用今天的眼光来看，这一构想尚不够全面，但"它包容了词学研究中旧有的和按当时现状和水平所能设置的所有门类，并且体现出词学有别于诗学的特定范围和特殊目标，首次让人们从体系上看到了词学的独立"（刘扬忠《关键在于理论的建构和超越——关于词学学术史的初步反思》，《文学评论》1995年第4期）①。

---

① 30年代，任二北在其专著《词学研究法》中将词学研究的范围归纳为作法、词律、词乐、词集（包括专集选集总集）；50年代，赵尊岳说词中六艺，将词学研究对象归结为六事（参施议对《词学的自觉与自觉的词学——关于建造中国词学学的设想》附注第17，《词学》第17辑，华东师范大学出版社2006年版）也对词学体系有所归纳，但比较简略；80年代，赵为民、程郁缀选辑的《词学论荟》，将词学研究成果分为词的起源、词的发展、词的特性、词曲的关系、词的格律、词的艺术、词的作法、其他等八类，亦可视为对词学研究范围的一种概括。

80年代初，唐圭璋与金启华合写的论文《历代词学研究述略》（见《词学》第1辑，华东师范大学出版社1981年版），将词学研究的内容概括为十大方面：词的起源、词乐、词律、词韵、词人传记、词集版本、词集校勘、词集笺注、词学辑佚、词学评论。这一新的归纳与龙氏有重叠之处，如词乐、词韵、词律、词集校勘；另，词的起源可以归入词史之学，词集版本可以归入目录之学，词学评论可以归入批评之学。但也有许多不同，如增设了词人传记、词集笺注、词学辑佚等。总的来说，这些内容"偏重于文献学与实证研究的内容，而对词学研究已有和应有的理论形态部分则有所忽视"，因而"尚未充分而完整地反映出词学研究工作的系统性和理论性"（刘扬忠《关键在于理论的建构和超越——关于词学学术史的初步反思》）。

80年代中期，吴熊和在《唐宋词通论》（浙江古籍出版社1985年版）中，从词源、词体、词调、词派、词论、词籍等六个方面总结了已有的词学研究成果，实际上也是在规划唐宋词研究的体系。该书还对今后的词学研究提出了诸多展望：一是评论唐宋各名家词的论文集；二是词人年谱、传记丛书；三是汇集与研究唐宋音谱及词乐材料，作《唐宋词乐研究》；四是在清人《词律》《词谱》的基础上，重新编撰包括敦煌曲在内的《唐宋词调总谱》；五是汇辑唐宋词论、词话，成《唐宋词论词评汇编》；六是总结历代词学成果，作《词学史》；七是历代词籍目录版本，作《唐宋词籍总目提要》；八是包举上述词学、词调、词籍条目，并对唐宋词的一些常用语辞作汇解的《唐宋词词典》。

80年代末，刘扬忠在《宋词研究之路》（天津教育出版社1989年版）中增设了词史与词的发展规律研究这两大项，并在此基础上提出了现代宋词研究的体系。这一体系包括两大层次：一是理论研究部分，包括鉴赏与批评（宋词鉴赏学、宋词作家作品论）、宋词规律研究（外部规律研究、内部规律研究）；宋词研究之研究（宋词研究方法论、宋词研究学术史、宋词批评史、历代宋词学者的研究）。二是基础工程部分，包括宋词音律、文字格式研究（词律之学、词乐之学、词韵之学）；宋词基本资料的整理研究（词籍版本、词籍校勘、词籍笺注、词学辑佚、词籍目录之学）；宋词作家作品基本史料的整理研究（词人传记、词人年谱、作品系年）。

90年代学界的认识，可以马兴荣等《中国词学大辞典》为代表："词学作为一种独立的专门之学，属于文学研究范围，但又与音乐、史学、文化学等学科相互交叉。研究范围包括词的起源、词的体制、词与音乐、词调、词律、以及词人行实、词籍版本、词学理论、词派、词史等诸多方面，构成一个内容广泛、复杂而又严密的学术体系。"[1]

21世纪初，沈家庄在《宋词文化与文学新视野》（人民文学出版社2001年版）中提出了宋词研究的新构想。作者将传统词学分为六个系统：词籍系统；词话系统；词史系统；词乐系统；词选、词评系统；词之作法系统。又将当代词学研究分为十四个子系统：词籍之整理与考据学、版本目录学研究；作家研究（综合研究）；风格流派研究（综合研究）；词史研究；词学理论研究（词话、词论、词评、词集序跋）；阐释学研究（对象：总集、合集、选集、作家专集；方法：社会学、历史学、哲学、心理学、语义学、艺术学、鉴赏学、美学、结构主义、符号学、文化学等）；美学研究；文化学研究；词乐研究（词调、音韵、格律）；比较研究（词与诗、赋、曲比较，作家比较，同题同类作品比较，词与域外文学比较）；写作学研究（格律、用韵、词谱、作法）；《全宋词》计算机检索系统；词学学术史研究；其他（不属以上十三类的专题研究，如《天风阁学词日记》等）。

以上学术界对唐宋词的研究范围作出的种种归纳与诸多设想，有交叉，也有不同，体现了学界在词学研究自觉性方面不断提升，以及词学领域的不断拓展。当然，这些归纳与设想，都是在当时的词学研究现状基础上提出来的，不免有着各自的局限性（比如90年代以后兴起的词的接受与传播研究，就没有体现在各家提出的词学体系中）。随着词学研究的不断深入，有些研究设想已成为现实，有的取得了丰硕的成果，新的研究领域也在不断出现，我们理应对词学研究的体系作出新的总结。按照研究对象和研究方法的不同，本文将词学研究归纳为四大领域：词的文献学研究、词的本体学研究、词的文化学研究、词的历史学研究。下面我们就从这几个方面评述唐宋词研究的现状。

---

① 马兴荣等：《中国词学大辞典·概念术语》，浙江教育出版社1996年版，第2页。

二、唐宋词的文献学研究

唐宋词的文献学研究是词学研究的基础工作，主要采用校勘、笺注、编年、辑佚、辨伪等方法，对不同形式的词籍（包括词集、词论）进行整理，涉及考据学、版本学、目录学等诸多领域。现代词学的文献学奠基人是唐圭璋。早在新中国成立前，他就以个人之力完成了《全宋词》的编撰，获得学界的好评。新中国成立后，他一方面完成了《全金元词》的编撰，还委托王仲闻对《全宋词》加以修订，使这部宋词研究的基础性文献的质量得到了大幅度的提高。80年代，孔凡礼的《全宋词补辑》（中华书局1981年版），对《全宋词》作了不少增订，有关宋词的一代总集逐步趋于完善。《全唐五代词》的编撰也在20世纪不断地推陈出新。30年代出版了林大椿的《唐五代词》（上海商务印书馆1931年版），80年代又有张璋、黄畬合编的《全唐五代词》（上海古籍出版社1986年版），90年代出版了曾昭岷、曹济平、王兆鹏、刘尊明编著的《全唐五代词》（中华书局1999年版），后出转精，为学界研究唐五代词提供了比较可靠的文本。敦煌曲子词在光绪末年被发现后，对它的整理一直受到学界的重视，并直接推动了唐五代词的整理工作，以及对词的起源、演变和唐五代民间词的探讨。50年代有王重民辑校的《敦煌曲子词集》和任二北辑校的《敦煌曲校录》；及至70—90年代，又有饶宗颐的《敦煌曲》、林玫仪的《敦煌曲子词斠证初编》、任半塘的《敦煌歌辞总编》，以及任半塘和王昆吾合编的《隋唐五代燕乐杂言歌辞集》。

与总集编撰工作一道进行的是词的别集的整理。比较重要的、存词较多的唐宋词人的别集，目前多得到了较好的整理，其中詹安泰编注的《李璟李煜词》（人民文学出版社1958年版）、夏承焘的《姜白石词编年笺校》（中华书局1958年版）、王仲闻的《李清照集校注》（人民文学出版社1979年版）、姜书阁的《陈亮龙川词笺注》（人民文学出版社1980年版）、徐培均校注的《淮海居士长短句》（上海古籍出版社1985年版）、钟振振校注的《东山词》（上海古籍出版社1989年版）、杨铁夫的《吴梦窗词笺释》（广东人民出版社1992年版）、邓广铭的《稼轩词编年笺注》（上海古籍出版社1993年增订本）

等，堪称典范之作。有的别集还出现了不同的整理本，如苏轼的词集，20世纪初就有朱祖谋的编年本《东坡乐府》，后来龙榆生在此基础上完成了《东坡乐府笺》。90年代以来，又相继出现了石声淮、唐玲玲的《东坡乐府编年笺注》（华中师范大学出版社1990年版），薛瑞生的《东坡词编年笺证》（三秦出版社1998年版），邹同庆、王宗堂的《苏轼词编年校注》（中华书局2007年版）等整理本，各有胜义。秦观、周邦彦、李清照等著名词人的词集也有多种整理本。

选集的整理亦颇受词学界的重视，如《花间集》的整理，新中国成立前就有华连圃的《花间集注》（商务印书馆1935年版）、李冰若的《花间集评注》（开明书店1935年版），50年代又有李一泯的《花间集校》（人民文学出版社1958年版）。80年代以后，李谊、房开江、于翠玲、周奇文、王新霞、高峰、朱恒夫、沈祥源与傅生文等学者也对其做了不同形式的整理，为学界阅读和利用这部唐五代词集提供了极大的方便。此外，上海古籍出版社2004年出版的《唐宋人选唐宋词》，将包括《花间集》在内的现存几部由唐宋时人完成的唐宋词选本，经过一番整理，加以汇编，不仅有利于词集的校勘和辑佚，也有利于对唐宋时期的词学思想进行专题研究，同时有助于唐宋词传播和接受史的研究。

词论资料（包括词话、序跋等）的整理也是词学文献学研究的重要对象。其成果早期主要见于唐圭璋的《词话丛编》。这是词话的渊薮，1934年初印时收录词话60种；1986年中华书局再版时，增补为85种。书中收集了部分宋人词论资料（如王灼的《碧鸡漫志》、张炎的《词源》、沈义父的《乐府指迷》等），以及后人论宋词的资料。但由于该书只收已经成书和成卷的词话，而更多的词论资料因为散见于各种笔记、序跋、目录学著作和地方志等文献中，有待学者进一步搜集、整理。80年代以来，学界在这方面投入了很大的精力，出版了不少词论资料汇编，如龚兆吉编的《历代词论新编》（北京师范大学出版社1984年版），施蛰存主编的《词籍序跋萃编》（中国社会科学出版社1994年版），吴相洲、王志远编的《历代词人品鉴辞典》（北京大学出版社1996年版），陈良运主编的《中国历代词学论著选》（百花洲文艺出版社1998年版），钟振振主编的《历代词纪事会评》（黄山书社1995年版，其中《两宋词纪事会评》未出版），张璋编纂的《历代词话》及其续编（大象出版社2002年版、2005年版），刘梦芙编校的《近现代词话丛编》（黄山书社2009年版），朱崇才编纂的《词话丛编续编》（人民文学出版社2010年版），均不乏唐宋词的评论资料。还有不少专门收集唐宋词评论资料的著作，如唐圭璋编的《宋词纪事》（上海古籍出版社1982年版），金启华主编的《唐宋词集序跋汇编》（江苏教育出版社1990年版），张惠民编的《宋代词学资料汇编》（汕头大学出版社1993年版），孙克强编的《唐宋人词话》（河南文艺出版社1999年版），施蛰存、陈如江辑录的《宋元词话》（上海书店1999年版），吴熊和、王兆鹏等主编的《唐宋词汇评》（浙江教育出版社2004年版）、邓子勉的《宋金元词话全编》（凤凰出版社2008年版），从各种笔记、野史、诗话、文集中勾勒出丰富的论词资料，取材广泛，可补《词话丛编》之不足。这一时期，还出版了不少专门的作家资料汇编，如苏词汇评、李清照资料汇编、张孝祥资料汇编、辛弃疾资料汇编、吴文英资料汇编等。这些著作将散见于各种文献中的论词资料汇编在一起，极大地方便了学者的检索，省却了不少翻检之劳。

此外，饶宗颐的《词集考》（中华书局1992年修订版）、王兆鹏的《词学史料学》（中华书局2004年版）、蒋哲伦与杨万里合著的《唐宋词书录》（岳麓书社2007年版）、邓子勉的《宋金元词籍文献研究》（上海古籍出版社2008年版），对包括唐宋词在内的现存各种词籍作了叙录、考辨，为学界整理各种词籍提供线索，指示门径，颇有贡献。

随着现代科学手段的普遍运用，学界推出了不少关于唐宋词的电子文献。与纸质文献相比，这类文献不仅便于携带和保存，更因其有诸多检索功能而为学界青睐。但此类文献良莠不齐，必须与传统的纸质文献配合方可放心使用。

三、唐宋词的本体学研究

唐宋词的本体学研究主要考察词体，着力从音乐和文学的角度来揭示词体的特色，涉及词调、词谱、词律、词韵、词的宫调、词的鉴赏、词的美学研究等。其中，词调、词谱、词韵、词律、词的宫调等是词学研究的特色所在，但也是词学研究的难点所在。这是因为，词谱、词韵、词的宫调等的考察，大多离不开对词与音乐的关系的考察，而流传下来的关于词与音乐的史料很少，解读起来也非常困难，如果不是对音乐研究本身有一定素养的学者，几乎很难从事这类研究。新中国成立前这方面的成果主要集中在对燕乐、张炎《词源》、姜夔《白石道人歌曲》之旁谱研究等方面（如郑文焯的《词源斠律》、蔡桢的《词源疏证》、丘琼荪的《燕乐探微》）。80年代以来，这方面的著作并不多见，仅见洛地的《词乐曲唱》（人民音乐出版社1995年版）和《词体构成》（中华书局2009年版），刘崇德的《唐宋词古乐谱百首》（河北大学出版社2001年版）、《燕乐新说》（黄山书社2003年版）、《姜夔与宋代词乐》（与龙建国合著，江西高校出版社2006年版）等。总的来说，当代学界在这方面所取得的成果很难超越前人，因而更多是从艺术的角度来揭示词独特的美学特色与艺术魅力，此即词的文艺学研究。

词的文艺学研究，即通过鉴赏、美学研究等方法对词体进行艺术研究。与其他文体相比，词的音乐属性比较突出，因而从音乐的角度对词的本体进行研究，自是必然。但词本身有其文学属性，特别是词在发展过程中，与音乐逐渐脱离，而文学性逐步增强，因而对词进行文艺学的探讨，亦属题中应有之义。王国维的《人间词话》颇为重视词不同于诗的艺术个性，指出："词之为体，要眇宜修。能言诗之所不能言，而不能尽言诗之所能言。诗之境阔，词之言长。"缪钺在《诗词散论·论词》中对此作了进一步的阐述，认为："诗显而词隐，诗直而词婉，诗有时质言而词更多比兴，诗尚能敷畅而词尤贵蕴藉。"作者还将词体的文学特性概括为四端（文小、质轻、径狭、境隐），认为这是词体之所以能"离诗独立"的主要原因。王、缪二人关于词体的分析，颇为后学称引，并一直启发学界对词体的艺术特性加以细致的分析，万云骏、叶嘉莹、钱鸿瑛等人堪称继武。万云骏《诗词曲欣赏论稿》（中国社会科学出版社1986年版）、叶嘉莹与缪钺合著的《灵溪词说》（上海古籍出版社1987年版）、钱鸿瑛的《词的艺术世界》（上海文艺出版社1992年版），在揭示词的文学特征方面都有精到的见解。刘永济的遗著《词论》（上海古籍出版社1981年版）在融会古人论词精义的同时，对词的艺术性的阐释亦颇有新见。施议对在其师吴世昌有关词学论述的基础上，进一步提出了词体结构论，主张从结构入手探讨词体的本质，并已通过对屯田家法、易安体、稼轩体的解读作了较为成功的尝试（参施著《宋词正体》）。

词的艺术研究离不开对词作本身的细读，亦即词的鉴赏。夏承焘的《唐宋词欣赏》（百花文艺出版社1980年版）、沈祖棻的《宋词赏析》（上海古籍出版社1980年版）是较早从鉴赏的角度研究唐宋词的两部著作，对80年代以来方兴未艾的古代文学鉴赏热的形成起到了很好的推动作用。叶嘉莹的《唐宋词十七讲》（岳麓书社1989年版）以其细腻的文本分析和深入浅出的理论阐释，进一步扩大了唐宋词的当代影响。这些著作连同上海辞书出版社等机构出版的各种唐宋词鉴赏辞典，吸引了一批青年学子从事词学研究，对词学研究的学术建设和队伍建设颇有贡献。

80年代中期以后，学界从美学的角度研究唐宋词，以期揭示出唐宋词独特的美学面貌。杨海明的《唐宋词风格论》（上海社会科学院出版社1986年版）从风格的角度探讨唐宋词的美学风貌及其流变，是较早从事这一研究的代表性著作。其后，黎小瑶的《宋词审美浅说》（中山大学出版社1992年版）、邓乔彬的《唐宋词美学》（齐鲁书社1993年版）、杨海明的《唐宋词美学》（江苏教育出版社1998年版）、陈振濂的《唐宋词派的美学研究》（江苏教育出版社1994年版）、孙立的《词的审美特性》（台北文津出版社1995年版）、张惠民的《宋代词学审美理想》（人民文学出版社1995年版）、吴惠娟的《唐宋词审美观照》（学林出版社1999年版）、颜翔林的《宋代词话的美学研究》（湖南师范大学出版社2003年版）、吴小英的《唐宋词抒情美探幽》（浙江大学出版社2005年版）、杨柏岭的《唐宋词审美文化阐释》（黄山书社2007年版）、田恩铭与陈雪婧合著的《唐宋词人审美心理研究》（陕西人民出版社2008年版），从不同角度深化了唐宋词的美学研究。与此同时，有些学者则从范式、主题、意象等角度专题探讨唐宋词的艺术特色，细化了词的本体研究，如王兆鹏《论东坡范式——兼论唐宋词的演变》（《文学遗产》1989年第5期）、张仲谋《论唐宋词的"闲愁"主题》（《文学遗产》1996年第6期）、赵梅《重帘复幕下的唐宋词：唐宋词中的"帘"意象及其道具功能》（《文学遗产》1997年第4期）、刘尊明《论唐宋词中的"闲情"》（《文学评论》2007年第4期）等。

　　总的来说，已有的词的文艺学研究，主要是通过词与诗的对照来揭示的。其实，词体特色是相对于其他文体（尤其是诗歌）而言的，要揭示词体特色，自然要与其他文体加以比较。但这仅仅是词体比较研究的一个方面。词在形成自身特色与不断演变的过程中，也受到了其他文体的影响（如诗、赋、文），还会以各种方式影响到其他文体。这种文体之间的交融与互渗，虽然不乏零星的论文加以探究，但尚未得到学界的充分重视。如何从文体学的角度来揭示词体特色，值得进一步思考。

四、唐宋词的文化学研究

　　唐宋词的文化学研究主要是从社会、文化的角度，对词的创作和词史演进中出现的某些现象进行文化学的阐释。如果说词的本体学研究主要是从内部入手研究词的本色，那么词的文化学研究主要是从外部入手，努力从一个更广阔的角度阐释词体形成与演进的各种原因，以期解决单纯的艺术研究无法解释的词学问题。这一方法的提出，得益于80年代古代文学研究中出现的"方法热"。早在1989年第2版的《唐宋词通论》重印后记中，吴熊和就指出词是在综合各种复杂因素在内的历史背景下"产生的一种文学——文化现象，我们应该开阔视野，加速这方面的研究"。80年代以来，唐宋词的文化学研究在以下方面取得了比较突出的成就：一是从音乐文化角度研究唐宋词，如施议对的《词与音乐关系研究》（中国社会科学出版社1985年版）、王昆吾的《唐代酒令艺术》（知识出版社1995年版），对词与音乐的关系加以考辨，均有创获。任半塘的《唐声诗》（上海古籍出版社1982年版）与杨晓霭的《宋代声诗研究》（中华书局2008年版）从音乐文艺的角度，对唐宋声诗加以细致的考辨，这对我们理解声诗与词的关系不无帮助。二是研究词与歌妓制度的关系，不仅有大量的单篇论文，而且出版了不少专著，如李剑亮的《唐宋词与唐宋歌妓制度》（杭州大学出版社1999年版），沈松勤的《唐宋词社会文化学研究》（浙江大学出版社2000年版）对此也有专门的研究。三是研究词与商业文化、城市生活的关系，如余恕诚的《晚唐五代词与商品经济》（《安徽教育学院学报》1993年第2期）、王晓骊的《唐宋词与商业文化关系研究》（中国社会科学出版社2004年版）、杨万里的《宋词与宋代的城市生活》（华东师范大学出版社2006年版）。四是研究词与民俗等社会文化的关系，如黄杰的《宋词与民俗》（商务印书馆2005年版）。五是研究词与儒释道文化的关系，史双元的《宋词与佛道思想》（今日中国出版社1992年版）、刘尊明的《唐五代词的文化观照》（台北文津出版社1994年版）对此均有论述，崔海正的《宋词与宋代理学》（《文学遗产》1994年第3期）、张春义的《宋词与理学》（浙江大学出版社2008年版）则对宋词与宋代理学（新儒学）思潮之间的关系进行了专门的研究。六是研究唐宋词与当时的士风、世风之间的关系，如韩经太的《宋词与宋世风流》（《中国社会科学》1994年第6期）、王晓骊的《"逐弦管之音，为侧艳之词"：试论冶游之风对晚唐五代北宋词的影响》（《文学遗产》1997年第3期）；七是研究唐宋词与地域文化（尤其是南方文化）的关系，如杨海明的《试论宋词所带有的"南方文学"特色》（《学术月刊》1984年第1期）、《试论唐宋词所浸染的"南国情味"》（《文学遗产》1987年第1期），以及崔海正的《宋代齐鲁词人概观》（中国文联出版社2000年版）、汤涒的《敦煌曲子词地域文化研究》（上海古籍出版社2004年版）；八是研究宋词的人文精神与文化品格，如沈家庄的《宋词文体特征的文化阐释》（《文学评论》1998年第4期）、孙维城的《"晋宋人物"与姜夔其人其词：兼论封建后期士大夫的文化人格》（《文学遗产》1999年第2期）；九是以当代意识观照唐宋词，分析其所蕴涵的人生内涵，代表性著作是邓乔彬的《宋词与人生》（上海古籍出版社2001年版）、杨海明的《唐宋词与人生》（河北人民出版社2002年版），此外还有将唐宋词与当代的流行歌曲加以比较研究的著作（如宋秋敏《唐宋词与流行歌曲》，中国社会科学出版社2009年版；李剑亮《流行歌曲与古典诗词》，浙江工商大学出版社2010年版）。

　　词的文化学研究及其与当代意识的结合，打破了新中国成立后很长一段时间内一味以政治标准来评价文学的做法，将词的外部联系拓展到其与文化各个层面之间的关联，不仅开阔了视野，而且增强了词学研究的当代性，开拓了词学研究的新领域。不过，有的研究演变成了纯粹的文化学研究，这就失去了文学研究的本来意义。因此，词的文化学研究要坚持文学的本位，尤其是要注意词的本色，不能简单地将词作为文化研究的材料。

总的来说，80年代以来，唐宋词的文化学研究取得了很大的成就，有些方面的研究已经比较充分（唐宋词与歌妓制度的研究），但也存在一些薄弱的领域，如宋词与党争的关系就较少深入研究；宋词与理学虽有少量论著，但论述仍不够充分；至于由部分论著引出的宋词与宋型文化之间的关系，更是一个引而未发的课题。唐宋词与当代文化之间的联系也有许多可供挖掘的地方，如唐宋词与新诗之间的关系，值得进一步探讨。

五、唐宋词的历史学研究

唐宋词的历史学研究，综合运用考证、鉴赏、文化学、社会学、统计学、传播学、接受美学等方法，对词人、词史、词学史等进行研究，包括词人的个案研究、流派（或群体）研究、时段研究、词史、专题史、接受史、学术史等诸多领域。其中，词人的个案研究是词史研究的基础，涉及作品的编年与评析、词人生平事迹的考证、年谱和传记的编写、词史地位的评价等方面。王国维的《清真先生遗事》开启了现代词学编撰词人年谱的先河，夏承焘的《唐宋词人年谱》经过多次修订，资料丰富，考证严密，一向为学界所重，堪称现代词学中这一领域的典范性作品。夏著之后，相继出现了邓广铭的《辛稼轩年谱》（古典文学出版社1957年版）、王兆鹏的《张元幹年谱》（南京出版社1989年版）、韩酉山的《张孝祥年谱》（安徽人民出版社1993年版）、程章灿的《刘克庄年谱》（贵州人民出版社1993年版）、严杰的《欧阳修年谱》（南京出版社1997年版）、郑永晓的《黄庭坚年谱新编》（中国社会科学文献出版社1997年版）、孔凡礼的《苏轼年谱》（中华书局1998年版）、徐培均的《秦少游年谱长编》（中华书局2002年版）等著作[①]。宛敏灏的《二

---

① 类似的著作还有王兆鹏的《两宋词人年谱》（台北：文津出版社1994年版），王兆鹏、王可喜、方星移合著的《两宋词人丛考》（凤凰出版社2007年版），方星移的《宋四家词人年谱》（黑龙江人民出版社2008年版）等。此外，郑骞的《宋人生卒考示例》（台北：华世出版社1977年版）、邓子勉的《宋人行第考录》（中华书局2001年版）、李裕民的《宋人生卒行年考》（中华书局2010年版）也涉及宋代部分词人生平的考证。

晏及其词》（商务印书馆1935年版）对二晏的生平与创作加以全面的考察，堪称现代词学中个案研究的代表性著作。80年代以后词学界也涌现了一批个案研究的力作，如邓乔彬的《论姜夔词的清空》（《文学遗产》1982年第1期）和《论姜夔词的骚雅》（《文学评论丛刊》第22辑），杨海明的《论秦少游词》（《文学遗产》1984年第3期）和《张炎词研究》（齐鲁书社1989年版），叶嘉莹的《论咏物词之发展及王沂孙之咏物词》（《四川大学学报》1986年第4期），施议对的《论稼轩体》（《中国社会科学》1987年第5期），曾大兴的《柳永和他的词》（中山大学出版社1990年版），刘扬忠的《辛弃疾词心探微》（齐鲁书社1990年版）和《周邦彦传论》（陕西人民出版社1991年版），王筱芸的《碧山词研究》（南京出版社1991年版），金启华和萧鹏合著的《周密及其词研究》（齐鲁书社1993年版），钱鸿瑛的《周邦彦研究》（广东人民出版社1990年版）和《梦窗词研究》（上海古籍出版社2005年版），钟振振的《北宋词人贺铸研究》（台北文津出版社1994年版），为80年代以来唐宋词史的编撰和唐宋词的综合研究奠定了坚实的基础。已有的作家研究成果，主要集中在温庭筠、李煜、柳永、苏轼、秦观、李清照、周邦彦、辛弃疾、姜夔等名家（特别是苏轼、李清照、辛弃疾三家），不仅有大量的单篇论文，还出版了各种研究专著、论文集①。但唐宋词的研究过于集中在少数名家，容易出现大量的重复，也使得其他词人的研究显得较为薄弱。因此，今后的作家研究，既需要将名家研究推陈出新，也存在着一个扩大研究范围的问题。

　　流派（或群体）研究或时段研究也是词史研究的重要组成部分。吴熊和的《唐宋词通论》即有专章论述唐宋词的流派，开启了80年代以来词派研究的先声。刘扬忠的《唐宋词流派史》（福建人民出版社1999年初版、中国社

---

① 如苏轼词的研究，90年代以来就出版了不少专著，包括崔海正《东坡词研究》（山东大学出版社1992年版）、刘石《苏轼词研究》（台北文津出版社1992年版）、唐玲玲《东坡乐府研究》（巴蜀书社1993年版）、陶文鹏《苏东坡诗词艺术论》（上海古籍出版社2001年版）、蒲基维《东坡词章法风格析论》（台北万卷楼图书股份有限公司2005年版）、保苅佳昭《新兴与传统：苏轼词论述》（上海古籍出版社2005年版）、饶晓明《东坡词研究新思维》（广西师范大学出版社2008年版）、郑园《东坡词研究》（北京大学出版社2010年版）等，这些著作都很好地推动了苏词的研究。

会科学出版社2007年再版）堪称唐宋词流派研究的集大成著作。该书不仅翔实地考察了唐宋词流派演变的过程，还着力揭示出唐宋词流派形成与变化的历史动因。余传棚的《唐宋词流派研究》（武汉大学出版社2004年版）依次考察了唐宋词发展过程中出现的花间词派、婉约派、颓放派、豪放派、雅正派。除了这些通论式的著作外，学界也不乏对具体词派所作的专题研究。王兆鹏的《南渡词人群体研究》（台北文津出版社1992年版）和肖鹏的《群体的选择——唐宋人词选与词人群通论》（台北文津出版社1992年版），是大陆词学界较早进行唐宋词群体（流派）和时段研究的两部专著；黄文吉的《宋南渡词人研究》（台北学生书局1984年版）和刘少雄的《南宋姜吴典雅词派相关词学论题之探讨》（台湾大学出版委员会1995年版），则是台湾学界两部有代表性的唐宋词流派研究专著。21世纪以来，学界又相继推出了不少这方面的著作，如高锋的《花间词研究》（江苏古籍出版社2001年版）、诸葛忆兵的《徽宗词坛研究》（北京出版社2001年版）、彭国忠的《元祐词坛研究》（华东师范大学出版社2002年版）、郭锋的《南宋江湖词派研究》（巴蜀书社2004年）、牛海蓉的《元初宋金遗民词人研究》（中国社会科学出版社2007年版）、刘学的《词人家庭与传承》（百花洲文艺出版社2008年版）、单芳的《南宋辛派词人研究》（巴蜀书社2009年版）、丁楹的《南宋遗民词人研究》（凤凰出版社2011年版）、金国正的《南宋孝宗词坛研究》（上海人民出版社2011年版）。流派（或群体）研究或时段研究，不仅促进了词的分期和流派研究，也深化了词史的研究，使词史演进中某些群体或时段的面貌更为清晰地展示出来。

词人的个案研究与群体研究直接推动了唐宋词史的编撰工作。词史的编撰包括通史与断代史两种。早期的词学通史有刘毓盘的《词史》（上海群众图书公司1931年版）、吴梅的《词学通论》（商务印书馆1932年版）、王易的《词曲史》（神州国光社1932年版）、胡云翼的《中国词史略》（大陆书局1933年版）和《中国词史大纲》（上海北新书局1933年版），但体例比较单调，论述亦较单薄。80年代以后相继出版了郭扬的《千年词》（广西人民出版社1987年版）、许宗元的《中国词史》（黄山书社1990年版）、金启华的《中国词史论纲》（南京出版社1992年版）、艾治平的《婉约词派的流变》（辽宁大学出版社1994年版)、李正辉与李华丰合著的《中国古代词史》(台北志一出版社1995年版)、黄拔荆的《中国词史》(福建人民出版社2003年版)。这些通史式的著作虽然格局稍大,但因其并非建立在对个案深入研究的基础之上,对词史的把握比较简单,其成就远远不及唐宋词的断代史研究。唐宋词史的编撰在新中国成立前就有胡云翼的《宋词研究》(中华书局1927年版)、薛砺若的《宋词通论》(开明书店1937年版)。80年代以来,随着个案研究的不断深入,和唐宋词史的整体把握不断加强,学界推出了不少有影响的唐宋词断代史著作,如杨海明的《唐宋词史》(江苏古籍出版社1987年版),这是新中国成立以来第一部视野宏通、融历史分析与美学评价为一体的唐宋词断代史著作,对唐宋词发展过程中出现的各种文学现象和创作实践,都做了深刻而精辟的论述。此后,谢桃坊的《宋词概论》(四川文艺出版社1992年版),陶尔夫、诸葛忆兵合著的《北宋词史》(黑龙江教育出版社2002年版)以及陶尔夫、刘敬圻合著的《南宋词史》(黑龙江人民出版社1992年版),刘扬忠的《唐宋词流派史》(福建人民出版社1999年版),木斋(王洪)的《唐宋词流变》(京华出版社1997年版)与《宋词体演变史》(中华书局2008年版),刘尊明的《唐五代词史论稿》(文化艺术出版社2000年版),邓乔彬的《唐宋词艺术发展史》(河北人民出版社2010年版)等著作,也对唐宋词的发展历程作了细致的描述。其中,邓著《唐宋词艺术发展史》特色尤其鲜明,堪与杨海明《唐宋词史》、刘扬忠的《唐宋词流派史》并称为新时期以来三部标志性的唐宋词史。90年代以来,不少博士和硕士论文从事专题史研究,这在很大程度上细化了唐宋词史的研究,如邓红梅《女性词史》(山东教育出版社2000年版)对唐宋女词人的研究,路成文《宋代咏物词史论》(商务印书馆2005年版)对两宋咏物词史的探讨,以及徐安琪《唐五代北宋词学思想史论》(人民文学出版社2007年版)对唐宋词学思想史的考察。

随着新方法和新观念的介入,特别是传播学与接受美学理论被引入词学研究领域,唐宋词的传播与接受史研究颇受学界关注,这不仅直接推动了90年代以来学界对词史中经典作家、经典作品经典化历程的研究,也大大加强了以往文学史研究中比较单薄的影响史研究。有的学者还将这种研究与统计学的方法结合起来,使文学分析与数据统计相互印证,既有实证依据,又有理论支撑，改变了传统的文学研究过于依赖印象式批评的方法，使以往某些模糊的认识得以清晰。如刘尊明与张春媚合写的《传播与温庭筠的词史地位》（《文学评论》2002年第6期）、刘尊明和田智会合写的《试论周邦彦词的传播及其词史地位》（《文学遗产》2003年第3期）、刘尊明和王兆鹏合写的《本世纪东坡词研究的定量分析——词学研究定量分析之一》（《文学遗产》1999年第6期）、谭新红《李清照词的经典化历程》（《长江学术》2006年第2期）、王兆鹏《宋词名篇的定量考察》（《文学评论》2008年第2期）、龙建国《唐宋词与传播》（百花洲文艺出版社2004年版）、杨雨《传播学视野下的宋词生态》（中国文史出版社2005年版）、朱丽霞《清代辛稼轩接受史》（齐鲁书社2005年版）、李冬红《〈花间集〉接受史论稿》（齐鲁书社2006年版）、张璟《苏词接受史研究》（光明日报出版社2009年版）、钱锡生《唐宋词传播方式研究》（复旦大学出版社2009年版）、陈水云《唐宋词在明末清初的传播与接受》（中国社会科学出版社2010年版）、谭新红《宋词传播方式研究》（武汉大学出版社2010年版）。

一个学科的建立，往往伴随着对自身研究过程的不断反思。这样，关于本学科学术史的研究就应运而生了。现代词学也是如此。80年代以来，特别是90年代后期，伴随着整个学术界撰写学术史的热潮，词学界也推出了一批词学史著作，如谢桃坊的《中国词学史》（巴蜀书社1993年版）、方智范等《中国词学批评史》（中国社会科学出版社1994年版）、邱世友的《词论史论稿》（人民文学出版社2002年版）、朱崇才的《词话史》（中华书局2006年版）。只是这些著作把更多的力量放在古代词学研究的梳理方面，对20世纪的词学研究关注不多。杨海明的《词学理论和词学批评的"现代化"进程》（《文学评论》1996年第6期）、胡明的《一百年来的词学研究：诠释与思考》（《文学遗产》1998年第2期）、刘扬忠的《本世纪前半期词学观念的变革与词史的编撰》（《江海学刊》1998年第3期）与《二十世纪中国词学学术史论纲》（《暨南学报》2000年第6期）、王兆鹏的《20世纪前半期词学研究的历程》（《文学遗产》2001年第5期）、彭玉平的《词学的古典与现代——词学学科体系与学术源流初探》（《中山大学学报》2006年第1期）、曹辛华的《20世纪中国古代文学研究史·词学卷》（东方出版中心2006年版）则弥

补了这一缺陷。此外，朱惠国《中国近世词学思想研究》（上海古籍出版社
2005年版）、曾大兴的《词学的星空：20世纪词学名家传》（河北人民出版
社2009年版），对现代词学史上著名词学家加以个案的研究（如王国维、梁启
超、胡适、夏承焘、唐圭璋、龙榆生、詹安泰、缪钺、顾随、俞平伯、胡云
翼、浦江清、刘永济），其规模亦近似20世纪的词学学术史。鉴于现代词学
中唐宋词的研究最为充分，有些学者专门总结历代学者对唐宋词的研究成
果。刘扬忠的《宋词研究之路》（天津教育出版社1989年版）、崔海正的《宋
词研究述略》（台北洪叶文化事业公司1999年版）就属于这类著作。张幼良
的《当代视野下的唐宋词研究论纲》（兰州大学出版社2006年版）着重考察
了80年代以来的唐宋词研究现状。高峰的《唐五代词研究史稿》（齐鲁书社
2006年版），刘靖渊、崔海正的《北宋词研究史稿》（齐鲁书社2006年版），
邓红梅、侯方元的《南宋词研究史稿》（齐鲁书社2006年版）等著作，则全
面总结了唐五代词、北宋词、南宋词，从产生到21世纪初的研究成果（包括
海外的研究成果）。这些学术史著作，在回顾学界已有的学术成果，总结各
种学术观念、学术方法的同时，也不乏对今后词学研究的种种展望和设想，
为我们提供了不少有价值的选题。

原载《宋代文学研究年鉴（2010—2011）》，武汉出版社2013年版